**Verlorenend  Band II
Das Herz von Xali**

S. G. Felix

# Verlorenend  Band II

### Das Herz von Xali

Bibliografische Information der Deutschen Nationalbibliothek:
Die Deutsche Nationalbibliothek verzeichnet diese Publikation in der
Deutschen Nationalbibliografie; detaillierte bibliografische Daten
sind im Internet über http://dnb.dnb.de abrufbar.

Herstellung und Verlag: BoD – Books on Demand, Norderstedt

ISBN: 9783750415799

# Inhaltsverzeichnis

*»Wir beide werden eins werden. Unsere Herzen werden - in Liebe vereint - diese traurige Welt verlassen und Orte besuchen, die niemand außer mir kennt.«*

# PROLOG

Verlassen in der Kälte und der ewigen Finsternis, weit entfernt vom Licht und Staub der Sterne, harrte der Dunkelträumer an einem Ort aus, von dem man einst glaubte, er würde ihn nie wieder verlassen können.

Diejenigen, die ihn in seine eisige Verbannung geschickt hatten, waren schon seit vielen Jahrhunderten tot. Und beinahe wäre ihr Plan aufgegangen: Mit der Unsterblichkeit versehen, gab es kein Mittel, den Dunkelträumer zu vernichten, also wurde beschlossen, ihn in die Ferne zu verbannen, an den Rand des Universums. Dort sollte er ewig schlafen.

Fast tausend Jahre lang schlief der Dunkelträumer. Und er träumte. Er träumte von seiner Zeit auf Thalantia und von dem großen Krieg, in dem er einst gekämpft hatte. Und er träumte von dem Verrat, der an ihm begangen wurde. Doch mit den Jahrhunderten verblassten die Träume, und die Erinnerungen schwanden beinahe vollends. Die Hoffnung der Verschwörer, der Dunkelträumer würde alles vergessen und für alle Zeiten in der Einsamkeit vor sich hindämmern, schien sich zu erfüllen.

Aber nichts währt wirklich ewig. Was vor tausend Jahren auf Thalantia geschah, war so gewaltig und einzigartig, dass es nicht vergessen werden konnte. In jenen schweren Tagen der einst so unbekümmerten und friedvollen Welt wurden Kräfte freigesetzt, deren Macht bis heute nicht erloschen ist. Kräfte, deren Macht nun im Verborgenen ruht und darauf wartet, wiedererweckt zu werden. Das wusste der Dunkelträumer. Diese Gewissheit bewahrte ihn vor dem Wahnsinn. Und sein unbändiger Wille, eines fernen Tages nach Thalantia zurückzukehren und sich für den Verrat zu rächen, bewahrte ihn vor dem endgültigen Vergessen.

Obwohl er einsam war, war der Dunkelträumer nicht allein. Sein wichtigster Verbündeter hatte ihn nie vergessen und arbeitete jeden Tag unermüdlich daran, ihn nach Thalantia zurückzuholen. Es war das Flüsternde Buch, das einen eigenen Willen besaß. Das Buch hatte nach einem ersten missglückten Versuch einen neuen Transzendenten für ihn erwählt, der ihm den Übergang von seinem Verbannungsort zurück nach Thalantia ermöglichen sollte. Doch der neue Transzendente, der zuvor unter dem Namen Koros Cusuar ein machthungriges und einfältiges Leben geführt hatte, war nicht geeignet für diese Aufgabe.

Das Flüsternde Buch hatte so lange nach einem geeigneten Kandidaten gesucht, dass es überzeugt davon war, dieses Mal den Richtigen gefunden zu haben. Aber es hatte sich geirrt. Wieder einmal. Und so geschah es, dass die körperlosen Wesen, die unter den Bewohnern Thalantias als die Späher bekannt sind, dem mit der Macht des Transzendenten überforderten Koros eben jene Macht wieder entzogen.

Die Späher waren einst die treuen Adepten des Dunkelträumers gewesen, damals, als sie noch eine körperliche Gestalt besaßen. Genauso wie viele andere rätselhafte  Wesen auch, führten die Späher ein Leben im Verborgenen. Irgendwo zwischen der Zeit und der Antizeit. Denn dies war ihre einzigartige Begabung. Sie vermochten zwar nicht die Zeit zu beherrschen, doch wussten sie, sie für sich zu nutzen. Die Späher waren es nun, welche die Macht der Transzendenz zwischen Zeit und Antizeit bewahrten. Nur so konnten sie sicherstellen, dass die Macht unversehrt überdauern konnte, bis zu jenem ersehnten Tage, an dem ein neuer Transzendenter gefunden war, der den Dunkelträumer zurückholen würde und den Spähern ihre Sterblichkeit wiedergeben würde.

Das Scheitern des letzten Versuchs, einen würdigen Transzendenten zu erschaffen, lastete schwer auf ihnen. Alle Hoffnung lag nun auf dem Flüsternden Buch. Jenes Buch hatte schon eine lange Reise hinter sich. In unzähligen Händen wurde es über Jahrhunderte hinweg gehalten, wobei es stets auf der Suche nach einem neuen Wirt für die Macht der Transzendenz war. Doch gelang es ihm bis heute nicht, den Richtigen zu finden.

Das Flüsternde Buch enthielt das gesammelte Wissen seit jener Zeit, zu welcher der Dunkelträumer verbannt wurde. Orte, Namen und Ereignisse der vergangenen Jahrhunderte waren in diesem Buch enthalten. Es wusste um den Verrat am Dunkelträumer, und so wie die Späher auch, hatte das Flüsternde Buch es sich zur Lebensaufgabe gemacht, dem Dunkelträumer seine zerstörerische Vergeltung zu ermöglichen, denn der Verrat reichte so tief, dass der Wunsch nach Rache zur Obsession wurde.

Auch wenn die letzte Inkarnation des Transzendenten ein Fehlschlag war, so gab es doch einen Erfolg, der dem Flüsternden Buch Hoffnung machte, sein Werk vollenden zu können: Als sich am Fuße des Adler-Gebirges in den Ahnenländern das Dimensionstor öffnete, erwachte der Dunkelträumer erstmals aus seinem tausendjährigen Schlaf. Das hatte das Flüsternde Buch bei all seinen Versuchen zuvor nicht vollbracht.

Den ersten Transzendenten, den es vor langer Zeit erschaffen hatte, ereilte der Tod, da es zu jener Zeit einen Geheimbund gab, der noch Kenntnis vom Dunkelträumer hatte und seine Rückkehr um jeden Preis verhindern wollte. So geschah es, dass die Macht der Transzendenz durch den Geheimbund in ein Dimensionstor eingesperrt und sein Wirt getötet wurde. Die Späher hatten damals keinen Zugang mehr zur Transzendenz. Erst jetzt, als die Macht durch Koros unter Anleitung des Flüsternden Buches aus dem Tor befreit worden war, brachten die Späher sie wieder unter ihre Kontrolle.

Die Rückkehr des Dunkelträumers war zwar gescheitert, aber er war jetzt erwacht. Das Ziel schien so nahe wie nie zuvor. Seine Erinnerungen waren alle zurück. Und obwohl oder gerade weil jede einzelne dieser Erinnerungen an sein früheres Leben auf Thalantia so unendlich schmerzhaft war, war die Begierde nach seiner Rückkehr überragend.

Aber trotz seiner Erweckung war er weiterhin zur Untätigkeit verdammt. Das Flüsternde Buch und die Späher waren die Einzigen, die seine Rückkehr noch ermöglichen konnten.

Dennoch spürte der Dunkelträumer, dass auf Thalantia Dinge ins Rollen gebracht wurden, die ihm in die Hände spielen würden. Zu dieser Einschätzung gelangte er, als er für einen kurzen Moment einen Blick durch den Dimensionstunnel erhaschen konnte, unmittelbar nach seiner Erweckung, während auf Thalantia die Macht der Transzendenz befreit worden war. Dort sah er zwei leuchtende Augen, die dem Dunkelträumer sehr vertraut waren.

Zwei Augen, die zu jemandem gehörten, der Antilius genannt wurde.

# DAS BUCH DES VATERS

»Grabt!«, befahl Ancrus ungeduldig.

Er stand an einen großen Findling gelehnt und versuchte, sein rechtes Bein zu entlasten. Es hatte ihm schon früher nach längerem Gehen Schmerzen bereitet, doch heute war es besonders schlimm. Nur durfte er es sich vor den anderen Gorgens nicht anmerken lassen. Ganz besonders heute nicht.

»Warum dauert das so lange? Macht schneller!«, rief er.

Ancrus wusste zwar, dass die sieben Gorgens, die unter seinem Befehl emsig schaufelten, nicht noch schneller arbeiten konnten, aber er wollte sie ständig auf Trab halten, damit sie keine Gelegenheit bekamen, inne zu halten und den Erfolg ihrer geheimen Mission in Frage zu stellen oder sich der Gefahr, der sie sich aussetzten, bewusst zu werden.

Ancrus selbst half ihnen nicht beim Graben. Dafür war er zu alt, und außerdem hatte er das Kommando. Er sagte den anderen, was zu tun sei, und dafür waren die Gorgens dankbar, denn das, was Ancrus ihnen versprach, war nicht weniger als eine Zukunft für ihr Volk.

Nach der großen Schlacht an der Barriere von Valheel vor ein paar Wochen, drohte dem Volk der Gorgens der Untergang, dessen war sich Ancrus absolut sicher. Tausende von seinesgleichen fielen auf die falschen Versprechen des Despoten Koros Cusuar herein und stürzten sich in einen Kampf, in dem es nichts zu gewinnen gab. Der Großteil derer, die ihm gefolgt waren, fand den Tod. Und viele von denen, die überlebt hatten, weil sie dem Inferno noch rechtzeitig entfliehen konnten, kehrten nicht mehr nach Gorgonia, ihrer Heimat, zurück. Teils aus Scham, teils aus Selbstaufgabe.

*Die Geschichte wiederholt sich immerzu,* dachte Ancrus betrübt.

Er hatte versucht, seine Artgenossen vor dem Tod zu bewahren. Er war einer der wenigen, der Koros durchschaut hatte. Aber die Verzweiflung der meisten anderen war einfach zu groß. Das Volk von Gorgonia hatte nie eine faire Chance erhalten, eine eigenständige und unabhängige Gesellschaft zu bilden, mit Stolz und Selbstbewusstsein. Immerzu wurde ihr Volk unterdrückt, missbraucht, bekriegt, ausgebeutet und vor allem anderen verachtet.

Oft hatte Ancrus darüber nachgedacht, was die Ursachen dafür waren. Sicher, die Gorgens waren kein Volk, das besonders intelligent war. Sie hatten nie bedeutende Erfindungen gemacht. Sie bevorzugten den Stillstand, aber nicht den Fortschritt. Sie waren keine Dichter oder Poeten, keine großen Architekten, sie waren ein einfaches Volk. Naiv ja, aber nicht dumm. Aber war Naivität der Grund für ihr Scheitern?

Wenn es nur Gorgens auf Thalantia geben würde, so dachte Ancrus manchmal, dann wäre ihre Vision einer zufriedenen Gesellschaft mit Gorgens, die ein erfülltes Leben führten, vermutlich wahr geworden. Denn stets waren es andere Völker, die aus Gier, Hass und Machtstreben das Volk der Gorgens für ihre niederen Zwecke missbrauchten. Eigenschaften, die den Gorgens im Wesentlichen fremd waren. Aus diesem Grunde nannte Ancrus auch alle Nicht-Gorgens auf Thalantia nur die Niederen.

Koros hatte die desolate Lage, in der sich die Gorgens befanden, ausgenutzt und versprach ihnen raschen Wohlstand und auch Macht. Seine verheißungsvollen Versprechen waren zu verlockend, um abgelehnt zu werden, obwohl die Gorgens es doch besser hätten wissen müssen. Sie hatten es einfach verlernt, mit Selbstvertrauen zu leben und eigene Entscheidungen zu treffen. Auch wenn niemand offen darüber redete, fühlten sich die Gorgens anderen gegenüber unterlegen. Viele von ihnen lebten in Armut, litten Hunger und verließen ihre Heimat Gorgonia. Nicht wenige wurden zu Dieben. So wie Feuerwind, der Antilius nach seiner Ankunft auf Truchten ausgeraubt hatte und später sein Leben an der Barriere von Valheel verlor. Dieser Gorgen war es auch, von dem Ancrus vor dessen Tod von der Existenz des Flüsternden Buches erfuhr. Das Buch, das Koros in seinem Palast stets aufbewahrte, und dort auch zurückgelassen hatte, als er in die Schlacht gezogen war. Kein anderer noch lebender Gorgen hätte gewusst, was es mit dem Flüsternden Buch auf sich hatte. Niemand wusste es - bis auf Ancrus.

Es hieß, dass Ancrus nicht nur der älteste noch lebende Gorgen sei, sondern auch, dass er der älteste Gorgen überhaupt sei, den es jemals gegeben hatte. Und vielleicht stimmte das sogar. Ancrus war in jeder Hinsicht etwas Besonderes. Er war größer als die meisten anderen Gorgens. Auch sein Kopf war schmaler und größer. Seine Augen waren leuchtend grün. Sein für Gorgens typisch pechschwarzer Körper war von dutzenden graugefärbten Narben übersät, die er sich in zahllosen Gefechten zugezogen hatte, bevor er zu der Einsicht gelangte, dass das Kämpfen keine Lösung für seine Probleme war. Sein rechter Flügel (alle Gorgens hatten Flügel wie bei Fledermäusen) war halb verkrüppelt, sodass er höchstens noch ein paar Meter weit damit fliegen konnte, und das auch nur unter größter Anstrengung.

Ancrus war gezeichnet.

»Seid ihr schon auf etwas gestoßen?«, fragte er seine Arbeiter.

»Noch nicht«, antwortete einer von ihnen. »Seid Ihr sicher, dass wir an der richtigen Stelle graben?«

Ancrus schaute hinüber zum Meer, denn an dessen Küste befanden sie sich.

Dann sah er hinter sich, nach Süden. In der Ferne erblickte er die Zinnen der Beobachtungstürme und den Wehrgang am oberen Teil der Ringmauer, welche den Palast des einstigen Herrschers Koros Cusuar umschloss.

In dem heute verlassenen Bau hatten Ancrus und sein Gefolge noch am gestrigen Tage nach dem Flüsternden Buch gesucht, das Koros dort zurückgelassen hatte. Aber das Buch war nicht mehr dort. Jemand anderes war ihnen zuvorgekommen. Ancrus war wieder einmal zu spät gekommen. Alles, was im Palast nicht niet- und nagelfest war, war bereits gestohlen worden. Die Nachricht, dass Koros nicht mehr am Leben war, hatte sich offensichtlich schnell herumgesprochen.

Ancrus sah wieder auf das Loch, das er in den Boden an der nördlichen Küste von Truchten graben ließ.

»Er ist hier. Der Höhleneingang ist hier. Die Spuren, denen wir gefolgt sind, haben uns hierher geführt«, sagte er. Er musste sich beherrschen, seine wahren Gefühle den anderen gegenüber nicht zu offenbaren, denn nichts fürchtete er mehr, als jenen Höhleneingang freizulegen.

Die Gorgens machten eine kurze Pause und hielten inne. Offenbar hatten sie bemerkt, dass Ancrus besorgt zu sein schien. Ein Beben in seiner sonst so festen und tiefen Stimme hatte sie misstrauisch gemacht. Ancrus fluchte innerlich. Er wollte ihnen keine Angst machen und doch hatte seine eigene ihn verraten.

»Was ist in dieser Höhle?«, fragte ein anderer im Namen seiner Kollegen.

Ancrus wurde wütend: »Das Buch ist dort unten. Das wisst ihr doch! Was glaubt ihr wohl, wonach wir hier suchen? Dummköpfe!«

»Ja, aber wie ist es dort hineingelangt? Erst sagtet Ihr, das Buch sei im Palast. Das war es aber nicht. Und jetzt sagt Ihr, es sei in einer Höhle«, bemerkte ein dritter Gorgen.

Ancrus wurde noch wütender. Er überlegte kurz, was er antworten sollte, denn er wollte keine Meuterei riskieren. Sollte er sie belügen? Hatten sie das verdient? Noch mehr Lügen?

Die sieben Gorgens regten sich keinen Millimeter und fixierten Ancrus mit ihren Blicken. Ohne eine plausible Antwort würden sie nicht weitergraben.

»Also gut«, gab Ancrus nach. »Ihr werdet es sowieso erfahren.«

Er ging ein paar Schritte mit gesenktem Kopf. Dann blieb er stehen, vermied es aber, den anderen ins Gesicht zu sehen. »Hier unter uns befindet sich nicht nur eine Höhle, sondern ein ganzes Höhlensystem, das sich über mehrere Quadratkilometer erstreckt.«

Den Gorgens schwante Übles.

»Es ist das Reich der Totengräber«, sagte Ancrus.

»Die Totengräber?«, entfuhr es einem Gorgen. »Dann sollten wir zusehen, dass wir hier schnell wegkommen! Die Totengräber sind Bestien! Ich will nicht gefressen werden! Ich werde nicht weitergraben.«

»Schweig!«, schrie Ancrus. »Seid doch nicht immer so furchtsam! Glaubt nicht jeden Unsinn, den man sich erzählt!«

Ancrus kannte die Geschichten, die über die Totengräber erzählt wurden. Es seien gepanzerte Wesen, die fast blind waren und angeblich von Hummertieren abstammten. Nur mit dem Unterschied, dass sie viel größer als jene Gattung waren, sprechen konnten und recht intelligent waren. Ihr Höhlensystem verlief entlang der Küste. Es gab mehrere unterirdische Zugänge zum Meer, aus dem sie sich vornehmlich ernährten.

Aber manchmal, so wurde es erzählt, wenn ihr Hunger übermächtig wurde, dann kamen sie des Nachts aus ihren Höhlen an die Oberfläche und holten sich ein Opfer und entführten es in ihr unterirdisches Reich, um es dort zu fressen. Wegen dieser Legende trugen sie ihren Namen.

»Aber das sind die Totengräber!«, rief der Gorgen, der sich zum Unmut von Ancrus zum Wortführer des Widerstands erhob. »Egal ob die Geschichten über sie wahr sind oder nicht, die Totengräber sind real, und kein vernünftiger Mann würde sich freiwillig in ihr Reich begeben. Das wäre glatter Selbstmord!«

»Ich habe auch nie behauptet, dass unsere Suche nach dem Buch ungefährlich sein würde«, erwiderte Ancrus wahrheitsgetreu.

»Wieso sollten gerade die Totengräber sich das Buch geholt haben? Was sollten sie damit anfangen?«

Ancrus sah den aufgebrachten Gorgen ernst an. »Ein jeder, der mit seinem Leben unzufrieden ist und sich zu Höherem bestimmt fühlt, will das Buch haben, sobald er von dessen Existenz gehört hat. Das Buch soll die gesammelte Weisheit Thalantias in sich tragen, und deshalb kann sich niemand seiner Anziehungskraft entziehen. Viele hatten es schon besessen. Aber niemand konnte es wirklich verstehen.

Die Totengräber haben auf ihre Gelegenheit gewartet: Als sich alle Aufmerksamkeit auf die Barriere von Valheel richtete, schlugen sie zu und holten sich das Buch. Von dem Buch versprechen sie sich Anleitungen dafür, wie ihr Volk eines Tages wieder an der Oberfläche leben könnte. Gleichberechtigt mit anderen. Sie hoffen, sich nicht mehr unter der Erde verstecken zu müssen. Die Totengräber hassen sich für das, was sie sind. Sie verabscheuen ihre animalischen Instinkte.

Ihr solltet sie bemitleiden, nicht fürchten. Letztlich bin wahrscheinlich ich der Grund dafür, dass sie überhaupt nach dem Buch gesucht haben.

Ich bin mir absolut sicher, dass sie es sind, die es jetzt haben. Und da wir nun die Einzigen sind, die das wissen, sind wir im Vorteil.«

»Warum seid Ihr der Grund? Und woher wisst Ihr soviel über die Totengräber?«

Die Gorgens warteten gespannt auf eine Antwort.

»Weil ich schon einmal bei ihnen war«, sagte Ancrus und zeigte auf den zugeschütteten Höhleneingang. »Ich war in ihrem Reich. Es war vor über vierzig Jahren, als sie mich entführten.«

Die anderen Gorgens waren entsetzt. »Dann sind die Geschichten über die Totengräber also wahr. Sie entführen Unschuldige, um sie zu verspeisen«, rief einer.

Ancrus nickte nur stumm.

»Aber wenn Ihr dort wart, wie seid Ihr entkommen?«, fragte der Wortführer des Widerstands.

»Ich bin nicht geflohen. Sie haben mich gehen lassen. Weil sie nicht das sind, wofür ihr sie haltet.«

Ancrus erntete nur verständnislose Blicke. »Wie ich euch bereits sagte, mögen die Totengräber nicht das, was sie sind. Das Meer ist eigentlich ihre Hauptnahrungsquelle. Aber manchmal, da entwickeln sie diesen besonderen Hunger.« Ancrus sah in den Gesichtern der anderen Abscheu und Furcht.

»Ja, es ist grausam«, sagte er. »Es ist ein uralter Instinkt, von dem die Totengräber alle paar Jahre übermannt werden. Sie hassen sich dafür, das kann ich euch versichern. Sie würden alles tun, um sich von diesem Trieb zu befreien. Alles.

Als sie mich entführten, da hatten sie ihn wieder, diesen entsetzlichen Hunger. Ich war ihr auserwähltes Opfer. Sie entführten mich am helllichten Tage und brachten mich tief, tief in ihr unterirdisches Reich.« Ancrus erschauerte sichtlich bei dieser Erinnerung.

»Sie hielten mich zunächst tagelang gefangen. Ich bemerkte schnell, dass die Totengräber heftig miteinander stritten. Offenbar gab es einige, die dagegen waren, mich zu ihrem Festmahl zu machen. Sie wollten sich nicht ihrer Fresslust hingeben. Sie argumentierten, dass meine Tötung all ihre Bemühungen, ihren Trieb unter Kontrolle zu bringen, zunichte machen würde. Schon damals reichte ihre innere Zerrissenheit über ihren animalischen Instinkt tief.

Viele von ihnen glaubten, dass sie nie wieder an der Oberfläche leben könnten, wenn sie wieder in ihre alten Verhaltensmuster zurückfielen.

Schließlich holten sie mich aus meinem Gefängnis und brachten mich in eine riesige Höhle, in der es von Totengräbern nur so wimmelte. Ich kann euch versichern, dass dies das Furchterregendste war, das ich je erlebt habe.«

»Was geschah dann?«, wurde Ancrus angsterfüllt gefragt.

»Die Totengräber beschlossen, mich sprechen zu lassen. Sie hatten sich darauf geeinigt, mir eine faire Chance zu geben, mein Leben zu retten. Sie erklärten mir, dass sie mir eine Frage stellen würden. Wenn meine Antwort sie mehrheitlich davon überzeugen sollte, dass ich es nicht verdient hatte zu sterben, dann würden sie mich gehen lassen. Wenn nicht, würden sie mich fressen.

Sie taten damit etwas, das sie bei ihren früheren Beutezügen stets vermieden hatten. Nämlich ihrer Beute ein Gesicht und einen Namen zu geben.

Ihr versteht jetzt hoffentlich, dass sich mörderische Bestien nicht so verhalten würden«, sagte Ancrus und musterte die Runde von

Gorgens. Keiner sagte etwas. Sie rätselten nur, wie Ancrus es geschafft hatte, unversehrt das Reich der Totengräber zu verlassen.

»Welche Frage stellten sie Euch?«

»Sie fragten mich, ob ich an etwas glauben würde, das meinem Leben einen Sinn gibt.

Da ich ihrem Versprechen, mich eventuell gehen zu lassen, keinen Glauben geschenkt habe, erzählte ich ihnen wahrhaftig, an was ich glaubte.

Ich erzählte ihnen vom Vater.«

Ein Raunen ging durch die Runde der Gorgens.

»Aber es ist doch verboten, mit anderen über den Vater zu sprechen!«, schallte es Ancrus empört entgegen.

»Das weiß ich. Aber ich dachte, mein Tod wäre schon beschlossene Sache. Also offenbarte ich mich ihnen. Was hättet ihr denn getan, im Angesicht des Todes?«

Die Gorgens senkten beschämt ihren Blick. Wenn sie sich in seine Situation hineinversetzten, dann hätten sie wohl auch vom Vater gesprochen, an welchen sie genauso fest glaubten wie Ancrus selbst. Im Gegensatz zu Ancrus war aber der Vater für die meisten Gorgens eher so etwas wie eine religiöse Figur.

Ancrus bemühte sich, nicht ärgerlich über die Nachfrage zu sein.

»Ich erzählte ihnen also das, was man euch und was man mir von klein auf erzählt hat. Ich erzählte ihnen, wie der Vater am Anbeginn der Zeit aus der Erde aufgestiegen ist, und wie er später die Gorgens erschuf. Ich erklärte ihnen, dass wir seine Kinder sind.

Zuerst waren die Totengräber nicht sonderlich von meinen Erzählungen beeindruckt, da im Prinzip jedes Volk an ein höheres Wesen oder an eine höhere Macht glaubt. Aber dann berichtete ich ihnen von dem Buch, das der Vater schrieb, als es für ihn an der Zeit war, zu schlafen.

Damit wir, die Gorgens, ohne den Vater unbehelligt und beschützt weiterleben konnten, schrieb er all sein Wissen über die großen und kleinen Geheimnisse Thalantias in dieses Buch hinein. Und als er es beendete, gab er dem Buch eine Seele.

Aber als der Vater dann schlief, wurde das Buch gestohlen und fand nie wieder zurück zu den Gorgens. Seine Existenz geriet unter unserem Volk in Vergessenheit.

Die Niederen, also auch jene, die das Buch unrechtmäßig unserem Volk gestohlen hatten, nennen dieses Buch das Flüsternde

Buch. Sie tun das, weil sie keine Ahnung haben, womit sie es zu tun haben.

Wir Gorgens aber, wir nennen es das Buch des Vaters.«

Fassungslosigkeit machte sich unter den anderen Gorgens breit. Diese legte sich aber wieder schnell, als sie die Tragweite des Berichts von Ancrus begriffen.

»Ihr sagt, dass das Flüsternde Buch in Wirklichkeit das Buch des Vaters ist. Ein Buch, das ein Erbe unseres Vaters und Schöpfers ist. Es ist unser Buch?«, fragte einer.

Ancrus war sichtlich erfreut über die letzten zwei Worte.

»Du sagst es! Es ist *unser* Buch«, sprach er und zeigte stolz auf den einen Gorgen.

»Es gehört uns! Der Vater hat es nur für uns geschrieben, und das erzählte ich den Totengräbern an jenem dunklen Tage vor über vierzig Jahren.

Und dann sprach ich zu ihnen die wahrsten Worte, die ich je gesprochen hatte.

Ich sagte, dass ich es im Angesicht des Todes bereuen würde, nicht alles mir Mögliche getan zu haben, um das Buch des Vaters zu finden und den Gorgens zurückzugeben. Ich sagte, dass unser Volk nun endgültig dazu verdammt sei, im Dunkeln zu leben, ohne Ehre und ohne Würde, da ich der Letzte war, der nach dem Buch des Vaters gesucht hatte.

Jene Worte, meine Freunde, brachten schließlich den Wendepunkt. Ich war für sie ein vorgehaltener Spiegel, in dem sie ihre eigene traurige Existenz wiedererkannten. Sie sahen in mir keine Beute mehr, sondern einen Bruder im Geiste. Und so ließen sie mich ziehen. Auch wenn einige protestierten, so kehrte ich doch unversehrt aus ihrem stillen Reich zurück an die Oberfläche und schwor, niemandem etwas von meinen Erlebnissen zu berichten. Bis zum heutigen Tage.«

Die Gorgens murmelten nachdenklich und berieten sich untereinander knapp, bis der Anführer des Widerstands fragte: »Aber wenn die Totengräber wirklich im Besitz des Buchs des Vaters sind, wie wollt Ihr sie überzeugen, es Euch zu überlassen?«

»Das lasst ihr meine Sorge sein. Ihr müsst nichts weiter tun, als diesen Höhleneingang freizulegen. Um den Rest kümmere ich mich, auch wenn ich euch nicht versprechen kann, dass es ungefährlich ist.

Ich kann euch nur die einzigartige Möglichkeit bieten, unserem Volk wieder das zurückzugeben, was unser verehrter Vater uns einst geschenkt hat: Stolz und Ehre.«

Ancrus sprach diese Worte wieder mit seiner so tiefen und festen Stimme, die man von ihm gewohnt war.

Die Gorgens tauschten Blicke aus. Dann begann einer wieder mit dem Graben, und es dauerte nicht lange, bis die anderem seinem Beispiel folgten.

Ancrus atmete erleichtert auf. Er hatte es geschafft, die sich anbahnende Rebellion seiner Arbeiter zu verhindern. Es war die richtige Entscheidung, sie über die Wahrheit in Kenntnis zu setzen. Und er war froh, dass ihn niemand danach fragte, wie er mit dem Buch des Vaters die Ehre seines Volkes wiederherstellen wollte. Denn über diese Herausforderung hatte sich Ancrus noch keine Gedanken gemacht. Wie auch? Woher sollte er wissen, wie man das Buch des Vaters liest? Das Buch, das sich in den vergangenen Jahrhunderten so weit von seinen rechtmäßigen Besitzern entfernt hatte.

*Das werde ich schon noch herausfinden, wenn ich es erst einmal in meinen Händen halte,* dachte Ancrus, als einer seiner Arbeiter rief: »Ich bin durch! Ihr hattet Recht. Hier ist ein Eingang!«

»Wir sind unserem Ziel nahe. Heute wird der Tag sein, an dem das Buch des Vaters wieder mit seinen rechtmäßigen Eigentümern wiedervereint wird. Unsere Tage des Leidens sind bald vorüber«, sagte er, und er glaubte an das, was er sagte.

Genauso wie die Totengräber bereit gewesen wären, alles zu tun, um ihren animalischen Beuteinstinkt loszuwerden, so war Ancrus bereit, alles zu tun, um das Buch das Vaters zu bekommen.

Alles.

# DIE ZUSAMMENKUNFT

Seit dem Ende der Ereignisse an der Barriere von Valheel vor nicht einmal drei Wochen lag eine bedrückende Stille über den Ahnenländern. Jener kleinen Insel im Nordwesten von Truchten, die seit Generationen für Außenstehende als unerreichbar galt, weil sie von einem geschlossenen Steilküstenring umgeben war.

Einst waren die Ahnenländer ein Teil von Truchten gewesen. Und obwohl es sich tatsächlich nur um eine Insel mit wenigen Quadratkilometern Fläche handelte, war ihr Gebiet in sechs kleine Ländereien unterteilt, die hauptsächlich landwirtschaftlich genutzt wurden, und daher trug die Insel ihren Namen.

Die Bewohner der Ahnenländer wurden sich erst nach und nach der Bedeutung der Schlacht, die sich im letzten Moment zu ihren Gunsten gewendet hatte, bewusst. Auf Thalantia wussten nur die wenigsten von der Legende vom Transzendenten, geschweige denn vom Dunkelträumer. Aber die Bewohner der Ahnenländer, allen voran die Einwohner der Stadt der Ahnen, auch Arcanum genannt, im Zentrum der Insel, kannten diese Legenden. Sie vermieden es, darüber in der Öffentlichkeit zu sprechen, weil sie gelernt hatten, dass die Vergangenheit ruhen müsste, um sich nicht eines Tages zu wiederholen. Als aber Koros kurzzeitig die Macht der Transzendenz in sich aufnahm und damit um ein Haar den Dunkelträumer zurück nach Thalantia gelockt hätte, da wurden die Legenden ferner Tage plötzlich real. So real, dass viele nicht weniger als das blanke Entsetzen packte. Entsetzen darüber, wie fragil ihre vermeintlich abgeschiedene Idylle in Wirklichkeit war.

Und viele hatten Fragen. War die Gefahr gebannt? Ist der Transzendente jetzt wirklich tot? Existiert für den Dunkelträumer doch noch ein Weg zurück? Und wenn ja, weiß der Dunkelträumer, dass es einen Weg nach Thalantia gibt?

Auf diese und zahlreiche andere Fragen gab es aber keine Antworten. Die Präfektin der Ahnenländer versprach, dass keine Gefahr bestünde, aber das glaubten ihr nur die wenigsten.

Weil die Bewohner der Ahnenländer von ihren Volksvertretern keine oder allenfalls beschwichtigende Antworten bekamen, wandten sie sich mit ihren Fragen an denjenigen, der ihnen und vielleicht ganz Thalantia das Leben gerettet hatte.

Sie wandten sich an Antilius, von dem berichtet wurde, seine Augen würden im Mondlicht silbern leuchten.

Antilius selbst konnte jedoch keine Antworten liefern. Denn obwohl er derjenige war, der das alles vernichtende Schwarze Loch geschlossen hatte, verstand er am wenigsten von den Hintergründen, die zur Beinahe-Katastrophe geführt hatten. Er, Gilbert, Pais und der kleine Sortaner Haif saßen seit dieser Zeit hier auf den Ahnenländern fest. Darüber waren sie aber nicht unfroh, da sie von Lois, dem Bruder von Pais, vor allzu aufdringlichen Zeitgenossen abgeschirmt wurden. Sie sollten sich erst einmal erholen und in Ruhe wieder zu Kräften kommen. Lois brachte alle vier in einem kleinen Landgut, ganz im Osten der Insel, unter. Jeder, der an der Tür klopfte und neugierig einen Blick auf die Neuankömmlinge erhaschen wollte, wurde brüsk abgewimmelt.

Die Largonen, welche Antilius beim Kampf gegen Koros Cusuar unterstützt hatten, wurden auf ihren Wunsch hin woanders untergebracht und von der Öffentlichkeit abgeschirmt.

Pais war sehr froh darüber, seinen Bruder wiederzusehen. Nach seiner Flucht von den Ahnenländern vor vielen Jahren, war er sich nicht sicher, ob Lois ihm sein heimliches Verschwinden jemals verzeihen würde. Aber er tat es. Lois wusste, dass sich sein Bruder eingesperrt gefühlt hatte. Niemand durfte die Ahnenländer verlassen, genauso wenig, wie sie jemand Fremdes betreten durfte. Und nichts hasste Pais mehr als das Gefühl, eingesperrt zu sein. Er hatte in den Jahren seines Exils seine Entscheidung nie bereut. Aber nun, da ihn die vergangenen Ereignisse wieder hierher geführt hatten, da kamen ihm manchmal Zweifel, ob es richtig gewesen war, seine Familie und seine Freunde heimlich zu verlassen. Er fragte sich, ob er sie nicht gar im Stich gelassen hatte.

All diese Zweifel und Befürchtungen diskutierte Pais in diesen Tagen nun ausführlich mit seinem Bruder, mit dem er seit so vielen Jahren keinen Kontakt mehr hatte. Aber Lois gab ihm keine Sekunde Anlass dafür, sich schuldig zu fühlen. Er war einfach nur froh, seinen Bruder wiederzuhaben.

Und Pais war noch nie in seinem Leben so sehr mit Dankbarkeit erfüllt.

Für den kleinen und stämmigen Sortaner Haif war alles ein großes Abenteuer. Er entdeckte eine Seite an sich, von der er nie zuvor in Erwägung gezogen hätte, dass er sie besitzt. Ja, Haif war davon überzeugt, dass er zum Abenteurer geboren war.

Ursprünglich dachte er lediglich, dass er ein gewinnbringendes Geschäft aus den Geheimnissen rund um den Transzendenten ziehen könne, aber das war ihm jetzt völlig egal. Auch er wollte nun wissen, was es mit dem mysteriösen Dunkelträumer auf sich hatte, und er fragte sich, welche Kräfte in der Vergangenheit wohl am Werk gewesen sein mussten, deren Macht noch bis in die heutige Zeit hineinreichte.

Als er dem Menschen Antilius und seinen Freunden zum ersten Mal begegnet war, da hielt er nicht viel von ihnen. Sie waren überhaupt nicht an Profit interessiert. Und sie waren groß. Denn Größe war eine körperliche Eigenschaft, die bei Sortanern als Anzeichen für geistige Trägheit interpretiert wurde. Er hatte Vorurteile gegen seine menschlichen Mitstreiter. Das musste er sich heute innerlich eingestehen. Genauso, wie er sich nun eingestand, dass er sich geirrt hatte. Und auch, dass sie mehr waren als nur Mitstreiter in einem großen Abenteuer, sondern vielmehr, so etwas wie Freunde.

Freundschaften schließen? Das war eigentlich nicht gerade eine von Haifs Stärken. Er war sich nicht einmal ganz sicher, wie er diesen Begriff Freundschaft für sich definieren würde. Aber er glaubte, dass er in diesen großen Menschen Freunde gefunden hatte, auch wenn er das niemals offen zugeben würde. Zumindest nicht jetzt. Wenn ein anderer Sortaner davon erfahren würde, dass er mit Menschen Freundschaft geschlossen hätte, dann würde er wohl mehr als nur verständnislose Blicke ernten.

Wie dem auch sei. Haif erkannte, dass er mitten in ein großes Abenteuer gestolpert war, dessen magischer Anziehungskraft man sich unmöglich entziehen konnte.

Er sprach fortan nur noch von dem großen Abenteuer, das auf sie alle wartete. Abenteuer hier, Abenteuer da. Von morgens bis abends redete er von nichts anderem.

Nur manchmal in diesen Tagen auf dem Landgut, wenn sich die Dunkelheit über die Felder legte, in einer stillen Stunde, wenn Haif alleine mit seinen Gedanken war, dann war er sich ob seiner neu entdeckten Abenteuerliebe selbst ein wenig unheimlich.

Gilbert indes hatte seit dem Tag, an dem die Gefahr durch den Transzendenten und den Dunkelträumer vorläufig gebannt war, nicht viel geredet.

Durch seine Ankunft in Verlorenend zusammen mit Antilius war er kurzzeitig aus seinem Gefängnis, dem Spiegel, befreit worden. Er hatte aufgrund der Dramatik der Ereignisse nie Zeit gefunden, sich dieser unfassbaren Freude über seine Befreiung bewusst zu werden. Die wenigen Stunden außerhalb seines Gefängnisses erschienen ihm heute nur noch surreal; fast schon wie ein Traum.

Der Transzendente war besiegt, aber Gilbert war wieder hinter dem Spiegelglas gefangen. In einem kleinen Raum mit einem Fenster, durch das die Illusion einer Sonne Licht spendete.

Gilbert hatte Antilius von seiner Geschichte erzählen wollen, als er aus dem Spiegelgefängnis befreit wurde. Er wollte ihm erzählen, wie er vor vielen Jahren dort hinein gelangt war. Aber jetzt brachte er keinen Mut mehr dazu auf. Denn er hatte damals nicht nur seine Freiheit verloren, sondern auch jemanden, ohne den er nicht mehr vollkommen war. Die Frau, mit der er den Rest seines Lebens verbringen wollte.

Irgendwann würde er Antilius alles erzählen müssen. Irgendwann müsste er die Vergangenheit wieder hervorholen und sich ihr stellen. Das wusste Gilbert. Doch jetzt war nicht die Zeit dafür.

Und Antilius selbst? Er fühlte sich leer. Ihm wurde gesagt, er hätte Thalantia vor einer Katastrophe bewahrt. Ihm wurde gesagt, dass seit seiner Rückkehr aus Verlorenend seine Augen im Mondlicht des Mondes Quathan silbern leuchten würden. Immer und immer wieder sprach man darüber, und Antilius konnte sich auf alles keinen Reim machen. Er war erschöpft.

Das Orakel in Verlorenend hatte ihm nur soviel erzählt, wie er wissen musste, um Koros Cusuar letztlich zu besiegen. Aber es hatte ihm auch vage vom Dunkelträumer berichtet. Ihm hatte Antilius an der Barriere von Valheel durch eine Art Tunnel in die Augen geblickt. Und seither fühlte er sich so erschöpft. Und älter. Keiner sprach es aus, aber seit er vom Orakel aus Verlorenend wieder zurückgeschickt worden war, sah er deutlich älter aus als zuvor. Sein Gesicht wirkte kantiger. Die Haut unebener. Die Kräfte, denen er ausgesetzt war, waren so unersättlich, dass sie spürbar an ihm gezehrt hatten.

Er fürchtete sich davor, den Geheimnissen um den Dunkelträumer noch weiter auf die Spur zu gehen, aber er fühlte, dass seine Reise gerade erst begonnen hatte.

Sein Gedächtnisverlust hatte definitiv etwas mit den jüngsten Vorgängen hier auf Thalantia zu tun.

Eigentlich war er nach Truchten gereist, um etwas über seine eigene Vergangenheit herauszufinden. Aber bisher taten sich ihm statt Antworten nur neue Rätsel auf, wobei das größte Rätsel er selbst zu sein schien.

Auch wenn Antilius bis heute nicht in Erfahrung bringen konnte, wer er eigentlich wirklich war, so hatte er doch etwas über sich gelernt. Nämlich, dass er über Fähigkeiten zu verfügen schien, die normale Menschen nicht hatten. Und diese besonderen Fähigkeiten, so glaubte er, waren der Schlüssel zum Öffnen des Schlosses aller Fragen.

Antilius machte sich Vorwürfe, dass es ihm nicht gelungen war zu verhindern, dass Gilbert erneut in den Spiegel geraten war und eingesperrt wurde. Diesmal ohne vorstellbare Aussicht, ihn jemals wieder dort herauszubekommen.

Wenn die Nacht über das kleine Landgut, das ihre vorläufige Herberge war, hereinbrach, und alle schliefen, dann schlich sich Antilius manchmal heimlich aus dem Haus und wanderte entlang der östlichen Steilküste unter dem silbernen Mondlicht von Quathan. Nur dann fand er Trost und Ruhe.

Seit seine Augen jenes ferne Licht zu reflektieren begannen, fühlte er eine merkwürdige Verbindung zwischen sich und jenem Mondlicht. Er fühlte sich jenem Licht zugehörig. Er war ein Teil von ihm. Es machte ihn seine Fragen und seine Sorgen vergessen.

Und so wie in vielen Nächten zuvor, war Antilius auch in der letzten Nacht, die seine Freunde und er auf dem Landgut verbrachten, unterwegs, stets begleitet vom abnehmenden Mond, der jetzt nur noch eine dünne Sichel war und nur wenig von seinem mystischen Schein auf die Ahnenländer warf.

Morgen würde die Präfektin der Ahnenländer persönlich hier erscheinen, um die Lage zu besprechen und die Gefahren für Thalantia in der Zukunft auszuloten.

Pais hatte gegenüber Antilius angedeutet, dass die Präfektin über Wissen verfügen könnte, dass niemandem sonst mehr zugänglich sei. Irgendwie hoffte Antilius, dass dem nicht so war. Ein Teil von ihm wollte nichts mehr von den sonderbaren Geschehnissen wissen und einfach nur in Frieden leben, auch wenn dies bedeuten würde, dass er weder etwas über seine Herkunft erfahren noch seine fehlenden Erinnerungen jemals wieder erhalten würde.

Er saß am Klippenrand im fahlen Mondlicht und schaute aufs nächtliche Meer hinaus. Immer wieder war er in den vergangenen Tagen an diesen Ort gekommen, um sich über seine Gefühle im Klaren zu werden. Aber es gelang ihm nicht. Das Gefühl der Leere lag wie ein dunkler Schleier über ihm.

Er hatte dem Dunkelträumer in die Augen gesehen, als sich an der Barriere ein fragiler Durchbruch gebildet hatte. Und für einen verschwindend geringen Bruchteil einer Sekunde hatte er in diesen Augen Dinge gesehen, die alles erklärten. Wirklich alles. Nur konnte er sich, wie durch einen dunklen Zauber beeinflusst, nicht mehr daran erinnern.

Doch eine Gewissheit hatte er aus diesem Augenblick bewahrt. Eine Gewissheit, die er sich erst heute in dieser Nacht eingestand. Nämlich die, dass auf Thalantia noch uralte Mysterien verborgen waren, die seine Vorstellungskraft zwar überstiegen, denen er sich aber würde stellen müssen.

Seine Reise hatte gerade erst angefangen. Alles, was bis zu diesem Tage geschehen war, sollte nur ein kleiner Vorgeschmack auf das sein, was ihn noch erwartete.

Am nächsten Morgen, kurz nach Sonnenaufgang, trat wie angekündigt die Präfektin der Ahnenländer in das kleine Bauernhaus ein. Lois hatte sie hierher begleitet, doch kurz nach ihrer Ankunft bat sie ihn, das Haus wieder zu verlassen. Sie wollte allein mit Antilius, Pais, Haif und Gilbert sein, und niemand sollte sie stören.

Obwohl Lois genau wie die anderen sehr gespannt auf die Worte der Präfektin war, protestierte er nicht und verschwand durch die Eingangstür nach draußen.

Im geräumigen Wohnraum stand ein großer Esstisch aus Eichenholz, an dem die Besprechung stattfinden sollte.

Alle setzten sich, und Pais legte noch ein Scheit Holz in das Feuer des großen Kamins, da der Morgen die Kühle der Nacht noch nicht vollständig verdrängt hatte, bis auch er Platz nahm.

Die Präfektin war eine ältere Frau mit langen hellgrauen Haaren. Sie trug ein einteiliges Baumwollgewand, das nur den ranghohen Mitgliedern der Ahnenländer vorbehalten war. Schon bei ihrer Ankunft hatte sie jeden der Neuankömmlinge eindringlich gemustert. Besonders Antilius. An ihn richtete sie ihre ersten Worte.

»Zunächst möchte ich mich im Namen aller Bewohner der Ahnenländer bei Euch bedanken, dass Ihr uns vor dem Untergang gerettet habt.«

Antilius wollte etwas erwidern, weil er doch gar nicht wusste, was er getan hatte, aber die Präfektin machte mit einer Handbewegung deutlich, dass sie jetzt nicht unterbrochen werden wollte.

»Ich weiß, dass es nichts gibt, das wir Euch anbieten könnten, um die Schuld zu begleichen, in der wir bei Euch stehen. Aber vielleicht gibt es etwas, das ich tun kann, damit wir verstehen, was es mit den Ereignissen auf sich hat. Doch zuvor würde ich mir gerne anhören, was jeder einzelne aus seiner Sicht erlebt hat, und wie es Euch letztlich hierher verschlagen hat. Und ich bitte jeden, kein Detail auszulassen, denn ich bin in großer Sorge um unser aller Sicherheit.«

Antilius begann zu erzählen, was er seit seiner Ankunft auf Truchten erlebt hatte. Er erzählte von seiner Suche nach Brelius Vandanten, mit der alles angefangen hatte. Er berichtete von seiner Begegnung mit den Spähern im Turm der Zeit, und er erzählte, was er in Verlorenend erlebt hatte. Wie er dort dem Orakel begegnet war, das für ihn gestorben war, damit er zurück in die reale Welt konnte, um sich dem Transzendenten zu stellen.

Danach war Pais an der Reihe, dann Gilbert, dessen Spiegel auf dem Tisch aufgerichtet war, und zum Schluss berichtete Haif. Der Sortaner war sichtlich aufgewühlt und überschlug sich manchmal beim Sprechen vor Aufregung. Er fühlte sich so unglaublich wichtig.

Die Präfektin hörte sich alles sehr konzentriert an. Sie unterbrach die Berichte nicht ein einziges Mal.

»Pais und ich konnten uns gerade noch in Sicherheit bringen, als dieses riesige schwarze Loch alles in sich aufzusaugen begann, und die kolossalen Statuen in sich zusammenstürzten. Ich schloss die Augen, und plötzlich war alles vorbei.

Ich öffnete meine Augen wieder, und Antilius war dort, wo das Loch zuvor gewütet hatte«, sagte Haif am Ende seines Berichts.

Die Präfektin nickte nachdenklich und bedankte sich bei Haif.

»Was besorgt Euch, Präfektin?«, fragte Pais.

»Nun, ich gestehe, ich weiß nicht recht, wo ich beginnen soll. Ich bin verwirrt. Wahrscheinlich stehe ich noch unter dem Einfluss des Geschehens an der Barriere«, sagte sie. Die Präfektin faltete die Hände auf dem Tisch und beugte sich vor.

»Was ich jetzt sagen werde, darf diesen Raum nicht verlassen.«

»Selbstverständlich, Präfektin«, versicherte Pais.

»Gut. Ich befürchte, dass die Gefahr durch den sogenannten Dunkelträumer nicht gebannt ist. Der Transzendente wurde besiegt, aber seine Macht wurde von den Wesen, die Antilius als Späher bezeichnet hat, in Besitz genommen.

Wie wir durch seine Schilderungen nun wissen, braucht der Dunkelträumer einen Transzendenten, um in unsere Welt vorzudringen. Und solange die Macht der Transzendenz noch existiert, solange wird der Dunkelträumer nicht müde werden, seine Pläne in die Tat umzusetzen und auf einen neuen Transzendenten zu warten, der ihn nach Thalantia holt.«

»Was wisst Ihr über den Dunkelträumer? Was ist vor tausend Jahren hier auf Thalantia geschehen?«, fragte Antilius gespannt.

»Das würde mich auch interessieren«, sagte Pais. »Es wundert mich sehr, dass es überhaupt jemanden gibt, der etwas über diese Dinge aus der fernen Vergangenheit weiß. Ich kenne jedenfalls niemanden, der jemals etwas von einem Dunkelträumer gehört hätte.«

»Aus gutem Grund«, erwiderte die Präfektin bestimmt. »Aus gutem Grund, Herr Ismendahl. Was sich vor über zehn Jahrhunderten auf Thalantia ereignet hat, sollte in Vergessenheit geraten, damit es sich nicht wiederholt.

Ich bin eine von sehr wenigen, die noch Kenntnisse über jene ferne Vergangenheit hat. Das meiste davon stammt aus mündlichen Überlieferungen, die von Generation zu Generation weitergegeben wurden. Aber es gibt auch noch ein paar Artefakte, die wir verwahrt haben.«

Pais, der sich die ganze Zeit über an seinem bärtigen Kinn gekratzt hatte, hielt inne und schaute die Präfektin überrascht an: »Ihr seid noch im Besitz von Gegenständen, die etwas über die Vergangenheit Thalantias erzählen könnten?«

»Ganz recht.«

»Das ist ja dreist!«, fuhr Pais lauthals fort. »Mit welchem Recht haltet Ihr dieses Wissen unter Verschluss? Wissen, das etwas darüber aussagt, wer unsere Vorfahren waren, und wie sie gelebt haben.«

»Ich dachte, das hätte ich eben erklärt. Weil es zu gefährlich ist«, antwortete die Präfektin ruhig, aber entschlossen.

Pais schnaufte verächtlich. »Eure Geheimhaltung hat beinahe zu einer Katastrophe geführt, weil keiner wusste, was vor sich ging, als Koros zum Transzendenten wurde. Wenn Antilius, durch welchen Zufall auch immer, nicht nach Truchten gekommen wäre, dann würde es uns alle nicht mehr geben. Ist Euch das klar?«

»Ich mache mir keine Gedanken über das, was gewesen sein könnte, sondern über das, was sein wird«, erwiderte die Präfektin jetzt in einem schärferen Ton. »Die Vergangenheit in Vergessenheit geraten zu lassen, geschah in guter Absicht. Vielleicht war es im Nachhinein betrachtet keine weise Entscheidung, aber es war die beste, die unseren Vorfahren zur Verfügung stand. Unsere Vorfahren waren es, die Thalantia vor der Vernichtung bewahrt haben, und nun ist es an uns, ihr Erbe fortzuführen. Nun liegt das Schicksal Thalantias in unseren Händen.«

»So sagt uns doch jetzt endlich, was damals geschehen ist!«, rief Haif. Er hielt es einfach nicht länger aus, auf die Folter gespannt zu werden und zappelte auf seinem Stuhl hin und her.

»Ja, sprecht es endlich aus«, stimmte Gilbert aus dem Spiegel zu.

Die Präfektin sah kurz zu Antilius. Er saß mit gesenktem Kopf da, der Herausforderungen harrend, die ihre nächsten Worte enthüllen würden.

Sie erhob sich von ihrem Platz, ging zum Kamin und richtete ihren Blick auf das lodernde Feuer.

»Vorab sei gesagt, dass mein Wissen nur sehr lückenhaft ist. So vieles, das an jene Zeit erinnern könnte, wurde zerstört, sodass es beinahe einem Wunder gleicht, dass wir überhaupt die Ereignisse grob rekonstruieren können. Das, was wir auf den Ahnenländern heute wissen, stammt aus Überlieferungen, die einer kleinen Gruppe entstammen. Diese Gruppe hatte damals entschieden, ihr Wissen nur innerhalb ihrer Organisation mündlich an die nachfolgenden Generationen zu überliefern. Aus diesem Grunde ist viel von dem Ursprungswissen mit den Jahrhunderten verloren gegangen«, sagte sie leise. »Vor etwas mehr als tausend Jahren, da tobte ein schrecklicher Krieg auf Thalantia. Viele denken heute, dass die damaligen einflussreichen und erfinderischen Königreiche diesen Krieg gegeneinander geführt haben. Und man glaubt, dass dieser Krieg alles vernichtet hat, weshalb es aus dieser Zeit keine Aufzeichnungen mehr gibt. Aber das ist nicht wahr. Im Gegenteil: Unsere Vorfahren kämpften vereint, Seite an Seite. Doch kämpften sie gegen Mächte, denen sie trotz ihrer fortschrittlichen Errungenschaften nichts entgegenzusetzen hatten.

Ihr müsst wissen, dass unsere Vorfahren zu jener Zeit regelrecht besessen davon waren, Maschinen zu bauen und sich die geheimnisvollen Energiequellen Thalantias zunutze zu machen. Einige wenige Relikte existieren auch heute noch, wie die Schienenbahn, die Ihr selber schon benutzt habt. Jene Technologie war so weit fortgeschritten, dass man sie bis heute nicht einmal im Ansatz nachbauen könnte.

Aber das, was Thalantia heimsuchte, war mit keiner Maschine der Welt zu bekämpfen.«

»Und was soll das gewesen sein?«, fragte Pais.

»Es waren Wesen in unsere Welt eingefallen, die von irgendwoher außerhalb von Thalantia kamen. Sie alle waren gekommen, um eine Kraft an sich zu reißen, die im ganzen Universum einmalig ist.«

»Sie meinen doch nicht etwa, Außerirdische wären hierher gekommen? Entschuldigt bitte, aber das kann unmöglich Eurer Ernst sein«, sagte Pais zweifelnd.

»Ich weiß selber nicht, wie man sie bezeichnen soll. Die Überlieferungen sind hier nicht eindeutig. Es sollen Wesen darunter gewesen sein, die ähnlich wie der Transzendente über Fähigkeiten verfügten, die wir wohl nie begreifen können. Wesen, die nicht nur von fremden Welten, sondern auch aus anderen Realitäten, aus Parallelwelten oder auch aus anderen Dimensionen entstammten.«

»Das klingt ziemlich verrückt«, sagte Pais. »Ich will ja gar nicht leugnen, dass es solche Wesen gegeben hat oder noch geben mag, aber warum sollten sie plötzlich über unsere kleine, unscheinbare Welt hergefallen sein? Was soll das für eine besondere Kraft sein, um die sie gekämpft haben?«

»Sie waren hier wegen Ilbétha. Sie war der Grund«, sagte Antilius plötzlich, der sich die ganze Zeit über still zurückgehalten hatte.

»So ist es«, bestätigte die Präfektin.

»Moment mal! Da komme ich nicht mit,« fiel Haif ein. »Wer soll diese Ilbétha sein? Was ist das überhaupt für ein komischer Name?«

»Leider kann ich diese Frage nicht beantworten. Niemand hat nach dem Krieg herausfinden können, wer oder was Ilbétha war, und woher sie gekommen ist. Wir wissen nur, dass sie der Grund für den Krieg war. Sie erschien plötzlich auf unserer Welt. Irgendetwas an ihr muss so wertvoll gewesen sein, dass es eine kriegerische Auseinandersetzung rechtfertigte.

In einem Schriftstück, das wir besitzen, wird Ilbétha als die höchste Kraft im Universum beschrieben, auch wenn wir die Herkunft dieser Schrift nicht eindeutig nachvollziehen können.

Der Name Ilbétha setzt sich, soviel wir heute wissen, aus zwei Wortteilen zusammen. Das eine Wort Il bedeutet Insel. Und Bétha kann übersetzt werden als Unendlichkeit oder Unerreichbarkeit. Das ist ja auch der Name der Vierten Inselwelt. Man vermutete auch, es könnte grenzenlos oder unsterblich bedeuten. Wir wissen es einfach nicht genau«, sagte die Präfektin, während sie wieder zu ihrem Stuhl ging und sich setzte.

»Die feindlichen Invasoren wollten also Ilbétha für sich beanspruchen. Welche Rolle spielten dabei Thalantias Königshäuser? Hatten sie gegen die Invasoren um Ilbétha gekämpft? Wussten sie überhaupt, womit sie es zu tun hatten?«, fragte Pais.

»Wir glauben, dass man auf Thalantia zunächst keine Ahnung hatte, was Ilbétha war. Wie auch? Wir wissen es bis heute nicht. Ilbétha brauchte aber Schutz, und offenbar erkannten die Thalantianer ihre Bedeutung. Sie wollten sie beschützen, obwohl sie nicht die richtigen Mittel zur Verteidigung besaßen.«

»Und wie ist dieser Konflikt ausgegangen? Ich meine, wenn sie gegen die Invasoren machtlos waren, dann ist Ilbétha wahrscheinlich entführt worden. Habe ich recht?«, fragte jetzt Gilbert, der genauso wenig wie die anderen etwas über die wahre Geschichte des Krieges wusste.

»Nein. Von den wenigen Quellen, die wir haben, geht relativ eindeutig hervor, dass Ilbétha starb und deshalb für die Invasoren keinen Wert mehr besaß. Sie war geschwächt auf unsere Welt gekommen und überlebte den Krieg nicht.«

Antilius musste daran denken, was das Orakel in Verlorenend ihm anvertraut hatte. Nämlich, dass Ilbétha noch irgendwo auf Thalantia sein würde, und er mit niemandem darüber sprechen dürfe. Aus diesem Grunde behielt er diese Information erst einmal für sich. Wenn Ilbétha noch leben würde, dann wären die Folgen kaum auszudenken.

Die Präfektin fuhr fort: »Die Geschöpfe, die unsere Welt überfallen hatten, zogen sich nach und nach zurück. Einige kehrten in ihre Heimatwelten zurück. Andere jedoch konnten oder wollten nicht mehr zurück. Nach dem Tod Ilbéthas muss ein heilloses Durcheinander geherrscht haben. Die zurückgebliebenen Fremden verkrochen sich in die dunkelsten Ecken und Winkel Thalantias, weil sie sich vor Vergeltungsmaßnahmen der Thalantianer fürchteten. Viele sind in ihren Verstecken verendet. Aber einige haben überlebt. Wie zum Beispiel das Sandwesen, von dem Antilius erzählt hat. Oder die Späher, die im Turm der Zeit leben. Das vermuten wir zumindest.«

»Und der Dunkelträumer ist dann vermutlich auch einer der Übriggebliebenen, nur mit dem Unterschied, dass er nicht hier auf diesem Planeten ist«, folgerte Pais.

Die Präfektin nickte.

»Verzeiht«, begann Antilius, »aber der Sandling, dem ich begegnet war, schien mir kein aggressives Wesen zu sein. Er hatte mir bei meiner Suche geholfen, kurz bevor er starb.«

»Nicht jedes Geschöpf von außerhalb war von Grund auf böse. Es war vielmehr so, dass Ilbétha auf alle eine magische Anziehungskraft ausübte, der sich keiner widersetzen konnte. Es muss eine Art Besessenheit gewesen sein, die in einen gewalttätigen Konflikt mündete.«

»Und welche Rolle spielte dabei der Dunkelträumer?«, fragte Haif.

Die Präfektin schaute den kleinen Sortaner verschwörerisch an: »Der Dunkelträumer war von allen fremden Wesen das gefährlichste und hinterhältigste. So jedenfalls ist es uns überliefert. Aber um Euch die Gefahr, die von ihm ausgeht, zu verdeutlichen und Euch zu erklären, wie es zu seiner Verbannung kam, werde ich Euch in die Stadt der Ahnen mitnehmen. Im Zentrum, tief unter der Erde, haben wir eine Pinakothek. Vielleicht werdet Ihr dann auch besser verstehen, warum unsere Vorfahren beschlossen hatten, nach dem Ende von Ilbétha all das zu vernichten, was an jene Zeit erinnern könnte, und das wenige Verbliebene geheim zu halten.«

»Eine Pinakothek? Das heißt, Ihr besitzt Gemälde, die von jenen finsteren Tagen berichten? Gemälde, die über tausend Jahre alt sind?«, fragte Antilius, völlig perplex.

»Arcanum, die Stadt der Ahnen!«, seufzte Haif. »Ich werde die Stadt der Ahnen betreten. Das ich das noch erleben darf!«

Die Präfektin kam gar nicht dazu, Antilius' Frage zu bejahen, da Pais als Nächster das Wort ergriff.

»Dann sollten wir sofort aufbrechen. Ich habe ein ungutes Gefühl bei dem Gedanken an diesen Dunkelträumer. Was immer er vorhat bei seiner geplanten Rückkehr, es ist bestimmt nichts Gutes. Jeder noch so kleine Hinweis, den wir in Arcanum erhalten, kann sich als nützlich erweisen. Ihr, Präfektin, würdet uns nicht die Ehre erweisen, die Stadt der Ahnen zu betreten, wenn Ihr nicht von einer noch größeren Gefahr für uns alle ausgehen würdet. Eine Gefahr, die sich unserer Kontrolle entziehen könnte, meine ich.«

Die Präfektin sah Pais scharf an. Entweder mochte sie es nicht, dass ihre wahren Befürchtungen offengelegt wurden, weil sie als Anführerin eine beruhigende Wirkung auf ihre Untergebenen haben sollte, oder sie mochte solche Analysen nicht gerade von Pais hören, weil er in ihren Augen ein Deserteur war. Aber Pais war es gleich, was sie über ihn dachte.

»Ich hoffe, dass keine unmittelbare Gefahr droht. Aber ich stimme Euch zu. In knapp zwei Stunden können wir schon dort sein, wenn wir zügig laufen«, sagte sie.

»Laufen? Zu Fuß?«, fragte Haif verdutzt, der sich eigentlich schon auf ein opulentes Mittagessen auf dem Landgut gefreut hatte.

Pais stand von seinem Stuhl auf und fasste Haif an seine fellbedeckte Schulter. »Abenteuer werden wir nicht erleben, wenn wir hier bleiben und uns die Bäuche vollschlagen«, sagte er mit einem ungewohnt gutmütigen Lächeln.

»Du hast wohl recht«, sagte Haif wehmütig. »Ich werde diese ruhigen Tage hier vermissen. Und das Essen.«

*Ganz besonders das Essen,* dachte er ergänzend.

Antilius brannte noch eine Frage auf der Seele, weshalb er als Letzter von seinem Stuhl aufstand und sich dann nach anfänglichem Zögern doch an die Präfektin wandte.

»Eine Frage hätte ich noch«, begann er. »Ihr erzähltet uns soeben von der Wortherkunft des Namens Ilbétha.«

»Ja?«

»Ich frage mich, ob Ihr mir etwas über die Herkunft meines Namens sagen könnt. Wie Ihr bereits wisst, ist Antilius dem Anschein nach nicht mein richtiger Name. Es wurde mir nur geraten, diesen Namen fortan zu verwenden, weil er einzigartig sei. Ich weiß zwar, dass wir jetzt wichtigere Dinge zu erledigen haben, aber es würde mir sehr viel bedeuten, wenn Ihr etwas darüber wisst.«

Die Präfektin nickte verständnisvoll. »Ich wollte es Euch eigentlich unter vier Augen sagen, aber ich kann es auch hier tun, wenn Euch das recht ist.«

»Was meine Person betrifft, so habe ich vor meinen Freunden keine Geheimnisse«, sagte er.

Haif schwoll ein wenig die Brust. *Freund*, dachte er stolz.

»Der Name Antilius ist, soweit ich das sagen kann, in der Tat einzigartig. Wenn ich mich aber nicht irre, dann steckt in Eurem Namen ein Begriff aus der alten Sprache, der sich eindeutig übersetzen lässt.«

»Welcher?«, fragte Pais, der Antilius zuvorgekommen war, denn so wie alle anderen im Raum war auch er sehr gespannt auf eine Antwort.

»Es gibt nur das Wort Antil, das ich kenne und welches das Einzige ist, das sich aus Ihrem Namen eindeutig ableiten lässt.« Sie machte eine kurze Pause und Antilius bekam ein ungutes Gefühl in der Magengegend.

»*Antil* bedeutet in der alten Sprache soviel wie *ausgestoßen* oder *vertrieben*«, sagte die Präfektin. »Hilft Euch das weiter?«

Antilius schüttelte den Kopf.

Alle machten nachdenkliche Gesichter, nur Gilbert, dessen Spiegel immer noch auf dem Tisch stand, versuchte sich an einer Bemerkung, die an alle gerichtet war. »Merkwürdig, findet ihr nicht? Ich meine, dieser Begriff würde doch eher auf diesen Dunkelträumer passen. Schließlich ist er der Ausgestoßene, aus welchen Gründen auch immer das geschehen sein mag.«

Pais wollte barsch etwas erwidern, unterließ es dann aber, weil er zu dem Schluss kam, dass Gilberts Gedanke alles andere als dumm war.

Die Präfektin wandte sich an Antilius, der über die Bedeutung seines Namens grübelte. »Es ist zu schade, dass Ihr Euch nicht erinnern könnt. Augenscheinlich gibt es eine Verbindung zwischen Euch, dem Dunkelträumer und den außergewöhnlichen Ereignissen.«

»Niemand bedauert meinen *Zustand* mehr als ich«, sagte Antilius enttäuscht.

»Das sollte keine Kritik sein«, entschuldigte sich die Präfektin. »Ich will damit nur sagen, dass Ihr möglicherweise der Schlüssel seid, um die Bedrohung durch den Dunkelträumer endgültig zu beenden.«

»Und um diese Bedrohung besser zu verstehen«, mischte sich Pais ein, »solltet Ihr uns jetzt zur Stadt der Ahnen führen, Präfektin. Es eilt.«

Alle packten ihre wenigen Habseligkeiten zusammen.

Antilius steckte den Spiegel von Gilbert mit dem Griff an dessen Unterseite in die Brusttasche seines Hemdes. Mit der Spiegelseite nach vorne gerichtet, konnte Gilbert auf diese Weise alles sehen, was Antilius sah. Genauso wie er es zu Beginn seines Abenteuers gemacht hatte.

Dann verließen alle das Gutshaus Richtung Westen des kleinen Eilands.

*Ausgestoßener.* Antilius wiederholte das Wort immer und immer wieder im Gedanken. *Irgendwie passt es zu mir,* dachte er.

Mehr als je zuvor zweifelte er daran, jemals wieder vollständig in den Besitz seiner verlorenen Erinnerungen zu kommen.

Seiner Erinnerungen an die Vergangenheit beraubt und daher in Unkenntnis seiner Wurzeln, war er gewissermaßen ein Ausgestoßener.

Antilius, ein Name wie ein Stigma. Er fragte sich, ob er ihn jemals ablegen und durch seinen wahren Namen würde ersetzen können.

# ARCANUM

»Ist es noch weit?«, wollte Haif wissen, dessen Magen während des Fußmarsches bedenklich laut zu knurren begonnen hatte.

»Bist du etwa schon erschöpft?«, fragte ihn Pais mit einem süffisanten Lächeln auf den Lippen. Sie hatten schon einen Großteil der Strecke zur großen Stadt der Insel der Ahnenländer hinter sich gebracht, aber das wollte er dem Sortaner noch nicht verraten, weil er sein überraschtes Gesicht sehen wollte, wenn er die Stadt der Ahnen erblicken würde.

»Also, eigentlich habe ich ja nichts gegen lange Fußmärsche. Aber mir hat niemand gesagt, dass wir fast die ganze Zeit bergauf gehen müssen«, sagte Haif, wobei er zwischen den beiden Sätzen mehrmals Luft holen musste.

»Nun übertreibe mal nicht. Wir machen hier keine Bergbesteigung«, erwiderte Pais.

Haif blieb stehen, um zu verschnaufen, und Pais tat es ihm gleich. Er konnte sich trotz Haifs Neigung zur Übertreibung gut vorstellen, dass es für den Sortaner mit seinen kurzen Beinen anstrengender war, bergauf zu laufen als für einen Menschen.

Die Präfektin und Antilius waren schon weiter oben auf dem langgestreckten Hang, dessen Neigung zwar wirklich nicht steil, aber auch nicht ohne Kraftanstrengung zu bewältigen war.

»Also ich finde die Steigung schon ziemlich groß«, sagte Haif trotzig. »Und wenn das hier kein Berg und kein Hügel ist, was ist es dann? Der Hang ist mit Gras bewachsen. Überall liegen Steine verstreut. Was ist das hier?«

Pais grinste stolz. »Das hier, mein pelziger Freund, ist kein Berg, sondern ein Vulkan.«

»Wie bitte? Ich höre wohl nicht recht!«

»Keine Sorge. Der Vulkan ist schon seit Jahrmillionen erloschen und längst von der Natur übergrünt. Wir sind hier auf der äußeren Flanke seines Kegels, der am obersten Kraterrand einen Durchmesser von etwa 900 Metern hat.«

Haif sah Pais verwirrt an: »Ja, aber wo ist dann die Stadt der Ahnen?«

»Haif!«, rief Antilius vom Kraterrand herunter, den er soeben mit der Präfektin
erreicht hatte. »Das musst du dir ansehen! Komm schnell!«

Haif warf Pais nochmals einen fragenden Blick zu.

»Geh schon!«, sagte dieser nur.

Jetzt hatte Haif die Neugier gepackt. Schnaufend hechtete er die letzten Meter zum höchsten Punkt des Kraters. Pais folgte ihm voller Vorfreude auf den bevorstehenden Anblick.

Als sie ihn erreicht hatten, verschlug es dem Sortaner den Atem. Sie blickten auf das Innere des kegelförmigen Kraters, dessen Hang innen trichterförmig etwa dreihundert Meter tief reichte. Der gesamte innere Kraterhang war in zwölf künstlich angelegte Terrassen abgestuft. Und jede Terrasse, von der höchsten nur wenige Meter unter ihnen bis zur niedrigsten im Inneren waren, war mit unzähligen verschieden großen Häusern bebaut. Sie waren verstreut zwischen großzügigen Gärten mit Bäumen und Sträuchern, Parkanlagen, Marktplätzen, Feldern und einem gigantischen Aquädukt, dessen fließendes Wasser sich seinen Weg durch unzählige Kanäle, kleinere Becken, künstliche Wasserfälle und imposante Brücken über sämtliche Terrassen bahnte.

Überall waren Menschen zu sehen, die in dem gigantischen Konstrukt so winzig wie Ameisen wirkten.

Ganz unten im Krater hatte sich ein kleiner See gebildet, aus dessen Mitte ein kleiner Lavadom hervorragte, einer Kuppel aus erstarrter Lava. Und auf dieser Kuppel, vom tiefsten Punkt des Kraterinneren, ragte ein säulenförmiger, schmaler Turm empor. Es war der größte Turm, den Antilius, Gilbert und Haif je gesehen hatten. Dreihundert Meter reichte er in die Höhe, sodass seine Zinne etwa auf einer Höhe mit dem oberen Kraterrand lag, auf dem sie sich gerade befanden. Eine filigrane Steinbogenbrücke verband die Turmspitze in der Mitte mit dem äußeren Rand.

»So etwas Riesiges habe ich noch nie gesehen!«, rief Haif aufgeregt.

»Niemand, der nicht hier geboren wurde, hat die Stadt der Ahnen je gesehen«, merkte die Präfektin sichtlich stolz an.

»Ich hatte ganz vergessen, wie schön sie ist«, sagte Pais sichtlich gerührt. Nie hätte er gedacht, nach so vielen Jahren wieder hierher zurückzukehren.

Die Gruppe, angeführt von der Präfektin, lief ein Stück auf dem Kraterrand entlang bis zur Steinbrücke.

»Wir werden die Stadt der Ahnen betreten, indem wir über die Brücke und dann durch den Turm im Zentrum nach unten gehen werden. Direkt unter dem Turm in einem unterirdischen Raum unter dem See befindet sich die Pinakothek«, sagte die Präfektin und eilte zügigen Schrittes voran.

Sie überquerten die Brücke. Antilius und Haif drehten ständig ihre Köpfe von der einen zur anderen Seite, so viel gab es zu sehen. Sie wussten gar nicht, wo sie zuerst hinschauen sollten.

»Unglaublich!«, staunte Antilius. »Einfach unglaublich! Wieso wurde die Stadt so aufwendig mitten in einem Krater errichtet, Präfektin?«

»Die Absicht war, die Stadt der Ahnen als eine Art Festung zu bauen. Außerdem kann man trotz der Nähe zum Meer die Stadt hinter dem Vulkankegel von seewärts aus nicht sehen. Da schien dieser Ort hier genau richtig zu sein, um sich vor unerwünschten Blicken zu schützen.«

»Ein gutes Versteck. Ein wirklich gutes Versteck. Die Menschen sind gar nicht so dumm«, sagte Haif anerkennend.

»Na, wenn das von dir kommt, muss das ja ein besonderes Lob sein«, stichelte Gilbert aus seinem Spiegelgefängnis.

»Ja, ja. Mach du nur deine Witze, Gilbert«, sagte Haif verärgert. »Im Gegensatz zu den Menschen und anderen Völkern ist es uns Sortanern immer gelungen, sich aus Schwierigkeiten oder aus kriegerischen Auseinandersetzungen herauszuhalten.«

»Ja, genau. Ihr Sortaner haltet euch doch aus allem heraus, was mit Stress oder Anstrengung zu tun hat«, sagte Gilbert.

»Das ist nicht wahr! Wenn es so wäre, dann wäre ich ja wohl kaum hier.«

»Ausnahmen bestätigen die Regel.«

Haif wollte dieser Frechheit etwas entgegensetzen, aber Pais hielt ihn zurück und sagte zu Haif: »Er kann einem richtig auf die Nerven gehen, nicht wahr? Daran musst du dich gewöhnen. Glaub mir Haif, alles andere schadet deiner Gesundheit. Ich spreche da aus Erfahrung.«

Mittlerweile hatten sie die Turmspitze erreicht. Eine Wache öffnete ihnen eine hölzerne Tür. Sie durchquerten sie und schritten eine unendlich lang scheinende Wendeltreppe hinab. Als sie unten angekommen waren, fanden sie sich im Freien wieder, auf dem Lavadom. Von hier unten sahen die bebauten Terrassen um sie herum noch majestätischer aus als vorher.

Die Präfektin ging bis zum Ufer des kleinen Sees und machte vor einer in den Boden eingelassenen Luke halt. Sie ging in die Knie und klopfte mehrmals dagegen.

»Hinter dieser Luke ist die Pinakothek?«, fragte Antilius.

»Ja, sie liegt viele Meter unter dem See in einer Höhle, die wohl zu aktiven Zeiten des Vulkans auf natürlichem Wege entstanden ist. Die Luftfeuchtigkeit und die Temperatur sind dort konstant. Damit herrschen ideale Bedingungen für die Gemälde«, erklärte die Präfektin.

Die Luke wurde unter lautem Knarzen von innen geöffnet. Eine hagere und ungewöhnlich blasse Gestalt steckte die Nase heraus. Es war ein alter Mann mit schütterem weißen Haar und trüben Augen.

»Ich glaube, der kommt nicht oft an die frische Luft«, flüsterte Gilbert Antilius zu.

»Präfektin!«, sagte er mit brüchiger Stimme. »Ich fühle mich geehrt, Euch hier wieder begrüßen zu dürfen.« Dann entdeckte er die Neuankömmlinge und sah sie irritiert an, wobei er mehrmals die Augen zusammenkniff. »Was sind das für Leute?«

Die Präfektin stellte jeden ihrer Begleiter kurz vor. Antilius als letzten.

»Antilius...«, wiederholte der alte Mann, der sich zuvor knapp als Avest Dremor vorstellte. »Was für ein ungewöhnlicher Name. Äußerst ungewöhnlich.«

»Dürfen wir nun eintreten?«, fragte die Präfektin.

»Gewiss,« sagte Avest und machte Platz für die Besucher.

Haif wollte gleich als zweiter hinter der Präfektin die Stufen hinter der Bodenluke hinabsteigen, als er von Avest zurückgehalten wurde.

»Es tut mir leid«, sagte er. »Aber ich kann nicht alle hereinlassen. Nur zwei der Fremden dürfen herein. Ihr dürft bestimmen, wer.«

»Avest, ist das jetzt denn wirklich notwendig?«, fragte die Präfektin.

»Es ist mein Verantwortungsbereich. Ich habe in diesem Gewölbe mehr Zeit verbracht als am Tageslicht. Ich möchte nicht, dass etwas zu Schaden kommt. Und zu viele Stimmen könnten die heilige Ruhe dieses Ortes stören.«

»Ist schon gut«, sagte Pais. »Antilius und ich werden gehen.«

»Und ich darf nicht mit? Das ist unfair!«, sagte Haif und machte einen Schmollmund.

»Es ist mir wirklich sehr unangenehm«, entschuldigte sich die Präfektin. »Avest kann manchmal sehr... eigen sein«, sagte sie und warf dem alten Mann einen finsteren Blick zu.

»Also schön, dann bleibe ich eben hier. Mit mir kann man es ja machen.«

»Jetzt stell dich nicht so an, Haif. Lass das mal uns Erwachsene machen«, stichelte wieder Gilbert aus seinem Spiegel.

»Du darfst auch nicht mit, Gilbert«, sagte Pais.

»Was? Wieso das denn?«

»Zu viele Stimmen stören die heilige Ruhe dieses Ortes, schon vergessen? Und wenn eine Stimme diesen Ort stören kann, dann mit absoluter Sicherheit deine.«

»Sehr witzig.«

Antilius nahm den Spiegel aus seiner Brusttasche und gab ihn Haif. »Ich verspreche, dass wir euch alles erzählen werden, wenn wir wieder zurückkommen. Würdest du solange auf Gilberts Spiegel aufpassen?«

Widerwillig nahm Haif den Spiegel und nickte knapp. Dann sah er zu Gilbert hinein. »Komm ja nicht auf die Idee, wieder irgendwas Dummes zu sagen! Ich habe nämlich gerade ziemlich schlechte Laune und möchte mich nicht mit dir unterhalten, verstanden?«

»Das beruht auf Gegenseitigkeit«, sagte Gilbert. »Und pass du auf, dass du mir nicht den Spiegel vollhaarst!«

»Na, wie ich sehe, versteht ihr euch beide ganz prächtig. Bis später dann«, sagte Pais schadenfroh und schob Antilius zur offenen Bodenluke, hinter der sie schließlich beide verschwanden.


Eine lange in den Fels gehauene Treppe führte sie direkt in die unterirdische Pinakothek.

Es war zu dunkel, um die Ausmaße der Höhle zu erfassen.

Die Präfektin, Antilius und Pais blieben am unteren Treppenende stehen und warteten, bis Avest mehrere Öllampen entzündete, die in dem Raum an den Wänden verteilt waren.

Die Höhle mit ihren schwarzen Wänden aus erkaltetem Lavagestein entpuppte sich als nicht besonders groß. Die Wände waren begradigt und abgeschliffen worden, damit die Gemälde ordnungsgemäß aufgehängt werden konnten.

Etwa zwei Dutzend dieser Bilder waren hier. Die meisten waren eher klein und zeigten nur nichtssagende Porträts und Landschaftsaufnahmen, die theoretisch jeden Ort auf Thalantia hätten darstellen können.

Nur zwei Bilder fielen aus der Reihe. Eines zu ihrer Linken hatte eine Größe von etwa vier mal fünf Metern. Das andere war so kolossal, dass es die gesamte rechte Höhlenwand für sich beanspruchte. Antilius schätzte seine Größe auf sechzehn mal acht Meter.

Es war zwar noch immer alles andere als hell, aber es reichte aus, um alle Details auf den Bildern erkennen zu können. Zu viel Licht würde den Werken schaden, meinte Avest.

Die Präfektin ging zum linken kleineren Gemälde. »Würdet Ihr unseren Gästen etwas über dieses Bild erzählen, Avest?«

Der räusperte sich. »Ich weiß, dass ich das nicht erwähnen brauche, aber ich muss darum bitten, auf keinen Fall, ich wiederhole, auf gar keinen Fall eines der Bilder zu berühren. Als sie gefunden wurden, waren nicht wenige in sehr schlechtem Zustand. Insbesondere die beiden großen Gemälde waren beinahe zerstört. Es dauerte Jahrzehnte, sie zu restaurieren.«

»Wir werden nichts anfassen,« sagte Pais.

Antilius betrachtete fasziniert das Bild. Auch wenn es nicht offensichtlich war, was es darstellte, so ahnte er es doch sofort.

»Dieses Bild wurde zwar nach dem großen Krieg vor annähernd tausend Jahren gefertigt, es zeigt jedoch eine Begebenheit unmittelbar vor dem Konflikt«, sagte Avest. »Im Vordergrund am unteren Bildrand seht Ihr die Dächer und Zinnen einiger Häuser und Türme, welche wohl den Stadtrand der damaligen Hauptstadt des Königreichs Truchten darstellen sollen. Bewohner strömen aus ihren Häusern ins Freie. Es sind Largonen. Alle wollen sehen, was dort vom Himmel gekommen ist.«

»Es ist ein gleißendes Licht, das über der Erde schwebt. Was soll das sein? Ein Komet?«, fragte Pais.

»Nein. Das ist Ilbétha«, antwortete Antilius. »Oder irre ich mich?«

»Ihr irrt Euch nicht«, sagte die Präfektin.

»Das soll Ilbétha sein? So soll sie aussehen? Wie eine gottgleiche Lichtgestalt?«, zweifelte Pais.

»Ihr wahres Aussehen kennt niemand. Es heißt, dass Ilbétha sich in einer uns unbekannten Weise verschleiert hat, damit niemand ihr wahres Antlitz sehen konnte«, sagte Avest. »Dies hier ist nur eine Interpretation. Es dient lediglich zur Veranschaulichung, was an jenem Tage in der fernen Vergangenheit auf Thalantia geschehen ist. Ilbéthas Ankunft war der Wendepunkt für unsere Welt.

Dieser Tag markierte das Ende des alten Thalantia, das von technologischem Fortschritt geprägt war. Und es war der Anfang von dem Thalantia, das wir heute kennen. Eine Gottheit ist sie definitiv nicht. Es gibt kein Volk auf unserer Welt, das jemals seine Gebete zu ihr gerichtet hätte. Sie war Wirklichkeit, davon bin ich überzeugt.

»Was wisst Ihr über Ilbétha?«, fragte Antilius.

»Ich kann Euch über Ilbétha kaum mehr erzählen, als es die Präfektin sicher schon getan hat. Sie besaß etwas, das so einzigartig und machtvoll war, dass Wesen aus Welten, die wir uns kaum vorstellen können, hierher kamen, um es zu bekommen.

Ich erinnere mich an einen Satz, der von einem Zeitzeugen stammen soll. Er sagte, dass Ilbétha das Wunderschönste, aber zugleich auch das Furchterregendste gewesen sein soll, das Thalantia jemals widerfahren war. Wir werden es wahrscheinlich nie erfahren, aber Eines halte ich für gewiss: Ilbétha war ein Geschöpf, dessen Fähigkeiten alles überstiegen, was wir kennen.

Aber Ilbétha ist nicht mehr. Also werden wir ihr Geheimnis nie erfahren.«

Wieder musste Antilius an die Worte des Orakels in Verlorenend denken, wonach Ilbétha noch irgendwo auf Thalantia sein musste. Nur ob sie noch lebendig war oder nicht, schien für das Orakel keine Rolle gespielt zu haben. Ihre Macht, worin diese auch immer bestehen oder bestanden haben mag, war für Thalantia eine große Gefahr, sollte es dem Dunkelträumer gelingen, zurückzukommen.

Auch jetzt entschied sich Antilius, die mahnenden Worte des Orakels zu beherzigen und nichts von diesem Wissen mit jemandem zu teilen. Je weniger Personen davon wussten, desto besser. Diejenigen, die noch von ihrer Existenz Kenntnis hatten, hielten sie für tot. Und vielleicht stimmte das sogar. Dabei wollte es Antilius vorerst belassen.

Avest ging zur gegenüberliegenden Höhlenwand voraus, zum riesigen Bild. Wie es schien, stellte es mehrere Situationen und Orte dar. Am linken Bildrand war ein kleines Dorf zu sehen, das vollkommen in Flammen stand. Darüber kreisten saurierähnliche Flugvögel, die enorm groß gewesen sein mussten, glaubte man den vorgegebenen Proportionen des Bildes.

Weiter rechts folgte eine schier unüberschaubare Szene, in der sich Menschen auf riesigen katapultartigen Gerüsten und mobilen

Verteidigungstürmen gegen eine Armee von Wesen zu Wehr setzten, deren Andersartigkeit wohl schwer in Worte zu fassen war. Manche waren nur als vernebelte Silhouetten skizziert, andere hatten eine humanoide Gestalt, waren jedoch keine Menschen oder andere Bewohner Thalantias.

Diese Szene stellte nur eine von zahllosen anderen Kriegsschauplätzen dar, die es zu jener Zeit gab.

Darüber hinaus gab es noch so viel mehr zu sehen, dass Pais und Antilius Tage gebraucht hätten, um alles zu erfassen und zu interpretieren. Zwei Dinge jedoch fielen ihnen vor allem anderen auf: Aus einem dunklen Wald im Hintergrund ragten riesige Köpfe heraus. Ob es lebendige Riesen oder Statuen waren, das war nicht möglich zu erkennen, und auch Avest wusste auf Nachfrage hin keine eindeutige Antwort darauf.

Und dann war dort noch ein See ganz oben im Bild, weit in der Ferne, aus dem ein riesiges, schlangenartiges Wesen emporragte, das in Flammen stand. Eine Szene, ebenso bizarr wie unheimlich.

Antilius lenkte seinen Blick auf die Mitte des Bildes und erkannte sofort, um wen es sich bei der dort in den Vordergrund gestellten Figur handelte.

»Das ist er. Das ist der Dunkelträumer«, sagte die Präfektin.

Zu sehen war ein humanoides Wesen, das gänzlich aus einer Art Kristall zu bestehen schien. Einem lebenden, wandelnden Fluorit mit Armen und Beinen gleich, war es überwiegend hellgrün mit Anteilen von violett. Es sah aus wie ein mit einem Fluorit-Mineral überzogener Mensch, dachte Antilius.

»Der Dunkelträumer ist, soweit wir das wissen, ein kristallines Wesen, das vom Volk der Uwore abstammt«, erklärte Avest. Die Uwore waren eine treibende Kraft im Kampf um Ilbétha. Es heißt, sie seien unsterblich, was ich jedoch bezweifle. Allerdings gelang es angeblich nicht, einen von ihnen zu töten.«

»Was hält er da in seiner Hand?«, fragte Pais und bezog sich damit auf einen langen gezackten Kristallstab, den der Dunkelträumer angriffslustig gen Himmel reckte.

»Das ist der Speer des Uwor. Die kristallinen Speere wuchsen ihm aus seinem Rücken. Wenn er sie zum Kampf benötigte, brach er einen aus seinem Rücken ab und durchbohrte seine Gegner damit.«

»Wie sonderbar«, murmelte Pais.

Erst jetzt erkannte Antilius, dass auf der Szenerie, die er eben betrachtet hatte, mehrere dieser Uwore zu sehen waren.

»Die Uwore waren maßgeblich für die weitgehende Zerstörung der Städte, Königreiche und aller damaligen Errungenschaften der Thalantianer verantwortlich.

Nachdem bekannt wurde, dass Ilbétha verschieden war, war es für Thalantia bereits zu spät. Denn fast alles war vernichtet worden. Die Uwore und die meisten anderen Geschöpfe von jenseits Thalantias kehrten in ihre Heimatwelten zurück.

Einige blieben und hielten sich verborgen.

Und ein Uwor, den wir als Dunkelträumer bezeichnen, blieb auch zurück.« Avest ging zum rechten Teil des riesigen Bildes. »Die Szene hier zeigt die Verbannung des Dunkelträumers.«

Die letzte und zugleich auch füllendste Szene des Bildes zeigte den Dunkelträumer umringt von einer Kette von Menschen, Sortanern, Largonen und anderen Bewohnern Thalantias, darunter einige, deren Völker heute als ausgestorben gelten. Die meisten davon waren jedoch Menschen. Sie hielten sich an den Händen. Über ihren Köpfen schien sich eine Art Energiefeld gebildet zu haben, in der Farbe ähnlich einem nächtlichen Polarlicht. Der Dunkelträumer in der Mitte stand gekrümmt mit den kristallinen Händen an die Ohren gepresst und geschlossenen Augen da und schien furchtbare Qualen zu erleiden.

»Was geschieht da genau? Und wer sind diese Leute, die den Dunkelträumer eingekreist haben?«, wollte Antilius wissen.

»Dies ist eine Gruppe von speziell befähigten und ausgebildeten Auserwählten, die gemeinsam eine mentale Kraft erzeugen konnten, gegen die der Dunkelträumer nichts ausrichten konnte. Auf dem Bild hier öffnen sie gerade den Eingang zu einem Tunnel durch unser Raumzeit-Gefüge, um den Uwor schließlich bis ans andere Ende des Universums zu schleudern«, erklärte Avest.

Antilius runzelte die Stirn, während er konzentriert das Gemälde studierte. »Irgendetwas stimmt nicht«, sagte er.

»So? Was denn? Habt Ihr einen Fehler auf dem Gemälde erkannt?«, fragte die Präfektin.

»Ich meine nicht das Bild selbst. Warum ausgerechnet der Dunkelträumer? Es gab auch noch andere Wesen, die geblieben sind. Warum sind diese nicht auch verbannt worden? Was machte den Dunkelträumer so gefährlich, wo doch schon alles vernichtet und Ilbétha verstorben war, wie Ihr sagtet? Welche Macht hätte er als einzig übriggebliebener Uwor noch entfalten können?« Antilius machte eine Pause, bevor er die letzte abschließende Frage stellte: »Was unterscheidet den Dunkelträumer von den anderen Wesen, die über unsere Welt herfielen?«

»Wie schon gesagt, stammt das meiste Wissen, über das wir heute verfügen, nur aus fragmentarischen Überlieferungen«, sagte die Präfektin resigniert. »Und deshalb habe ich auch nicht auf jede Frage und jede Ungereimtheit eine Antwort.

Aber ich glaube, dass die Verbannung des Dunkelträumers eine Konsequenz eines Plans war, den unsere Vorfahren nach dem Krieg in die Tat umsetzten.

Es war der sogenannte Obliviscimus-Plan.«

»Ein 'Wir-vergessen-Plan?'«, übersetzte Pais.

»Ja, so könnte man es auch bezeichnen. Die Zerstörung auf Thalantia und das Entsetzen darüber waren so groß, dass man beschloss, alles, was an diese schreckliche Zeit erinnern könnte, zu vernichten, soweit dies möglich war. Die Überlebenden aller Völker schworen sich, ihren Kindern und Kindeskindern niemals etwas über Ilbétha, die fremden Invasoren und den Krieg zu erzählen. Niemals sollte etwas an diese Zeit erinnern können. Die Furcht, dass die Invasoren noch einmal zurückkehren und unsere Welt unterjochen würden, war so groß, dass man jedwede Verbindung zu den Ereignissen von damals kappte. Sogar die damals gesprochene Sprache wurde aufgegeben und durch eine neue ersetzt. Denn Ihr müsst verstehen: Man wusste nicht, warum Ilbétha ausgerechnet auf Thalantia gestrandet war. Und wir wissen es bis heute nicht. Dennoch wurde lange nach einer plausiblen Erklärung gesucht. Man kam zu dem Glauben, dass unsere Welt eine Art spirituelles Zentrum unseres Universums sei, das bei anderen Wesen Begehrlichkeiten weckte.

Deshalb sollte es nichts mehr geben, das Fremde auf Thalantia und seine Verlockungen, gleich welcher Art sie auch sein mochten, aufmerksam machte.

Der Obliviscimus-Plan bedeutete aber auch, dass man die technischen Errungenschaften jener Zeit aufgab und wieder ein konventionelles Leben begann. Ohne Maschinen. Nur ein paar Dinge blieben bis heute bestehen. So wie die Einschienen-Bahn. Es gab damals nicht genügend Arbeitskräfte, die sie hätten demontieren können. Und so wurde sie eine ganze Zeitlang vergessen und blieb unbeachtet in den Wäldern. Ein paar Jahrhunderte später entdeckte man sie wieder und rätselte über ihre Herkunft. Aber es gab niemanden mehr, der die Technik dahinter verstand. Und das Interesse, diese Technik zu erlernen, war durch die neue Lebensphilosophie, die im Fortschritt mehr Gefahren als Vorteile sah, auf Thalantia kaum vorhanden.«

»Es ist nachvollziehbar, dass unsere Vorfahren damals so gehandelt haben«, sagte Pais anerkennend. »Es hat ja immerhin rund ein Jahrtausend lang funktioniert. Auch wenn diese Vorgehensweise keine Garantie dafür ist, dass Thalantia noch einmal von den Fremden überrannt wird.«

»Sie mussten irgendetwas tun, um sich vor dieser Gefahr zu schützen, sei sie nun real oder eingebildet gewesen. Auf den ersten Blick scheint es zwar wenig klug zu sein, alles vergessen zu lassen. Aber wahrscheinlich wollte man die Thalantianer auch vor sich selbst beschützen. Ich denke, man wollte nicht riskieren, dass einer von ihnen jene Mächte, die damals am Werke gewesen waren, wiederentdeckt und zum Schlechten verwenden konnte«, sagte Antilius. »Aber... wie kam es denn zur Verbannung des Dunkelträumers?«

»Ich erzählte Euch ja, dass sich einige Wesen, die nicht nach dem Krieg in ihre Welten zurückkehrten, auf Thalantia verstecken mussten. Denn zur Verwirklichung des Obliviscimus-Plan gehörte auch, dass all jene, die keine Thalantianer waren, verfolgt und getötet wurden. Eine ganze Generation war mit dieser verachtenswerten Hetzjagd beschäftigt. Verachtenswert sage ich deshalb, weil es bei dieser Jagd keine Rolle spielte, ob sich der Gejagte ergab oder nicht. Einigen gelang es, sich vor der auf Rache sinnenden Meute zu verstecken. Unsere Vorfahren aber besaßen weder die Mittel noch die Kraft, alle zu verfolgen und zu finden. Und so konnten einige überleben. Bis heute. Es ist völlig unklar, wie viele es heute noch gibt, geschweige denn, wo sie sich befinden. Immer wieder flammen Gerüchte auf über merkwürdige Beobachtungen hier und dort. Aber die nimmt niemand wirklich ernst. Ganz selten kam es in der jüngeren Vergangenheit vor, dass die Existenz eines dieser Wesen offenbar wurde. So wie bei den Sandlingen oder den Spähern. Da aber heutzutage niemand mehr deren Herkunft erklären kann, blieben sie für die meisten nicht mehr als eine Kuriosität, die unsere Welt zu bieten hat.

Der Dunkelträumer jedoch floh nicht, und er kehrte auch nicht in seine Heimatwelt zurück. Nach dem, was wir überliefert bekommen haben, war jener Uwor eine treibende Kraft im Krieg gewesen und zettelte auch lange nach dessen Ende Konflikte an, um die Herrschaft über Thalantia zu erlangen. Dazu scharte er Anhänger um sich und organisierte Anschläge auf Siedlungen, um seine Gegner einzuschüchtern. Wie es hieß, verwendete er auch finsteren Zauber, um Unschuldige in den Wahnsinn zu treiben.

Er war das letzte große Übel, das übriggeblieben war. Aber niemandem gelang es, ihn zu töten oder gefangen zu nehmen, da seine Kräfte die der Thalantianer bei Weitem überstiegen.

Schließlich machten sich unsere Vorfahren das Wissen und die übernatürlichen Mächte, die auf Thalantia eingeschleppt worden waren, zunutze und entwickelten in geheimer Arbeit eine mentale Technik, die einen Tunnel in der Raumzeit öffnete, durch die sie den Dunkelträumer weit weg schicken konnten.

Es heißt, er wäre bis an das Ende unseres Universums verbannt worden. Dieses Ereignis seht Ihr hier vor Euch«, sagte die Präfektin und deutete auf das Gemälde.

»Nur die Begabtesten eines jeden Volkes unseres Planeten waren auserwählt, um dieses schwierige Vorhaben durchzuführen.

Aber bevor der Dunkelträumer verschwand, schwor er, eines Tages zurückzukehren und sich an allen zu rächen. Er werde dann noch mächtiger sein als zuvor und ganz Thalantia vernichten, hieß es. Von diesem Gedanken der Rache war er besessen.«

»Ich verstehe«, sagte Pais. »Und wie es scheint, ist es ihm fast gelungen. Zweimal sogar.«

»Richtig. Vor etwa 630 Jahren erschufen die hier auf unserer Welt versteckt lebenden Späher, welche die Rückkehr des Dunkelträumers herbeisehnen, einen Transzendenten. Eine Art spirituellen Führer, der ihn wieder in unsere Welt lotsen würde. Damals gab es aber noch den Geheimbund, der das Wissen um die Gefährlichkeit des Dunkelträumers und die Wahrheit über den Krieg der Invasoren bewahrte. Die Mitglieder dieses Bundes handelten schnell und sperrten die Macht des Transzendenten in ein Portal ein, das von den Spähern als Durchgang für den Dunkelträumer in unsere Welt gedacht war. Der Geheimbund demontierte es und versteckte die Teile. Den Spähern war vorerst das Handwerk gelegt. Bis schließlich, 600 Jahre später, Koros vor wenigen Tagen die Portalstücke fand und wieder zusammenfügte.

Koros ist zwar jetzt besiegt, aber die Macht der Transzendenz ist befreit und liegt nun in der Hand der Späher.

Das, was der Dunkelträumer jetzt noch braucht, um zurückzukehren, ist ein geeigneter Kandidat, der diese Macht in sich aufnimmt, zum neuen Transzendenten wird und ihn zurückholt.

Und er benötigt noch etwas: Das Avionium, dessen Energie in großen Mengen in den Bergen gespeichert war, die den Ort des missglückten zweiten Versuchs, einen Tunnel zum Dunkelträumer aufzubauen, umgaben. Als das Portal in sich zusammenfiel und sich ein schwarzes Loch bildete, wurde alle Energie des Avioniums aufgezehrt. Ohne das Avionium aber kann kein neuer Zugang zum Dunkelträumer geschaffen werden.«

Pais kratzte sich nachdenklich am Kinn, eine Geste, die er in den letzten Tagen häufiger machte. »Gibt es denn noch mehr von diesem Avionium auf Thalantia außer auf den Ahnenländern?«

»Keines, von dem wir wüssten. Aber das bedeutet nicht, dass es nicht noch welches gibt, oder dass die Späher einen Ersatz für das Avionium beschaffen können.«

»Dann wissen wir auch nicht, wie viel Zeit uns noch bleibt. Vermutlich mehr als tausend Jahre sind jetzt vergangen. Ist die Gefahr wirklich so groß, und steht uns die Rückkehr des Dunkelträumers wirklich schon so bald bevor?«, fragte wieder Pais.

»Die Gefahr ist größer denn je«, sagte Antilius überraschend. »Ich habe dem Dunkelträumer in die Augen geblickt. Er ist erwacht. Die Macht der Transzendenz ist befreit. Alles, was noch fehlt, ist ein geeigneter Führer als Transzendenter und genügend Energie aus dem Avionium für seine Rückkehr. Er war seinem Ziel noch nie so nahe wie jetzt. Möglich, dass es noch Jahre dauert. Möglich ist es aber auch, dass seine Rückkehr unmittelbar bevorsteht.« Antilius konzentrierte seinen Blick auf die rechte untere Ecke des riesigen Gemäldes, in der ganz klein ein wichtiges Detail zu erkennen war. Er zeigte darauf: »Und das hier wird darüber entscheiden, wann es soweit sein wird.«

Alle betrachteten sie den winzigen Bildausschnitt.

»Ein Buch?«, rätselte Pais.

»Es ist das Flüsternde Buch«, sagte Antilius mit einer Mischung aus Ehrfurcht und Zorn in seiner Stimme.

»Ihr wisst vom Flüsternden Buch?«, stieß die Präfektin erstaunt aus.

»Ja, ich habe es gesehen. Ich habe es sogar in meinen Händen gehalten. Koros benutzte dieses Buch, bevor er zum Transzendenten wurde. Es sagte ihm, was er tun solle. Er war diesem Buch bedingungslos hörig. Er sagte auch, dass in diesem Buch alles über mich geschrieben stehen würde. Alles, an das ich mich nicht mehr erinnern kann. Und noch viel mehr.«

»Ich habe befürchtet, dass dieses Buch immer noch existiert«, seufzte die Präfektin.

»Ich verstehe nicht«, begann Pais, der mit Stirnrunzeln das kleine Buch auf dem Gemälde fest im Blick hielt. »Was hat dieses Buch mit unserem Problem zu tun? Was hat es damit auf sich?«

Mit einem Blick bedeutete die Präfektin, dass Avest die Erklärung übernehmen sollte.

»Das Flüsternde Buch ist nicht irgendein Buch. Es besitzt einen eigenen Willen. Genauso wie bei den Spähern ist es sein Wille, den Dunkelträumer zurück nach Thalantia zu holen. Während die körperlosen Späher die Macht der Transzendenz bewahren, ist es die Aufgabe des Flüsternden Buches, eine geeignete Person zu finden, welche durch eben jene Macht zum Transzendenten wird. Hat das Buch jemanden gefunden, manipuliert und belügt es ihn, damit derjenige glaubt, er selbst würde zu einem mächtigen Wesen werden. Über den Dunkelträumer, der durch den Transzendenten zurückgeholt werden soll, verliert es kein Wort.«

»Wer hat dieses Buch geschrieben?«

Avest schüttelte enttäuscht den Kopf: » Das wissen wir leider nicht. Aber wir glauben, dass dieses Buch nicht auf normalem Wege entstanden ist. Wenn es noch existiert, dann wird es weiter versuchen, einen neuen Transzendenten zu finden. Die Späher vermögen dies nicht zu tun. Wenn wir das Flüsternde Buch finden und vernichten würden, wäre die Gefahr durch den Dunkelträumer gebannt. Denn ohne Transzendenten kann er nicht zurück. Antilius, wisst Ihr, wo Koros das Buch zuletzt aufbewahrte?«

»An der Barriere von Valheel hatte er es nicht bei sich. Da bin ich mir ganz sicher, denn ich konnte für einen Moment seine Gedanken lesen. Er muss es in seinem Anwesen zurückgelassen haben. Aber selbst wenn es so ist, wie ich vermute, dann ist es sehr unwahrscheinlich, dass es noch dort ist. Das Buch ist nämlich listig. Es hat vermutlich schon längst einen neuen Besitzer gefunden.«

»Falls dem so ist, dann kann es nicht weit gekommen sein. Wir müssen sofort aufbrechen und nach dem Buch suchen«, sagte Pais, und Antilius stimmte zu.

»Einen Moment noch«, unterbrach die Präfektin die Aufbruch-stimmung. »Für Antilius habe ich einen andere Aufgabe ange-dacht, die mindestens ebenso bedeutsam ist.«

Antilius bekam eine Gänsehaut. Ganz gleich, was die Präfektin im Sinn hatte, es würde ihm nicht gefallen. »Was meint Ihr?«

»Das Buch zu finden hat Priorität. Doch möchte ich Pais mit die-ser Aufgabe betrauen. Er kennt sich auf Truchten bestens aus und kann nach dem Buch suchen, ohne zu viel Aufmerksamkeit zu er-regen.«

Pais nickte: »Ich werde mich darum kümmern.«

»Da Ihr aber, Antilius, offenbar über Begabungen verfügt, die sich unserem Verständnis entziehen, und ohne die wir jetzt wohl nicht mehr hier stehen und dieses Gespräch führen würden, halte ich es für wichtiger, dass Ihr mehr über den Dunkelträumer her-ausfindet.«

»Warum? Was kann wichtiger sein, als das Flüsternde Buch zu finden und zu vernichten? Warum soll ich jetzt Nachforschungen über den Dunkelträumer anstellen?«

»Weil es etwas gibt, das Euch und den Dunkelträumer verbindet. Ihr habt ihm in die Augen geblickt an der Barriere von Valheel. Ihr habt das Schwarze Loch geschlossen, das uns beinahe alle ver-nichtet hätte. Wenn Ihr mehr über diesen Uwor erfahren würdet, dann könntet Ihr vielleicht auch herausfinden, wie man ihn ver-nichten kann, für den Fall, dass er doch zurückkehren sollte.

Oder anders ausgedrückt: Wir brauchen einen Plan B, falls das Flüsternde Buch nicht auffindbar ist.«

»Ihr habt wohl recht«, gestand Antilius nach einer kurzen Be-denkzeit. »Und wo soll ich mit meiner Suche anfangen?«

»Ihr werdet nach Arbrit reisen.«

»Arbrit, die zweite Inselwelt? Ist das nicht der Ort, auf dem die riesigen schwimmenden Immerfestbäume wachsen?«, unterbrach Pais und sah Antilius begeistert an. »Du Glückspilz! Ich wollte schon immer einmal die Urwälder von Arbrit besuchen. Arbrit be-herbergt eines der wohl beeindruckendsten Naturwunder Thalanti-as! Ich wünschte, ich könnte dich begleiten, aber ich werde mich um das Flüsternde Buch kümmern müssen.«

»Ich hoffe, Ihr werdet einen Moment der Ruhe haben, um die Wälder der Riesenbäume genießen zu können«, sagte die Präfek-tin zu Antilius.

»Aber ich werde wohl kaum diesen Ausflug machen, um die Natur zu bestaunen. Was erwartet mich dort?«

»Einer unserer besten Forscher geht dort gerade einer Spur nach, die bei Eurer Mission hilfreich sein könnte. Es gibt niemanden, der mehr über die Vergangenheit unserer Welt weiß als er. Sein Name ist Tirl. Er gehört zum Volk der Arboraner.«

»Noch nie von denen gehört.«

»Das überrascht mich nicht. Die Arboraner leben sehr zurückgezogen in den Wäldern.«

»Und Ihr steht mit ihm in Kontakt? Ich dachte, die Ahnenländer hätten sich nach außen hin vollkommen abgeschottet?«

»Und das sollen auch weiter alle so denken. Wir wären ja töricht, wenn wir uns nicht über die Geschehnisse außerhalb unseres kleinen Eilandes informieren würden. Wie sonst hätten wir uns auf den Angriff von Koros an der Barriere vorbereiten können?«, erklärte Avest.

»Und was erforscht dieser Tirl?«, fragte Antilius, der am liebsten sofort aufbrechen würde, weil ihm dieses unterirdische Gemäuer zunehmend unheimlich war.

»Er entdeckte etwas in einem See mitten im Wald. Sein Wasser soll ungewöhnlich klar sein. Wie es den Anschein hat, befindet sich in diesem See eine versunkene Stadt. Eine Stadt, die aus der Zeit des großen Krieges stammen könnte. Einheimische berichteten ihm, dass sie schon des öfteren Stimmen und Wehklagen an jenem Ort gehört haben wollen. Tirl glaubt, dass in diesem See noch Wesen leben könnten, die von jener Zeit vor tausend Jahren berichten können, weil sie sie selbst erlebt haben.«

»Und wie soll mir das dabei weiterhelfen, etwas über den Dunkelträumer zu erfahren?«

Die Präfektin nickte Avest zu. Dieser ging zu einer Vitrine und holte eine kleine Holzschachtel heraus. Er drückte sie Antilius ungeöffnet in die Hand und bedeutete ihm, hineinzuschauen.

Antilius öffnete zögerlich den Deckel und holte ein faustgroßes Stück Kristall heraus.

»Dies hat Tirl vor einiger Zeit in der Nähe des Sees gefunden. Er brachte es zu uns, damit wir seinen Ursprung analysieren konnten«, sagte Avest, der den Kristall in Antilius' Händen wachsam im Blick behielt.

»Er fühlt sich ganz warm an. Stammt er vom Dunkelträumer?«

»Er gehörte auf jeden Fall einem Uwor. Ob er vom Dunkelträumer selbst stammt, können wir nicht sagen. Seid vorsichtig damit! Es ist nicht nur das größte, sondern zugleich auch das einzige Fossil, das diese Wärme abstrahlt«, sagte Avest nervös.

Aber Antilius hörte gar nicht mehr zu. Er war von diesem Stück Kristall fasziniert und konnte seinen Blick nicht abwenden. Es war das erste Mal, dass er ein Stück Geschichte berühren konnte. Und diese Berührung löste in ihm etwas aus, das ihm ungewohnt, aber nicht fremd erschien. Es war so, als ob dieser Überrest eines Uwors eine Erinnerung in ihm auslösen wollte. Doch seine innere Blockade, die er sich nicht erklären konnte, verhinderte jegliche Reminiszenz. Er fluchte deshalb innerlich. Aber zum ersten Mal hatte er das Gefühl, dass er endlich den richtigen Weg einschlagen würde, wenn er der Spur des Dunkelträumers folgen würde.

Die Präfektin bemerkte Antilius' geistige Abwesenheit und wollte ihn wieder auf seine zukünftige Aufgabe lenken. Sie bedeutete Avest, fortzufahren.

»Tirl sagte, dass es an diesem See noch mehr Bruchstücke dieses Kristalls geben würde. Dieser hier ist das größte, das er gefunden hat. Er ist sich absolut sicher, dass wir an jenem Ort mehr über die Uwore und über den Dunkelträumer erfahren können als jemals zuvor. Mit ein wenig Glück hat er das bereits getan, wenn Antilius ankommt. Den Kristall werdet Ihr mitnehmen und Tirl zurückgeben, damit er weiß, dass er Euch trauen kann.«

Antilius riss sich aus seinen Gedanken los. Er legte den Kristall wieder zurück in das Kästchen, schloss den Deckel und seufzte. »Ich hoffe inständig, dass ich endlich mehr erfahren kann. Wie schätzt Ihr diesen Tirl ein? Kann man ihm wirklich trauen?«

»Er ist brillant und absolut loyal. Aber er ist auch ein wenig sonderbar. Doch das werdet Ihr schon selbst herausfinden«, sagte die Präfektin und lächelte dabei ganz kurz.

»Ich hoffe, dass ich noch genug Zeit habe. Die Reise nach Arbrit mit einem Schiff dauert wenigstens acht Tage, günstige Windverhältnisse vorausgesetzt.«

»Eure Reise werdet Ihr nicht mit einem Schiff antreten. Wir haben da ein... anderes Transportmittel, mit dem es deutlich schneller gehen wird.«

»Was ist es?«

»Ich werde es Euch zeigen, wenn Ihr bereit seid, aufzubrechen. Wenn es noch etwas gibt, das Ihr vorher erledigen wollt, dann wäre jetzt ein guter Zeitpunkt, es zu tun.«

»Ich habe alles, was ich benötige«, sagte Antilius. Da musste er auch nicht lange überlegen, denn er besaß nichts mehr von dem, das er nach Truchten mitgebracht hatte. In der Herberge hier auf den Ahnenländern waren er und seine Gefährten mit neuer Kleidung und ein paar Utensilien, wie Feldflaschen, Messern und anderen Dingen für die kommenden Tage ausgestattet worden.

Antilius besaß daher nichts Eigenes mehr, bis auf eine Ausnahme. Es war ein kleiner Gegenstand, der in ein Leinentuch eingewickelt war, und den er in Verlorenend erhielt, kurz bevor er jenen unerklärlichen Ort verlassen musste. Bestimmt ein halbes Dutzend mal in den vergangenen Tagen war er versucht gewesen, das Tuch zu entfalten und sich den Inhalt anzusehen, aber das kleine Mädchen, von dem er das mysteriöse Etwas erhalten hatte, sagte, er dürfe es nur enthüllen, wenn er sie wiedersehen würde. Und deshalb wagte er es nicht, hineinzusehen. Er ahnte, dass dieser Gegenstand eine hohe Bedeutung hatte, die er sich heute noch nicht im Entferntesten vorstellen konnte, selbst wenn er ihn sich ansehen würde. Jener Gegenstand würde sein Schicksal entscheiden, wenn er am Ziel seiner langen Reise war.

Wo immer dies auch sein mochte.

# AUFBRUCH INS UNBEKANNTE

Während sich Haif vor dem Eingang zur Pinakothek mit zunehmendem Missmut die Beine in den Bauch stand, war man sich im Inneren mittlerweile über die weitere Vorgehensweise einig.

Pais und Antilius wurde zum ersten Mal im wahrsten Sinne des Wortes vor Augen geführt, womit sie es zu tun hatten, und was geschehen würde, wenn der Dunkelträumer zurückkehren würde. Obwohl die Präfektin und Avest ihnen alles, was sie über die ferne Vergangenheit wussten, wahrheitsgemäß erzählt hatten, so wurde Antilius das Gefühl nicht los, dass nicht zuletzt durch die Lückenhaftigkeit des überlieferten Wissens etwas Entscheidendes in der Geschichte fehlte.

Auch Pais schien denselben Gedanken zu haben. Mehrfach fragte er nach, ob dies auch wirklich alles gewesen sei, was man heute an Informationen besaß. Auch er konnte nicht recht glauben, dass sich alles so abgespielt hatte, wie es die letzten Bewahrer dieses Geheimnisses zu glauben wussten.

Geschichte wird von Siegern geschrieben, heißt es. Das ist eine der wenigen Konstanten, gegen die man nichts ausrichten konnte. Man würde nie die volle Wahrheit erfahren, und sei es auch nur aufgrund das Weglassens von bestimmten Ereignissen. In diesem Falle hatten es die Vorfahren geschafft, die Geschichte totzuschweigen und nur das, was wenige Auserwählte wissen sollten, weitergegeben.

Antilius war sich dieses Problems wohl mehr bewusst als die Präfektin oder Avest. Denn er war der Einzige, der Verlorenend betreten und es wieder mit düsteren Informationen verlassen hatte. Wenn es wirklich wahr wäre, dass sich Ilbétha noch irgendwo auf Thalantia befand - lebendig - dann wäre die Bedrohung durch den Dunkelträumer noch größer, als irgendjemand sich hätte vorstellen können. Denn Ilbéthas Macht war in den falschen Händen eine gefährliche Waffe, das jedenfalls vermutete er.

Dieses Wissen lastete schwer auf ihm, aber er zwang sich, dieses Geheimnis nicht preiszugeben, denn er wusste nicht, ob er den Hütern der geheimen Geschichte vollkommen trauen konnte. Auch wusste er nicht, ob die unbegreifliche Anziehungskraft Ilbéthas nicht wieder eine Katastrophe auslösen würde, sollte sich das Gerücht herumsprechen, dass sie noch am Leben war.

Es war besser, wenn niemand davon erfahren würde, auch seine Freunde nicht.

Pais und er machten sich gerade daran, die unterirdische Pinakothek wieder zu verlassen, als Antilius eine hölzerne Bodenplatte auffiel, die nicht mehr als zwei Quadratmeter groß war und mit dem Steinboden eine ebene Fläche bildete.

»Was ist das? Gibt es darunter noch einen Raum?«

Avest schüttelte den Kopf. »Nein, aber vor vielen Jahren glaubte man, dass unter dieser Höhle noch eine Kammer wäre. Man meißelte sich ein paar Meter weit in die Tiefe und stieß tatsächlich auf eine Hohlkammer. Sie war jedoch mit Geröll zugeschüttet. Man konnte es unmöglich sprengen oder herausholen. Welche Funktion diese Kammer einmal gehabt hat, darüber können wir nur spekulieren.«

»Eines der vielen Geheimnisse, die wohl für immer ungeklärt bleiben«, bemerkte Pais mit einem Ansatz von Vorwurf in seiner Stimme. Denn er hatte sich letztlich wesentlich mehr erhofft, als ein Bild und ein Stück Kristall präsentiert zu bekommen.

Sie verließen schließlich den Raum. Antilius hielt am Treppenaufgang noch einmal kurz inne und drehte sich auf dem Absatz um. Irgendetwas an diesem Gemälde hatte er übersehen. Irgendein Detail. Etwas Wichtiges. Doch er konnte es nicht finden.

Er würde irgendwann noch einmal zurückkommen, um sich in Ruhe das Bild genauer anzusehen.

Mit einem unguten Gefühl wandte er sich ab und folgte den anderen nach draußen.

Wie versprochen erfuhren Haif und Gilbert von ihren Gefährten alles, was sie in der Pinakothek gesehen hatten. Als Antilius erklärte, dass er nach Arbrit reisen müsse, reagierte Haif überhaupt nicht erfreut.

»Ach wie schade! Gerade wenn es spannend wird, müssen wir uns trennen. Und was soll ich jetzt machen?«, sagte er und gab Antilius den Spiegel zurück.

»Kein Grund, den Kopf hängen zu lassen«, wollte Antilius den pelzigen Sortaner aufmuntern. »Du kannst dich entscheiden, ob du mit mir und Gilbert nach Arbrit reisen möchtest, oder ob du mit Pais auf die Suche nach dem Flüsternden Buch gehst.

Er kann doch mit mir kommen, oder Präfektin?«

»Einen Gefährten könnt Ihr mitnehmen.«

»Da hörst du es. Und? Mit wem möchtest du mitgehen?«

Haif hatte nicht damit gerechnet, vor die Wahl gestellt zu werden. Er machte ein nachdenkliches Gesicht und überlegte intensiv.

»Also entweder in eine unbekannte Welt mit gigantischen Bäumen reisen oder nach einem verrückt gewordenen Buch suchen. Ich weiß nicht. Ach, ich hasse diese Konflikte!«

»Ihr müsst Euch nicht sofort entscheiden«, beruhigte ihn die Präfektin. Wir werden Antilius zum Abreisepunkt begleiten, solange könnt Ihr es Euch noch überlegen. Dort oben ist es. Seht Ihr?« Sie zeigte zur dritten Terrasse des inneren Vulkanhangs. Vom untersten Punkt des Vulkans aus, an dem sie sich befanden, konnte man dort oben nur eine große unbebaute Fläche erahnen.

»Von dort aus soll ich aufbrechen?«, fragte Antilius verdutzt. »Was ist dort? Womit werde ich reisen, Präfektin?«

»Das werdet Ihr mit eigenen Augen sehen müssen, sonst würdet Ihr es mir nicht glauben.«

Antilius hatte zwar eine Ahnung, aber er konnte sich nicht vorstellen, dass die Bewohner der Ahnenländer in der Lage waren, Fluggeräte zu bauen. Doch was sonst sollte auf der freien Fläche sein?

Während sie den Aufstieg zur dritten Terrasse bewältigten und dabei zwangsläufig durch die Wohngebiete gingen und an kleineren Handwerksbetrieben und Gaststätten vorbeikamen, fiel den Besuchern vor allem Eines auf: Nämlich, dass die Stadt der Ahnen offensichtlich bevölkerungsarm war. Auf den Straßen und Gassen herrschte gähnende Leere. Auf einem Marktplatz, den sie passierten, waren nur verstreut einige Menschen zu sehen. Überhaupt schien die Stadt der Ahnen ausschließlich von Menschen bewohnt zu sein und das auch nur äußerst spärlich.

Auf Nachfrage hin erklärte die Präfektin, dass die totale Isolierung der Ahnenländer vom Rest der Welt dazu geführt habe, dass die Einwohnerzahl mit der Zeit immer weiter schrumpfte. Man habe viele Versuche unternommen, etwas dagegen zu unternehmen, bisher jedoch erfolglos.

»Vielleicht solltet Ihr anfangen, darüber nachzudenken, die Isolation aufzuheben«, schlug Haif vor. »Der Grund für die Abspaltung der Ahnenländer liegt ja weit in der Vergangenheit. Und wenn ich das richtig verstanden habe, dann gibt es jetzt hier außer der Pinakothek nichts mehr, was diesen Zustand weiterhin rechtfertigt.«

»Das wäre eine große Veränderung. Eines Tages wird es vielleicht sogar möglich sein. Früher, vor dem großen Krieg, da lebten alle Völker Thalantias mehr oder weniger zusammen und gleichberechtigt unter der Führung der fünf Königshäuser. Heute hat sich jedes Volk sein eigenes Refugium geschaffen, und man redet nicht mehr so viel miteinander, wie es damals selbstverständlich war. Und wenn man nicht miteinander redet, versteht man sich auch nicht mehr. Wir müssen uns immer vor Augen halten, dass unsere Vorfahren, und zwar die aller Völker, nach dem Krieg beschlossen, ihre ganze Kultur zu opfern, um ein neues Leben zu beginnen.

Heute besteht Thalantia nur aus verstreuten Provinzen und einigen Städten, jede mit ihren eigenen Regeln und Interessen.

Die Art, wie wir heute leben, ist eine direkte Konsequenz der folgenschweren Entscheidung unserer Vorfahren. Wir sind dadurch zwar bis heute von weiterem großen Unheil verschont geblieben, aber wir haben auch unsere Identität verloren.«

Die Präfektin machte für einen Moment Halt, weil sie von einem Gedanken erfasst wurde, den sie bis zum heutigen Tage nie gewagt hätte, laut auszusprechen. Doch jetzt tat sie es.

»Ich hätte nie gedacht, dass ich das mal sagen würde. Ganz besonders nicht in unserer jetzigen Situation. Aber als ich von Euren Erlebnissen erfahren habe, Antilius, da hatte ich erstmals das Gefühl, dass wir die Chance haben, die letzte große Bedrohung für unsere Welt vernichten zu können. Mit Eurer Hilfe. Dass wir mit der Vergangenheit endgültig abschließen und eines Tages wieder so vereint leben können wie unsere Vorfahren.«

Antilius räusperte sich verlegen. »Ich weiß das Vertrauen, das Ihr in mich setzt, zu schätzen. Aber von mir ganz allein wird wohl kaum die ganze Zukunft abhängen können. Das wäre eine ziemlich unheimliche Vorstellung.«

Die Präfektin winkte ab. »Ach, vergesst, was ich gesagt habe. Ich habe nur laut gedacht. Ich wollte Euch nicht in Verlegenheit bringen.«

»Schon gut«, sagte Antilius zuvorkommend, aber innerlich sackte er in sich zusammen. Denn, dass er nun zum einzigen Hoffnungsträger hochstilisiert wurde, war das Letzte, was er gebrauchen konnte. Wenn es danach ginge, was ihm am liebsten wäre, dann hätte er alle Verantwortung abgegeben und sich verkrochen. Aber das war keine Option mehr. Dafür war schon zu viel passiert.

Inzwischen hatten sie die dritte Terrasse erreicht und durchschritten einen großen Torbogen, hinter dem sich eine langgezogene freie Grasfläche erstreckte.

Nur ein einziges Gebäude stand darauf. Es sah aus wie ein Stall. Die Präfektin betrat jenes Gebäude, nachdem sie Haif, Pais und Antilius bedeutet hatte, draußen zu warten.

»Was soll denn da drin sein?«, fragte Gilbert aus seinem Spiegel.

Nach einer Weile des gespannten Wartens erschien die Präfektin wieder mit einer Leine in der Hand. Ihr folgte ein etwa drei Meter hohes Geschöpf, von dem Antilius bis zu diesem Moment Stein und Bein geschworen hätte, dass es ausgestorben war.

»Darf ich vorstellen? Das ist unser vielleicht bestgehütetes Geheimnis: 'Alte Schwinge' ist ihr Name. Sie ist eine Artverwandte der Pterosaurier.«

»Ein Flugsaurier?«, murmelte Haif entsetzt, während er das urzeitliche Tier furchtsam betrachtete.

»Ganz recht. Ihre Flügelspannweite beträgt zwölf Meter. Auf ihrem Rücken kann Antilius den Weg nach Arbrit in weniger als einem Tag zurücklegen.«

»Ich dachte, das letzte Exemplar starb, als ich noch ein Kind war«, sagte Pais grinsend. »Zum Glück habe ich mich geirrt.«

Alte Schwinge war ein kupferfarbenes, anmutiges Geschöpf, federlos und mit einem sehr langen Schnabel. Sie zeigte sich von den Besuchern wenig beeindruckt und ließ sich von der Präfektin in stoischer Ruhe ein Sattelgeschirr anlegen.

Antilius blieb im wahrsten Sinne des Wortes die Spucke weg. Nicht nur aufgrund der Tatsache, dass er einem urzeitlichen Flugsaurier gegenüberstand, sondern vor allem, weil er auf diesem eine Flugreise antreten sollte.

»Also ich muss zugeben, dass es nicht viele Momente gibt, in denen ich froh bin, hier im Spiegel zu sein. Aber bei dem Gedanken, auf dem Rücken eines Flugsauriers übers Meer zu fliegen, da weiß ich doch wieder meine vier Gefängniswände zu schätzen.«

»Vielen Dank, Gilbert. Du verstehst es, mir Mut zu machen.«

Während Antilius nur ganz natürliche Furcht vorm Fliegen hatte, packte Haif beim Anblick von Alte Schwinge das nackte Entsetzen.

»Tut mir Leid, Antilius. Aber ich bin nicht fürs Fliegen gemacht. Schon beim Gedanken daran kriege ich kalte Schweißausbrüche.

Ich werde mit Pais das Flüsternde Buch suchen. Du schaffst das schon ohne mich.«

»Ist schon in Ordnung. Ich verstehe das. Aber sagt mir, Präfektin, wie äh, ich meine, wie steuere ich Alte Schwinge?«

»Ihr braucht überhaupt nichts tun. Alte Schwinge kennt den Weg in und auswendig. Sie hat Tirl schon öfters von Arbrit hierher und wieder zurückgeflogenen. Sie weiß, was sie tut. Sie wird Euch sicher ans Ziel bringen. Seid einfach nett zu ihr. Sie ist mit ihren einhundertfünfzig Jahren eine alte Dame. Behandelt sie also gut.«

Antilius nickte. »Also dann...«

»Viel Glück mein Freund. Und pass auf dich auf«, sagte Pais.

»Mir passiert schon nichts. Ich habe ja Gilbert dabei.«

»Deshalb sage ich ja, pass auf dich auf«, schmunzelte Pais.

»Sehr lustig. Ich lach mich tot«, kam es entrüstet aus dem Spiegel.

»Komm schnell wieder. Irgendwas sagt mir, dass unsere Suche nach dem Flüsternden Buch länger dauern wird. Dann werden wir deine Hilfe brauchen«, sagte Haif, schon in düstere Vorahnung versunken.

Antilius schwang sich auf das urzeitliche Wesen und hielt sich krampfhaft und unbeholfen am Geschirr fest.

Die Präfektin blickte Alte Schwinge an und malte mit dem Zeigefinger eine imaginäre Spirale in die Luft. Das war das Signal für den Pterosaurier zum Aufbruch. Die 'Alte Dame' spannte ihre unbefiederten Flügel auf und begann, heftig mit ihnen zu schlagen. Die Luftmassen, die dabei verdrängt wurden, hätten Haif beinahe umfallen lassen. Es dauerte eine kleine Ewigkeit, bis das große Tier begann abzuheben.

»Ich kann gar nicht hinsehen«, wimmerte Haif und hielt sich halb die Augen zu.

Langsam aber stetig gewann der Flugsaurier an Höhe, bis er sich in der Luft gen Osten drehte und sich dann rasch entfernte.

Als Alte Schwinge mit Antilius an Bord schließlich hinter der Oberkante des Kraterhanges verschwunden war, atmete Haif erleichtert auf.

»Puh! Bin ich froh, dass ich da nicht mitfliegen muss. Das hätte ich nicht lange durchgehalten. So ein Stress wäre nicht gut für mein Fell. Ich habe zwar etwas ein schlechtes Gewissen, dass ich ihn nicht begleite, aber ich denke, nach dem Flüsternden Buch zu suchen, ist auch eine sehr verdienstvolle Aufgabe, wenn auch nicht eine so gefährliche.« Haif hatte schrecklichen Durst bekommen. Er holte seine Feldflasche aus seinem kleinen Rucksack und trank lange und gierig.

Pais wandte sich an die Präfektin. »Wo sollen wir nach dem Buch suchen, wenn es sich nicht mehr in dem Palast von Koros befindet, wovon wir ja leider ausgehen müssen?«

»Es gibt nur eine Person, die in Frage kommt. Denn sie ist die Einzige, von der ich weiß, dass sie das Flüsternde Buch lesen kann. Sie lebt in der Stadt der losen Seelen, im Südosten von Truchten.«

Haif, der noch immer aus seiner Flasche trank, riss die Augen weit auf und schaute die Präfektin misstrauisch an, denn er war davon ausgegangen, dass sich seine Aufgabe ungefährlich gestalten würde.

»Spannt uns nicht auf die Folter. Wer ist es?«, forderte Pais die Präfektin auf.

»Ihr Name ist Calessia, die Törichte. Sie ist aber wohl besser bekannt als die Gefährtin des Todes.«

Als Haif diese Worte hörte, verschluckte er sich, spuckte sein Wasser aus und hustete wie ein Wilder. Pais klopfte ihm auf den Rücken.

»Wie bitte?«, rief Haif, als er wieder zu Atem kam. »Ich habe mich wohl verhört! Hättet Ihr das nicht früher sagen können? Da wäre ich doch lieber mit Antilius auf diesem Saurier-Vieh davongeflogen, wenn ich das gewusst hätte.«

Die Präfektin machte eine entschuldigende Geste. »Wir wissen, dass Calessia vor einigen Jahren das Buch in ihren Besitz gebracht hat und es sogar lesen konnte. Doch das Flüsternde Buch war nicht an Calessia interessiert, weil sie, wie es schien, als Transzendente ungeeignet war. Aber sie hat stets damit geprahlt, das Buch gelesen zu haben. Wir haben damals geglaubt, sie würde lügen und nur prahlen wollen. Doch anscheinend hat sie das Buch wirklich in Händen gehabt. Sie könnte also mehr darüber wissen als wir. Auch wenn wir nicht sicher sein können, ob dies der Wahrheit entspricht, so glaube ich doch, dass sie Euch bei der Suche helfen kann.«

»Warum sollte sie das tun? Warum sollte sie uns helfen?«, lamentierte Pais, der von dieser Frau schon gehört hatte.

»Wenn sie etwas weiß, dann wird sie mit Sicherheit eine Gegenleistung dafür verlangen. Ihr werdet dann entscheiden müssen, was Ihr tun wollt.«

»Das wird nicht leicht. Hoffen wir, dass wir Glück haben, und dass das Buch noch im Palast von Koros irgendwo versteckt ist. Dann können wir uns den Besuch bei Calessia sparen.

Also gut, es hilft ja nichts. Auf geht es, Haif.«

Der Sortaner schaute irritiert um sich. »Und wie sollen *wir* jetzt von dieser Insel runterkommen? Schließlich heißt es doch, man kann sie weder betreten noch verlassen.«

»Unsere Insel zu betreten, ist für einen Außenstehenden praktisch unmöglich, soweit stimmt das Gerücht. Wir aber können jederzeit die Ahnenländer verlassen und betreten, wann immer wir wollen. An der Ostküste haben wir einen Flaschenzug, mit dem Ihr entlang des Steilhangs herabgelassen werdet. Unten ist ein Ruderboot, mit dem Ihr schnell nach Truchten übersetzen könnt«, erklärte die Präfektin.

Pais und Haif verabschiedeten sich und machten sich auf zum Lift. Als sie die Stadt der Ahnen hinter sich gelassen hatten, blieb Haif plötzlich stehen, da ihm eine Sache nicht mehr aus dem Kopf ging.

»O, ich habe kein gutes Gefühl, wenn ich an diese Gefährtin des Todes denke. Muss ich dich jetzt fragen, warum man sie so nennt? Muss ich das, Pais?«

Pais Ismendahl wollte zu einer Antwort ansetzen, wurde aber von Haif abgewürgt.

»Oder nein, sag es mir nicht! Ich könnte nachts kein Auge mehr zutun.«

Haif machte wieder eine Pause und überlegte. »Oder doch! Sag es mir doch! Wenn ich es nicht weiß, kann ich erst recht nicht mehr schlafen.«

»Ach, Haif. Mach dir nicht so viele Sorgen. Solche Bezeichnungen dienen meist nur der Abschreckung. Oft steckt nicht viel dahinter.«

»So, meinst du?«

»Ganz bestimmt. Ich glaube nicht an diese Gerüchte.«

»Was für Gerüchte? Bitte, sag mir, was für Gerüchte das sind!«

»Na ja, es heißt, dass Calessia unethische Experimente durchführen würde.«

»Experimente?« Haif merkte, wie sich seine Kehle zuschnürte.

»Angeblich ist sie davon besessen, herauszufinden, was mit uns nach dem Tod geschehen wird. Die einen sagen, sie habe panische Angst vor dem Tod. Andere wiederum behaupten, sie wolle den Tod irgendwie beherrschen, oder das, was nach dem Tod kommt. Was immer das auch sein mag. Deshalb lässt Calessia angeblich ihre Opfer durch ein Pflanzengift in einen Schwebezustand zwischen Leben und Tod fallen. Also eine Art Beinahe-Tod Erfahrung. Diejenigen, die das überleben, sollen ihr von ihren Erlebnissen berichten. Aber es soll vorgekommen sein, dass einige dabei die Verbindung zu ihrer Seele verloren haben, als sie ins Leben zurückkehrten und nur noch als geistlose Drohnen in Calessias kleinem Reich umherirrten. Deshalb nennt man ihre Gemeinschaft auch die Stadt der losen Seelen.« Noch während Pais diese Worte sprach, ahnte er, dass es ein Fehler war, Haif davon zu erzählen.

»Das ist...« Haif suchte nach den passenden Worten. »Das ist ja krank! Und wir sollen diese Frau um Hilfe bitten?«

»Das müssen wir wohl. Aber denke daran: Es sind nur Gerüchte. Nichts davon muss stimmen«, versuchte Pais den kleinen Sortaner aufzumuntern und machte Anstalten, endlich weiterzugehen. Aber Haif war wie zur Salzsäule erstarrt, bewegte sich keinen Millimeter und starrte ins Leere. »Sicher muss da nichts dran sein«, sagte er. »Aber wenn doch?«

»Das ist äußerst unwahrscheinlich. Können wir jetzt weitergehen?«

»Ja, aber wenn sie uns auch in eine Drohne verwandeln will?«

»Das werde ich zu verhindern wissen«, sagte Pais und deutete auffordernd in Richtung Fahrstuhl.

»Ja, aber woher wissen wir, dass sie uns nicht eine Falle stellen wird?«

»Fallen zu erkennen ist eines meiner Spezialgebiete. Gehst du jetzt weiter?«

»Ja, aber wenn wir nun doch in eine Falle tappen?«

»Das werden wir nicht. Und jetzt will ich nichts mehr davon hören! Los jetzt!«

»Ja, aber wenn wir...«

»Da du ja keine weiteren Fragen mehr hast«, unterbrach Pais Haifs Dauerschleife, »können wir ja jetzt weitergehen. Bitte!«

Haif löste sich aus seiner Schockstarre und ließ den Kopf hängen, als er hinter Pais hinterher trottete.

»Schon gut. Ich habe es ja nicht anders gewollt. Ich musste mich ja unbedingt in dieses Abenteuer stürzen.« Haif sprach das Wort Abenteuer mit einer solchen Verachtung aus, dass es ihn selbst überraschte. Noch vor wenigen Stunden hätte er bei diesem Wort vor Freude in die Luft springen können.

»Aber ich will mich nicht beklagen«, resümierte er. »Das Abenteuer ruft nach uns. Also tun wir das, was zwei Ehrenmänner tun müssen. Wir folgen seinem Ruf und lachen der Gefahr ins Gesicht.«

»Das ist der Haif, den ich hören wollte«, lachte Pais. Und dann musste Haif auch lachen. Ein befreiendes Gefühl, das beiden die Stärke gab, die sie noch brauchen würden.

Denn sie konnten ja nicht ahnen, wie berechtigt Haifs Ängste waren.

## XALI, DIE ENTFLAMMTE

Was hatte er sich nur dabei gedacht? Wie hatte er sich nur der aberwitzigen Vorstellung hingeben können, er könne einfach bei den Totengräbern hereinspazieren und sich das Flüsternde Buch holen? War er nicht mehr fähig, seine Wünsche und Hoffnungen gegen die enttäuschende Bitternis der Realität abzuwägen?

All das waren die Fragen, die Ancrus im Kopf herumschwirrten, während er seinen Gefolgsleuten dabei zusah, wie sie den Eingang zum Höhlensystem der Totengräber freilegten.

Er war müde, er hatte Schmerzen. Er hätte sich längst zur Ruhe setzen sollen und der nachfolgenden Generation die Verantwortung für das Fortbestehen seines Volkes übertragen können. Aber er konnte nicht loslassen. Nach dem, was an der Barriere von Valheel geschehen war, brauchte ihn sein Volk mehr als je zuvor. Und die einzig vorstellbare Hoffnung, so absurd sie in den Augen anderer auch sein mochte, war die Beschaffung des Flüsternden Buchs. Der Vater der Gorgens hatte es einst geschrieben, in nichts als guter Absicht, wie Ancrus sicher glaubte.

Die Beschaffung des Buchs, oder des Buchs des Vaters, wie es die Gorgens nannten, würde sein letzter Verdienst sein, den er für sein Volk leisten konnte. Als in ihm die Erkenntnis reifte, dass sich das Buch in den Händen der Totengräber befand, war er bereit, alles nur Erdenkliche als Tausch dafür anzubieten. Alles, sogar sein eigenes Fleisch, wenn dies der Wunsch der Totengräber sein sollte. Nichts an dieser Vorstellung ängstigte ihn mehr. Er hatte das maximale Durchschnittsalter der Gorgens um Jahrzehnte übertroffen, er hatte ebenso viele schöne wie furchtbare Dinge in seinem langen Leben gesehen. Ja, obwohl sich das Leben für Ancrus oft nur von seiner Schattenseite gezeigt hat, hatte er seinen Frieden mit sich gemacht. Er hatte keine Pläne mehr für seine Zukunft, und es gab nichts mehr, an das er sich gebunden fühlte. Nichts außer dem Buch des Vaters. Ancrus wusste, dass dessen Beschaffung allein kaum ausreichen würde, um das Elend der Gorgens zu beenden. Aber er war sich sicher, dass das Buch ihm sagen würde, was zu tun war. Schließlich hatte es der Vater geschrieben. Und der hätte niemals gewollt, dass die Gorgens soviel Leid wie in diesen schweren Tagen erdulden mussten.

Als es für den Vater an der Zeit war, schlafen zu gehen, und er die Gorgens, seine Kinder, sich selbst überlassen musste, dachte er, dass mit dem Buch seine Kinder vor Schaden bewahrt wären. Aber das Buch wurde den Gorgens gestohlen und aus irgendeinem Grund, den Ancrus bisher nie nachvollziehen konnte, entwickelte das Buch ein Eigenleben und fand nie zurück. Diesen merkwürdigen Umstand blendete Ancrus ebenso aus wie die Tatsache, dass das Buch offenbar an nichts anderem interessiert war als daran, einen Transzendenten zu finden. Womöglich gehörte das zum Plan des Buchs, den Gorgens zu helfen, ihnen vielleicht einen Führer zu erschaffen. Ancrus würde es erst herausfinden, wenn er das Buch in seinen Händen hielt. Die Zeit der Spekulationen war jedenfalls vorüber. Noch nie war er dem Buch so nahe wie jetzt.

Er griff sich seinen Reisesack, den er abgelegt hatte, und holte vier Fackeln hervor.

»Das reicht. Der Durchgang ist jetzt groß genug. Gehen wir hinein«, sagte er.

Nach der vielen Buddelei waren die sieben ihm unterstellten Gorgens ziemlich erschöpft. Eine Pause hätte ihnen gut getan, aber Ancrus hatte keine Nerven mehr, die Zeit mit Warten zu vergeuden.

»Nimm die Fackel!«, wies Ancrus den Gorgen an, der noch vor wenigen Augenblicken durch seine Furcht beinahe die gesamte Unternehmung gefährdet hätte. Sein Name war Spat. Er wurde so genannt, weil er sich in Kindheitstagen eine Verletzung am Fuß zugezogen hatte und seither leicht humpelte.

Auch wenn Spat große Bedenken hatte, so wollte er doch Ancrus gehorchen, nachdem er und seine Gefährten vom Buch des Vaters erfahren hatten. In der Hierarchiekette dieser kleinen siebenköpfigen Gruppe, welche von Ancrus kommandiert wurde, stand Spat ganz oben. Einen Rang unter ihm folgte sein jüngerer Bruder Uder. Uder wäre niemals ohne seinen Bruder in diese Höhlen gegangen. Er tat alles, was sein Bruder tat.

Die anderen fünf Gorgens hatten unter sich keinen Rang ausgemacht. Sie folgten in der Regel dem, was Spat und Uder machten.

Spat nahm die Fackel von Ancrus zögerlich entgegen. Danach erhielt Uder auch eine, der sie wie ein gefährliches Messer mit Abstand hielt und argwöhnisch betrachtete. Dies blieb von Ancrus nicht unbemerkt: »Jetzt mach doch nicht so ein Gesicht!«

Er riss dem überraschten Uder die Fackel wieder aus der Hand und hielt sie ihm vor die Nase. »Das ist keine Gefahr für euch. Entledigt euch gefälligst eurer unnatürlichen Angst vor Feuer. In den Höhlen wird das Feuer unser Verbündeter sein, nicht unser Feind.«

Uder nickte tapfer und nahm die Fackel wieder zurück. Er konnte nichts dafür. Die Angst der Gorgens vor dem Feuer war beispiellos. Ob der Grund dafür in der Vergangenheit der Gorgens lag, in welcher ihre Siedlungen regelmäßig von Aggressoren niedergebrannt wurden, oder ob es sich einfach nur um einen alten Instinkt handelte, spielte für Ancrus keine Rolle. Er fürchtete das Feuer nicht. Mit einem Feuerstein entzündete er sich seine eigene Fackel und gab das Feuer an Spat und Uder weiter. Misstrauisch beäugten die Gorgens die drei Fackeln. Aber zur Freude von Ancrus entspannten sich ihre Gesichter, als sie merkten, dass die Flammen der Fackeln überschaubar und unter Kontrolle waren.

»Ich gehe voran. Bleibt dicht hinter mir! Sollten wir jemandem begegnen, sagt ihr kein Wort und lasst mich alleine reden. Wenn ihr Angst bekommt, rennt nicht davon. Ihr könntet euch in den Höhlen verirren, was euren sicheren Tod bedeuten würde«, sprach Ancrus mit seiner tiefen, vertrauensvollen Stimme. Dann verschwand er im düsteren Höhleneingang. Die sieben Gorgens tauschten noch ein letztes Mal Blicke aus, um sich ihrer Entschlossenheit gegenseitig zu versichern und folgten ihrem Anführer.

Der Höhleneingang führte sie in einen langen und schmalen Stollen, der schnurgerade etwa zwei Dutzend Meter unter die Oberfläche führte. Als die Gorgens an eine Gabelung kamen, die den Stollen in drei weitere Gänge teilte, zögerte Ancrus nicht eine Sekunde und wählte den linken Gang. Seine Untergebenen folgten ihm unsicher.

»Woher wisst Ihr, dass wir diesen Weg gehen müssen?«, fragte Spat seinen Anführer.

»Ich orientiere mich am Geruch des Meeres. Kannst du das Salz riechen? Es kommt ganz deutlich aus dieser Richtung.«

Die Gorgens schnüffelten intensiv, aber keiner von ihnen vermochte das Meer zu riechen.

Sie erreichten eine weitere Gabelung und genauso wie beim ersten Mal wählte Ancrus zielsicher den richtigen Weg. Drei weitere Abzweigungen ließen sie hinter sich. Die Gänge wurden schmaler, die Luft wurde kühler, und das Höhlenlabyrinth schien immer größer und unüberschaubarer zu werden. Uder war der erste, dem klar wurde, dass er die Orientierung verloren hatte, und er ohne Ancrus nie wieder hinaus finden würde. Er überlegte lange, ob er ihn nicht fragen sollte, ob es nicht besser gewesen wäre, die Gänge, die sie benutzten, zu markieren, da blieb Ancrus plötzlich stehen und horchte.

»Was ist?«, fragte Spat.

Ancrus regte sich nicht und blieb eine Weile stumm. Er schien etwas gehört zu haben. »Irgendetwas stimmt nicht«, flüsterte er. »Es ist so ruhig hier.«

Er horchte wieder in die Dunkelheit, die vor ihnen lag. »Seid mal ganz still. Hört ihr das nicht?«

Die Gorgens verneinten stumm.

»Dann habe ich mich wohl geirrt. Ich dachte, ich hätte eine Stimme gehört.« Aber Ancrus hatte sich nicht geirrt.

Sie setzten sich wieder in Bewegung und kamen alsbald in einen Bereich, in dem viele kleine Räume zu ihrer Linken und Rechten den Stollen säumten. In jeden schauten sie hinein, fanden jedoch nichts von Interesse vor.

»Wir müssten die große Höhle, in der ich einst war, bald erreicht...«, Ancrus sprach den Satz nicht zu Ende, denn nun hörten sie alle eine Stimme aus dem Dunkel. Es war mehr ein Wehklagen, ein Wimmern. Die Gorgens fürchteten sich, aber Ancrus drängte sie, weiterzugehen.

Sie folgten dem steten Wimmern, das nur durch unverständlich gesprochene Worte und Pausen unterbrochen wurde. Ancrus, der voran ging, hatte einigen Abstand zwischen sich und sein Gefolge gebracht. So erreichte er als Erster die Quelle des unheilvollen Wimmerns. Spat, Uder und die fünf anderen hechteten ihrem Anführer hinterher, bis sie schließlich Ancrus einholten, der neben einer Gestalt kniete. Einer Gestalt, welche die Gorgens noch nie in ihrem Leben gesehen hatten. Es war ein Totengräber. Er saß auf dem Boden an die Stollenwand gelehnt. Sein mit grauen Panzerschilden bedeckter Körper glänzte im Fackelschein der Gorgens. Sein Kopf war breit in der Horizontalen und schmal in der Vertikalen. Die Augen standen weit auseinander, und an beiden Kopfenden ragte je ein langer Fühler schlaff heraus.

Nachdem die Gorgens ihren ersten Totengräber eine Weile betrachtet hatten, legte sich ihre Beklemmung ein wenig, weil, an-

ders als sie es befürchtet hatten, der Totengräber nicht angsteinflö-
ßend aussah. Schon gar nicht in seinem benommenen Zustand.

»Was ist mit ihm?«, fragte Uder.

Ancrus antwortete nicht, sondern bedeutete dem Gorgen, still zu
sein. Der Totengräber nuschelte etwas Unverständliches. Und
selbst das kostete ihn soviel Kraft, dass er anschließend in sich zu-
sammensackte. Ancrus packte ihn und hielt ihn aufrecht.

»Was hast du gesagt? Wiederhole es noch einmal!«, forderte er
den Totengräber auf.

»Sie hat mir den Blick genommen. Ich habe nur noch sie gesehen. Ihr Licht tut meinen Augen weh«, flüsterte das Geschöpf.

»Was bedeutet das? Wer hat dir den Blick genommen?«

»Sie lässt niemanden gehen. Ich konnte mich aus ihrem Bann befreien. Aber ich bin zu schwach um zu fliehen. Haltet euch von ihr
fern! Ihr Licht ist das Verderben«, sprach der Totengräber. Sein
Kopf fiel auf seine gepanzerte Brust. Ancrus war unerbittlich und
zog den breiten Schädel wieder hoch, sodass er ihm ins Gesicht
sehen konnte.

»Wer hat dir das angetan? Wer? Sprich!«

Der Totengräber zuckte plötzlich und machte einen langen rö-
chelnden Atemzug.

»Es war...«

»Sag es!«

»...Xali...«, wisperte der Totengräber und erschlaffte. Das Leben
war aus ihm gewichen.

Ancrus legte den toten Körper behutsam auf den Boden und sah
danach in die entsetzten Gesichter seiner Mitstreiter.

»Was hat das zu bedeuten?«, wollte Spat wissen.

»Ich weiß es nicht. Aber was immer es ist, es wird unsere Mission kaum leichter machen.« Ancrus überlegte kurz. »Wie dem
auch sei, wir müssen weiter. Es ist nicht mehr weit bis zu der
großen Höhle, dem Zentrum.«

Ancrus ging weiter in das riesige Labyrinth hinein, und die Gorgens folgten ihm.

Die Gänge wurden breiter und die Räume, die sie durchquerten,
größer. Überall lagen Sachen herum, zerschlagene Tische und
Stühle, Werkzeuge, Schriftstücke und allerlei anderes. Von
weiteren Totengräbern keine Spur.

Für einen Augenblick kam Ancrus der Gedanke, umzukehren. Was immer hier geschehen war, hatte das Leben im unterirdischen Reich der Totengräber zum Stillstand gebracht.

Ein schwaches Grollen durchzog die Gänge und drang bis an die Ohren der Gorgens hervor. Dann ein weiteres.

»Was ist das, Ancrus?«, fragte einer.

»Das ist das Meer. Die Wellen brechen sich über uns. Ich erinnere mich an dieses Geräusch. Wir sind fast am Ziel. Dort hinten müsste es zu der Höhle hinaufgehen.« Ancrus zeigte auf einen Treppenaufgang, der einen Bogen beschrieb. »Mir nach!«

Kaum hatten sie die ersten Stufen erklommen, vernahmen sie eine Stimme, die etwas zu singen schien.

»Hört ihr das? Das muss aus der Höhle kommen«, sagte Ancrus. Er drehte sich um und erschrak. Die Fackeln von Spat und Uder waren erloschen. Im fahlen Licht seiner eigenen Fackel sah er, wie dunkle Gestalten seine sieben Begleiter fast geräuschlos fortzerrten. Die Gorgens waren blitzschnell geknebelt und überwältigt worden. Nachdem Ancrus den ersten Schrecken überwunden hatte und einen klaren Gedanken fassen konnte, wollte er seinen Leuten zu Hilfe eilen, aber eine Gestalt schoss aus einer dunklen Nische auf ihn zu, hielt ihm Arme und Flügel am Rücken fest und stieß ihn unsanft die Treppe hinunter. Unten angekommen wurde er sogleich von zwei anderen Gestalten in Empfang genommen, geknebelt und zusammen mit den anderen weggezerrt.

Ancrus konnte sich nicht merken, wohin er und seine Gorgens gebracht wurden, dafür ging alles viel zu schnell. Sie wurden in einen dunklen kleinen Raum geschubst und in einer Reihe aufgestellt. Die Entführer positionierten sich hinter ihnen. Ancrus glaubte immer noch, das Meer über sich hören zu können, sodass er annahm, dass sie sich nicht weit entfernt haben konnten.

Eine riesige Kerze aus Bienenwachs wurde entzündet.

»Versprecht mir, dass ihr nicht schreien werdet, wenn wir euch die Knebel abnehmen«, sagte eine Stimme hinter ihm.

Ancrus nickte heftig. Er bekam durch den Knebel schlecht Luft, genauso wie die anderen Gorgens.

Der Knebel wurde entfernt. In den Schein des Kerzenlichts trat ein alter Totengräber, was Ancrus daran erkannte, dass dessen Panzer stark brüchig und die Risse mit grünem Moos bewuchert waren. Einer seiner Fühler war verkümmert. Er kannte diesen Totengräber. Es war derjenige, der ihm damals vor vierzig Jahren die Chance zur Freilassung ermöglichte.

»Du bist es also, Ancrus«, sagte der Totengräber leise. »Ich hätte nicht gedacht, dass du jemals freiwillig hierher zurückkehren würdest. Bist du gekommen, um dich an unserem Leid zu ergötzen?«

Ancrus versuchte, einen kühlen Kopf zu bewahren. »Ich verstehe nicht. Wovon sprecht Ihr? Was ist hier los?«

»Wir sind dem Untergang geweiht. Das fürchteten wir schon immer, aber jetzt ist es Wirklichkeit.« Der alte Totengräber sah mit leerem Blick in die Kerzenflamme. »Wir sind heimgesucht worden. Von einer Banshee. Sie bringt den Tod.«

Die Gorgens wechselten verängstigte Blicke.

»Das verstehe ich nicht. Was ist eine Banshee?«

Der alte Totengräber löschte das Kerzenlicht mit seiner Scherenhand und nahm einen Stein aus einem Loch in der Höhlenwand. Eine schwaches Licht drang durch die kleine Öffnung.

»Sieh selbst! Aber verhalte dich ruhig.«

Ancrus sah durch die kleine Öffnung in der Wand, und was er zu sehen bekam, ließ ihm den Atem stocken. Das Guckloch bot einen Blick auf die große Höhle, in der vor vierzig Jahren über sein eigenes Schicksal entschieden worden war. In etwa dreißig Metern Höhe gab es einen Spalt, durch den Tageslicht fiel. In der Mitte war eine erhöhte Plattform, die von den Totengräbern normalerweise für Versammlungen und Verkündigungen genutzt und von jeder anderen Stelle der Höhle aus gesehen werden konnte. An den Wänden gab es langgezogene Balkone und Zugänge, die sich über mehrere Ebenen verteilten.

Überall waren Totengräber. Ancrus konnte sie nicht alle zählen, aber er schätzte, dass es mehrere Hundert sein mussten. Dies wäre an und für sich noch nichts Besonderes gewesen. Aber diese Gorgens verhielten sich nicht normal. Einige von ihnen schlurften ziellos umher. Andere kauerten in Nischen und wippten apathisch vor und zurück. Die meisten aber standen wie hypnotisiert regungslos da und starrten alle zusammen auf einen einzigen Punkt, ein paar Meter oberhalb der zentralen Plattform.

Ancrus folgte ihren Blicken und konnte das, was er sah, zunächst nicht glauben, sodass er sich die Augen reiben musste, bevor er einen zweiten Blick riskierte. Über der Plattform schwebte eine menschliche Gestalt. Es war eine Frau, die, hätte man es nicht besser gewusst, wie ein klassisches Gespenst erschien. Es war die

Banshee, von welcher der alte Totengräber sprach. Ihr schlanker Körper erschien nur als eine strahlend silberne Silhouette. Wie ein Fisch im Wasser tänzelte sie losgelöst von der Schwerkraft durch die Luft und sprach mit einer singenden Stimme mit sich selbst. Ihr weißes langes Haar bewegte sich dabei so schwerelos wie unter Wasser. Und die Totengräber um sie herum starrten sie an.

Als wäre dieser bizarre Anblick noch nicht genug, erkannte Ancrus erst beim zweiten Hinsehen, was die Banshee in ihren Händen hielt. Es war das Buch des Vaters, das Flüsternde Buch.

Es gehörte nun Xali, der Entflammten.

# DER GESCHENKTE BLICK

Ancrus wandte sich von dem Guckloch ab und sah zu dem alten Totengräber. Er war betrübt, da er bis vor kurzem noch guter Hoffnung gewesen war, mit den Totengräbern über die Herausgabe des Flüsternden Buchs verhandeln zu können. Aber das, was er soeben gesehen hatte, machte diese Hoffnung schlagartig zunichte.

»Wer...« Er musste die Frage neu formulieren. »Was ist sie? Woher kommt sie?«

Der Totengräber verschloss das Guckloch wieder mit dem Stein und zündete die Kerze erneut an. »Sie stellte sich nur als Xali, die Entflammte, vor, als wir ihr zum ersten Mal begegneten. Wir glauben, dass sie eine Banshee ist, die den Tod bringt.«

Für Ancrus war diese Antwort mehr als unbefriedigend. »Was hat sie mit Eurem Volk gemacht, und wieso hat sie das Buch des Vaters?«

»Das Buch«, murmelte der alte Totengräber. »Jetzt weiß ich, warum du hier bist. Du willst das Buch. Jeder will es. Und keiner bekommt es.«

»Kriege ich eine Antwort auf meine Frage?«, fuhr Ancrus den Totengräber an.

»Es wäre besser für dich und deine Gefährten, wenn ihr sofort umkehrt und das Buch und Xali wieder vergesst. Ansonsten werdet ihr alle so enden wie meine Freunde dort in der großen Höhle. Das ist ein gut gemeinter Rat, Ancrus. Wenn du bei Verstand bist, solltest du ihn befolgen.«

»Ich denke nicht daran. Ich lasse mich von Euch nicht einschüchtern.«

»Einschüchtern? Was meinst du damit?«

»Ihr habt uns entführt und verschleppt.«

»Ich habe euch das Leben gerettet. Ihr wart kurz davor, unwissend in die Höhle von Xali zu stolpern. Ehe ihr euch verseht hättet, wärt ihr alle zu Xalis Sklaven geworden.«

Ancrus beäugte den Totengräber misstrauisch, um herauszufinden, ob Lüge in seinen müden Augen zu finden war. Aber er fand keine.

»Ich habe dich immer bewundert, Ancrus. Wie du damals gesprochen hast, von deinem Vater, dessen Weisheiten du wieder aufzufinden versuchtest. Ich habe dich dafür bewundert, wie du es geschafft hast, uns alle davon zu überzeugen, dass wir besser sein können. Dass wir mehr sind als die Summe unserer Instinkte. Und ich bewundere dich immer noch für deine unerschütterliche Entschlossenheit, dein Buch zurückzuerobern. Nach so vielen Jahren.«

»Wenn Ihr wirklich so empfindet, dann helft mir dabei, mein Werk zu vollenden. Erzählt mir, was Euch widerfahren ist, damit ich es verstehen kann!«

Der alte Totengräber seufzte resigniert und schaute in die Runde der Gorgens, die angsterfüllt dicht aneinander gedrängt standen.

»Ich denke, du und deine Gefährten, ihr habt eine Antwort verdient.

Das Schicksal hat es nicht gut mit uns gemeint. Als wir dich damals entführt hatten, um dich zu fressen, da waren wir sehr zerstritten. Es gab eine Mehrheit, die unserem uralten Instinkt, Bewohner von der Oberfläche zu verspeisen, endgültig abschwören wollte. Zu dieser Gruppe zählte ich mich ebenfalls. Aber diejenigen, die dieses Vorhaben als Verleugnung unseres Lebensart ansahen, zogen gegen uns zu Felde, sodass unsere Gesellschaft Stück für Stück gespalten wurde. Wir bekämpften uns gegenseitig, mit oder ohne Waffen. Mit List und Verrat und ohne Würde. Wir waren der Abschaum Thalantias.«

»Merkwürdig«, bemerkte Ancrus. »Ich dachte, wir, das Volk der Gorgens, wären der Abschaum der Welt.

Der alte Totengräber rang sich ein verbittertes Lächeln ab, soweit dies bei seinem aparten Gesicht, das aus unzähligen winzigen ineinander geschobenen Platten bestand, überhaupt erkennbar war.

»Womöglich verstehst du daher am ehesten, wovon ich spreche. Wir zogen uns immer mehr zurück, und unsere Gesellschaft geriet an den Rand des Zusammenbruchs. Aber dann kam Xali.

Sie versprach, uns dabei zu helfen, wieder ein Leben an der Oberfläche zu führen. Unter ihrer Anleitung wollte sie unserem Volk wieder einen Platz in der Gesellschaft verschaffen. Unsere alten Instinkte, deretwegen wir uns selbst zerfleischten, wollte sie durch ihre Kräfte endgültig ausmerzen.«

»Lasst mich raten. Sie verlangte etwas dafür, oder?«, mutmaßte Ancrus.

»Sie sagte, alles, was wir dafür tun müssten, wäre, ihr unseren Blick zu schenken. Was sie damit meinte, konntest du soeben in der Höhle sehen.«

»Alle starrten Xali apathisch an. Was hat das zu bedeuten?«

»Wenn man sie zu lange anblickt, dann paralysiert sie einen. Man ist nicht mehr fähig, sich zu bewegen oder klar zu denken. Man wird dazu verdammt, sie anzustarren, ununterbrochen, tagelang, solange, bis man vor Erschöpfung zusammenbricht und stirbt. Am Anfang hat Xali das mit einigen wenigen gemacht. Wir akzeptierten dies, da wir immer noch glaubten, sie würde ihre Versprechen einlösen. Im Laufe der Zeit wurden es aber immer mehr. Da war es schon zu spät für uns, Widerstand zu leisten. Wir waren ihr ausgeliefert.«

»Warum tut sie das?«

»Sie braucht unsere Blicke, um zu überleben. Wie genau es funktioniert, kann ich nicht nachvollziehen. Und es interessiert mich auch nicht. Das Einzige, was ich weiß, ist, dass sie uns aussaugt, Ancrus. Wie ein Vampir das Blut aus seinem Opfer saugt, so saugt Xali unsere Gedanken aus, solange, bis wir daran zu Grunde gehen.«

Ancrus sah zu den anderen Totengräbern, die ihn und seine Gefährten in diesen Raum gebracht hatten, und dann wieder zum alten Totengräber. »Ihr scheint aber nicht unter ihrem Bann zu stehen.«

»Wir versuchen uns vor ihr zu verstecken. Ab und an durchstreift Xali unsere Höhlen, um sich ein paar neue Opfer zu suchen. Für ihren Nachschub, wie sie sagt. Zum Glück tut sie das nicht oft, sonst wäre keiner von uns mehr übrig.«

»Ich verstehe,« sagte Ancrus mitfühlend, aber innerlich beschäftigte ihn eine ganz andere Frage, die er zu stellen nicht mehr unterdrücken konnte.

»Wie ist Xali in den Besitz des Buchs des Vaters gekommen, und was hat sie damit vor?«

»Xali erfuhr, dass das Flüsternde Buch, oder das Buch des Vaters, wie dein Volk es nennt, ungeschützt in dem Anwesen des verschiedenen Koros Cusuar war. Sie befahl uns, einen Tunnel unter sein Haus zu graben, um das Buch von dort aus zu stehlen. Seit Xali das Buch nun in ihrem Besitz hat, lässt sie es nicht mehr aus den Augen. Andauernd spricht sie zu dem Buch, aber das Buch spricht nicht zu ihr. Sie kann das Buch auch nicht lesen, weshalb es eigentlich wertlos für sie ist. Aber Xali ist zu stolz, das zuzugeben.

Tagein, tagaus, schwebt sie nun durch unsere Räume und hofft, dass das Buch zu ihr spricht. Und wir, die übriggeblieben und noch Herr unserer Sinne sind, können nichts gegen sie unternehmen.«

Ancrus hatte genug gehört. »Ich möchte mit ihr sprechen«, sagte er ruhig mit seiner tiefen Stimme.

Der alte Totengräber sah ihn grimmig an und trat einen Schritt auf ihn zu. »Vielleicht hast du mich nicht verstanden. Xali ist wahnsinnig. Sie wird dich nicht gehen lassen, und dein Buch wird sie dir erst recht nicht überlassen.«

»Aber das Buch gehört unserem Volk. Womöglich kann ich einen Handel mit ihr eingehen, wenn ich ihr erkläre, dass ich es benutzen kann.«

»Was willst du ihr denn bieten? Nichts, aber auch gar nichts, das du ihr anbietest, könnte sie gebrauchen. Sie ist keine Sterbliche wie wir. Xali verhandelt nicht. Sie nimmt sich, was sie haben will.«

»Ich werde es dennoch versuchen«, blieb Ancrus beharrlich. Er konnte die verzweifelten und wütenden Blicke seiner Gorgens auf sich spüren. In die Höhle von Xali zu gehen, erschien ihnen wie glatter Selbstmord.

»Ancrus, begreifst du denn nicht? Xali wird dich und deine Freunde genauso aussaugen wie die anderen. Ihr werdet zu Xalis Sklaven. Vergiss das Buch des Vaters. Vergiss das Volk der Totengräber. Es ist alles verloren.«

Ancrus schüttelte den Kopf. »Nichts, was du sagst, kann mich davon abhalten, für das zu kämpfen, was unserem Volk rechtmäßig zusteht. Ich bekomme keine zweite Gelegenheit. Wenn es mein Schicksal besiegelt, dann sei es so. Ich kann nicht anders.«

»Ich halte diese Entscheidung für töricht, aber ich werde dich nicht aufhalten.«

Ancrus drehte sich zu seinen Leuten um. »Ich werde niemanden von euch zwingen, mit mir dort hineinzugehen. Ich stelle es euch frei zu gehen, sofern die Totengräber einverstanden sind.« Der alte Totengräber nickte zustimmend.

Die Gorgens tuschelten kurz untereinander. Ancrus war sich sicher, dass sie ihn verlassen würden.

Dann verkündete Spat ihre Entscheidung: »Wir werden mit Euch gehen, Ancrus. Wir sind zwar voller Angst, aber wir wissen auch, dass das Buch des Vaters unsere letzte Hoffnung ist. Wir können nicht mehr umkehren. Unser Volk braucht uns. Wir werden es nicht im Stich lassen.«

»Ancrus war so gerührt, dass ihm beinahe die Stimme versagte, als er sagte: »Dann bringen wir es jetzt hinter uns.«

Der alte Totengräber und seine Artgenossen sahen ihn voll Bewunderung an. Auch wenn sie die Hoffnung auf eine Befreiung von Xali längst aufgegeben hatten, so wünschten sie Ancrus doch Erfolg für seine schier unlösbare Aufgabe.

# ALS DIE MAUERN FIELEN

Ancrus betrat dicht gefolgt von seinen Gorgens die große Höhle. Das wenige Sonnenlicht, das es durch den Spalt in der Decke bis hier nach unten schaffte, machte die gespenstische Szenerie, welche die betäubten und starrenden Totengräber boten, etwas erträglicher.

Xali war immer noch damit beschäftigt, in der Luft in etwa zehn Metern Höhe herumzuwirbeln und mit dem Buch zu sprechen. Ihre Stimme war wunderschön. Jedes Wort klang so, als würde sie es mit Liebe singen.

*Sie ist schön und schrecklich zugleich,* dachte Ancrus.

Es dauerte nicht lange, da bemerkte Xali die Gorgens.

»Ah, Besucher!«, rief sie begeistert und kam im Sturzflug zu ihnen herunter geschwebt. Sie stoppte unmittelbar vor Ancrus, der sich schützend vor seine Gefährten gestellt hatte. Xalis weißes langes Haar umspielte ihren Kopf in sanften fließenden Bewegungen. Ihre silbrigen Augen schienen Ancrus regelrecht zu durchbohren. Und ihre dunklen Lippen formten ein erfreutes Lächeln, das den Gorgens trotz Xalis Schönheit das Blut in den Adern gefrieren ließ.

»Ich hatte schon lange keine Besucher mehr«, sagte sie mit langsam gesprochenen Worten in ihrer wunderschönen Stimme, der man am liebsten stundenlang zugehört hätte.

Xali lachte kurz auf. »Ha, wo sind denn meine Manieren? Ihr wollt sicher wissen, wer ich bin.«

Ancrus nickte, ohne etwas zu sagen.

»Ich bin Xali. Ich wurde entflammt, als die Mauern fielen, und ich wurde wiedergeboren, als der Tag sich dem Ende neigte. Ich nehme mir euren Blick, und ich fühle euer Herz, wenn es mir beliebt«, sagte sie mit einer solchen Selbstverständlichkeit, als ob sich dadurch weitere Erläuterungen erübrigt hätten. »Und wer seid ihr?«

Ancrus hatte keine Ahnung, was Xali mit dem Fühlen seines Herzens meinte. Da er aber wusste, worin die Bedeutung im Schenken seines Blickes lag, konnte es nichts Gutes bedeuten. Ein Blick zu den immer noch teilnahmslos starrenden Totengräbern überall um sie herum reichte aus, um sich der Gefahr, in der sie sich befanden, zu versichern.

»Mein Name ist Ancrus, und das sind meine Gefährten. Wir kommen aus Gorgonia, nicht weit von hier.«

»Ja, Gorgonia habe ich schon einmal gesehen. Eine ungewöhnliche Stadt, und doch auf ihre ganz eigene Art schön«, sagte Xali vornehm. Aber sie hatte bei dem Gedanken an Gorgonia einen Blick, der Ancrus überhaupt nicht gefiel. Plante sie schon etwa in Gorgonia, seiner Heimat, ihre nächsten Opfer zu suchen, wenn sie von den Totengräbern nichts mehr übrig gelassen hatte? Ancrus erschauerte bei dem Gedanken und fürchtete, dass sein Erscheinen hier Xali überhaupt erst auf diese Möglichkeit aufmerksam gemacht hatte.

»Und wieso seid ihr hier? Wollt ihr mir euren Blick schenken?«, fragte Xali, wobei sie den Kopf leicht zur Seite neigte.

Die Gorgens zuckten angsterfüllt zusammen. Nur Ancrus hatte in seinem langen Leben gelernt, sich nach außen nichts anmerken zu lassen.

»Ich habe etwas Besseres als das«, sagte er.

»So? Etwas Besseres als euren Blick? Was kann das sein?«

Ancrus versuchte, nicht auf das Buch des Vaters in Xalis Händen zu schauen.

»Ich habe ein Angebot für Euch.«

»Ein Angebot«, wiederholte die Banshee. »Ich höre.«

»Das Buch, das Ihr da haltet...«

»Ja?«, sagte Xali, ohne misstrauisch zu wirken.

»Dieses Buch ist als das Flüsternde Buch bekannt. Mein Volk aber bezeichnet es als das Buch des Vaters.«

»Wieso wird es so genannt?«

»Weil es unserem Volk gehört. Unser aller Vater, der uns Gorgens erschaffen hat, als die Welt noch einfach war, hat es für unser Volk hinterlassen.«

»Fahre fort!«

Ancrus war erleichtert, dass Xali ihm zuhörte, denn ganz offensichtlich wusste sie nichts über die Herkunft des Flüsternden Buchs.

»Dieses Buch ist für unser Volk bestimmt, was bedeutet, dass es seine Weisheiten nur uns gegenüber preisgibt. Mein Angebot lautet daher, dass ich für Euch aus dem Buch lese und seine Weisheiten mit Euch teile, wenn Ihr es mir überlasst. Natürlich nur unter der Voraussetzung, dass das Buch noch nicht mit Euch gesprochen hat«, beeilte sich Ancrus hinzuzufügen.

Xalis bisher so entspannt wirkender Gesichtsausdruck verfinsterte sich ein wenig. Zumindest glaubte Ancrus, dass es so war.

»Woher weißt du, dass das Buch nicht zu mir gesprochen hat?«, fragte die Banshee.

»Ich habe das nur vermutet. Denn soweit ich weiß, teilt das Buch sein geheimstes Wissen nur mit einem Gorgen, und mit niemand anderem.«

»Merkwürdig«, murmelte Xali und begann, gefährlich ruhig um die kleine Gorgen-Gruppe herum zu schweben. »Ich habe gehört, dass das Buch seinem Auserwählten einen Weg zur Erlangung der Macht der Transzendenz zeigen kann.«

»Ich weiß«, sagte Ancrus, obwohl er eigentlich kaum etwas über das Buch wusste. »Ich glaube jedoch, dass die Macht der Transzendenz nur *ein* Weg ist zur Erlangung der Weisheit des Buches. Deshalb ist es auch noch niemandem gelungen, diese Macht zu kontrollieren. Denn alles, was das Buch preisgibt, ist nur für die Gorgens bestimmt. Und keiner der bisherigen Besitzer war ein Gorgen.«

Ebenso wie Xali hatte Ancrus keine Ahnung, was es mit dem Flüsternden Buch wirklich auf sich hatte. Dass es in Wirklichkeit an nicht weniger als der Rückkehr des Dunkelträumers arbeitete und die Auswahl eines Transzendenten ein Teil dieser mannigfaltigen Aufgabe war, blieb beiden verborgen. Xali wollte durch das Buch die Macht erlangen, und Ancrus wollte nur seinem Volk dienen.

Xali war immer noch dabei, ihre Kreise um die Gorgens zu ziehen.

»Das ist alles? Du spazierst hier rein und denkst, ich würde dir das Buch aushändigen? Für wie dumm hältst du mich eigentlich?«, fragte sie.

»Das tue ich nicht. Wenn ich etwas anderes tun kann, als das Wissen des Buchs mit Euch zu teilen, dann sagt es mir, aber ich bitte Euch: Tut mein Angebot nicht als lächerlich ab. Mein Volk ist verzweifelt. Das Buch des Vaters ist unsere letzte Hoffnung. Ich schwöre Euch, dass ich alles mit Euch teilen werde, was ich in Erfahrung bringen kann.«

»Sicher würdest du das«, sagte Xali spöttisch und kam vor Ancrus wieder zum Stehen. Sie musterte den alten Gorgen ausführlich. Es war ihm, als ob sie sein Angebot ernsthaft in Erwägung zog. Aber weit gefehlt.

»Du bekommst das Buch nicht. Geht zurück in eure Heimat! Erinnert euch an die besseren Tage, klagt über euer Leid! Verkriecht euch in eurem Loch, aus dem ihr gekommen seid und geht zugrunde! Es ist mir egal, was ihr tut, nur verschwendet nicht mehr meine Zeit!«, sagte sie zornig, drehte sich um und entfernte sich.

Ancrus war außer sich. Noch nie in seinem Leben war er so aufgebracht gewesen. So einfach würde er sich nicht abspeisen lassen. Und deshalb ging er auf volles Risiko, als er ihr hinterher rief: »Ich bin nicht derjenige, der sich in einer Höhle verkriecht und Unschuldige versklavt, um mein eigenes erbärmliches Leben zu erhalten.«

Pfeilschnell kam Xali zurück. War sich Ancrus eben noch unsicher, ob Xali wütend war oder nicht, so konnte er es jetzt sein. Hasserfüllt funkelten ihre kalten Augen ihn an. Er hatte wohl bei ihr einen Nerv getroffen, denn Xali war nicht gern hier unten bei den Totengräbern. Aber sie war auf diese Wesen angewiesen. Sie brauchte ihre Blicke, ihre Gedanken. Nur so konnte sie ihre Lebenskraft aufrechterhalten und überleben.

Xali hob ihre rechte Hand und formte sie so, als ob sie etwas greifen wollte. Ihr Blick richtete sich auf Ancrus' Brust, dort wo sein Herz war.

»Jetzt bist du zu weit gegangen«, zischte sie.

Ehe Ancrus wusste, wie ihm geschah, paralysierte Xali ihn mit ihrem Blick und machte sich daran, nach seinem Herz zu greifen. Wenn sie das Herz ihres Opfers mit ihrem eisigen Griff umklammerte und das Leben aus ihm aussaugte, dann verlängerte sie damit ihr eigenes, was aber unweigerlich zum Tod ihres Opfers führte. Aber auch für Xali selbst war es nicht ganz ungefährlich. Wenn sie nach einem Herz griff, dann musste sie all ihre Kräfte nutzen, um die Materie zu durchdringen, denn dies war eine ihrer Besonderheiten. Sie konnte durch dünne Wände schweben, nicht jedoch durch dicken Fels. So konnte sie also auch, ohne jemanden zu verletzen, mit ihrer Hand in einen Körper eindringen, um nach dem Herz zu greifen.

Schon oft hatte sie jemandes Herz 'gefühlt' und jedes Mal war es etwas Besonderes. Wie ein eingepacktes Geschenk, von dem man vor dem Öffnen nicht wusste, was es einem offenbaren würde. Doch erforderte das 'Fühlen', wie sie es nannte, ihre ganze Aufmerksamkeit, und wenn etwas schiefging, und sie sich nicht absolut mit ihrer ganzen Willensstärke darauf konzentrierte, dann bestand die Gefahr, dass ihr Griff nach einem Herz sie selbst näher an den Tod brachte als an ein verlängertes Leben. Aus diesem Grund fühlte Xali ein Herz nur dann, wenn ihr Zorn überhand nahm. Und jetzt in diesem Moment, in dem Ancrus es gewagt hatte, sie zu beleidigen, war sie wütend. Furchtbar wütend.

Ihre Fingerspitzen tauchten in Ancrus' Brustkorb ein und Xali spürte, wie die Erregung in ihr sie zittern ließ, als sie plötzlich eine Stimme in ihrem Kopf hörte, die ihr zurief: *»Halte ein! Verschone ihn!«*

Xali hielt erschreckt inne. Sie brauchte nicht lange, um herauszufinden, dass niemand außer ihr diese Stimme gehört hatte, was nur bedeuten konnte, dass es das Flüsternde Buch war, das zu ihr gesprochen hatte.

»Warum sollte ich dich verschonen?«, richtete Xali ihre Frage an den gelähmten Ancrus, der gar nicht fähig gewesen wäre, zu antworten. »Warum sollte ich auf dein Herz verzichten?«

Spat, Uder und die anderen waren ebenso wie ihr Anführer Ancrus gelähmt, nicht jedoch wegen Xali, sondern allein durch ihre nackte Angst.

*»Wenn du ihn verschonst, dann biete ich dir ein Herz, das Tausende von seinem aufwiegt«*, sprach das Buch zu Xali.

Diese Vorstellung überzeugte die Banshee. Sie ließ von Ancrus ab, der unmittelbar darauf von seiner Lähmung befreit wurde und für einen Moment desorientiert ein paar Schritte zurück stolperte.

Xali war bereit, sein Herz zu verschonen, aber sie war immer noch so schrecklich wütend. Sie musste ihn bestrafen. Sie musste sich beweisen. Sie musste ein Herz *fühlen*. Sie schoss auf den ahnungslosen Spat zu, stieß ihm ihre Hand in seinen Körper und umklammerte dessen wild pochendes Herz. Spat schrie, denn es war ihm, als wenn sein Herz bei lebendigem Leibe gefrieren würde. Und in gewisser Weise war es auch so. Unbeschreibliche Dinge gingen in Xali vor, als sie dem Gorgen das Leben aussaugte. In ihren Augen funkelte es, als ob hunderte Sternschnuppen darin niedergehen würden. Ihr Leben würde sich durch das Nehmen des seinigen verlängern. Und sie würde noch mächtiger und schöner werden. Spat konnte sich nicht zur Wehr setzen, und auch Uder konnte nichts tun, außer den Namen seines Bruders zu schreien. Ancrus war immer noch benommen und konnte Xalis Grausamkeit erst wieder erfassen, als es für den armen Spat schon zu spät war. Er sank mit matten Augen nieder, und Xali ließ von ihm ab, als sie sich genommen hatte, was sie brauchte.

Uder kniete neben seinem Bruder und nahm ihn weinend und wehklagend in den Arm. Xali selbst war durch den Transfer der Lebenskraft ein wenig benommen, oder besser gesagt berauscht, sodass einige ihrer paralysierten Opfer, die in der Höhle herumstanden, für einen kurzen Moment wieder zu Bewusstsein kamen.

Drei von den restlichen fünf Gorgens, deren Namen wir nicht kennen, breiteten ihre Flügel aus und flatterten, so schnell sie konnten, in die Höhe Richtung Felsspalt.

Xali kam wieder zu klarem Verstand, schüttelte sich und flog ihnen hinterher. Den ersten holte sie rasch ein, griff ihn am Fuß und schleuderte ihn gegen die Felswand. Den zweiten packte sie kurz vor dem Ausgang in fast dreißig Metern Höhe am Genick und drosch ihn mit dem Kopf mehrmals gegen das Gestein, bis der Unglückselige tot auf den Boden fiel. Ja, wenn Xali wütend war, dann war sie auch grausam und kannte kein Halten mehr.

Fehlte noch der dritte, aber dieser schaffte es durch den sonnendurchfluteten Spalt und entkam. Xali wollte ihn nicht verfolgen, denn das Sonnenlicht tat ihren Augen weh.

Entkräftet kam sie wieder zurück nach unten. Ancrus, Uder und die beiden anderen Gorgens, die sich nicht getraut hatten, eine Flucht zu riskieren, waren noch übrig.

»Seht ihr, zu was ihr mich getrieben habt? Seht ihr das, ihr Unglückseligen?«, sprach sie und zeigte auf Spats Leichnam.

»Wieso habt Ihr ihn umgebracht? Er hat Euch nichts getan. Genau sowenig wie die anderen!«, schrie Uder die Banshee mit dem Mut der Verzweiflung an.

Wieder blitzte der Zorn in Xalis Augen auf. »Weil ihr wohl nicht begreift, mit wem ihr es zu tun habt! Ich bin Xali. Ich bin euch in jeder Hinsicht überlegen, weil ich entflammt wurde, als die Mauern fielen! Ihr seid nichts gegen mich. Ihr widert mich an. Eure Sterblichkeit ekelt mich an!«

Jetzt war Xali wirklich erschöpft. Normalerweise war das Fühlen eines Herzens für sie das größte Glück, das sie erfahren konnte, seit sie zu der Banshee wurde, die sie jetzt war. Aber diesmal hatte es ihr keine Freude bereitet. Der einzige Trost, den sie hatte, war das Flüsternde Buch, das jetzt zu ihr gesprochen hatte.

»Ihr seid erbärmlich und feige«, stieß Ancrus verbittert hervor. Ihm war bewusst geworden, dass seine Mission in einer Katastrophe geendet hatte.

Xali war zu ausgelaugt, um darauf zu antworten. Es interessierte sie nicht mehr, was Ancrus über sie dachte. Sie musste sich ausruhen. Sie musste wieder zu Kräften kommen. Die Blicke der anderen würden ihr dabei helfen. Die der anderen und die Blicke ihrer Neuankömmlinge.

»Wollt Ihr mich jetzt auch umbringen? Ist das alles, was Ihr könnt?«, rief Ancrus. »Wenn Ihr noch einen Funken Anstand besitzt, dann lasst die anderen gehen und tötet mich. Meine Schande ist ohnehin komplett«

»Ich weiß etwas Besseres«, flüsterte Xali sichtlich mitgenommen. »Du und deine Freunde, ihr werdet mir euren Blick schenken. Ja, Ancrus, ich werde mir deinen Blick nehmen und mich daran laben, und deine Gedanken werden mein Körper sein.«

Die Banshee paralysierte alle vier Gorgens und diejenigen Totengräber, die für einen Augenblick der Unachtsamkeit ihrer Kontrolle entglitten waren. Nun standen sie alle um sie herum und starrten zu ihr auf. Und Xali spürte, wie ihre Blicke und ihre Gedanken, die nur auf ihre Existenz gerichtet waren, ihr dabei halfen, sich von den Strapazen zu erholen. Sie streichelte den ledernen Einband des Flüsternden Buches und träumte von seinem Versprechen, das es ihr gegeben hatte. Sie träumte von dem Herz, das tausend andere aufwiegen und ihr Vollkommenheit schenken würde.

## DAS VERSPROCHENE HERZ

Alles in allem war das Flüsternde Buch recht zufrieden mit dem, was in der großen Höhle der Totengräber geschehen war. Sicher, die Eskalation und die toten Gorgens waren nicht in seinem Sinne gewesen. Aber es ließ sich nicht vermeiden, denn trotz ihres aufbrausenden Temperamentes, welches selbst das Flüsternde Buch überraschte, brauchte es noch Xali genauso, wie es Ancrus noch brauchte.

Xali hatte Ancrus mit ihrem Blick und ihrer Macht, die nur das Flüsternde Buch verstand, gelähmt, und das war auch gut so. Denn es würde auch eine Weile dauern, bis die nächste Person, die es zusätzlich brauchte, hier ankommen würde. Erst dann würde das Buch Ancrus seine letzte Aufgabe übertragen, und Ancrus würde blind gehorchen.

So viele Jahre waren vergangen, seitdem sich das Buch auf die Suche nach einer Möglichkeit, den Dunkelträumer wieder zurück nach Thalantia zu holen, gemacht hatte. Mit jedem Fehlschlag, den es erleiden musste, schwand seine Hoffnung. Aber nun wie aus dem Nichts überschlugen sich die Ereignisse. Die Rückkehr des Dunkelträumers war nicht mehr fern. All die Mühen und Entbehrungen, und auch die vielen Toten, die das Buch unvermeidlich in der Vergangenheit zu verantworten hatte, waren nicht umsonst. Nichts war umsonst gewesen.

Doch woher nahm das Flüsternde Buch die Gewissheit, dass sich die Dinge so entwickelten, wie das Buch es sich erhoffte? Denn die Zukunft konnte es nicht vorhersehen. Nein, es war vielmehr ein Instinkt, ein sechster Sinn, der dem Buch sagte, dass Großes bevorstand. Als sei eine höhere Macht am Werke. Eine Macht, von der nicht einmal das Buch etwas wusste, und das Buch wusste sonst alles.

Kein Opfer, welches das Flüsternde Buch heraufbeschworen hatte, sollte vergeblich gewesen sein. Auch nicht sein eigenes und letztes, das es sehr bald für den Dunkelträumer würde erbringen müssen. Denn nach dessen Rückkehr würde er eine neue Welt erschaffen, ein neues Thalantia, in welchem jeder eine neue Chance erhalten würde. Alles würde rückgängig gemacht werden, und auch das Buch selbst würde wieder Körperlichkeit und damit einhergehend die lang herbeigesehnte Sterblichkeit zurückbekommen. Genauso wie die Späher. Eine zweite Chance für jedermann.

Dafür musste aber das jetzige Thalantia komplett zerstört werden. Und damit musste auch alles Leben darauf ausgelöscht werden. Das war der Preis für den Neubeginn. Verständlich, dass diese Vorstellung bei den Bewohnern von Thalantia blankes Entsetzen auslösen würde. Deshalb war es an ihm, dem Flüsternden Buch, ihnen diese Entscheidung abzunehmen und zu handeln. Davon war das Buch zutiefst überzeugt. Der Wahnsinn hinter diesem Vorhaben war für das Buch nicht erkennbar. Alles, was in den nächsten Tagen geschehen würde, geleitet durch welche Macht auch immer, war die Wegbereitung zur Schaffung der neuen Welt. Die Sache will's.

Es gab nur noch eine Person, die dem großen Plan im Wege stand, und diese Person war Antilius, der immer noch unter seinem Gedächtnisschwund litt. Nicht auszudenken für das Flüsternde Buch, was geschehen würde, wenn er seine Erinnerung zurückerlangen würde. Es würde alles zunichte machen, wofür das Buch und die Späher seit Jahrhunderten gearbeitet hatten. Deshalb musste Antilius sterben, so schwer dieser Gedanke dem Buch auch fiel, denn Antilius in den Tod zu schicken, war für das Buch so, als wenn man den letzten seiner Art töten würde.

Aber auch sein Opfer würde nicht vergebens sein. Auch er würde in der neuen Welt, die der Dunkelträumer ersann, eine zweite Chance erhalten.

Doch damit der Plan des Buchs aufging, musste es noch etwas Geduld beweisen. Und es musste sein Versprechen Xali gegenüber einhalten, schließlich hatte es ihr nicht irgendein Herz versprochen.

Es hatte ihr das Herz von Antilius versprochen.

# EVENTUM, DIE VERSUNKENE STADT

Vermutlich hatte noch niemand die Westküste von Arbrit aus jener Perspektive gesehen wie Antilius, als er sich auf dem Rücken des Flugsauriers Alte Schwinge der zweitgrößten Inselwelt Thalantias näherte. Zuerst sah er nur einen grünen Teppich, der sich, je näher er kam, in eine grüne Wand zu verwandeln schien. Es war der Urwald von Arbrit, bestehend aus unzähligen der turmhohen Immerfestbäume. Wald der Riesen wurde er auch genannt, auch wenn noch niemand einen Riesen hier gesehen hatte. Der Urwald bedeckte einen Großteil der Inselwelt. Städte oder größere Siedlungen gab es hier nicht. Zumindest zu heutiger Zeit nicht. Früher, vor dem Krieg um Ilbétha, da hat es eine große Stadt gegeben. Es war die größte auf ganz Thalantia. Eventum wurde sie genannt. Die Stadt der Weisen. Schon bald würde Antilius mehr darüber erfahren, doch in diesem Augenblick, in dem er über die gewaltigen Baumkronen in schwindelerregender Höhe hinwegflog, verloren alle seine Fragen und Sorgen an Bedeutung. Für einen Moment konnte er eines der großen Wunder Thalantias, das sich unter ihm erstreckte, einfach nur genießen und vergessen, welch schwere Bürde auf ihm lastete.

Es war später Nachmittag, aber die Sonne stand noch hoch, und es war sehr warm. Viel wärmer, als es auf Truchten für diese Jahreszeit üblich war. Von dem beginnenden Herbst war hier auf Arbrit noch nichts zu sehen. Immerfestbäume trugen ihr Laub bis in den Winter hinein, der hier meistens ohnehin nur sehr kurz und mild war.

»Siehst du das, Gilbert?«, rief Antilius seinem Freund im Spiegel zu, während er diesen so hielt, dass dieser das Meer aus Bäumen auf seiner Seite des Spiegels gut sehen konnte.

»Ja, schon. Aber lass bloß den Spiegel nicht fallen, hörst du?«

»Keine Sorge. Meinst du, es ist noch weit?«

»Ich habe keine Ahnung. Aber Alte Schwinge wird ja wohl wissen, wohin sie fliegt. Das hoffe ich jedenfalls.«

Das tat Alte Schwinge. Sie hätte diese Route im Schlaf fliegen können. Nun, genau genommen war der alte weibliche Flugsaurier während des mehrstündigen Fluges tatsächlich ab und an eingenickt, aber zum Glück hatte Antilius das gar nicht bemerkt. Das wäre Alte Schwinge sehr unangenehm gewesen, wenn jemand ihre Ausdauer in Frage stellen würde. Schließlich war sie nicht mehr die jüngste.

Aber schließlich hatte sie den Flug wie immer gemeistert und war nun im Anflug auf ihr Ziel. Nachdem sie mit Antilius und Gilbert im Spiegel an Bord minutenlang über den endlos scheinenden Urwald hinweggeflogen war, erreichte sie endlich den großen See von Arbrit. Ischahr-See wurde er von den Einheimischen genannt. Es war mit Abstand der größte aller Inselwelten und hatte in der Länge einen Durchmesser von zwölf Kilometern und in der Breite nicht mehr als einen halben Kilometer. Obwohl die Riesenbäume, die den See umschlossen, direkt bis ans Ufer wurzelten, waren sie dort jedoch wesentlich kleiner und standen nicht so dicht beieinander, sodass die eine oder andere lichte Stelle zum Vorschein kam.

Alte Schwinge flog einen großen Bogen über dem Wasser und begann anschießend mit dem Landeanflug. Sie steuerte zielsicher eine freie Fläche unmittelbar am Ufer an. Antilius hielt sich krampfhaft am Geschirr des Flugsauriers fest, da der Landeanflug mit einer atemberaubenden Geschwindigkeit vonstatten ging. Aber seine Sorgen waren unbegründet. Gekonnt setzte Alte Schwinge auf dem Boden auf und bremste mit ihren kräftigen Beinen ab. Danach stieß sie einen merkwürdigen Ruf aus, der wohl entweder heißen sollte, dass sie ihr Ziel erreicht hatten, oder dass ihr Passagier endlich von ihrem müden Rücken runtergehen sollte.

Antilius stieg ab und sah sich fasziniert um, während er sich Gilberts Spiegel wieder in die Brusttasche seines Hemdes steckte, sodass dieser wieder den gewohnten Ausblick für seinen Freund bot.

»Fällt dir etwas auf?«, fragte Gilbert nach einer Weile.

»Ja, es ist absolut still hier. Kein Vogelgezwitscher. Keine Geräusche, die man in einem belebten Wald erwarten würde. Nichts. Mit diesem Ort stimmt etwas nicht.«

Alte Schwinge trottete zum Wasser, um zu trinken, und da Antilius keine Ahnung hatte, wo er Tirl antreffen sollte, folgte er ihr in respektvollem Abstand. Es waren nur ein paar Meter bis zum Ufer, welches sich aber hinter einer hohen Böschung befand. Erst als Antilius diese Erhebung erklommen hatte, sah er ein kleines Zelt neben einer Feuerstelle. Er war sich sicher, dass dies das Lager von Tirl sein musste.

»Hallo, jemand zuhause?«, rief er, aber niemand antwortete.

»Warte mal!«, sagte Gilbert.

»Was ist los?«

»Ich glaube ich habe jemanden gehört. Sei mal ganz ruhig.«

Gilbert hatte sich nicht geirrt. Jetzt konnten sie es beide hören. Es war nur einige Meter entfernt von ihnen. Antilius entfernte sich von der Feuerstelle und ging ein ganzes Ende am Ufer entlang, das, je weiter er sich von dem Zeltplatz entfernte, immer dichter mit Schilf bewachsen war.

»Du brauchst dir keine Sorgen machen. Du weißt doch, dass ich mich um dich kümmere«, hörten Antilius und Gilbert eine Stimme sagen.

Ein paar Schritte durch dichtes Gestrüpp später sahen sie, von wem die Stimme stammte. Es war Tirl, da waren sie sich absolut sicher, aber er war nicht das, was sie erwartet hatten. Tirl war kein Mensch. Er war... ja, was war er eigentlich? So eine Gestalt hatten weder Antilius noch Gilbert je zuvor gesehen, was sicher daran lag, dass Tirls Volk sehr zurückgezogen auf Arbrit lebte. Es mag ja vielleicht ein wenig unfair klingen, aber das Erste, was ihnen in den Sinn kam, war, dass Tirl eine etwa ein Meter große sprechende Holzpuppe war. Das war natürlich nur der erste Eindruck, denn Tirl war natürlich keine Holzpuppe. Aber seine schmächtige Erscheinung, seine spindeldürren Arme und Beine und sein rotbrauner Teint, der an die Rinde einer Kiefer erinnerte, verleiteten einen automatisch zu dieser Einschätzung. Tirl war weder eine Puppe, noch bestand er aus Holz. Aber sein Volk hatte sich der Umgebung im Laufe der Evolution perfekt angepasst. Zwischen den ganzen Bäumen hier hätte man ihn glatt übersehen können. Es war eine ganz natürliche Tarnung, die sich im Laufe der Evolution entwickelt hatte. Tirls Volk bezeichnete man als Arboraner. Das war die offizielle Bezeichnung. Aber wegen ihres besonderen Aussehens und ihrer scheinbar zerbrechlichen Erscheinung waren die Arboraner nicht mehr als das Gespött der anderen Bewohner von Arbrit. Niemand konnte sie leiden, und keiner wollte etwas mit ihnen zu tun haben. Es gab dafür keinen triftigen Grund, außer jenem, der sich auf ihr Aussehen bezog. Man nannte sie nicht Arboraner, und ihren Namen auszusprechen, war die Ausnahme. Stattdessen nannte man sie Rinde, Borke, Kruste und so weiter. Und jede dieser Bezeichnungen war als Beleidigung zu verstehen.

Tirl bemerkte Antilius und beendete abrupt seine Konversation. Mit wem er gesprochen hatte, oder ob er mit sich selber gesprochen hatte, wusste Antilius zu diesem Zeitpunkt noch nicht, da er außer Tirl niemanden sehen konnte.

Der Arboraner musterte den Menschen mit dem merkwürdigen Spiegel in seiner Brusttasche mit skeptischem Blick. Er sagte nichts, weil er aus leidvoller Erfahrung wusste, dass Fremde in der Regel gegen ihn und seine Artgenossen etwas Böses im Schilde führten.

»Mein Name ist Antilius. Ich komme gerade von Truchten aus der Stadt der Ahnen. Das hier«, Antilius zeigte auf den Spiegel, der aus seiner Brusttasche herausragte, »ist mein Freund Gilbert.«

Tirl kam ein paar Schritte auf ihn zu, betrachtete ihn und Gilberts Spiegel genau, bis er schließlich fragte: » Wenn Ihr der seid, für den Ihr Euch ausgebt, dann habt Ihr mir etwas mitgebracht. Ist es nicht so?«

»Ja, natürlich.« Antilius kramte das Kästchen aus seinem Rucksack, öffnete es hastig und holte das Bruchstück aus Kristall hervor. Er reichte es Tirl. Dieser drehte den grünlichen Gegenstand in seinen Händen. Dann sah er erleichtert zu Antilius auf.

»Willkommen auf Arbrit, Herr Antilius. Mein Name ist Tirl. Wir können uns duzen, wenn Ihr und Euer Freund nichts dagegen haben«, sagte er und schüttelte Antilius die Hand.

»Einverstanden. Es freut mich, dich kennen zu lernen. Die Präfektin hat mir erzählt, dass es niemanden gibt, der mehr über Thalantias Vergangenheit weiß als du. Ist das wahr?«

»Es ist wahr. Es gibt nicht viele, die sich mit der Vergangenheit unserer Vorfahren beschäftigen. Ich bin einer der wenigen. Und ich bin der Ehrgeizigste. Das kann ich wohl sagen.«

»Wir erhoffen uns wirklich, ein wenig mehr über diesen Dunkelträumer zu erfahren«, bemerkte Gilbert.

Tirl beugte sich interessiert zu Gilberts Spiegel vor. »Das kann ich mir vorstellen. Verzeih mir, ich habe zwar schon einmal ein Spiegelgefängnis wie dieses hier gesehen, aber noch nie eines mit jemanden, der darin überlebt hat.«

»Da bin ich wohl eine erfreuliche Ausnahme. Du weißt etwas über Spiegelgefängnisse wie dieses?«

»Ein wenig, ja.«

»Ich traue mich ja gar nicht zu fragen, aber weißt du, wie diese Spiegel funktionieren? Oder anders formuliert: Weißt du, wie ich hier rauskommen kann?«

Tirl machte ein betrübtes Gesicht: »Leider nein. Ich weiß nur, dass Spiegelgefängnisse wie dieses hier irgendwann nach dem Ende des Krieges gebaut wurden, vornehmlich, um besonders gefährliche Geschöpfe darin einzusperren. Oder Personen, die man einfach für immer aus dem Weg haben wollte, ohne sie umzubringen. Diese Gefängnisse stehen irgendwie im Zusammenhang mit der Energie des Avioniums. Es heißt, dass jene Spiegel absolut ausbruchssicher sind. Es führt kein Weg hinaus.«

»Gilbert hat es aber schon einmal geschafft, zu entkommen«, sagte Antilius.

»Tatsächlich? Ja, aber wie und warum bist du dann jetzt immer noch darin?«

Gilbert winkte ab. »Wie ich wieder hier ein zweites Mal reingekommen bin, das erzähle ich dir gerne ein andermal, wenn wir etwas Zeit haben. Und wie ich hier kurzzeitig heraus gekommen bin, kann ich mir im Nachhinein nicht erklären. Es passierte, als Antilius und ich nach Verlorenend kamen.«

»Verlorenend?«, sprach Tirl mit großen Augen. »Ihr... ihr wart in Verlorenend? Ich dachte, dass Verlorenend nicht wirklich existieren würde, obwohl ich bei meinen Forschungen oft auf Hinweise jenes Ortes gestoßen bin. Das ist ja unglaublich!«

»Ja, es stimmt. Ich denke, wir sollten dir alles ganz in Ruhe erklären. Aber wir haben es eilig. Und deshalb bitte ich dich, uns alles über den Dunkelträumer zu erzählen, was du weißt.«

»Das werde ich, obwohl ich glaube, dass die Präfektin euch schon das meiste erzählt hat. Ich bin schon über alles, was an der Barriere von Valheel vorgefallen ist, informiert worden. Auch über den Dunkelträumer. Ich war es, der die Präfektin auf die Bedrohung durch ihn aufmerksam gemacht hat.« Tirl deutete auf den Kristall in seiner Hand, den Antilius mitgebracht hatte. »Das hier habe ich am Ufer gefunden.«

»Ist das ein Stück vom Dunkelträumer? Er soll ja angeblich auch aus einer Art Kristall bestehen.«

»Das glaube ich eher nicht. Aber es stammt definitiv von einem Uwor. Dieses Stück hier ist nicht das einzige, das ich hier in der Gegend gefunden habe. Es waren hunderte Stücke, die ich fand. Das hier ist eines der größten.«

»Was hat das zu bedeuten?«, fragte Gilbert.

»Vor annähernd tausend Jahren muss hier etwas Großes im Gange gewesen sein. Eine große Ansammlung Uwore führte hier etwas im Schilde. Ich bin überzeugt, dass es mit Eventum zu tun hat.«

»Eventum?«, fragten Gilbert und Antilius wie aus einem Munde.

»Eventum ist eine Stadt. *War* eine Stadt, sollte ich besser sagen. Es war die größte seinerzeit auf Thalantia. Die Stadt der Weisen, wurde sie auch genannt. Es war das kulturelle, intellektuelle und naturwissenschaftliche Zentrum Thalantias.«

Vor seinem geistigen Auge sah Tirl Eventum in seiner Blütezeit vor sich und musste verträumt lächeln. »Es muss großartig gewesen sein.«

»Was ist mit Eventum geschehen?«

Tirl zeigte auf den See: »*Das* ist mit Eventum geschehen.«

Antilius schaute irritiert auf die glatte Wasseroberfläche. »Willst du sagen, die Stadt ist in diesem See versunken? Wie soll das möglich sein?«

»Um das herauszufinden, bin ich hier. Und ihr kommt wie gerufen, um mir dabei zu helfen. Ich habe Hinweise darauf, dass die Uwore, deren Überreste hier überall verstreut liegen, etwas mit dem Untergang von Eventum zu tun haben. Ich bin kurz davor, das Geheimnis zu lüften.« Tirl seufzte. »Es wird bald dunkel. Aber wenn wir uns beeilen, können wir noch heute einen entscheidenden Schritt zu des Rätsels Lösung machen. Es könnte viele offene Fragen über den Dunkelträumer und seine Macht beantworten.«

»Wir helfen gern, wenn wir können«, sagte Antilius. Er war froh, dass Tirl offenbar sehr zugänglich und vertrauenswürdig war. Er wunderte sich, warum die Präfektin gesagt hatte, er sei ein wenig sonderbar.

»Eine Frage hätte ich noch. Wir haben dich eben mit jemanden reden gehört, oder haben wir uns da getäuscht?«

Tirl fasste sich erschreckt an die Stirn. »Wo sind bloß meine Manieren? Ihr habt euch natürlich nicht geirrt.« Tirl ging ein paar Schritte zur Seite und zeigte auf eine leere Stelle. »Wenn ich vorstellen darf: Das ist Mila, meine Frau.«

Antilius gab sich Mühe, nicht wie ein Dummkopf dazustehen, denn so sehr er sich auch bemühte, er konnte beim besten Willen niemanden außer Tirl vor sich sehen. Genauso erging es Gilbert.

»Ich äh...« Antilius wusste nicht, wie er reagieren sollte. Er schaute noch einmal ganz genau hin und blinzelte ein paarmal. Vielleicht war seine Frau ja ebenso gut an die bewaldete Umgebung angepasst wie Tirl, sodass er sie übersehen hatte. Aber alle Mühe nützte nichts. Da war niemand.

»Ich kann sie nicht sehen«, zwang sich Antilius schließlich zu sagen und war etwas besorgt, wie Tirl reagieren würde.

Der lächelte nur erstaunt und sprach: »Ja, aber sie steht doch direkt neben mir.«

Entweder war Tirl verrückt, weil er sich seine Frau eingebildet hatte, oder Antilius war es, weil er sie nicht sehen konnte.

»Es tut mir Leid, Tirl, aber ich sehe sie nicht.«

»Ich auch nicht«, unterstützte Gilbert seinen Meister.

Tirl runzelte sie Stirn, stemmte die dünnen Arme in die Seiten und schaute neben sich. Dann zuckte er mit den Achseln. »Tja, das tut mir Leid für euch, wenn ihr sie nicht sehen könnt. Aber Mila wird euch das nicht übel nehmen, habe ich recht?«, sagte Tirl und sah abwartend neben sich.

Mila schien wohl etwas zu sagen. Eine Situation, die Gilbert und Antilius in Zukunft noch öfter erleben würden.

»Da habt ihr es gehört. Mila kann einfach niemandem böse sein.«

»Also Tirl, ich will dich ja nicht beleidigen«, sagte Gilbert, »aber Antilius und ich, wir können außer dir niemanden sonst weder sehen noch *hören*.«

Der kleine Arboraner sah irritiert aus. »Wie merkwürdig. Und ihr beide seid sicher, dass mit euch alles in Ordnung ist?«

»In Ordnung? Ja, sicher. Wieso fragst du?«

»Nun ja, ich meine, ich bin hier wohl der Einzige, der Mila sehen und hören kann. Und da ich weiß, dass mit mir alles in Ordnung ist, muss es wohl an euch liegen.«

Antilius schwieg, und Gilbert fiel darauf auch nichts mehr ein. In ihren Augen war Mila eine imaginäre Person, die nur in Tirls Kopf existierte.

»Nichts für ungut«, beeilte sich Tirl zu sagen. »Wir können ja noch später weiter reden, aber wir sollten jetzt zurück zum kleinen Strand. Dort habe ich ein Ruderboot, mit dem wir auf den See fahren können. Seid ihr bereit?«

»Ja, natürlich.«

»Gut. Folgt mir!«

Tirl ging voraus, und Antilius folgte ihm in einigem Abstand. Er holte Gilberts Spiegel aus seiner Brusttasche und warf seinem Freund einen fragenden Blick in Bezug auf Mila zu. Gilbert machte eine Geste, die heißen sollte, dass Tirl nicht mehr ganz richtig im Kopf war. Das war es wohl, was die Präfektin mit *sonderbar* gemeint hatte.

Antilius war sich aber nicht ganz sicher. Vor einigen Wochen noch, da hätte er wohl auch geglaubt, dass Tirl nur ein kauziger Spinner war. Aber heute nach all seinen merkwürdigen Erlebnissen insbesondere in Verlorenend, da war er vorsichtig mit vorschnellen Urteilen. Nach all den Dingen, die er gesehen und erlebt hatte. Warum sollte es nicht möglich sein, dass Mila tatsächlich existierte, und sie außer von ihrem Mann von niemandem wahrgenommen werden konnte?

Ein weiteres Rätsel, auf das sie gestoßen waren.

## STIMMEN AUS DER TIEFE

Sie kehrten zu dem Zeltplatz am Strand zurück, an dem Alte Schwinge mittlerweile tief und fest zu schlafen schien - im Stehen.

Erst jetzt sah Antilius, dass zwischen dem Schilf ein kleines Ruderboot versteckt war. Es war nicht besonders groß, da es nur für Personen in Tirls Größe gebaut war.

Tirl ging zum Zelt und wies seine unsichtbare Mila an, auf ihn zu warten, bis er zurückkehren werde. Das kam ziemlich überraschend, denn Mila, sofern es sie denn wirklich gab, war ihnen lautlos gefolgt.

»Tu mir bitte den Gefallen. Ich möchte nur nicht, dass dir etwas zustößt«, sagte Tirl zu der Unsichtbaren.

»Ich will jetzt nicht darüber diskutieren. Nicht noch einmal«, sagte er genervt, nachdem er ihre unhörbare Reaktion abgewartet hatte. Mila hatte offenbar etwas dagegen, am Strand zu bleiben und zu warten.

Tirl sah auf eine leere Stelle vor sich und verharrte regungslos. Antilius und Gilbert mussten sich erst daran gewöhnen, dass der Arboraner gerade seiner Frau zuhörte und sich in eine Diskussion hineinziehen ließ. Was Mila gerade sagte, darüber konnte man nur rätseln.

»Jetzt fang nicht schon wieder damit an«, stöhnte Tirl nach einer Weile. »Nein, das brauche ich ihm nicht zu sagen. Du und deine Gruselgeschichten! Antilius sieht mir jedenfalls nicht so aus, als ob er an solche Sachen glauben würde.

»Woran würde ich nicht glauben?«

»Ach, hör nicht auf sie. Manchmal geht die Fantasie mit Mila einfach durch.«

»Ich habe ja nichts gehört. Was hat sie gesagt? Ich würde es gerne erfahren.«

»Siehst du, was du angerichtet hast?«, fuhr Tirl Mila an. »Jetzt hast du ihm Angst gemacht. Genau das können wir jetzt nicht gebrauchen. Den Eingang zu finden, wird schon schwer genug, da haben deine Fantastereien gerade noch gefehlt.«

»Eingang? Was genau hast du vor, Tirl? Und wovon spricht Mila die ganze Zeit?«

»Also gut. Nur die Ruhe. Wir werden mit dem Boot auf den See fahren. Ungefähr genau bis zur Mitte. Dort, etwa dreißig Meter unter der Wasseroberfläche, verläuft die ehemalige Hauptstraße von Eventum. Das habe ich nach langen Recherchen herausfinden können. Entlang dieser Straße gibt es viele alte Gebäude. Die meisten sind heute nur noch von Wasserpflanzen überwucherte Ruinen. Doch ein Gebäude ist noch relativ gut erhalten. Es ist gut fünfzehn Meter hoch. Auf halber Höhe ist ein Teil seiner Außenwand abgebrochen. Die oberen Stockwerke sind von dort aus zugänglich, und ich glaube, dass diese Räume nicht geflutet sind.«

»Nicht geflutet? Du meinst, dort könnte noch eine Art Luftblase in dem Gebäude sein? Sehr unwahrscheinlich!«, sagte Gilbert. Er traute Tirl noch nicht so recht über den Weg.

»Du unterschätzt die beispiellose Baukunst zu der damaligen Zeit. Ich glaube, dass es in der versunkenen Stadt noch viele solcher Gebäude gibt, in denen Lufteinschlüsse unter Wasser sind. Und hier kommst du ins Spiel, Antilius. Ich selbst, ich kann nicht ohne Hilfsmittel so tief tauchen. Wie ihr seht, ist mein Körper nicht für solche Abenteuer ausgelegt. Meine Lungen erlauben es mir nicht, so lange die Luft anzuhalten, um so tief tauchen zu können. Deine aber schon.«

»Moment, Moment! Wenn ich dir richtig zugehört habe, dann müsste ich, um dort hinunterzukommen, mindestens fünfzehn oder zwanzig Meter tief tauchen. Ich glaube nicht, dass ich das kann. Als ich das letzte Mal meinen Kopf unter Wasser gesteckt habe, da wäre ich beinahe ertrunken.«

Tirl sah Antilius abwägend an. »O doch. Ich glaube sogar sehr wohl, dass du das kannst. In dir steckt viel mehr, als es auf den ersten Blick scheint. Ich werde dich mit ein paar Atemübungen auf deinen Tauchgang vorbereiten, keine Sorge.«

Antilius fühlte sich erheblich unwohl beim dem Gedanken, so tief tauchen zu müssen. »Also, ich weiß nicht recht, ob ich das machen soll.«

»Ich kann dich nicht dazu zwingen. Aber wie du selber gesagt hast, die Zeit drängt. Dort unten könnte das Wissen über die Uwore und den Dunkelträumer im Speziellen sein und nur darauf warten, gefunden zu werden. Wer weiß, vielleicht gibt es dort sogar noch etwas, mit dem man ihn bekämpfen kann für den Fall, dass der Dunkelträumer es hierher nach Thalantia schafft. Diese Gelegenheit dürfen wir uns nicht entgehen lassen, auch wenn die Chancen, etwas Verwertbares zu finden, nicht besonders groß sind. Selbst wenn dort unten nichts ist, können wir uns dann wenigstens nicht vorwerfen, es nicht versucht zu haben.«

Antilius seufzte. »Also gut. Ich mache es. Aber wovon hat Mila eben gesprochen? Was macht ihr solche Angst?«

»Bist du sicher, dass du das hören willst? Wie gesagt, ich halte das nur für eine Gespenstergeschichte.«

»Ja, ich bin mir sicher. Also raus damit!«

»Mila...,« Tirl sah zu seiner Frau, die nur er sehen konnte, »Mila glaubt, dass es in dem See etwas gibt, das den Großen Krieg von damals überlebt hat. Eine Art gigantisches Ungeheuer, das rastlos durch die gefluteten Häuserschluchten schwimmt, auf der Suche nach irgendjemandem oder nach irgendetwas.«

»Aber so ein Ungeheuer gibt es nicht, oder?«

»Ich habe jedenfalls noch keines gesehen. Und aus rein wissenschaftlicher Sicht halte ich es für unmöglich, dass so etwas Großes wie dieses Ding solange dort unten überleben könnte.« Tirl sah wieder zur Seite, da Mila etwas hinzuzufügen hatte. »Ich bitte dich, Mila. Jetzt hör doch endlich auf mit damit!«

»Was hat sie gesagt?«

»Sie sagt, dass man sich schon seit Generationen erzählt, dass es hier am See zu merkwürdigen Vorfällen gekommen sei. Immer wieder will man Stimmen gehört haben, die aus dem See kamen. Einige behaupten sogar, sie hätten unheimliche Gestalten in Ufernähe gesehen, die aus dem Wasser gestiegen seien und stundenlang wie Salzsäulen regungslos dagestanden hätten, nachts im Mondlicht, bevor sie dann wieder spurlos verschwunden waren.«

Antilius verging die Lust an seinem bevorstehenden Tauchgang nun vollends »Ich nehme mal an, du hältst das auch nur für Humbug?«

Tirl nickte und warf seiner unsichtbaren Mila einen entschuldigenden Blick zu.

»Nun ja, es hilft ja nichts. Ich werde es versuchen, da hinunterzutauchen, aber ich kann nicht versprechen, dass ich es schaffe.«

Tirl war über diese Entscheidung sichtlich erfreut und machte mit Antilius noch ein paar Übungen zur Entspannung, sodass er lange genug die Luft anhalten konnte. Immer wieder betonte er dabei, dass Antilius seine Fähigkeiten nicht unterschätzen dürfe. Für den Fall, dass er einen Raum erreichen sollte, gab er ihm einen Feuerstab mit. Er bestand aus einem Mineral, das wie eine Fackel abbrennen konnte, wenn man den Stab wie ein Streichholz anriss.

Dann war es soweit: Sie kletterten in das kleine Boot und ruderten auf den stillen See hinaus. Das Wasser war sehr klar und hatte eine türkisfarbene Tönung. Unter Wasser, so Tirl, könne man mindestens fünfzig Meter weit sehen.

Antilius wollte nicht ganz allein ins Wasser springen. Deshalb hatte er beschlossen, Gilberts Spiegel mit einem Bindfaden an seinem Gürtel festzuzurren.

»Wehe, du verlierst den Spiegel!«, hatte Gilbert ihm gedroht. »Ich habe keine Lust, den Rest meines Lebens auf dem Grund eines Sees zu verbringen.«

Vieles ging Antilius durch den Kopf, während sie zu der Stelle ruderten, an welcher der Zugang unter Wasser sein sollte. Er sah zum Ufer und stellte sich vor, wie Mila dort stand und hoffte, dass die Geschichten, die sich um den See rankten, nur erfunden waren. Er überlegte, was der Dunkelträumer wohl gerade denken würde. Was er über ihn wusste. Ob er lachen würde über Antilius' Versuche, Licht ins Dunkel zu bringen? Oder ob er ihn gar fürchtete, weil er der Letzte sein könnte, der seinen Plänen einen Strich durch die Rechnung machen konnte?

Antilius ahnte, dass Fähigkeiten in ihm verborgen waren, die über das rationale Verstehen hinausgingen. Es war das unentdeckte Land in ihm selbst. Und genau aus diesem Grunde verdrängte er diese Ahnung stets aufs Neue. Aber wenn er ernsthaft die Bedrohung, die der Dunkelträumer für Thalantia darstellte, bekämpfen wollte, dann musste er sich auf dieses unentdeckte Land einlassen. Er musste es erforschen, sonst hatte er keine Chance.

»Wir sind da«, unterbrach Tirl seine Gedanken. »Wir haben nicht mehr allzu viel Zeit. In knapp zwei Mondstunden wird es dunkel werden.« Er machte eine Pause.

»Ich habe alles gesagt, was du wissen musst, um zu tauchen und den Zugang zu finden.«

Antilius zog sein Hemd aus und sprang ins Wasser, welches überraschend angenehm warm war. Er kontrollierte noch einmal, ob er Gilberts Spiegel, sein Messer und den Feuerstein sicher bei sich hatte. Irgendetwas sagte ihm, dass er es beim ersten Tauchversuch schaffen musste, denn ein zweites Mal würde er nicht genug Mut aufbringen.

Tirl nickte ihm aufmunternd zu. Er hielt noch einen Moment inne und schloss die Augen, um sich zu konzentrieren. Dann holte er einmal tief Luft und tauchte ab.

Nie hätte er sich vorstellen können, dass er dort unten mehr erfahren würde, als er sich im Entferntesten erhofft hatte.

## DAS VOLK DER VERGESSENEN

Mit geöffneten Augen schwamm Antilius in die Tiefe und das Erste, was ihn überraschte, war, dass er ungewöhnlich gut unter Wasser sehen konnte. Hatte er sich im ersten Moment nur auf das Untertauchen konzentriert, erblickte er kurz darauf die Gebäudefront, die sich unter ihm erstreckte. Tirl hatte nicht übertrieben: man konnte unter Wasser fantastisch weit sehen.

Auf halbem Wege nach unten machte Antilius, ohne dass er darüber nachdenken oder die Konsequenzen für seinen Luftvorrat berücksichtigen musste, Halt, um den unvergleichlichen Anblick, der sich ihm bot, zu bestaunen.

Vor ihm erstreckte sich die Hauptstraße von Eventum. Die aus massivem Granit bestehenden Gebäude mit flachen, steinernen Dächern säumten die breite Gasse auf beiden Seiten. Die Sonne des späten Nachmittags tauchte diesen Ort in ein fremdartiges Licht, das einen erahnen ließ, welch zerstörerische Katastrophe diesen Ort heimgesucht hatte. Die Straße war so lang, dass Antilius ein Ende nicht mehr erkennen konnte, obwohl er hier unten sehr weit sehen konnte. Viele der Häuser entlang der beiden Fluchtlinien links und rechts waren schwer beschädigt, einige waren nur noch unkenntliche Ruinen. Andere waren noch perfekt erhalten, so als ob sie gerade noch bewohnt gewesen wären.

Zwischen all den flach bedachten Gebäuden ragten mehrere Türme hervor, die fast bis an die Wasseroberfläche reichten. Antilius war sich nicht sicher, aber da Tirl erzählt hatte, dass Eventum einst ein Zentrum der Wissenschaft gewesen war, glaubte er, dass es sich bei den Türmen um Sternwarten handelte. Dieser Gedanke bestärkte ihn darin, dass es klug war, hier unten nach Spuren der Uwore zu suchen.

Er hörte irgendetwas. Unter Wasser trug der Schall anders, sodass er das Geräusch zunächst gar nicht bemerkt hatte. Es war Gilbert, der aus Leibeskräften aus seinem Spiegel heraus schrie, weil er sich Sorgen gemacht hatte, als sein Meister urplötzlich regungslos verharrte. Antilius konnte sich im Nachhinein selbst nicht erklären, wieso er kostbare Zeit vergeudet hatte, wusste er doch nicht, wie lange er den Atem anhalten konnte.

Er konzentrierte sich wieder auf seine Mission und sah kurz um sich. Dann entdecke er unter ihm zu seiner Rechten ein riesiges dreieckiges Loch an einem der Gebäude. Das musste der Zugang sein, von dem Tirl gesprochen hatte. Er hatte ihn tatsächlich an die richtige Stelle geführt. Antilius beeilte sich nun, den Durchbruch zu erreichen. Er schwamm weiter nach unten. Der Wasserdruck machte sich unangenehm in seinen Ohren bemerkbar. Aber zu seiner eigenen Überraschung bereitete ihm das Abtauchen keine große Mühe. Auch verspürte er nicht das Verlangen, atmen zu müssen.

Dann erreichte er die dreieckige Öffnung. Hier unten war es wesentlich dunkler und kälter. Hinter dem Loch in der Wand aber war es stockfinster. An der Mauer angekommen, zögerte er. Das war der Moment, in dem er darüber nachdachte, doch wieder umzukehren. Er schaute nach oben und war erschrocken, wie fern die Wasseroberfläche von hier aus wirkte. Tirls Ruderboot sah von hier unten aus wie eine kleine Nussschale. Doch es gab keinen Grund umzukehren. Auch wenn er immer noch mit seinem Luftvorrat auskam, wollte er nur kurz in das Gebäude hineinschwimmen und sich, sofern bei dem schwachen Licht möglich, umsehen. Danach wollte er wieder auftauchen. Vorsichtig drang er in den Raum ein und tastete sich innen an der Wand entlang nach oben. Und tatsächlich: Plötzlich ragten seine Hände aus dem Wasser, mitten in dem Haus in etwa zwölf Metern Tiefe des Sees.

Langsam durchbrach er mit seinem Kopf die Wasseroberfläche. Er öffnete die Augen, konnte aber praktisch nichts erkennen. Erst jetzt machte er seinen ersten Atemzug. Die Luft schmeckte widerlich modrig. Aber sie war atembar und enthielt ausreichend Sauerstoff. Er wiederholte seine Atemzüge mehrmals und gewöhnte sich an den Geruch und den Geschmack in seinem Mund. Ihm war ein wenig unheimlich in der Dunkelheit. Er konnte weder sehen, was über ihm war, und für ihn noch schlimmer: was unter ihm im Wasser war. Auch er war nicht davor gefeit, dass ihm die Fantasie in einer solchen Situation einen Streich spielte. Denn er hatte das Gefühl, dass in diesem Wasser etwas war. Etwas, das nur darauf wartete, ihn zu packen und ihn in den finsteren Abgrund zu zerren.

Er musste sich zwingen, diese Vorstellung abzuschütteln, als er nach dem stabförmigen Feuerstein griff. Er hoffte inständig, dass er hier unten funktionieren würde. Er hielt den Stab über Wasser und streifte ihn einmal kräftig an der feuchten Mauer entlang. Es gab ein paar Funken, zum Entzünden der Flamme reichte es jedoch nicht. Er probierte es noch einmal. Wieder nichts außer Funken. Die Wand war zu feucht. Er schwamm ein Stück weiter, immer an der Mauer entlang und stellte fest, dass sich die Wand an seiner neuen Position trockener anfühlte. Wieder riss er den Stab an der Wand an und diesmal glückte sein Versuch. Funken regneten beim Entzünden auf ihn herab, als er den Feuerstab über seinen Kopf hielt. Der Raum wurde in ein flackerndes dunkelgelbes Licht getaucht. Zum ersten Mal konnte Antilius sehen, wo er sich befand. Der Raum war nicht besonders groß. Die Mauern um ihn herum waren ganzflächig mit Ziegelsteinen ausgekleidet, wobei die Ziegel eine enorme Größe besaßen. Ein paar Meter von ihm entfernt führte eine Treppe aus dem Wasser durch eine Öffnung in der Decke nach oben. Er konnte sein Glück kaum fassen. Wenn Tirl das sehen könnte, würde er mit Sicherheit vor Freude zittern.

Hastig schwamm Antilius zu den glitschigen Stufen und wäre beinahe auf ihnen ausgerutscht, als er aus dem Wasser stieg. Doch er konnte sich noch rechtzeitig fangen und verhinderte so einen bösen Sturz. Nicht auszudenken, wenn er sich hier etwas gebrochen hätte. Niemand hätte ihm helfen können.

Kaum war er aus dem Wasser, holte er Gilberts Spiegel hervor, weil er das dringende Bedürfnis hatte, mit jemandem zu reden, hier an diesem kalten und totenstillen Ort.

»Du hast mir ja einen gehörigen Schrecken eingejagt«, beschwerte sich Gilbert prompt.

»Wieso?«

»Als du im Wasser plötzlich stehen geblieben bist und dich nicht mehr bewegt hast, da dachte ich schon für einen Moment, du wärst ertrunken oder ohnmächtig geworden.«

»Tut mir Leid. Aber der Anblick von Eventum war so atemberaubend, ich musste es mir einfach ansehen. Hast du es auch gesehen, Gilbert?«

»Ja, ich habe es gesehen. Vielleicht noch besser als du, weil ich durch das Spiegelglas wie durch eine Taucherbrille sehen konnte. Es war ziemlich unheimlich. Genauso unheimlich wie die Tatsache, dass du jetzt mitten in einem Raum bist, auf den Tonnen von Wasser von allen Seiten drücken. Unfassbar, dass hier seit tausend Jahren niemand mehr gewesen ist. Es kommt mir vor wie ein Grab.«

»Du verstehst es wirklich, einem Mut zu machen. Deshalb habe ich dich nicht mitgenommen.«

»Entschuldige, Meister. Du solltest dich jetzt aber mal ein wenig umsehen. Deine Fackel wird nicht sehr lange brennen. Bevor sie ausgeht, solltest du daher rechtzeitig wieder hier sein, damit du den Weg hinaus findest.«

»Ja, in Ordnung. Ich gehe jetzt die Treppe rauf.«

Es war wunderlicherweise genauso, wie Gilbert gesagt hatte: Als er die Treppe hinaufging, Schritt für Schritt, da hallten seine Schritte nicht wider. Es war, als würde man über ein Grab laufen.

Antilius gelangte in den Raum eine Etage höher. Wasser gab es hier, bis auf die feuchten Wände, keines mehr. Und auch sonst sah er nichts von Interesse. Möbel, sofern es sie hier gegeben haben mochte, waren längst verrottet. An der gegenüberliegen Seite führte ein Korridor in die Dunkelheit.

»Ich weiß nicht, was Tirl sich erhofft hat, hier zu finden. Aber so wie ich das sehe, gibt es hier nichts mehr. Dafür ist einfach zu viel Zeit vergangen«, sagte Antilius, nicht zuletzt deshalb, weil er einen Rechtfertigungsgrund suchte, um schnellstmöglich diesen unheimlichen Ort zu verlassen.

»Geh noch ein Stück weiter, Meister! Vielleicht gibt es etwas in den hinteren Räumen.«

Antilius folgte dem Rat seines Freundes und drang tiefer in das Gebäude vor. Er durchquerte den Korridor und gelangte in einen weiteren Raum, der genauso kahl, feucht und finster war wie der davor. Das Einzige, was ihm auffiel, war, dass an den Wänden und auf dem Boden eine Art Flechte wuchs. Glitschig und grün, soweit er das bei diesen schlechten Lichtverhältnissen beurteilen konnte.

»Es hat keinen Sinn, hier ist nichts«, sagte Antilius. »Ich habe ein ungutes Gefühl. Ich werde wieder umkehren.«

»Moment!«, rief Gilbert plötzlich.

»Was ist?«

»Dort! Nein, jetzt hast du dich weggedreht. Halte meinen Spiegel bitte näher an die Wand zu deiner Linken.«

Antilius tat es. »Und? Was soll dort sein?«

»Halte bitte mal deinen Feuerstein weiter weg. Es ist zu hell.«

»Ich weiß zwar nicht, was das bezwecken soll, aber bitte sehr«, brummte Antilius missmutig und hielt seine Lichtquelle weg.

»Das ist es. Du meine Güte! Siehst du es denn nicht, Meister?«

»Ich sehe absolut...«, nichts, wollte Antilius sagen, aber dann sah er es doch. Ganz blass und so klein, dass es kein Wunder war, warum er es übersehen hatte. Die geziegelte Wand vor ihm hatte Risse im Mörtel. Einige dieser Risse reichten so tief, dass die Wand komplett durchbrochen war. Und aus einem der größeren Ritzen drang ein schwaches Licht hindurch.

Zunächst glaubte Antilius an eine Täuschung, an eine Reflexion des Lichts seines Feuerstabes vielleicht, aber es war keine Reflexion. Das Licht kam von der anderen Seite der brüchigen Wand.

»Das ist doch nicht möglich! Was kann das sein?«

»Ich habe keine Ahnung, Meister. Du musst versuchen, einen Durchbruch zu machen.«

»Ich soll ein Loch in die Wand reißen? Das werde ich ganz bestimmt nicht tun. Das könnte alles zum Einsturz bringen.«

»Das glaube ich nicht«, sprach Gilbert ruhig. »Diese Mauer ist sowieso schon komplett hinüber und sieht mir nicht danach aus, als würde sie eine tragende Funktion haben. Dafür ist sie viel zu dünn im Vergleich zu den Außenwänden. Versuche doch einen Stein herauszuziehen.«

Antilius zögerte. Aber die Neugier war dann doch zu groß. Er war nicht hergekommen, um mit leeren Händen wieder zurückzukehren. Er umklammerte mit seinen Fingerspitzen einen Ziegelstein und zog vorsichtig daran. Der Stein war knapp einen halben Meter breit und saß völlig locker. So gelang es ihm, den Stein gleichmäßig aus der Wand herauszuziehen. Als er ihn komplett draußen hatte, war der Ziegel so überraschend schwer, dass er ihm aus den Händen glitt und mit einem dumpfen Grollen zu Boden fiel und in mehrere Teile zerbrach. Antilius erschrak. Die Akustik in diesem oberen Stockwerk war völlig anders, als in jenem, das halb im Wasser eine Etage tiefer lag.

Antilius lugte vorsichtig durch den offenen Spalt, den er freigelegt hatte. Das weiße Licht von der anderen Seite war definitiv da, aber es war zu schwach, um etwas Genaues erkennen zu können. Da drüben war irgendetwas. Der Raum war nicht leer.

»Mach weiter, Antilius! Vielleicht ist es das, wonach wir suchen.«

»Ich versuche es«, sagte sein Meister und griff nach dem nächsten Ziegelstein. Dieser saß jedoch fest. Er probierte es noch mit ein paar anderen rund um die freie Stelle herum, aber auch diese bekam er nicht frei.

»Es geht nicht.«

»Doch! Nimm ein Stück von dem zerbrochenen Stein vom Boden und schlag damit gegen die Wand! Das sollte genügen«, riet Gilbert, der mindestens genauso aufgeregt war wie Antilius selbst.

Sein Meister legte den Feuerstab auf den Boden und hob mit beiden Händen den schwersten Brocken des Ziegelsteins hoch. Dann holte er Schwung und rammte ihn einmal kräftig gegen die Wand. Ein tiefes Grollen ertönte, und Antilius hatte das Gefühl, dass der ganze Raum erzitterte. Das Grollen drang durch alle Wände bis weit in den See hinaus.

»Nochmal!,« rief Gilbert. »Du hast es fast geschafft.«

Antilius schlug seinen Stein erneut gegen die Wand. Diesmal mit noch mehr Wucht. Ein paar kleinere Ziegel wurden aus der Mauer geschleudert und polterten geräuschvoll auf der anderen Seite zu Boden, kaum nachdem der Hall seines Schlages verklungen war.

»Bei dem Lärm, den ich hier mache, kann man bestimmt Tote aufwecken«, sagte Antilius. Er legte sein Steinbruchstück ab und drückte weitere Ziegel aus der Wand. Das Loch in der Wand war mittlerweile fast groß genug, um hindurch schlüpfen zu können. Die restlichen Ziegel trat er mit dem Fuß weg, bis das Loch groß genug war.

Er nahm wieder den Feuerstab vom Boden auf und schob sich durch die Öffnung.

Gilbert, dessen Spiegel wieder in dem Gürtel von Antilius steckte und nach vorne gerichtet war, verschlug es die Sprache, als er sah, was vor ihnen war. Antilius selbst war wie versteinert.

Vor ihm stand in der Mitte des Raumes ein großer runder Tisch mit einem Durchmesser von etwa sieben Metern. Um ihn herum saßen große humanoid aussehende Figuren. Jede dieser Gestalten war sitzend ein wenig größer als Antilius im Stehen. Alles in diesem Raum, der Tisch, die Stühle und die Figuren waren komplett mit dieser merkwürdigen grünen Flechte überwuchert, die schon im Raum davor zu sehen war. Die Tischplatte ruhte auf einer Art rundem Steinsockel. In ihrer Mitte war ein kreisrundes Loch, aus dem ein leuchtender Kristall herausragte. Er war die Lichtquelle, die Antilius durch die Mauer gesehen hatte. Da aber auch der Kristall mit der Flechte überzogen war, drang nur an wenigen Stellen, die frei geblieben waren, Licht nach außen.

Antilius zählte zwölf Figuren auf den Stühlen, die auch aus Stein zu bestehen schienen.

»Was ist das, Gilbert? Sind das Statuen?«

»Ich weiß nicht. Sieht aus wie ein Kunstobjekt. Vielleicht war das einmal hier ein Museum oder eine Kunstausstellung, wer weiß?«

Antilius näherte sich einem der Objekte und betrachtete es. Er konnte durch die Flechte nicht hindurchsehen. Sie bestand aus unzähligen dünnen Fäden und sah irgendwie unappetitlich aus.

»Mach doch mal was von diesem grünen Schlabberzeug weg, dann kannst du mehr sehen.«

Antilius betrachtete das glitschig-klebrige Geflecht mit Ekel. »Ich weiß nicht, ob ich das anfassen möchte.«

»Was soll schon passieren? Na los!«

»Igitt! Also schön, wenn du darauf bestehst.« Er streckte die Hand nach der einen Figur auf dem Stuhl in Höhe des Kopfes aus und griff sich ein Bündel der gummiartigen Flechte. Als er sie abzog, machte sie ein ekelhaft matschiges Geräusch, sodass man sich am liebsten die Ohren zugehalten hätte. Es gelang ihm, das Bündel abzureißen. Er hielt seinen Feuerstab näher an das Gesicht der Figur und erkannte, dass er das linke geschlossene Auge und einen Teil der Nase freigelegt hatte.

»Das hier scheint auch aus Stein zu bestehen. Es sind wahrscheinlich wirklich Plastiken«, sagte er zu Gilbert, als sich plötzlich das freigelegte Augenlid hob und ein wässriges Auge ihn anstarrte.

»Ah!«, Antilius stolperte zurück und war drauf und dran zu fliehen. Er prallte mit dem Rücken gegen die aufgebrochene Wand, durch die er eben noch gestiegen war.

»Was ist passiert? Was ist? Sag schon!«, rief Gilbert aufgeregt.

»Das... das Ding lebt, glaube ich.«

»Das kann nicht sein.«

»Ich schwöre es dir, das Auge hat sich bewegt.«

Bange Sekunden wartete Antilius ab, ob sich das Ding, was immer es auch war, bewegte. Aber das tat es nicht. Er fasste allen Mut zusammen und näherte sich ihm erneut.

Ein entsetzliches Stöhnen entfuhr der Gestalt unter der Flechte, und Antilius wich wieder zurück.

»Ich glaube, es ist wirklich lebendig, Meister. Los, befreie es von diesem Zeug!«

Antilius musste seine letzten Reserven mobilisieren, um den Mut aufzubringen, das Ding noch einmal anzufassen. Beherzt griff er nach dem Geflecht und riss es großflächig vom Gesicht der Gestalt herunter.

Der Kopf, den er freilegte, sah immer noch aus wie aus Stein, der über Jahrhunderte verwittert war. Jetzt öffnete sich auch das andere Auge und es gelang dem Wesen, seinen Kopf ein wenig zu drehen. Dabei stöhnte es erneut und machte ein paar grässliche Atemgeräusche, die Antilius das Blut in den Adern gefrieren ließ. In diesem Augenblick dachte er wirklich, er hätte die Toten erweckt.

Ein keuchender Hustenanfall folgte, und dann sprach das Wesen: »Bist du gekommen, um uns zu vernichten?«

»Was? Nein! Ich... ich verstehe nicht, was hier vor sich geht.«

Das Geschöpf machte weitere qualvolle Atemstöße. Und dann geschah das, was Antilius insgeheim schon befürchtet hatte. Die anderen elf Wesen wachten auf, machten grausame Geräusche und versuchten sich zu regen, was aber durch die Flechte, die sie gefangen hielt, unmöglich war.

»Du hättest nicht herkommen dürfen. Jetzt ist alles verloren. Unser Untergang ist nahe.«

»Wer seid ihr, und wovon redest du da? Ich hatte nicht die Absicht, euch zu stören.«

»Wie hast du uns gefunden?«, fragte das Wesen unter der Flechte.

»Ich habe nicht nach euch gesucht. Ich wollte etwas über Eventum erfahren.«

»Das Wesen senkte den Kopf und sagte: »Eventum, diesen Namen habe ich schon so lange niemanden mehr aussprechen gehört.

Du sollst erfahren, wer wir sind, denn bald wird niemand mehr von uns übrig sein.«

»Erkläre mir das, bitte.«

»Wir sind das Volk der Vergessenen.«

»Davon habe ich noch nie gehört.«

»Das wundert mich nicht. Denn unser Volk lebte einst in Abgeschiedenheit auf der siebten Inselwelt Finfin. Es gibt niemanden, der uns kennt. Niemand vermisst uns. Es ist so, als hätten wir nie existiert.«

Der Vergessene machte schwer atmend eine Pause. Gefangen im netzartigen Geflecht war er zu kaum einer größeren Bewegung fähig.

»Ich werde dir alles sagen, was du wissen möchtest«, fuhr er fort. »Doch möchte ich dir zuerst eine Frage stellen.«

»Frag!«

»Du sagtest, du seist wegen Eventum hier. Aber das ist nicht der wahre Grund, denn niemand weiß von Eventum. Wonach suchst du also wirklich? Es muss etwas Bedeutendes sein, sonst wärst du nicht hier.«

»Ihr habt recht. Es ist bedeutend. Ich suche nach Informationen über ein Volk, das man als Uwore bezeichnet hat. Eines dieser Geschöpfe wird der Dunkelträumer genannt. Alles deutet daraufhin, dass der Dunkelträumer aus seinem Exil entfliehen und nach Thalantia zurückkehren will. Er soll extrem gefährlich sein und eine große Gefahr für unsere Welt darstellen. Seid ihr Angehörige des Volkes der Uwore?«

»Nein, das sind wir nicht, denn wir stammen von Thalantia, nicht so die Uwore. Sie kamen von weit her.«

»Dann weißt du also auch etwas über den Dunkelträumer?«, fragte Antilius mit pochendem Herzen und wachsender Ungeduld.

»Ja. Es stimmt, was über ihn erzählt wird. Ich weiß, wie er vor langer Zeit verbannt wurde. Ich hätte nicht gedacht, dass er in seinem Exil solange überleben könnte. Seine Rückkehr muss verhindert werden, sonst stirbt Thalantia.

Sag mir, Fremder, wie ist es möglich, dass er zurückkommen kann?«

»Ich bin mir nicht ganz sicher, aber es scheint so, als ob er hier auf Thalantia Hilfe hat. Es gibt ein Buch, welches das Flüsternde Buch genannt wird. Dieses Buch sucht nach jemandem, der es dem Dunkelträumer ermöglicht, den Weg zurück zu finden.«

»Einen Transzendenten«, folgerte der Vergessene.

»Ja, genau. Außerdem benötigt er ein Mineral namens Avionium, dessen Energie ein Tor in unsere Welt öffnet. Doch soweit ich weiß, gibt es dieses Mineral aber nicht mehr auf unserer Welt, sodass seine Rückkehr eigentlich unmöglich sein sollte.«

Der Vergessene seufzte: »Es mag auf Thalantia zwar kein Avionium mehr geben, doch das wird den Dunkelträumer an seinem Vorhaben nicht hindern. Er wird einen Weg finden. Er oder seine Helfer werden das Avionium neu entstehen lassen, wenn es sein muss.«

Plötzlich vernahm Antilius ein leises Grollen. Es schien nicht von dem Gebäude zu kommen, in dem er sich befand, sondern von weiter weg. Es klang, als ob in der Nähe etwas eingestürzt war.

»Was war das? Ein Erdbeben?«, fragte Antilius und wurde sich wieder bewusst, dass er sich mitten in einem See mehrere Meter unter Wasser befand.

»Nein, kein Erdbeben. Das war der Leviathan. Er wird nach uns suchen und dabei alles zerstören, um uns zu vernichten. Als du die Wand durchbrochen hast, wurde er aufgeschreckt.

Das ist unser Ende. Ich habe dir doch gesagt, du hättest nicht herkommen dürfen«, sagte er Vergessene zum entsetzt dreinblickenden Antilius.

## DAS SCHICKSAL VON VERLORENEND

»Der Leviathan? Das wollte ich doch nicht! Warum will er uns vernichten?«

Auch wenn Antilius nicht wissen konnte, um was es sich bei dem Leviathan handelte, so hatte er doch schon eine Vorstellung, die ihm Angst machte. Das große Gemälde in der Pinakothek der Stadt der Ahnen hatte eine riesige und in Flammen stehende Monstrosität gezeigt, die dem Wasser eines Sees entstieg. Das war keine Erfindung, keine Mythologie, sondern Realität.

»Du bist nicht sein Ziel, sondern wir. Jetzt da er weiß, dass wir in seiner Nähe sind, wird es nicht mehr lange dauern, bis er uns aufgespürt hat. Vielleicht haben wir noch genug Zeit, um deine Fragen zu beantworten. Doch, ich rate dir, deine Fragen weise zu wählen, denn unsere Zeit läuft ab.«

Antilius schloss die Augen und versuchte in dieser absurden Situation, einen klaren Gedanken zu fassen. Gilbert, der alles miterlebte, wollte für ihn einspringen, doch dann war sein Meister wieder bei der Sache.

»Ich muss wissen, wie man den Dunkelträumer bekämpfen kann, falls es ihm  gelingt, zurückzukehren. Und ich muss wissen, was ihn so gefährlich macht.«

Der Vergessene sprach von nun an etwas leiser, in der Hoffnung, der Leviathan würde ihn und seine Freunde doch nicht finden. »Wir haben lange Zeit mit den Uworen Seite an Seite gekämpft, doch wirklich etwas über sie erfahren haben wir nicht. Ich weiß nicht, wie man einem Uwor Schaden zufügen kann. Aber ich kann dir sagen, warum der Dunkelträumer eine Bedrohung ist. Er will nicht nur nach Thalantia zurück. Er will zu ihr.«

»Zu ihr?« In Antilius überschlugen sich die Gedanken. »Du, meinst doch nicht... Ilbétha? Bitte, sag mir, dass es nicht so ist.«

»Ja, ich meine Ilbétha.«

»Das habe ich schon mal gehört. Ein Orakel an einem sonderbaren Ort namens Verlorenend sagte mir, dass Ilbétha noch irgendwo auf Thalantia sei, obwohl die Geschichte behauptet, sie wäre tot. Sie ist der Auslöser allen Übels. Sie war der Grund, warum Thalantia damals im Krieg versank. Sie ist es, die der Dunkelträumer aus irgendeinem Grund erreichen möchte. Alle Fäden laufen bei ihr zusammen. Sagt mir, wer... oder *was* ist sie?«

Der Vergessene seufzte. »Es gibt keine Worte in keiner mir bekannten Sprache, die vollumfänglich beschreiben könnten, wer oder was Ilbétha ist.«

Antilius ließ enttäuscht den Kopf hängen, was dem Vergessenen nicht entging.

»Aber für dich will ich es dennoch versuchen«, sagte er. »Ilbétha ist eine schöpferische Macht. Eine Macht mit einem Bewusstsein. Sie ist älter als das Universum selbst, und sie ist nicht an unsere körperlichen und mentalen Beschränkungen gebunden. Woher sie kommt, ist unbekannt. Es heißt, ihre schöpferische Erhabenheit und ihre Schönheit seien grenzenlos. Niemand hat ihr wahres Antlitz je erblickt. Sie ist eines der größten Wunder des Kosmos.

Ihre Absichten waren nie böse. Sie konnte Welten erschaffen, allein durch ihren Willen. Doch das war vor langer Zeit. Ihre für uns nicht begreifbare Macht gipfelte und endete mit Verlorenend.«

»Verlorenend? Was hat Verlorenend mit Ilbétha zu tun?«

»Einfach alles. Verlorenend ist ihre Schöpfung.«

Das traf Antilius wie ein Schlag. Schließlich war er, wenn auch nur kurz, in Verlorenend gewesen und hatte den Zusammenhang zu Ilbétha nicht herstellen können. »Erzählt bitte weiter!«

»Die Idee von Verlorenend ist einfach. Und wenn Ilbétha Verlorenend so hätte erschaffen können, wie sie es beabsichtigt hatte, dann würden wir jetzt nicht hier sein und dem Ende aller Dinge ins Auge sehen müssen«, sagte der Vergessene, als gerade wieder ein leises Grollen zu vernehmen war. Der Boden vibrierte leicht. Der Leviathan war immer noch in Rage, aber er schien sich weiter entfernt zu haben.

Der Vergessene fuhr fort, und Antilius und die anderen Vergessenen am Tisch blieben verängstigt still und hörten zu. »Alles begann damit, dass Ilbétha eines Tages beschloss, eine Welt zu erschaffen, die wir Verlorenend nennen. Bei ihren rastlosen Reisen durch unseren Kosmos fand sie schließlich den Ort, an dem sie ihr Vorhaben verwirklichen wollte - Thalantia.

Verlorenend ist ein eigenes Multiversum, in dem es keine Grenzen gibt, keine Barrieren, keine Missverständnisse, keine Beschränkungen. Alles in Verlorenend sollte beseelt sein, sodass eine neue Art des Kommunizierens und des gegenseitigen Verstehens entstehen sollte. Eine höhere Form der Existenz.

Verlorenend sollte grenzenlos sein, in jeder erdenklichen Hinsicht.«

Antilius dachte an das sprechende Haus, das er in Verlorenend erlebt hatte. Und er dachte auch an den Sandling, den er dort nach dessen Tod auch gesehen hatte.

»Ich war in Verlorenend«, sagte er. » Ich habe dort auch Personen gesehen, die eigentlich schon tot waren. Ist es also eine Art Jenseits?«

»Nein, Verlorenend ist viel mehr als das. Es gibt keine Regeln, um dorthin zu kommen. Die einen kommen durch eine Tür nach Verlorenend. Andere durch ihre Vorstellungskraft und wieder andere erst nach ihrem Tod. Das meinte ich, als ich sagte, es gäbe keine Beschränkungen in Verlorenend. Es gibt nur Möglichkeiten.«

»Ilbétha wollte also ein Paradies erschaffen? Eine perfekte Welt?«, fragte Antilius.

»Vielleicht könnte man es so ausdrücken. Aber in einem Universum wie dem unseren, in dem es keine Ordnung ohne das Chaos gibt, kann eine solche Welt nicht schadlos existieren. Ilbéthas geheimes Experiment namens Verlorenend, das sie vor tausend Jahren auf Thalantia begann, scheiterte. Ich weiß nicht, wie oder warum, aber Ilbétha verlor die Kontrolle. Öffnungen in der Raumzeit taten sich auf. Es gab Brüche in Verlorenend, Risse, die bis in unsere Welt hineinreichten. Überall in unserem Universum taten sich diese Risse auf. Und so geschah es, dass Ilbéthas Schöpfung plötzlich kein Geheimnis mehr war. Jedes intelligente und befähigte Wesen konnte nun von seiner Welt in die von Verlorenend - mit all seinen Wundern - hineinsehen. Und die ganz Mutigen wagten den Schritt hinein in diese fremde Welt. Sie erfuhren von den grenzenlosen Möglichkeiten, und das weckte bei vielen den Wunsch danach, die Macht, die hinter dieser fremden Welt lag, zu beherrschen. Und diese Macht zu beherrschen, bedeutete, Ilbétha zu beherrschen. Diese wiederum war so damit beschäftigt, die Risse in Verlorenend zu reparieren, dass den ungebetenen Eindringlingen, für deren Augen Verlorenend nicht bestimmt war, Ilbéthas Existenz unbeabsichtigt offenbar wurde. Überall im Universum, auf etlichen fernen Welten mit intelligenten Zivilisationen sprach sich die Nachricht von der Weltenerschafferin Ilbétha herum. Sie war zu erschöpft, um sich zu verstecken. Und sie war zu stolz, um ihren Fehler einzugestehen, Verlorenend zu vernichten und wieder in den Weiten des Äthers zu verschwinden. Ich kann es mir nicht genau erklären, aber als sie Verlorenend erschuf, da gab sie jener Welt einen Teil von sich selbst, sodass die Schäden an Verlorenend auch Ilbétha selbst Schaden zufügten.«

»Aber als ich dort war, schien alles in Ordnung zu sein. Mir sind keine Risse oder Sonstiges aufgefallen«, bemerkte Antilius.

»Das glaube ich dir. Aber an Verlorenends Zustand hat sich bis heute nichts geändert. Es zerfällt. Dass es dir nicht aufgefallen ist, wundert mich nicht, denn diese Welt ist unvorstellbar groß und besitzt unzählige Ausgestaltungen und Facetten. Du könntest ein ganzes Menschenleben mit der Erforschung Verlorenends verbringen und würdest trotzdem nur an der Oberfläche kratzen.

Du musst dir diesen Ort vorstellen wie ein Fass, dass immer mehr Löcher bekommt, sodass sein Inhalt immer schneller ausläuft. Und genauso wie Verlorenend anfing zu zerfallen, so zerfiel auch Ilbétha. Sie erkannte die Gefahr nicht, die sie heraufbeschworen hatte und wurde immer schwächer.

Jedem, der es wollte, wurde ihre Existenz bewusst. Und es dauerte nicht lange, bis man herausfand, wo Ilbétha zu finden war. Sie war auf Thalantia gestrandet. Es war das gestalterische Zentrum der neuen Welt. Der dimensionale Anker, wenn du so willst. Verlorenend war nun so löchrig wie ein Sieb geworden. Jeder konnte hinein und somit von dort aus an jeden Ort gelangen, zu dem sich eine Öffnung aufgetan hatte. So war es den Völkern unseres Universums ein Leichtes, über Verlorenend, das letztlich nur als Kreuzung im Raumzeitgefüge diente, einen Weg in unsere Welt, nach Thalantia zu finden, dem Ursprung von Ilbéthas schöpferischer Macht.

Die Bewohner von Thalantia, die - für unser Universum ungewöhnlich - in einer friedlichen Welt lebten, waren dem überfallartigen Auftreten der fremden Aggressionen gegenüber völlig machtlos. Die Fremden glaubten, die Thalantianer würden Ilbétha beschützen oder kontrollieren. Zwar hatte man auf Thalantia auch die Risse und Ilbéthas Existenz bemerkt, man wollte diese Dinge jedoch in Ruhe und friedlich erforschen und nicht darum kämpfen. Die Invasoren waren aber wie im Rausch und begannen, Städte zu zerstören und gegen den ganzen Planeten in den Krieg zu ziehen. Doch je mehr Fremde in unsere Welt eindrangen, desto mehr Konkurrenten gab es im Kampf um Ilbétha. Man begann, sich gegenseitig zu bekriegen. Jeder gegen jeden. Geblendet von Ilbéthas Macht wurde zu den Waffen gegriffen. Es wurden Bündnisse geschlossen, um gleich darauf wieder gebrochen zu werden. Hinter jeder Ecke wurde ein Feind vermutet. Es war das reinste Chaos.«

»Waren denn diese anderen Völker so kriegerisch, dass sie nichts außer Kämpfen im Sinn hatten?«

»Du würdest diese Frage nicht stellen, wenn du erlebt hättest, wie es war, als Ilbéthas Glanz begann, auf uns herabzuscheinen. Es war, als lebte man in einer ewigen Finsternis. Und plötzlich ist dort dieses Licht. Und dein einziger Wunsch ist es, zu diesem Licht zu gelangen, egal, was es kostet. Ilbéthas Erleuchtung hat viele derart in ihren Bann gezogen, dass sie nicht mehr klar denken konnten. Die Gier nach ihrer Macht, und sei es auch nur nach einem Bruchteil davon, war überwältigend. Auch unser Volk war davor nicht gefeit.«

»Aber ihr seid von Thalantia, hattest du gesagt. Hat sich euer Volk also gegen eure eigene Welt gewandt und Bündnisse mit den Invasoren geschlossen?«

»Es beschämt mich, das zugeben zu müssen. Du musst wissen, dass sich die Bewohner unserer Welt nicht vollkommen einig darüber waren, wie mit der Situation umzugehen sei. Die meisten wollten eine friedliche Lösung anstreben und Ilbétha lieber erforschen, anstatt sie zu beherrschen, denn Thalantia war eine Welt, in der Kriege und Machtmissbrauch der Vergangenheit angehören sollten. Aber einige andere, zu denen auch wir gehörten, waren besessen von der Vorstellung, ihre Macht zu erlangen. Wir wollten sie unter unsere Kontrolle bringen. Unsere größte Schande begann aber erst, als wir ein Bündnis mit den Uworen eingingen.«

Der Vergessene hustete lange und schien Probleme beim Atmen zu haben. Lange Zeit, die er in dieser feucht-kalten Umgebung verbringen musste, hatte er nicht mehr gesprochen.

Antilius nutzte die Gelegenheit, um erleichtert festzustellen, dass es ganz ruhig um ihn herum geworden war, sodass er hoffte, der Leviathan wäre fort.

»Bitte erzählt weiter!«

»Die Uwore waren die rücksichtsloseste Spezies von allen, die über unsere Welt herfiel. Sie waren den meisten anderen physisch und psychisch weit überlegen, nicht jedoch in technischer Hinsicht. Obwohl der Krieg mittlerweile schon seit Jahren tobte und vieles schon zerstört worden war, war es bislang noch keinem der Invasoren gelungen, Ilbétha hier auf Thalantia aufzuspüren. Die findigen Gelehrten unserer Welt hielten sie mit Erfolg versteckt, um sie zu beschützen und einen Weg zu finden, mit ihr zu kommunizieren. Ilbétha selbst war zu sehr geschwächt, um noch irgendetwas ausrichten zu können.

Schließlich machte das Gerücht die Runde, dass Ilbétha in Eventum versteckt worden war. Eventum galt aber als so gut wie uneinnehmbar. Daraufhin schmiedeten die Uwore einen perfiden Plan, in den sie uns, die Vergessenen, mit einbezogen. Eventum lag damals am Fuße eines kleinen Gebirgszugs, hinter welchem ein See lag, der durch einen künstlichen Damm aufgestaut worden war. Der Bau dieses Damms hatte Jahrzehnte gedauert und war seinerzeit eine Meisterleistung der Baukunst.

Irgendwie machten sich die Bewohner von Eventum die Kraft des fließenden Wassers zunutze, um damit Maschinen und Geräte anzutreiben. Es war damals eine neue Stufe des Fortschritts, die uns bis heute verschlossen blieb.

In jenem Stausee und den angeschlossenen Nebenflüssen und Seen lebte schon damals der Leviathan. Er muss heute über viertausend Jahre alt sein. Die Bewohner von Eventum wussten von seiner Existenz und hatten immer dafür gesorgt, dass sein Lebensraum nach dem Bau des Damms unangetastet blieb.

Weil die Uwore Eventum nicht einnehmen konnten, und sie keine weiteren Verbündeten für einen Angriff fanden, planten sie, den Staudamm zu zerstören – und zwar mithilfe des Leviathans. Ein paar Schläge seiner mächtigen Flosse würden ausreichen, um den Staudamm zu zerstören.

Doch der Leviathan weigerte sich, weil er ja unter dem Schutz der Eventumer stand. Warum sollte er ihnen also Leid zufügen? Also mussten die Uwore ihn dazu zwingen. Und an dieser Stelle kamen wir ins Spiel.«

Antilius dachte an das Gemälde in der Stadt der Ahnen. Ein brennendes Monster, das aus dem Wasser emporstieg, hatte er dort gesehen. Sollten die Vergessenen etwa... den Leviathan in Flammen gesetzt haben? Ihn schauderte bei diesem grausamen Gedanken. Aber wie sollte man ihn anzünden, wenn sein Element doch das Wasser war?

»Was habt ihr ihm angetan?«, fragte er forsch.

»Wir lockten ihn in einen abgelegenen Teil des Sees in der Nähe des Staudamms, den die Uwore unter ihre Kontrolle gebracht hatten. Dann versperrten wir ihm den Rückweg, indem wir einige der

Riesenbäume so fällten, dass sie eine Barriere bildeten, die selbst der Leviathan nicht durchbrechen konnte. Er saß in der Falle.

Danach befahlen uns die Uwore, den kleinen Abschnitt des Sees, in welchem der Leviathan nun gefangen war, mit einer öligen Substanz zu füllen. Sie verteilte sich auf der gesamten Wasseroberfläche.

Wir stellten dem Leviathan ein Ultimatum. Entweder würde er den Staudamm zerstören, oder wir würden ihn verbrennen. Er ging nicht auf unsere Forderung ein. Daraufhin zündeten wir dieses Öl an. Der ganze See brannte«, sprach der Vergessene und hatte das furchtbare Bild wieder vor Augen, und er fühlte die Scham, die ihn damals ergriffen hatte.

»Was sollte das bringen? Der Leviathan lebt doch unter Wasser.«

»Ja, aber ab und an muss er auftauchen, um zu atmen. Also warteten wir, was geschehen würde. Wir glaubten natürlich, dass er einlenken würde, doch das tat er nicht. Wir hatten seine moralische Integrität unterschätzt. Er blieb solange unter Wasser, bis er es nicht mehr aushielt und schließlich auftauchte und damit in die Flammenhöhle geriet.« Die Stimme des Vergessenen wurde brüchig. »Die Schreie, die er ausstieß, waren das Entsetzlichste, was ich je gehört hatte. Uns wurde schlagartig bewusst, dass wir für ein fragiles Bündnis mit den Uworen unsere Seelen verkauft hatten. Es war ein furchtbarer Fehler. Aber unser Einsehen kam zu spät. Der Leviathan hatte nur die Wahl zwischen Verbrennen und Ersticken. Er entschied sich für Letzteres. Niemals hätte der Leviathan gewollt, dass Eventum durch ihn zerstört wurde.

Doch dann spielte ihm das Schicksal noch übler mit, als wir es getan hatten. Wieder unter Wasser und mit dem Tod ringend durch Ersticken wand und krampfte er sich ohne jegliche Orientierung. Und dann, bei einer seiner unkontrollierten Zuckungen schlug er mit seinem mächtigen Körper gegen den Staudamm.«

»Und der Damm brach«, folgerte Antilius, der so gebannt von der Erzählung des Vergessenen war, dass er die Gefahr, in der er selbst steckte, kurzzeitig vergaß.

»Ja, der Damm brach, und die Fluten stürzten auf Eventum herab. Zum Glück, waren die Eventumer gewarnt, sodass sich die meisten vor den Wassermassen in Sicherheit bringen konnten, aber nicht alle konnten oder wollten fliehen. Alles was sie sich in Generationen harter Arbeit aufgebaut hatten, war binnen Sekunden zerstört worden.«

»Und was geschah dann?«

»Die Uwore gaben sich siegessicher, doch hatte ihr Plan einen entscheidenden Fehler. Sie glaubten, das Wasser würde schnell wieder aus der ruinierten Stadt abfließen. Das tat es jedoch nicht, da Eventum in einer Senke lag. Alles blieb überschwemmt, nur einige Gebäude ragten damals noch aus dem Wasser.

Eventum war verloren und Ilbétha wurde für tot geglaubt, ertrunken in den Fluten.

Schnell richtete sich der Zorn der anderen Invasoren und der Thalantianer auf die Uwore. Sie hatten nicht nur die größte Stadt dieses Planeten vernichtet, sie hatten auch noch die Weltenerschafferin getötet. Die Uwore traten den Rückzug an. Sie verschwanden wieder durch die Portale Verlorenends, aus denen sie gekommen waren, und flüchteten sich in ihre Heimatwelt.

Später wurde noch erzählt, dass es einigen der Verfolger gelang, ihnen bis dorthin zu folgen, und sie dort zur Rechenschaft zu ziehen.«

»Und Ilbétha? Hat sie überlebt?«

»Ich weiß zwar nicht, was Ilbétha wirklich ist, aber ich glaube nicht, dass sie sterben kann. Doch diese Frage spielt beim Untergang von Eventum keine Rolle.«

»Warum?«

»Weil sie nicht mehr in Eventum war. Das war eine kluge Irreführung der Thalantianer. Ilbétha war an einem anderen Ort versteckt. Indem das Gerücht verbreitet wurde, sie wäre in Eventum, wurde ein Ablenkungsmanöver gestartet, das den Gelehrten unserer Welt genügend Zeit gab, um einen Weg zu finden, mit ihr zu kommunizieren. Und die Nachricht der anschließenden Zerstörung der Stadt sorgte dafür, dass die meisten Invasoren ihre Kampfhandlungen einstellten, und genau wie die Uwore auch in ihre Welten wieder zurückkehrten, weil sie glaubten, Ilbétha wäre tot. Diejenigen, die ihren Weg nach Hause nicht wiederfanden, wurden von den wütenden Thalantianern verfolgt und zur Rechenschaft gezogen. Nur wenige konnten entkommen.«

»Trifft das auch auf euch zu? Ihr, die eigentlich auch Thalantianer seid?«

»Ja, auch wir wurden verfolgt und lebten die folgenden Jahre stets in Angst. Wir waren ein Volk auf der Flucht. Ich weiß nicht, wie die anderen darüber denken, aber ich war oft kurz davor, mich meiner Verantwortung zu stellen. Doch löste der Gedanke, dass mein ganzes Volk ausgelöscht werden könnte, eine solche Panik in mir aus, dass ich mich weiter versteckt hielt.«

»Und die Thalantianer, die euch verfolgten, haben keine Gnade walten lassen?«

»Was wir getan haben, ist so grausam gewesen, dass es für Gnade keinen Platz gab. Unsere Welt war immer friedlich gewesen, aber der Krieg hat das Böse in uns aus seiner dunklen Ecke hervorgelockt und uns seine tödliche Fratze gezeigt. Ich habe nie jemandem seine Rachegelüste übel genommen. Nicht nach dem, was ich zu verantworten hatte.«

»Wie kann es sein, dass ihr bis heute überlebt habt?«

»Heute«, wiederholte der Vergessene nachdenklich. »Wann ist heute? Wie viel Zeit ist seitdem vergangen? Hier unten verliert man das Gefühl für Zeit.«

»Wir haben heute das Jahr 967 nach zweiter Zeitrechnung. Ich weiß zwar nicht, wann das Jahr Null nach dem Krieg begann, aber ich vermute, dass seitdem tausend Jahre vergangen sind.«

Der Vergessene wirkte schockiert, und auch die anderen verfielen in düsteres Geraune.

»Um deine Frage zu beantworten: Nachdem durch die Jahre der Verfolgung nur noch wenige von unserem Volk übriggeblieben waren, überlegten wir uns, wie wir den Fortbestand unserer Art sicherstellen konnten. Wir erfuhren, dass es in diesem See ein Gewächs geben sollte, das einem sein Leben auf unnatürliche Weise verlängern kann.«

»Die Flechte, die euch bedeckt?«

»Ja, sie geht eine Symbiose mit uns ein und versetzt uns in einen langen Dämmerzustand. Doch überlebten wir hier immer mit dem Bewusstsein, dass der Leviathan uns suchen würde. Nach dem Bruch des Staudamms wurde auch er in den sich neu gebildeten See hinab gespült, entkam damit der Flammenfalle und konnte so überleben; verletzt und gezeichnet für alle Ewigkeit. Als er herausbekam, dass wir uns in verschiedenen Teilen des Sees versteckt hatten, begann er damit, uns systematisch aufzuspüren. Er wird nicht ruhen, bis er den letzten von uns gefunden und vernichtet hat. Und jetzt, da du hier angekommen bist und die Wand eingeschlagen hast, weiß er, in welcher Richtung er suchen muss.«

»Ich fühle mit euch, aber ihr wisst, dass es nicht in meiner Absicht lag, euch dem Leviathan auszuliefern.«

»Ich weiß, dass es nicht deine Absicht war. Aber vielleicht hat das Schicksal entschieden, dich zu uns zu führen, damit wir unsere gerechte Strafe bekommen.«

»Ich fordere euch alle nochmal auf, mit mir zu kommen. Der Krieg und die fürchterlichen Dinge, die passiert sind, sind schon lange Zeit vorbei.«

Kaum hatte Antilius seinen Satz beendet, ertönte ein lautes Donnergeräusch. Der Boden und die Wände erzitterten. Bruchstücke von Mörtel und Stein regneten auf ihn und die Vergessenen herab, und für einen Moment glaubte er, dass der Raum unter dem Druck der Wassermassen implodieren würde. Aber das Gebäude hielt der Erschütterung stand.

»Der Leviathan ist nahe«, sagte der Vergessene fast teilnahmslos. Er hatte sich seinem drohenden Schicksal bereits ergeben. »Du musst gehen, sonst wirst du mit uns begraben.«

Das Donnern hatte Antilius eine Heidenangst eingejagt, aber es war nicht dieses Gebäude, das der Leviathan angegriffen hatte. Noch hatte er die Vergessenen nicht aufgespürt. Zu viele Fragen schwirrten ihm noch im Kopf herum, als dass er bereit gewesen wäre, jetzt zu gehen.

»Was geschah mit Ilbétha?«

»Nachdem man einen Weg gefunden hatte, mit ihr zu kommunizieren, half man ihr, die größten Risse von Verlorenend wieder zu schließen. Damit wurden auch die Zugänge zu den fremden Welten wieder verschlossen, nachdem die Invasoren dorthin wieder zurück geflüchtet waren.

Verlorenend war dadurch aber vor seiner endgültigen Auflösung noch nicht bewahrt. Nachdem sie mit Unterstützung der Thalantianer die größten Risse geschlossen hatte, entfernte Ilbétha die Zeit aus Verlorenend, wodurch ein weiterer Zerfall aufgehalten wurde.

Danach war sie so schwach, dass sie sich regenerieren musste.«

Unwillkürlich musste Antilius an die Worte von Koros Cusuar denken, zu dem das Flüsternde Buch gesprochen hatte. Er erwähnte, dass die Zeit in Verlorenend wieder fortschreiten würde, seitdem Antilius dort gewesen war. Sollte dies die Wahrheit sein, dann würde der Verfall von Verlorenend wieder voranschreiten. Und es wäre seine Schuld.

Er schob diesen bitteren Gedanken beiseite. »Wo ist Ilbétha jetzt?«

»Hier auf Thalantia. Damit sie ihre Regeneration ohne Störungen vollenden kann, hat man sie gut versteckt. Ich weiß nicht, wo sie ist. Es heißt, es gebe keinen Weg, der zu ihr führt. Sie wird ihr Versteck erst verlassen, wenn sie vollständig genesen ist. Wann das sein wird? Vielleicht morgen. Vielleicht auch erst in einer Millionen Jahren. Niemand weiß das. Und niemand kennt heute noch ihren Aufenthaltsort. Niemand bis auf den Dunkelträumer.«

Den Dunkelträumer hatte Antilius völlig vergessen. Um etwas über ihn in Erfahrung zu bringen, deswegen war er doch hier!

»Der Dunkelträumer war der einzige Uwor, der nicht in seine Heimatwelt zurückkehrte. Warum? Was wollte er hier noch?«

»Der Dunkelträumer ist nicht der, für den du ihn hältst. In die Heimatwelt der Uwore zurückzukehren, war für ihn keine Option. Denn er war nicht immer ein Uwor gewesen. Er war einst ein Mensch, genau wie du.

Erst als er sich in einen Uwor verwandelte, nannten man ihn den Dunkelträumer, weil seine Umwandlung von finsteren Träumen begleitet wurde, unter denen er litt. Er ist kein normaler Uwor. Er ist einzigartig. Und sehr mächtig. Als Mensch kämpfte er noch an der Seite der Thalantianer für den Schutz von Ilbétha, aber als Uwor war er gefürchtet und verhasst. Er wurde schließlich verbannt, da man ihn nicht zu töten vermochte.

Wenn er nicht so gefährlich wäre, und wenn sein Rachedurst nicht so unstillbar wäre, dann täte der Dunkelträumer Recht daran, wieder zurückzukehren. Aber das musst du verhindern.«

»Wieso?«

»Er ist der Einzige, der den Aufenthaltsort von Ilbétha kennt. Jemand hat es ihm verraten, kurz vor seiner Verbannung. Er will sich mit ihrer Macht vereinen. Denn Ilbétha verfügt nicht nur über die Macht, Welten zu erschaffen, sondern auch über Macht, Welten zu zerstören.

Wenn der Dunkelträumer sein Ziel erreicht, dann wird Thalantia untergehen. Die Zerstörung dieser Welt ist sein oberstes Ziel, nur dann kann er selber zum Weltenerschaffer werden. Damals wie heute gab und gibt es keinen Weg, ihn zu töten und...«

Ein ohrenbetäubender Donnerschlag ließ das Gebäude erzittern und wurde gefolgt von einer Kaskade polternder und krachender Geräusche. Die Decke bekam einen Riss. Bruchstücke von Ziegeln regneten herab. Die Wand, durch die Antilius gekommen war, brach gänzlich in sich zusammen. Von der gegenüberliegenden Seite spritzte Wasser durch einen schmalen Spalt. Zum Glück waren die Ziegel im Gebäudeinneren nur Fassade. Die äußeren Wände bestanden aus Granit und hielten dem Wasserdruck nach wie vor Stand.

Aus der unteren Etage konnte man hören, wie schwere Steine in das Wasser platschten.

Über diesem Raum gab es noch mindestens zwei weitere Etagen. Die oberste, so fürchtete Antilius, war schon zusammengebrochen. Der Granitkern, der diese Etage umgab, würde nicht mehr lange Stand halten. Es war nur noch eine Frage der Zeit, bis das ganze Haus unter den Wassermassen implodieren würde.

»Der Leviathan hat uns gefunden. Du musst fliehen! Deine einzige Chance, den Untergang Thalantias zu verhindern, ist, das Flüsternde Buch zu finden und zu zerstören, hörst du? Ohne das Buch kann er nicht zurückfinden, denn nur das Buch kann den neuen Transzendenten erwählen. Nur du kannst es noch schaffen, das zu verhindern. Du hast die Augen.«

»Die Augen? Wieso sagst du das? Ich habe das schon einmal gehört. Was ist mit meinen Augen? Was ist an mir so besonders, dass ich den Dunkelträumer aufhalten kann?«, rief Antilius gegen den Lärm an.

»Meister, du musst jetzt verschwinden. Los!«, mischte sich Gilbert wieder ein, nachdem er die ganze Zeit still geblieben war. Mit pochendem Herzen und kaltem Schweiß auf der Stirn stand er an seinem Spiegelglas und wäre am liebsten hindurch gesprungen, um Antilius außer Gefahr zu bringen. Aber der hörte seinen Freund gar nicht. Er wartete die Antwort des Vergessenen ab.

»Wenn du es nicht weißt, dann kann ich es dir nicht sagen.«

»Ich habe mein Gedächtnis verloren. Ich kann mich an das Meiste aus meiner Vergangenheit nicht erinnern.«

Der Boden war jetzt ganz mit Wasser bedeckt. Es war wieder ruhiger geworden, doch der nächste Angriff des Leviathan würde nicht lange auf sich warten lassen.

»Ich habe Augen wie deine schon einmal gesehen. Vor langer Zeit. Dann ist es kein Zufall, dass du vergessen hast. Vielleicht liegt in deinen vergessenen Erinnerungen die Antwort auf all deine Fragen.

Aber vielleicht gibt es eine Möglichkeit, dich wieder zu erinnern.«

»Wie?«

»Auf der Inselwelt Panthea, dort gibt es einen Friedhof. Es heißt, es sei der größte Friedhof des Universums. Er wird der Friedhof des Kayen genannt. Dort lebt ein Geschöpf, das wir die Siobsistin nennen. Sie spricht mit der Stimme einer jungen Frau, besitzt aber die Weisheit von Äonen.«

»Und sie soll meine Erinnerungen zurückholen können?«

»Die Siobsistin vermag viel mehr als das zu tun. Die Zeit reicht nicht, um es dir ausführlich zu erklären, aber sie kann die Vergangenheit noch einmal für dich neu entstehen lassen, sodass du alles, an das du dich nicht mehr erinnerst, noch einmal durchleben kannst.

Aber bedenke, dass die Siobsistin seit langer Zeit schon in absoluter Einsamkeit lebt. Ob sie dir helfen wird, ist alles andere als gewiss. Und auf dem Friedhof des Kayen sollen merkwürdige Dinge vor sich gehen. Sieh dich vor, wenn du dort bist.«

Antilius stand das Wasser jetzt schon bis zu den Knien. Die Risse in den Wänden wurden langsam aber sicher immer größer.

»Ich kann spüren, dass du dir nichts sehnlicher wünscht, als deine Erinnerungen wiederzufinden, aber Vorrang hat das Flüsternde Buch. Finde und vernichte es! Vielleicht ist noch nicht zu spät.«

Ein neuer Schlag hallte durch das Gemäuer. Die Decke brach teilweise ein und Antilius konnte nur mit viel Glück beiseite springen, um nicht von den herabfallenden Ziegeln erschlagen zu werden. Er konnte in den Raum über ihm sehen. Wassermassen stürzten durch das Loch in der Decke.

»Antilius, verschwinde jetzt!«, schrie Gilbert seinem Meister zu.

»Was, wenn ich das Buch nicht rechtzeitig finde?«, rief er zum Vergessenen, der wie die anderen völlig bewegungslos dem Chaos trotzte, gefangen im Netz der Flechte.

»Dann bleibst nur noch du übrig. Finde heraus, was du vergessen hast! In deinen verlorenen Erinnerungen liegt der Schlüssel zum Triumph über den Dunkelträumer. Vielleicht musst du tiefer in der Vergangenheit forschen, als du ahnst.«

Über ihnen zerbarst etwas. Eine Fontäne - einem Wasserfall gleich - flutete den Raum und Antilius wurde ohne eigenes Zutun durch die zerbrochene Wand hinter ihm hinaus gespült. Er verlor seine Leuchtfackel, welche im Wasser sofort erlosch.

## DIE STUNDE DES LEVIATHAN

In fast völliger Finsternis rutschte Antilius kopfüber auf einem Wasserfilm zurück bis zur Treppe, die er hochgestiegen war. Es gelang ihm, sich irgendwie am unebenen Boden festzukrallen. Auf allen Vieren und gegen die Strömung ankämpfend, drehte er sich auf den Bauch und kroch die Stufen rückwärts hinunter. Das Dröhnen von fließendem Wasser und herabfallenden Steinen in der Dunkelheit machte es unmöglich, einen klaren Gedanken zu fassen.

Er hatte schon die Hälfte hinter sich, da verlor er den Halt und konnte dem Druck der Wassermassen nicht mehr die Stirn bieten. Er schlitterte die restlichen Stufen auf dem Bauch hinab und schlug sich dabei das Kinn auf.

Ein merkwürdiger Laut, der vom Leviathan stammen musste, ertönte, als er ins Wasser fiel. Kaum hatte er den Kopf wieder über Wasser, um Luft zu holen, stürzte etwas Großes und Schweres herunter und verfehlte nur knapp seinen Kopf. Es war ein uralter verrosteter Kronleuchter. Plötzlich spürte Antilius, wie sich sein rechtes Bein in einem der gebogenen Arme des metallischen Ungetüms verhakte und er in die Tiefe gezogen wurde. Ohne ausreichenden Sauerstoffvorrat in seinen Lungen kämpfte er panisch gegen das Absinken an, was jedoch nichts half. Er war immer noch im Gebäude, aber im gefluteten Teil, und unter ihm war der nächste Boden erst in zwanzig Metern Tiefe.

Irgendwie gelang es ihm dann doch, seinen Fuß aus den Metallarmen herauszudrehen. Er schwamm zurück nach oben, um Luft zu holen. Als er mit dem Kopf über Wasser ein paar Mal tief ein- und ausatmete, donnerte es wieder so laut, dass es kaum zu ertragen war. Das Gebäude begann in sich zusammenzustürzen. Ein letztes Einatmen und Antilius tauchte wieder unter und tastete unter Wasser nach dem Loch, das in die Freiheit führte.

Die Sonne war schon fast untergegangen. Ihr Restlicht reichte kaum noch aus, um in dieser Tiefe viel erkennen zu können. Doch schnell ertastete er den Ausgang und schwamm hindurch. Er blickte nach oben und konnte sogar das kleine Boot mit Tirl an Bord sehen. Ohne daran zu denken, dass der Leviathan in der Nähe sein könnte, schwamm er, so schnell er konnte, gen Wasseroberfläche.

Kaum hatte er das Gebäude verlassen, brach es in einer gigantischen Wolke aus Schlamm und Luftblasen in sich zusammen.

Nicht einmal zwei Meter trennten ihn bisher von der Außenmauer, da erfasste ihn ein Unterwasserwirbel, und er wurde wieder in die Tiefe gezogen. Dabei drehte er sich mehrmals um seine eigene Längsachse und verlor völlig die Orientierung.

Als der Sog, gegen den anzukämpfen ein Ding der Unmöglichkeit war, nachließ, konnte er wieder die Oberfläche erkennen. Er blickte unter sich und sah nur, wie etwas riesiges Schwarzes aus seinem Sichtfeld schwamm. Der Leviathan war unter ihm hinweg geschwommen, und Antilius war in seinen Sog geraten. Wenn er hier lebend rauskommen wollte, dann durfte das nicht noch einmal passieren.

Erneut schwamm er nach oben, diesmal jedoch mit letzter Kraft und letztem Sauerstoff in der Lunge. Es gelang ihm aufzutauchen. Hastig schnappte er nach Luft. Tirl schrie ihm etwas mit seiner dünnen Stimme entgegen und streckte ihm vom Boot aus seine Hand entgegen, doch da erfasste ihn wieder ein Unterwasserwirbel und zog ihn heftiger als zuvor hinab.

Während er einmal mehr wild umhergewirbelt wurde und nur anhand des zunehmenden Drucks in den Ohren spürte, dass es für ihn in die Tiefe ging, blickte er für einen Moment auf den gewaltigen Kopf des urzeitlichen marinen Wesens. Der fast vierzig Meter lange Leviathan beschrieb einen großen Bogen um Antilius und raste danach knapp an ihm vorbei, um gleich darauf mit seiner monströsen Schwanzflosse gegen eines der verbliebenen Gebäude zu schlagen, welches wie in Zeitlupe in sich zusammenfiel und in einer Unterwasserstaubwolke verschwand.

Mit aller Kraft versuchte Antilius, wieder nach oben zu schwimmen, aber die Verwirbelungen des Leviathans ließen ihm keine Chance. Abermals machte das Wesen einen Bogen um ihn und kam wieder zurück, bereit, das nächste Bauwerk zu zerstören.

Antilius holte das Messer hervor, das gleich neben Gilberts Spiegel im Gürtel steckte. Er sah, wie das Monstrum auf ihn zugerast kam, diesmal so dicht, dass es ihn beinahe gerammt hätte. Nur Zentimeter rauschte die schlangenartige Masse an ihm vorbei. Mit dem Mut der Verzweiflung streckte Antilius seinen Arm blind aus und stach mit dem Messer in die ledrige Haut des Leviathans. Das Messer hatte sich überraschend so fest hineingebohrt, dass Antilius sofort mitgerissen wurde, während er sich an den Griff klammerte. Obwohl er den Riesenfisch wohl kaum mit seinem winzigen Messer hätte verletzen können, so hatte der Leviathan wohl doch bemerkt, dass da noch jemand außer ihm im Wasser war. Mit einer irrwitzigen Geschwindigkeit drehte das Ungetüm von den Ruinen Eventums ab und raste hoch an die Oberfläche. Durch dieses Manöver sollte Antilius abgeschüttelt werden.

Tirl, der völlig verängstigt in seiner Nussschale saß, sah, wie der Leviathan aus dem Wasser stob. Mit seiner muskulösen Schwanzflosse trieb er mehr als die Hälfte seines Körpers säulenförmig in die Höhe. Und mit ihm Antilius, der, an sein Messer geklammert, beim Durchbrechen der Oberfläche den Halt verlor und aus knapp zehn Metern Höhe zurück ins Wasser stürzte. Immerhin schaffte er es, einmal tief Luft zu holen, ansonsten wäre er spätestens jetzt ertrunken. Mit einer riesigen Flutwelle, die Tirls Boot beinahe zum Kentern gebracht hätte, sank der Leviathan wieder in die Tiefe. Antilius wurde durch den Sog erneut unter Wasser gezogen.

Als er seine Augen öffnete, da glaubte er nicht mehr, aus diesem Albtraum zu entkommen. Aber dann geschah etwas Unerwartetes. Es war ihm, als wenn sich die Zeit verlangsamen würde. Schwerelos im Wasser richtete er sich auf. Er sah, wie aus der dunklen Ferne der Leviathan wie in Zeitlupe frontal auf ihn zu schwamm. Alles war verlangsamt, sogar sein eigener Herzschlag, und er vergaß in diesem surrealen Moment seine Angst und seine vor Sauerstoffmangel brennenden Lungen. Bis auf wenige Meter Entfernung näherte sich das Ungetüm und machte schließlich vor ihm Halt, vier Meter unter der Wasseroberfläche. Seine Größe war auf diese kurze Distanz unglaublich. Es war, als wenn ein riesiges Unterseeboot vor ihm zum Stehen kam. Zwei tellergroße Augen waren auf Antilius gerichtet. Er konnte seine vielen Narben sehen, die der Riese von dem Brand davongetragen hatte, als er einst mit dem Tod rang.

So standen sie sich schwerelos eine Weile gegenüber und rätselten jeweils über die Absicht des anderen.

Dann ergriff der Leviathan die Initiative.

*»Ich kenne dich«*, hörte Antilius eine tiefe Stimme sagen. Sie war nur in seinem Kopf. Der Leviathan konnte per Telepathie mit ihm reden. Antilius fragte sich, ob diese Art der Kommunikation nur einseitig funktionierte, oder ob er dem Riesen in Gedanken antworten konnte.

*»Woher kennst du mich?«*, dachte er und versuchte, diesen Gedanken an den Leviathan zu übertragen. Doch konnte er nicht sicher sein, dass er von ihm gehört wurde, als der Leviathan fortfuhr:

*»Lange Zeit warst du fort. Aber nun ist die Zeit der Rückkehr gekommen. Vergessen hast du, was einst war. Ich spüre es. Und nun bist du hier und findest mich zwischen Ruinen und Tod. Verhallt sind die Stimmen, die diesen Ort einst lebendig machten. Vorbei sind die Zeiten, als alles noch friedvoll war, und niemand sich vor dem nächsten Morgen fürchten musste.*

*Dies ist meine Stunde. Dies ist die Vollendung meiner Rache an jenen, die alles zerstörten, was gut war. Von nichts anderem als dem Gedanken der Vergeltung war ich seither beseelt, und nun ist es getan.*

*Aber Genugtuung ist mir nicht vergönnt. Nichts als Scham, Schmerz und Leid bleiben zurück in einer Welt, die mir so fremd geworden ist.*

*Wenn deine Stunde kommen wird, und du vor der Entscheidung stehst, dich zu rächen oder zu vergeben, dann begehe nicht den gleichen Fehler wie ich. Verzweifle nicht an deiner Wut, denn es bleibt nichts zurück außer Verbitterung.*

*Die Rückkehr des Dunkelträumers ist nicht mehr fern. Er will ungeschehen machen, was ihm genommen wurde. Doch kann er nur eine Illusion schaffen, die das Geschehene nicht rückgängig machen kann. Die schmerzhaften Erinnerungen werden für immer bleiben.*

*Lass nicht zu, dass sein Hass dich ansteckt. Erinnere dich wieder an das, was du bist und erlöse den Dunkelträumer.*

*Und hab keine Furcht. Denn wenn es an der Zeit ist, Abschied zu nehmen, dann wird niemand dort sein, um dir Lebewohl zu sagen.«*

Der Leviathan setzte sich langsam in Bewegung, vorbei an Antilius. Er sah dem Koloss noch lange hinterher, bis er mit der trüben Dunkelheit verschmolz und sich fortan niemandem mehr zeigte.

Antilius kam langsam wieder aus seiner Starre, und das Gefühl der Zeitlosigkeit verschwand.

*Luft!*, schoss es ihm durch den Kopf. Er musste nach oben, aus dem Wasser.

Hastig machte er ein paar große Schwimmstöße und tauchte schließlich auf, völlig entkräftet. Tirl kam sofort angerudert und zerrte ihn mit aller Kraft, die sein zierlicher Körper aufbringen konnte, ins Boot.

»Hast du das gesehen? Hast du den Leviathan gesehen? Was für ein Monster!«, rief Tirl völlig aufgelöst. »Schnell weg hier, bevor er zurückkommt.«

»Er wird nicht zurückkommen«, sagte Antilius erschöpft. Er griff nach Gilberts Spiegel und war erleichtert, als er ihn berührte, denn es hatte nicht viel gefehlt, und er hätte ihn auf dem Grund des Sees verloren.

Mit dem letzten Licht der untergehenden Sonne ruderten sie zurück zum Lager.

## DER KLANG IHRER STIMME

Kaum war Antilius aus dem Boot an Land gestolpert, wollte er auch schon wieder gleich zurück nach Truchten.

»Ich muss das Flüsternde Buch finden. Ich muss sofort los«, sagte er aufgeregt, aber Tirl hielt ihn zurück.

»Das wird wohl bis morgen warten müssen. Alte Schwinge fliegt nicht bei Nacht. Sie muss sich ausruhen. Und sehr wahrscheinlich wird sie auch morgen nicht fliegen.«

Antilius schaute Tirl voller Unglauben an, denn hier untätig herumzusitzen war für ihn unvorstellbar.

»Tja, es tut mir Leid, aber daran können wir beide nichts ändern. Ein paar Tage Erholung wird sie schon brauchen. Glaub mir, ich kenne dieses Vieh besser als du.

Es kann ziemlich stur sein, besonders, wenn man es unter Druck setzt. Wenn wir Glück haben, können wir spätestens in zwei Tagen aufbrechen. Und deswegen...« Tirl reduzierte seine Lautstärke und sprach nun ganz leise, »...sollten wir sie jetzt auf keinen Fall stören. Ihr Schlaf ist ihr heilig.«

»Na, das ist ja in Anbetracht unserer Situation wohl das Wichtigste«, spottete Antilius enttäuscht. »Thalantia steht vor seiner größten Bedrohung seit einem Jahrtausend, aber Hauptsache Frau Flugsaurier hat gut ausgeschlafen.«

Tirl zuckte nur entschuldigend mit den Achseln. »Ich kann es leider nicht ändern. Aber von was für einer Bedrohung sprichst du? Und was ist da unten eigentlich geschehen? Erzähl mir bitte alles!«

Das tat Antilius, während Tirl zügig ein wärmendes Lagerfeuer bereitete. Er hörte aufmerksam zu, als er sich um alles kümmerte, während die Nacht hereinbrach. Sogar an die Verpflegung hatte er gedacht. Er garte ein paar in dicke grüne Blätter eingewickelte Fische, die hervorragend schmeckten. Bevor Tirl selbst aß, breitete er ein sauberes Tuch neben sich aus und stellte einen kleinen Holzteller darauf.

»Für Mila«, erklärte er, als er Antilius' fragenden Blick bemerkte. Die Unsichtbare hatten Antilius und Gilbert völlig vergessen. Streng genommen saßen sie also zu viert rund um das Feuer. Ein Arboraner, ein Mensch, ein Spiegelgefangener und eine unsichtbare oder vielleicht auch imaginäre Arboranerin.

Tirl legte ein Stück Fisch auf den Teller und kramte dann noch eine Kerze hervor, entzündete sie und stellte sie daneben. Alles unter genauer Beobachtung seiner beiden Gäste.

»Das hat sie so gern«, sagte er verliebt.

Antilius lächelte und nickte höflich. Er zurrte die Decke, die er von Tirl bekommen hatte, noch fester um sich und rückte noch ein Stück näher an das Feuer heran. Ihm war furchtbar kalt. Der Himmel war sternenklar, sodass es eine kühle Nacht werden würde.

»Und du isst nichts?«, richtete Tirl seine Frage an Gilbert, dessen Spiegel von Antilius an einen Stein in der Nähe des Feuers gelehnt worden war.

»Nein, ich esse und trinke nichts, solange ich hier drin eingesperrt bin.«

»Oh. Verstehe«, sagte Tirl stirnrunzelnd, obwohl er es nicht verstand. Aber damit war er nicht allein. Niemand wusste genau, welche Auswirkungen und Veränderungen Spiegelgefängnisse auf ihre Insassen ausübten, und welchen Gesetzmäßigkeiten sie folgten.

Nachdem Antilius alles erzählt hatte, woran er sich bei der ganzen Aufregung erinnern konnte, machte Tirl einen langen Seufzer.

»Ach, ich wünschte, ich wäre mit dir dort unten gewesen. Das ist einfach fantastisch, was du dort erlebt hast! Ich beneide dich.«

»Also ich hätte liebend gern mit dir getauscht. Um ein Haar wäre ich jetzt Fischfutter. Aber wenigstens wissen wir jetzt, was sich damals ereignet hat, auch wenn es noch viele Lücken in dem Bericht des Vergessenen gibt. Wenn ich nicht so einen Krach gemacht hätte, dann wären wir jetzt wahrscheinlich schlauer, und der Leviathan hätte nie etwas erfahren.«

Tirl sah zu seiner Rechten, dem leeren Platz mit der Kerze. Mila wollte etwas sagen. »Ja, genau«, stimmte Tirl ihr zu.

»Was?«

»Mila und ich verstehen nicht, worüber du dich eigentlich beschwerst. Wir haben durch dich mehr über die Vergangenheit erfahren als ich in den letzten fünfzehn Jahren meiner Forschungen. Wir wissen jetzt, dass der Dunkelträumer gar kein echter Uwor ist, sondern ein Mensch, der sich in einen Uwor verwandelt hat. Das macht ihn zu einem unberechenbaren Gegner.

Wir wissen jetzt auch, dass Ilbétha keine Fiktion ist, sondern noch irgendwo hier auf Thalantia verweilt. Ich habe ohnehin nicht geglaubt, dass Ilbétha ein sterbliches Wesen ist. Sie ist irgendetwas anderes, das wir nur nicht begreifen.

Und wir haben auch etwas über dich erfahren.«

Antilius blickte vom Feuer auf. »So? Was denn?«

»Na, dass du schon einmal hier warst. Der Leviathan hat gesagt, dass er dich kennt, also musst du früher einmal hier gewesen sein. Allerdings bin ich schon seit mehr oder weniger zehn Jahren hier in der Gegend am Forschen. Und dich habe ich hier noch nie gesehen.«

Antilius raufte sich die Haare, die mittlerweile trocken geworden waren. »Ach, es ist furchtbar, sich an nichts zu erinnern. Es ist wie ein Alptraum. Die letzten Worte des Leviathan gehen mir immer wieder durch den Kopf: *Wenn es an der Zeit ist, Abschied zu nehmen, dann wird niemand dort sein, um dir Lebewohl zu sagen.*«

»Klingt sehr düster«, meinte Gilbert. »Kein Wunder, dass dir das im Kopf hängen bleibt.«

»Nein, Gilbert. Es ist mehr als das. Als der Leviathan diese Worte aussprach, da traf es mich wie ein Schlag. Es war wie ein Déjà-vu, nur viel stärker.«

»Was meinst du damit?«

»Ich denke, der Leviathan hat diese Worte nicht gewählt, ohne sich dabei etwas zu denken. Jemand hat das schon einmal zu mir gesagt, da bin ich mir ganz sicher. Es muss in der Zeit gewesen sein, in die mein Gedächtnisschwund fällt. Ich muss herausfinden, was es zu bedeuten hat. Meine einzige Hoffnung ist jetzt die Siobsistin.«

»Tirl, du scheinst eine Menge über Thalantia zu wissen. Weißt du etwas über diese Siobsistin? Ich jedenfalls habe noch nie von ihr gehört«, fragte Gilbert.

Tirl sah nachdenklich in die glimmende Glut, als er antwortete. »Ich habe von der Siobsistin gehört. Aber bis heute dachte ich, sie sei nur eine Art Allegorie.«

»Eine Allegorie auf was?«

»Auf das Leiden der verirrten Seelen. Der Vergessene sagte doch, sie lebe auf dem Friedhof des Kayen. Diesen Ort gibt es wirklich. Dort sollen all jene, die in den zahllosen Gefechten während des Krieges vor tausend Jahren starben, beerdigt worden sein. Ihre Seelen, so eine Legende, fanden aber keine Ruhe und litten Qualen. Eines Tages soll sich aus all jenem Leid dieser Geister ein Geschöpf erhoben haben, das der Verlorene als Siobsistin bezeichnete. Sie habe sich aus einem einzigen gleichgerichteten Gedanken aller Seelen manifestiert und fristet seither ihr trauriges Dasein auf der Ruhestätte.

Ich kann nur schwer glauben, dass sie wirklich existiert. Und wenn doch, dann wohl kaum aufgrund dieser Legende.«

»Vielleicht ist sie ja auch eines der Wesen, das sich vor den Verfolgungen versteckt hat«, meinte Antilius.

»Möglich. Aber...« Tirl presste die Lippen zusammen. Er wollte Antilius mit seinen folgenden Worten nicht verärgern oder enttäuschen. »Ich weiß, dass es für dich extrem wichtig ist, herauszufinden, was du vergessen hast, zumal es ja irgendetwas mit dem Dunkelträumer zu tun haben muss. Aber im Augenblick hat das Flüsternde Buch absoluten Vorrang. Wenn wir das Buch vernichten können, bevor es einen neuen Transzendenten findet, dann kann der Dunkelträumer nicht mehr zurück, und die Vergangenheit kann endlich ruhen. Und du, du hast dann Zeit, dich auf deine persönlichen Fragen zu konzentrieren.«

Antilius nickte, ohne vom Feuer aufzusehen. »Ich weiß, ich weiß. Das hat mir der Vergessene auch schon gesagt. Meine Freunde, Pais und Haif, sind schon auf Truchten unterwegs und suchen nach dem Buch. Vielleicht hatten sie ja mit ein wenig Glück schon Erfolg.«

»Was weißt du eigentlich über das Buch?«, fragte Tirl.

»Nicht viel. Ich habe es in Händen gehalten, konnte es jedoch nicht lesen. Es bestand nur aus leeren Seiten. Es scheint irgendwie lebendig zu sein und mit seinen auserwählten Opfern zu sprechen. Es soll alles wissen. Alles, auch über mich.« Antilius bemerkte Tirls wissendes Nicken. »Du scheinst mehr darüber zu wissen?«

Tirl nickte.

»Woher kommt das Buch? Was ist es eigentlich?«

»Das Buch tauchte in der Geschichte immer wieder mal auf. Seine Bedeutung wurde aber immer als gering eingeschätzt, da seine Benutzung nie irgendwelche Konsequenzen hatte. Zumindest nicht bis zu dem Tage, an dem das Buch seinen ersten Kandidaten gefunden hatte, den es zum Transzendenten machte.«

»Das heißt, mit Koros Cusuar gab es also schon zwei Transzendente, die den Dunkelträumer hierher führen sollten«, fasste Gilbert wissbegierig zusammen.

»Ja, richtig. Beide waren aber ungeeignet. Die Transformation schlug beide Male fehl. Die Transzendenten gerieten außer

Kontrolle. Die Jahrhunderte andauernde Suche des Buches war nun schon zweimal vergebens.

Ihr wolltet wissen, woher das Buch kommt. Nun, alles, was ich weiß, ist, dass es nicht immer ein Buch war. Nur in sehr alten und heute nicht mehr existierenden Aufzeichnungen der Gorgens gab es übereinstimmende Berichte, wie das Buch entstanden sein soll. Demnach soll eines Tages Gorgus, der Weise, aus der Erde gestiegen sein. Er soll aus glühender Lava bestanden haben.«

»Aus der Erde gestiegen?« Gilbert hatte ja schon eine Menge Märchen und Legenden gehört, nicht aber etwas so Bizarres.

Tirl lächelte wissend. »So ist es nun einmal überliefert. Ich habe mir diese Geschichte jedenfalls nicht ausgedacht. Es ist genauso sonderbar wie die Geschichte über die Geburt der Siobsistin.«

»Nach dem, was ich in den letzten Tagen, insbesondere heute alles gesehen und erlebt habe, wäre ich sogar bereit, das zu glauben«, sagte Antilius.

Tirl fuhr fort: »Bemerkenswert ist, dass Gorgus' angebliches Erscheinen zeitlich genau mit dem Erscheinen von Ilbétha zusammenfällt. Gorgus könnte es also wirklich gegeben haben. Er könnte durch Ilbétha genauso angelockt worden sein wie das Volk der Vergessenen und alle anderen Wesen von außerhalb. Vielleicht war er aber auch ein Thalantianer mit außergewöhnlichen Fähigkeiten, wer weiß?

Eines Tages, so die Legende, musste sich Gorgus zur Ruhe begeben. Ich bin mir nicht ganz sicher, was darunter zu verstehen ist, aber ich glaube, dass er sterben musste. Gorgus schuf daher seine 'Kinder', die Gorgens. Er gab ihnen Land und das Wissen, sich dieses nutzbar zu machen. Doch er wollte die Gorgens nicht gänzlich sich selbst überlassen. Deshalb kreierte er das Flüsternde Buch und übertrug darin seinen Geist.«

»Das würde also bedeuten, dass das Buch eine Persönlichkeit hat. Das Buch ist quasi dieser Gorgus«, fasste Gilbert zusammen.

»So ist es. Die Gorgens jedoch verloren das Flüsternde Buch, das sie selbst das Buch des Vaters nannten. Das Buch tauchte seither hier und da mal auf, stets auf der Suche nach jemandem, den es zum Transzendenten machen wollte. Zu den Gorgens ist es nie wieder zurückgekehrt.«

»Aber, warum sollte Gorgus - oder das Buch - sich um den Dunkelträumer bemühen, wenn ihm doch seine Gorgens am Herz liegen sollten?«

»Nun ja, Gilbert, das war die Version der Gorgens. Ich denke, dieser Gorgus hatte nie die Absicht, sich für alle Zeiten rührend um seine Kinder zu kümmern. Ich denke, dass er die Gorgens als eine Art Beschützer erschuf, die ihm zuarbeiten sollten. Der Plan muss irgendwie schief gelaufen sein, und deshalb suchte der Geist von Gorgus im Flüsternden Buch auf eigene Faust weiter nach einem Transzendenten. Vielleicht erfüllten die Gorgens nicht seine Erwartungen.«

»Egal was dieses Buch wirklich ist, wir müssen es finden«, meinte Antilius. »Ich hoffe nur, Alte Schwinge wird sich nicht zu lange ausruhen. Der Gedanke, dass das Buch im Prinzip jeden Augenblick mit seiner Suche erfolgreich sein könnte, lässt mir keine Ruhe.

Aber mindestens ebenso sehr wie das beunruhigt mich, was der Vergessene über Verlorenend gesagt hat. Nämlich, dass sich dieser Ort in der Auflösung befindet. Alle, die dort zurzeit leben, sind dem Tode geweiht. Und wir haben keine Möglichkeit, mit ihnen Kontakt aufzunehmen, um sie zu warnen.«

Sie schwiegen daraufhin eine Weile und wurden sich ihrer Hilflosigkeit bei dem Gedanken an das Schicksal von Verlorenend bewusst.

Tirl sah wieder zur Seite und ließ Mila etwas sagen.

»O, natürlich, das habe ich fast vergessen«, sagte er zu ihr und begann daraufhin, in seinem Reisesack herumzuwühlen.

»Wo ist es denn bloß?

Was sagst du?

Nein, ich habe sie nicht verloren. Also wirklich, Mila! Du weißt doch, dass ich das nie tun würde. Einen Augenblick Geduld, ich habe es gleich.«

»Was suchst du denn?«, fragte Gilbert.

»Gleich, gleich«, murmelte Tirl und holte sich einen zweiten Sack, den er zu durchsuchen begann.

Antilius gähnte entspannt. Das Feuer hatte ihn wieder aufgewärmt und gegessen hatte er dank Tirl auch. Satt und müde legte er sich auf die Seite und sah Tirl dabei zu, wie er immer hektischer in seinem Gepäck wühlte.

»Darf ich fragen, wie ihr euch kennengelernt habt? Ich meine, Mila und du?«

Tirl unterbrach seine Suche. »Ja, sicher dürft ihr. Mila, willst du die Geschichte erzählen?«

»Ähm, vielleicht könntest du es tun, Tirl. Du weißt doch, Gilbert und ich können Mila nicht hören.«

»Ach, ja. Richtig, ich vergaß. Verzeihung.

Also wir lernten uns kennen, als mein Heimatdorf hier auf Arbrit an der Ostküste niedergebrannt wurde.«

Antilius und Gilbert waren schockiert. »Niedergebrannt?«, fragten sie wie aus einem Munde.

Tirls Gesicht verfinsterte sich. »Ja. Wisst ihr, unser Volk, die Arboraner, werden schon lange verfolgt von den Warloden.«

»Die Warloden? Soweit ich weiß, sind sie ein abtrünniges Volk der Menschen, die nichts mit dem Rest der Welt zu tun haben wollen. Warum sollten sie euch verfolgen?«, fragte Gilbert, der im Gegensatz zu seinem Meister über die Existenz der Warloden Bescheid wusste.

»Du hast recht, Gilbert. Die Warloden waren einst friedvolle Menschen. Sie sehen ein wenig anders aus, ein wenig primitiver, wenn ich das so sagen darf. Große Augenwülste und flache Stirn, daran erkennt man sie ganz gut. Sie sind auch nicht so intelligent wie normale Menschen.

Der Grund, warum sie uns Arboraner hassen, ist einfach. Wir sind anders als sie. Wir sehen anders aus, wir sind kleiner, und wir sind ihnen geistig überlegen.«

»Das ist wohl kaum ein guter Grund, jemanden zu hassen«, sagte Antilius.

Tirl lächelte kurz und verbittert. »Eigentlich ist Arbrit *unsere* Heimat. Die Heimat der Arboraner, schon seit Anbeginn der Zeit. Seit sich aber die Warloden hier breitgemacht haben, machten sie uns mehr und mehr unsere Gebiete streitig. Wir versuchten stets, ihnen aus dem Weg zu gehen, aber sie ließen uns nicht in Ruhe.

So geht das schon mehr als achtzig Jahre. Heute lebt mein Volk nur noch verstreut tief in den Urwäldern in kleinen Kolonien, damit wir von den Warloden nicht gefunden werden. Die leben lieber in Küstennähe und lassen uns so meistens in Ruhe.«

»Wieso habt ihr euch nicht gewehrt?«, fragte Gilbert, der sich am liebsten einen dieser Warloden persönlich vorknöpfen würde, wenn er die Gelegenheit dazu bekäme.

»Anfangs, da hat mein Volk versucht, sich zur Wehr zu setzen, hat damit aber den Warloden nur einen weiteren Vorwand gegeben, noch aggressiver gegen uns vorzugehen.« Tirl senkte enttäuscht den Kopf. »Ich weiß auch nicht. Vielleicht hätten wir mehr

Mut haben müssen und uns besser verteidigen können, oder gar die Warloden wieder von dieser Inselwelt ganz vertreiben können. Aber ich glaube, dass wir uns vom Rest Thalantias im Stich gelassen gefühlt haben. Auf den anderen Inselwelten wusste man, was hier geschah, aber keiner hat für uns Partei ergriffen. Man hat einfach weggesehen. Wir waren auf uns selbst gestellt und wollten kein Risiko eingehen, uns in einen richtigen Krieg mit den Warloden hineinziehen zu lassen, also zogen wir uns zurück.«

»Aber du sagtest, dass dein Heimatdorf zerstört wurde. Wann war das?«, wollte Gilbert wissen.

»Vor etwas mehr als sieben Jahren. Es war das letzte Dorf in Küstennähe, das die Warloden noch nicht attackiert hatten. Ich war gerade mit drei anderen auf einer Spähmission. Wir überwachten jeden Tag entlang eines weit gefassten Perimeters die Grenzen unseres Dorfes, um einem Angriff der Warloden zuvorzukommen.

Als wir von unserer Patrouille in der Nacht zurückkehren wollten, da kam sie uns plötzlich entgegen - Mila. Sie warnte uns, dass sich die Warloden auf die Lauer gelegt hätten und hinterrücks ein Feuer gelegt hatten, das nun unser Dorf bedrohte. Wären wir in unser Dorf zurückgekehrt, dann wären wir in eine Falle gelaufen. Alles, was wir besaßen, fiel den Flammen zum Opfer. Doch Mila konnte unsere Dorfgemeinschaft rechtzeitig warnen und alle konnten fliehen.«

»Und die Warloden haben euch danach nicht verfolgt?«

»Pah!«, stieß Tirl verächtlich aus. »Denen ist es völlig egal, ob wir leben oder sterben. Sie wollten uns nur von ihrem Küstengebiet vertreiben. Wie, das war ihnen völlig egal.

Jedenfalls nahm uns Mila mit in ihre Siedlung, die viele Kilometer entfernt im Wald lag und wesentlich besser bewacht war als unser Dorf. Wir verbrachten viel Zeit miteinander, und irgendwann haben wir uns dann verliebt.«

Antilius hatte wirklich aufmerksam zugehört und nahm Anteil an Tirls Schicksal, aber er war jetzt hundemüde, wollte vorschlagen, dass sie sich jetzt schlafen legen sollten und dachte, die Geschichte wäre damit beendet, aber Tirl blickte völlig gedankenverloren ins Feuer und sprach weiter.

»Vier Jahre lebten wir glücklich und unbehelligt von den Warloden. Aber dann eines Tages schlug das Schicksal wieder zu. Es war im Herbst. Ein Warlode kam in unser Dorf. Er war schwer verletzt. Keine Ahnung, was ihm zugestoßen war, er konnte oder wollte sich nicht mehr erinnern. Sofort entbrannte unter uns - wir waren knapp achtzig Einwohner - eine heftige Debatte darüber, ob wir dem Warloden helfen oder ihn wieder vertreiben sollten, was seinen sicheren Tod bedeutet hätte. Wenn wir ihm helfen würden, so fürchteten wir, dann könnte er seinen Leuten unseren Standort verraten, und wir wären erneut in großer Gefahr gewesen.

Mila, wie sollte es auch anders sein, wollte sich auf so eine Diskussion gar nicht erst einlassen. Sie fing an, die Wunden des Warloden zu behandeln, noch während wir anderen hitzig miteinander stritten. Sie konnte nicht anders. Sie sagte, es wäre unethisch, ihm Hilfe zu verwehren. Und sie sah es als Chance, eine neue Beziehung zu den Warloden aufzubauen. Sie überzeugte uns, und so pflegten wir den Warloden wieder gesund, ein ganzes Quartal lang.

Während dieser Zeit bei uns sprach der Warlode nicht viel. Sein Name war Posku.

Nur selten redete er über sein Volk und wenn er es tat, dann deutete er manchmal an, dass es seinen Leuten mehr schlecht als recht ging. Viele litten Hunger, weil sie nicht wussten, wie sie sich über die verschiedenen Jahreszeiten hinweg selbst versorgen sollten.

Als Posku wieder genesen war, dankte er uns und wollte zurück in seine Siedlung. Er versprach, den anderen Warloden nichts von unserem Dorf zu erzählen. Wir ließen ihn ziehen. Aber einige von uns, mich eingeschlossen, trauten ihm nicht über den Weg. Nicht nach dem, was er uns über ihren Nahrungsmangel erzählt hatte. Wir hatten Angst, dass er seine Leute zu unserer Siedlung führen würde und sie uns dann überfielen und ausraubten. Und vielleicht noch Schlimmeres. Das durften wir nicht zulassen.

Ich und vier andere von uns beschlossen, dass Posku sterben müsse, bevor er seine Leute wiedersehen würde. Einer von uns sollte ihn heimlich verfolgen und von hinten mit einem Pfeil in den Kopf schießen.

Wir waren fünf Verschwörer und schworen uns, es niemandem sonst zu erzählen. Obwohl wir uns darin einig waren, dass es der einzige Weg war, unsere Siedlung zu beschützen, wollte es keiner sein, der die Sehne des Bogens spannte und auf Posku zielte.

Wir mussten daher losen. Und es traf mich. Ich bekam den Bogen und die Pfeile, die Posku töten sollten. Unter einem falschen Vorwand und damit mit meiner ersten und einzigen Lüge gegenüber

Mila, zog ich los. Ich brauchte zwei Tage, um Posku einzuholen. Als die Gelegenheit günstig war und Posku ahnungslos die Vorräte aß, die wir ihm für den Heimweg mitgegeben hatten, verließ mich der Mut. Unzählige Male zielte ich auf ihn, aber ich konnte es nicht tun. Stattdessen schlich ich ihm zwei weitere Tage nach, bis er sein Dorf erreicht hatte. Ich sah, wie er von den anderen freudestrahlend und jubelnd in Empfang genommen wurde. Ich konnte nicht hören, was sie sagten, aber ich war mir sicher, dass Posku Wort halten und nichts über unsere Siedlung verraten würde.

Also machte ich kehrt und ließ ihn leben. Als ich zurückkam, erzählte ich den Verschwörern, dass ich es getan hätte. Ich hätte nur einen einzigen Schuss gebraucht, und dann wäre es vorbei gewesen.

Ich log sie an, ohne mit der Wimper zu zucken.

Mit dieser Lüge musste ich fortan leben, doch konnte ich nachts nur noch schlecht schlafen. Denn bei jedem noch so kleinen Geräusch fürchtete ich, dass Posku mit seinen Warloden vor der Tür stand, weil ich es nicht fertig gebracht hatte, ihn umzubringen.

Die Zeit verging, und irgendwann dachte ich nur noch selten an Posku. Ich widmete mich wieder meiner Erforschung der Geschichte Thalantias und ging allein für einige Tage fort auf Artefaktsuche.

Als ich von meiner Expedition nichtsahnend zurückkehrte, da sah ich von Weitem Rauch aus den Wäldern aufsteigen. Ich hoffte nur, dass es eine andere Erklärung für die Ursache gab als jene, die blankes Entsetzen in mir auslöste. Ich rannte so schnell wie noch nie in meinem Leben zu unserem Dorf und... fand ein Inferno vor. Die Warloden waren bei Nacht gekommen. Sie hatten sich alles genommen, was sie brauchten, und dann zündeten sie unsere Häuser und Hütten an, wissend, dass Arboraner darin schliefen.«

Tirl machte eine Pause. Gilbert und Antilius ahnten, worauf die Geschichte hinauslaufen würde.

»Ich will es euch ersparen, davon zu erzählen, was ich an jenem Tage sehen und hören musste. Nur sechs von uns konnten den Flammen rechtzeitig entkommen. Aber Mila war nicht unter ihnen. Ich rannte stundenlang kopflos durch unser verbranntes Dorf, schrie ihren Namen und weinte, als sie plötzlich aus dem Ascheregen hervorkam und vor mir stand. Unversehrt.

Es war wie ein Wunder.

Sie sagte, es gehe ihr gut, und als ich den Klang ihrer Stimme hörte, da wusste ich, dass es so etwas wie Schicksal geben musste. Denn durch meine Unfähigkeit mussten die anderen sterben. Aber das Schicksal hatte Mila verschont, sodass ich glaube, dass, aus welchem Grund auch immer, meine Zeit hier auf Thalantia noch nicht abgelaufen war. Ohne Mila hätte es keinen Grund mehr für mich gegeben, weiterzuleben. Doch an ihrer Seite, so glaubte ich, war ich noch für eine Aufgabe bestimmt. Vielleicht liegt sie ja darin, dir, Antilius, dabei zu helfen, Thalantia vor dem Untergang zu bewahren.

Mila hat mir verziehen, was ich dem Posku antun wollte, und auch dafür, dass ich es nicht getan und verschwiegen habe. Sie ist mein Kompass, ohne den ich längst verloren wäre«, sagte Tirl und schaute verliebt zu dem leeren Platz, an dem ein Teller auf einer Decke stand, und an dem eine Kerze brannte.

Sollte es noch irgendeines Beweises dafür bedurft haben, dass Mila eine imaginäre Person war, dann hatte Tirl ihn soeben erbracht. Mila war wie die anderen in dem Feuer umgekommen und existierte fortan nur noch in Tirls Fantasie.

Es war sein Weg, sein ganz besonderer Weg, mit der Schuld, die er sich selbst aufgebürdet hatte, und dem Verlust umzugehen.

»Wir fühlen mit dir, Tirl. Der Tod deiner Leute ist nicht deine Schuld«, sagte Antilius, aber Tirl reagierte nicht darauf. Er war für einen kurzen Moment ganz woanders, weit weg. Er schüttelte sich und begann wieder, seine Habseligkeiten zu durchforsten.

»Da ist sie ja!«, rief er begeistert und holte einen merkwürdig gekrümmten Stock hervor. Er sah aus wie ein leicht gebogenes Stück Wurzel. Poliert und blitzblank.

»Siehst du, Mila, ich habe dir doch gesagt, dass ich sie nicht verloren habe.«

»Was ist das?«, fragte Gilbert, der auf unerklärliche Weise fasziniert von dem hölzernen Ding war.

»Das ist eine Flöte. Und zwar nicht irgendeine Flöte. Mila hat sie mir geschenkt, letzten Frühling.«

Antilius wurde stutzig, und Gilbert erging es ebenso. Denn wenn Tirl sich nicht geirrt oder etwas durcheinander gebracht hatte, dann müsste Mila schon seit etwa drei Jahren tot sein. Wenn sie wirklich nur ein Produkt seiner Vorstellungskraft war, wie konnte sie ihm dann etwas schenken? Möglich, dass nur eine weitere Ausgestaltung seiner Illusion dahinter steckte, aber insbesondere bei Antilius blieb eine Restunsicherheit bezüglich des Daseins von Mila. Irgendwie hatte er das Gefühl, dass hinter Mila mehr steckte als nur Einbildung.

»Ich weiß, dass ihr müde seid, aber würde es euch stören, wenn ich noch ein wenig auf der Flöte spiele? Ich spiele nämlich jeden Abend für Mila. Es ist schon fast so etwas wie ein Ritual.«

»Nein, spiele ruhig. Ich werde schon ein wenig die Augen zu machen. Ich bin völlig erledigt«, sagte Antilius und legte sich schlafen.

»Ich schließe mich an und wünsche schon mal eine gute Nacht«, ergänzte Gilbert.

Tirl nickte erfreut und begann zu spielen. Es war ein Lied, das Mila ihm beigebracht hatte. Es erzählte eine Geschichte aus fernen Tagen, eine Geschichte, die nur Mila kannte, und die sie auch mit niemandem teilen würde. Es erinnerte sie daran, wie die Welt einst war.

Immer wenn ihr geliebter Tirl ihr Lied spielte und jeden Ton so fehlerfrei traf, dann war ihre Bindung zu ihm leuchtend und zum Greifen spürbar. So war es, und so wird es auch sein bis zu dem Tage, an dem Tirl sein eigenes Schicksal würde erfüllen müssen.

Gilbert sah durch seinen großen an der Wand aufgehängten Spiegel, wie Antilius, nicht zuletzt von der wunderschönen Musik befördert, eingeschlafen war.

Auch in seinem Zimmer, dem Gefängnis mit Fenster, hinter dem sich nur eine tödliche Illusion einer oftmals wechselnden Landschaft verbarg, war es dunkel geworden. Er legte sich auf sein Bett und starrte zur Decke, während er Tirls Spiel lauschte. Nur das flackernde Licht des Lagerfeuers drang noch durch den Spiegel hinein.

Anfangs war sich Gilbert nicht sicher, ob er Tirl bemitleiden sollte für den Verlust seiner Frau. Aber wenn er so darüber nachdachte, dann beneidete er ihn. Denn im Gegensatz zu ihm hatte Tirl es geschafft, durch seine Vorstellungskraft Mila irgendwie lebendig zu halten, wenn auch nur in seiner Fantasie, wovon Gilbert - anders als Antilius - fest ausging.

Anfangs, ja anfangs, da hatte er Tirl für einen Spinner gehalten und wäre auch nicht darum verlegen gewesen, ihm das zu sagen, aber jetzt, da bewunderte er ihn. Wer war er, dass er ihm durch eine unachtsame Äußerung über seine imaginäre Frau seinen Tagtraum zerstören könnte? Nein, das würde er nicht tun.

Als Gilbert alles und jene Eine, die er liebte, verloren hatte, da war ihm gar nichts geblieben. Nur seine Erinnerungen, die von Jahr zu Jahr blasser wurden. Er hatte aufgehört, die Jahre zu zählen, in denen er seither hier drin eingesperrt war, denn Zeit hatte im Spiegelgefängnis ohnehin keine Bedeutung. Sie war hier ein zahnloser Tiger.

Genauso wenig wie die Zeit hatte auch Schlaf für ihn keine Bedeutung. Er brauchte ihn eigentlich nicht. Und deshalb war die Einsamkeit für ihn in solchen Momenten wie diesen, in denen die Welt außerhalb seiner Wände still wurde, besonders schwer erträglich. Und Tirls Lied verstärkte diesen Eindruck noch, weil auch Gilbert spürte, dass sich zwischen all den Tönen eine Mischung aus Sehnsucht und Bedauern verbarg.

Er vermisste seine einstige große Liebe, die jetzt schon so lange tot war.

Manchmal, da hatte er Angst, ihr Gesicht zu vergessen, und er schämte sich dafür.

Was hatte der Vergessene noch gesagt? Die Siobsistin könne die Vergangenheit noch einmal neu entstehen lassen? Einen alles noch einmal durchleben lassen?

*Sie noch einmal verlieren?,* dachte er bestürzt.

*Noch einmal ihre Hand halten?*

Mit diesem letzten Gedanken gelang es Gilbert, ihr Gesicht wieder so deutlich vor sich zu sehen, als wäre sie bei ihm.

Er schloss die Augen und nahm ihr Bild mit in einen für ihn seltenen und erholsamen Schlaf.

# GROSSE TATEN

An dem Tag, an dem Antilius und Gilbert auf Alter Schwinge Richtung Arbrit flogen, erreichten Pais und Haif nach eisernem Fußmarsch das verlassene Anwesen von Koros Cusuar. Es war kein Schloss, aber auch keine bescheidene Hütte.

*Irgendetwas dazwischen,* dachte Haif, als sie sich in den Räumen umsahen.

Alles, was nicht niet- und nagelfest war, war bereits von Dieben gestohlen worden.

Pais glaubte von Anfang an nicht, dass das Flüsternde Buch noch hier sein könnte, und die durchwühlten Räume bestätigten nur seine Annahme. Er hatte aber eine genaue Vorstellung, wo sie suchen sollten. Schließlich fanden sie die Kammer hinter dem großen Speisesaal, in welchem Koros das Buch stets aufbewahrte und vor der Schlacht an der Barriere von Valheel zurückgelassen hatte. Das Buch war natürlich erwartungsgemäß nicht mehr dort, aber etwas sehr Ungewöhnliches fanden sie dennoch vor. Ein großes Loch klaffte im Boden. Es reichte nicht mal zwei Meter hinab und war von da ab zugeschüttet worden.

»Hat sich jemand einen Tunnel in diese Kammer gegraben?«, fragte Haif erstaunt.

»Sieht ganz so aus. Die Frage ist nur, ob diejenigen, die aus diesem unterirdischen Tunnel gekommen sind, das Buch jetzt haben oder die zahllosen anderen, die hier alles geplündert haben.«

»Zahllose andere? Was glaubst du denn, wer da in Frage käme?«

Pais schnaufte entmutigt. »So ziemlich jeder, der mit Koros zu tun hatte oder von ihm verraten wurde. Ich fürchte, wir müssen der Tatsache ins Auge blicken, dass das Buch überall und nirgendwo sein könnte.«

»Verflucht!«, stieß Haif aus. Er hatte gehofft, dass er um einen Besuch bei dieser Gefährtin des Todes herumkommen würde, aber genau das war jetzt noch ihre einzige Option.

»Jetzt müssen wir zu dieser Calessia«, brummte Pais, der ebenso wenig von dieser Vorstellung angetan war wie Haif selbst.

Der Sortaner machte nur eine Art winselndes Geräusch, das sich kaum für einen Abenteurer ziemte.

»Nur Mut, Haif. Wir sollten uns jetzt beeilen. Wenn wir heute noch stramm durchmarschieren, könnten wir in zwei Tagen dort sein.

Haif widersprach nicht, und so machten sich die beiden auf den Weg Richtung Südosten, um den angebrochenen Tag nicht tatenlos vergehen zu lassen. Calessias Reich sollte irgendwo zwischen der Hafenstadt Itap-Ost und Fara-Tindu im Zentrum von Truchten liegen und müsste daher in zwei Tagen zu erreichen sein.

Am selben Tag noch schafften sie entgegen ihrer Erwartungen knapp die Hälfte der Strecke, da sie bis spät in die Nacht hinein gingen. Sie rasteten und marschierten, so schnell es Haifs kurze Beine erlaubten, am nächsten Tag einen immer schmaler werdenden Wanderpfad entlang, bis es wieder dunkel wurde. Pais gab vor, noch ein wenig weiter gehen zu wollen, trotz Einbruch der Nacht, aber Haif bat um Verständnis für seine geschundenen Füße, die einfach nicht für solch lange Wanderungen gemacht waren. Zumindest nicht für Wanderungen, bei denen er mit einem Menschen mithalten musste.

Pais gab nach und bereitete ein Lagerfeuer. In Wirklichkeit brannten ihm auch die Füße, und er konnte keinen Meter weit mehr gehen. Aber das wollte er dem Sortaner gegenüber nicht zugegeben. Pais sah etwas jünger aus, als er tatsächlich war, aber er war auch nicht mehr dreißig. Oder vierzig. Und das Grau in seinem braunen Haar wurde auch nicht weniger. Das wurde ihm an Tagen wie heute deutlich ins Gedächtnis gerufen.

Immerhin waren sie schon kurz vor ihrem Ziel und hatten damit ihren Zeitplan eingehalten.

Sie aßen am Lagerfeuer Brot und Käse - Vorrate, die ihnen die Präfektin hatte mitgeben lassen. Haif war wie schon den Abend zuvor bei bestem Appetit.

Während sie aßen, bemerkte Pais immer wieder, wie Haif heimlich auf seine Ration schielte, wohl in der stillen Hoffnung, noch den Rest, den er nicht schaffen würde, zu verputzen. Haif wiederum bemerkte, wie Pais mit Staunen sah, wie schnell der Sortaner essen konnte.

»Was guckst du denn so?«, fragte Haif, während er mit Genuss schmauste.

»Ach nichts. Ich frage mich nur gerade, ob wir genug Proviant mitgenommen haben.«

»Das wird schon reichen. Aber ich muss darauf achten, dass ich oft und regelmäßig esse. Wir Sortaner, musst du wissen, wir haben einen schnellen Stoffwechsel. Wir müssen essen, sonst fallen uns die Fellhaare aus, und wir sind zu nichts mehr zu gebrauchen.

Glaub mir, ein Cousin zweiten Grades von mir, der hat mal versucht, eine Diät zu machen und ist nach drei Tagen nur noch herum geschlurft wie ein Zombie. Das war wirklich unheimlich.

Ich kann ja auch nichts dafür, aber wir müssen halt viel essen.«

»Sicher müsst ihr das«, pflichtete Pais ihm bei und konnte sich ein Grinsen nicht verkneifen. Haif war manchmal sicherlich eine Nervensäge, aber irgendwie war ihm dieses kleine Fellbündel auch sympathisch.

»Sag mir mal Eines, Haif. Was treibt einen Sortaner wie dich eigentlich dazu, sich mit uns Menschen in so ein aberwitziges Abenteuer zu stürzen?«

Haif kaute und schluckte gierig um zu antworten. »Das habe ich mich auch schon gefragt. Weißt du, es heißt doch, dass jeder in seinem Leben einen Moment erlebt, in dem er das Gefühl hat, über sich selbst hinauszuwachsen.

An dem Tag, an dem ich mich auf dem Karren versteckte, der über die Brücke an der Barriere von Valheel fuhr, um Koros aufzuhalten, da war das ein solcher Moment. Erschreckend aber auch faszinierend. Da habe ich eine neue Seite an mir kennengelernt, von der ich bis dato noch nichts wusste.

Hattest du auch schon einen solchen Moment?«

Pais kratzte sich nachdenklich am Kinn. »Wenn ich so darüber nachdenke, dann kann ich mich nicht erinnern, so einen Moment erlebt zu haben.

Das ist schon merkwürdig, oder? Ich habe schon oft in meinem Leben gefährliche Situationen überstanden und habe schon viel von der Welt gesehen, aber ich hatte nie das Gefühl, etwas zu tun, das außergewöhnlich ist, verstehst du?«

Haif starrte mit großen Augen auf ein bei Pais liegengebliebenes Stück Käse.

»Isst du das noch auf?«

»Ich... Nein du kannst es haben.« Kaum hatte Pais das letzte Wort gesprochen, wanderte sein Stück Käse auch schon in Haifs Mund.

»Sag mal, hast du mir eben überhaupt zugehört, oder hat dich der Käse hypnotisiert?«

»Ich habe sehr wohl zugehört«, mampfte Haif. »Es mag dich ja überraschen, aber ich kann essen *und* zuhören. Und ich wollte dir nur sagen, dass du deinen besonderen Moment noch irgendwann erleben wirst.«

»So? Meinst du?«

»Ganz bestimmt! Ich glaube, dass du und ich, und natürlich Antilius, noch zu großen Taten bestimmt sind. Alles was wir dazu tun müssen, ist mit reinem Herzen zu denken und zu handeln. Der Rest kommt von selbst.«

»Na, wenn du meinst«, grinste Pais und schüttelte den Kopf über Haifs Naivität. Er legte sich schlafen. Aber obwohl er doch sehr müde war, konnte er nicht recht in den Schlaf finden. Der Gedanke an diesen einen Moment, in dem einem plötzlich alles ganz klar vor Augen liegt, und in dem man sich bewusst wird, dass man mehr erreicht hat, als man es je für möglich gehalten hätte, ließ ihn einfach nicht los.

Nein, er konnte sich nicht erinnern, so jemals empfunden zu haben. Und obwohl er nicht geneigt war, Haifs Gerede wirklich ernst zu nehmen, so teilte er aus irgendeinem Grund mit ihm das Gefühl, dass sie alle an etwas Bedeutsamem teilhaben durften. Etwas Bedeutsamem, das einem die Gelegenheit bot, genau solch einen Moment, von dem Haif mit voller Überzeugung gesprochen hatte, zu erleben.

Auch wenn er und Haif es jetzt nicht wissen konnten, so würden sie beide diese Gelegenheit bekommen, jeder auf seine ganz eigene Art und Weise. Der eine früher. Der andere später.

So schliefen sie dann irgendwann am Lagerfeuer ein und träumten denselben Traum einer großen Tat im Dienste Thalantias, denn das Schicksal, das sie zusammengeführt hatte, überließ nichts dem Zufall.

# DIE GEFÄHRTIN DES TODES

Am nächsten Morgen brachen Haif und Pais früh auf und erreichten noch am späten Vormittag ihr Ziel.

Sie wurde zwar die 'Stadt der losen Seelen' genannt, aber von einer Stadt konnte nicht im Entferntesten die Rede sein. Und von Häusern in klassischem Sinne auch nicht. Auf einer überschaubaren hügeligen Fläche standen nicht mehr als zwei Dutzend Bäume in großem Abstand zueinander verstreut. Jeder von ihnen war nicht mehr als fünfzehn Meter hoch und trug in seiner Krone eine große Kugel, deren Oberfläche einem Wespen-Kokon glich. Es sah so aus, als hätte ein Riese diese Kugel in die Baumkronen hineingelegt. Jede dieser Kugeln hatte ein paar Öffnungen als Fenster und jeweils einen Zugang, der an eine Treppe angeschlossen war. Alles wirkte alt und heruntergekommen. Es war überall ziemlich dreckig, und es stank nach faulem Holz und nach Morast. Die Baumhaus-Kokons waren zudem großflächig mit Moos überwachsen.

Einige menschliche Gestalten schlurften teilnahmslos umher und beachteten Haif und Pais nicht.

»So etwas habe ich auch noch nicht gesehen«, staunte Pais. »Wer baut denn so etwas?«

»Ich glaube, ich weiß wer.« Haif nickte, so als würde er eine alte Erinnerung wieder lebendig sehen. »Die Woodrofs haben hier einst gelebt. Als ich noch klein war...« Haif schaute zu Pais auf und der auf ihn herab. »Ich meine, als ich noch ein Kind war«, korrigierte er sich, »da habe ich mal einen Woodrof gesehen. Es hieß immer, sie seien heute ausgestorben. Ich sehe hier jedenfalls keinen Woodrof mehr. Dies ist womöglich ihre letzte bekannte Siedlung gewesen und sieh dir an, was sie damit gemacht haben.« Haif bezog sich damit auf den desolaten Zustand, in welchem sich die Baumhäuser befanden. Weiter entfernt sahen er und Pais auch einige Baum-Kokons, die angesengt oder umgestürzt waren.

»Was macht eine Menschenfrau hier in dieser Gegend?«, wunderte sich Haif.

»Offensichtlich hat sie einen idealen Rückzugsort gefunden, um hier das zu tun, was sie vor neugierigen Blicken verbergen will. Ist dir aufgefallen, dass uns seit gestern auf unserer Wanderung niemand mehr entgegen gekommen ist?«

Haif nickte. »Ja, das ist eine ganz und gar abgeschiedene Gegend. Diese Calessia hat sich hier eingenistet, wie eine Spinne in ihrem Netz. Warum habe ich das Gefühl, dass wir in eine Falle laufen?«

»Keine Sorge, bisher scheint sich niemand für uns zu interessieren. Sieh nur, Haif, diese Leute hier, die sehen ganz blass aus und machen einen apathischen Eindruck.« Pais überlegte, was er als Nächstes tun sollte und betrachtete mit Verwunderung die scheinbar ziellos zwischen den Baumhäusern umherirrenden Menschen.

»Fragen wir doch einfach mal«, schlug Haif vor und ging auf einen jünger, aber nicht weniger blass aussehenden Mann zu. »Verzeihen Sie, mein Herr, aber wir suchen eine... Dame, ihr Name ist Calessia. Können Sie uns sagen, wo wir sie finden können?«

Die fahle Gestalt blickte Haif irritiert an, machte ein Gesicht, als ob ihr eine unlösbare Rechenaufgabe gestellt worden wäre, sah nach oben, gab einen unverständlichen Laut von sich und ging dann einfach weiter.

Haif und Pais schauten dem Mann sprachlos hinterher.

»Was war das denn? Dem hat es wohl die Sprache verschlagen«, meinte Haif.

Pais hatte ein ungutes Gefühl, denn er fürchtete, dass sich die Geschichten, die sich um Calessia rankten, wahr sein könnten. Geschichten über unethische Experimente. Experimente mit dem Tod. Er schluckte trocken, sagte aber nichts darüber zu Haif.

Eine Frau kam auf sie zu. Auch sie war blass, und ihr Blick war leer.

»Verzeihen Sie, gute Frau, können Sie uns...«

Ein Laut, für den es keine Übersetzung gab, unterbrach Haif. Die Frau rollte nachdenklich mit den Augen. Dann drehte sie sich um und zeigte auf das größte aller kugelförmigen Baumhäuser.

»O, vielen Dank«, sagte Haif, aber die Frau ging schon wieder ihres Weges, der kein bestimmtes Ziel zu haben schien.

»Was, zum Kuckuck, stimmt mit den Menschen hier nicht?«

»Vielleicht möchten wir das gar nicht so genau wissen«, sagte Pais finster.

»Wollen wir lieber wieder umkehren?«

»Nein. Uns wird schon nichts geschehen. Keine Sorge.«

Sie liefen zum gezeigten Baumhaus und erklommen eine hölzerne Treppe, an deren Ende eine heruntergekommene Veranda ohne Geländer anschloss.

Pais klopfte zweimal an die Tür des Kokon-Hauses. Eine Reaktion erfolgte prompt:

»Egal, wer ihr seid, und was ihr wollt, es interessiert mich nicht. Verschwindet!«, rief eine strenge, weibliche Stimme aus dem Inneren.

Pais machte erstaunt große Augen, und Haif, dem an diesem Ort immer unwohler wurde, machte Anstalten zu gehen.

»Tja, wir haben es versucht. Besser wir verschwinden von hier«, sagte er, aber Pais hielt ihn zurück.

Pais wollte mit offenen Karten spielen, sonst würden sie gar nichts erfahren.

»Moment. So leicht geben wir nicht auf.« Er wandte sich wieder zur verriegelten Tür. »Wir sind wegen dem Flüsternden Buch hier.«

Es blieb eine Weile still. Dann hörten er und Haif, wie ein Riegel auf der anderen Seite beiseite geschoben wurde.

Knarrend öffnete Calessia die Tür einen Spalt und zwängte sich hindurch ins Freie. Sie wollte nicht, dass die Fremden einen Blick hinein werfen konnten. Haif gelang es aber dennoch. In einem diffusen Licht konnte er unzählige Gefäße erkennen. Die meisten waren aus Holz, einige sogar aus Glas. Die Glasbehälter waren mit einer grünen Flüssigkeit gefüllt.

Calessia war eine hochgewachsene Frau mit schulterlangem Haar, schwarz und glatt. Sie war blass, aber es war eine andere Art von Blässe als bei den anderen Menschen in diesem Dorf. Bei ihr wirkte die sehr helle Haut nicht ungesund, sondern wirkte einfach nur kühl und abweisend.

Ihre Augen waren pechschwarz, so als ob sie mit schwarzer Tinte getränkt wären. Sie mochte zwar auf den ersten Blick ein Mensch sein, aber irgendetwas hatte sie verändert.

Argwöhnisch musterte Calessia zuerst Pais und dann den Sortaner Haif.

»Was ist das für ein komisches behaartes Ei?«, fragte sie, während sie Haif fixierte.

Der sah verdutzt hinter sich. »Was für ein Ei? Ich sehe keines.«

Pais räusperte sich und murmelte: »Ich glaube, sie hat dich gemeint.«

Haif entglitten die Gesichtszüge. »Ich? Also das ist ja... So eine Frechheit! Behandelt Ihr so immer Eure Besucher?«

Calessia lachte nur gehässig. »Und sprechen kann es auch noch! Kann es auch ein paar Kunststücke vorführen?«, fragte sie Pais.

Dieser wäre normalerweise wegen so einer unsinnigen Bosheit ausgerastet, aber er brauchte Informationen von ihr. Also hielt er sich zurück und fasste den völlig entgeisterten Haif stattdessen nur beruhigend an die Schulter.

»Ihr beide seid schon ein sonderbares Pärchen, hat euch das schon jemand mal gesagt?«, fuhr Calessia fort. Offenbar wollte sie austesten, wann einer der beiden Fremden die Fassung verlieren würde.

»Kaum sonderbarer als die Leute in Eurem heruntergekommen Kaff, die wie Untote umher geistern«, sagte Haif zornig.

Calessia sah ihn mit ihren pechschwarzen Augen an und verzog keine Miene. Diese Frau machte Haif Angst, und er hielt ihrem bohrenden Blick nicht stand und sah Hilfe suchend zu Pais.

»Eure Beleidigungen sind völlig unnötig. Wir würden gerne über das Flüsternde Buch sprechen, wenn es recht ist«, sagte Pais geduldig.

»Was ist damit?«

»Seid Ihr in seinem Besitz?«

Calessia legte ein breites Grinsen auf, das so gar nicht zu ihrem finsteren Blick passte.

»Was wollt ihr beiden Dummerchen denn mit diesem Buch anstellen?«

»Das sage ich Euch, wenn Ihr mir sagt, ob Ihr es habt.«

*Los, raus damit, du Miststück!,* hörte sich Haif im Gedanken sagen, war dann aber froh, dass er es aus Versehen nicht laut ausgesprochen hatte.

»Nein, ich habe das Buch nicht. Ich bin fertig damit. Es war nicht für meine... Zwecke geeignet.«

»Ach so? Oder war es vielleicht vielmehr so, dass *Ihr* nicht für die Zwecke des Buches geeignet wart?«, stichelte Pais.

»Pass auf, was du sagst! Ich verspreche euch beiden, dass ihr es bereuen werdet, mich noch einmal zu beleidigen.«

»Das lag nicht in meiner Absicht. Aber nach allem, was ich über das Flüsternde Buch weiß, wählt es selbst seine Besitzer aus.«

Calessia lachte schallend und herablassend auf, was Haif nur in der Einschätzung bestärkte, dass sie ein Miststück durch und durch war.

»Haha! Ihr wollt etwas über das Flüsternde Buch wissen? Ihr beiden Tölpel? Das ist das Komischste und zugleich Erbärmlichste, was ich seit langem gehört habe.«

»Wisst Ihr, wo das Buch ist?«, fragte Pais ungerührt, der im stillen Einverständnis mit Haif die Konversation allein fortführte.

Calessia beendete ihren schrillen Lachanfall abrupt und antwortete: »Selbst wenn ich es wüsste, würde ich es *euch* nicht sagen. Seht euch doch an! Ein alter Mann und ein verfressener Bettvorleger. Was wollt ihr denn von diesem Buch? Schlagt es euch wieder aus dem Kopf, das ist mein ehrlich gemeinter Rat. Das Buch ist nichts für euch, weil es eure Fähigkeiten bei weitem übersteigen würde. Verschwindet und macht, was eurer Intelligenz entspricht. Geht euch wieder gegenseitig lausen, oder was Primaten wie ihr sonst so treiben.«

Haif war kurz davor zu explodieren, aber Pais blieb ungewohnt ruhig und ließ sich nicht so einfach abwimmeln.

»Ich nehme Euch Eure Boshaftigkeit nicht übel, denn Ihr scheint es nicht besser zu wissen. Es muss ziemlich frustrierend gewesen sein, vom Flüsternden Buch abgewiesen worden zu sein. Zu erfahren, dass man nicht die nötige Reife besitzt, um die Macht der Transzendenz zu empfangen.«

Für einen kleinen Moment wirkte Calessia sichtlich getroffen, weil Pais sie mit einer bitteren Wahrheit konfrontiert hatte. Und weil er über Wissen verfügte, das sie ihm nicht zugetraut hätte. Natürlich wollte sie, damals, als sie das Flüsternde Buch in Händen hielt, selbst zur übermächtigen Transzendenten werden. Und noch mehr. Aber es wurde ihr verwehrt. Sie wurde vom Buch abgelehnt, und damit wurden all ihre Träume zerstört.

»Was wisst ihr über die Macht der Transzendenz?«, fragte sie erzürnt.

Pais und Haif blickten sich mit einem verschwörerischen Blick an, so als ob sie es vorher einstudiert hätten. Dann antwortete Pais: »Offensichtlich wissen wir mehr darüber als Ihr.«

Calessia war plötzlich nicht mehr in der Stimmung für weitere Beleidigungen. Sie ging einmal auf und ab und legte die sonst so glatte Stirn in Falten.

Dann hatte sie eine Eingebung. »Einen Augenblick! Hat eure Fragerei vielleicht etwas mit den Ereignissen an der Barriere von Valheel zu tun? Es heißt, dass Koros zum Transzendenten werden wollte, aber alles außer Kontrolle geriet. Es heißt auch, dass eine bestimmte Person, ein Mensch, den Transzendenten zurückgedrängt hätte und einen zerstörerischen Wirbel eliminiert hätte.«

Calessia kam ganz dicht an Pais heran und musterte ihn mit ihren schwarzen, öligen Augen. »Und es heißt, dass dieser Mensch in diesem Wirbel etwas gesehen hätte, das es gar nicht mehr geben darf«, flüsterte sie und merkte an einem unbewussten Augenbraunzucken bei Pais, dass er wusste, dass sie den Dunkelträumer gemeint hatte. »Sag mir, bist du dieser Mensch? Wie heißt du?«

»Nein, das bin ich nicht. Mein Name ist Pais Ismendahl. Ich und mein Freund Haif waren aber dabei, als sich der Wirbel an der Barriere gebildet hatte.«

»Ihr meint sicher Antilius«, rutschte es Haif raus, und am liebsten hätte er diesen Satz wieder zurück in seinen Mund geschoben, als er den wütenden Blick von Pais auf sich spürte. Es wäre besser gewesen, Calessia nichts von Antilius zu erzählen.

»Antilius«, wiederholte Calessia wie in Trance.

»Stimmt etwas nicht?«, fragte Pais, bekam aber keine Antwort.

Der Name beschäftigte die Frau mit den pechschwarzen Augen so sehr, dass sie gar nicht mehr zuhörte.

»Antilius«, flüsterte sie erneut.

»Was beschäftigt Euch so bei diesem Namen?«

»Ich...« Sie überlegte, ob sie diesen Tölpeln davon erzählen sollte. Sie waren dabei gewesen, als der Transzendente besiegt wurde, und sie waren dabei gewesen, als Antilius dem Dunkelträumer in die Augen geblickt hatte. Ja, die beiden könnten sich noch als nützlich erweisen und zwar in mehrfacher Hinsicht.

»Als ich das Flüsternde Buch vor ein paar Jahren besaß, da hat es ab und zu von jemandem gesprochen, den es Antilius nannte. Ich wusste damals nichts damit anzufangen und habe es nur als unbedeutende Randnotiz betrachtet. Bis heute, da ihr beide vor meiner Tür steht.«

»Was hat das Buch denn über Antilius erzählt?«, fragte Haif, der sich immer noch über seinen Fauxpas ärgerte.«

Calessia blickte den Sortaner von oben herab an. »Nichts, an das ich mich erinnern könnte.«

»Ihr lügt doch!«

»Es ist mir doch völlig egal, was ihr beide von mir denkt.«

Pais seufzte übertrieben enttäuscht. Er wusste, dass Calessia höchst interessiert an Antilius und dem Dunkelträumer war, aber sie war zu verschlagen und egoistisch, als dass sie ihnen wirklich helfen würde. Er gab daher vor, wieder gehen zu wollen. »Es hat wohl keinen Sinn, mit Euch zu reden. Komm, Haif wir gehen wieder.«

Sie drehten sich um und taten ein paar Schritte, ohne sich zu verabschieden. Haif dachte, sie würden wirklich ohne weitere Erkenntnisse über das Flüsternde Buch gehen und bejubelte jeden Meter, den er sich von diesem Miststück entfernen konnte. Aber Pais wollte Calessia aus der Reserve locken. Sie war jetzt am Zug.

Und mit seiner Einschätzung sollte er richtig liegen.

»Ich habe das Buch zwar nicht, aber ich weiß, wie man es finden kann«, rief sie ihnen schließlich hinterher.

Pais und Haif blieben stehen, drehten sich aber nicht um. Sie sagten beide nichts, also entschied Calessia endlich, ein Angebot zu unterbreiten.

»Ich sage euch etwas: Wenn ich euch dabei helfe, das Buch zu finden, dann arrangiert ihr für mich ein Treffen mit diesem Antilius, und ich werde euch nicht fragen, was ihr mit dem Buch vorhabt. Was haltet ihr davon?«

Pais würde niemals und unter keinen Umständen Antilius in Gefahr bringen, indem er ihn dieser Frau auslieferte. Aber er konnte ja unbesorgt zusagen. Er müsste seinen Teil der Abmachung ja nicht einhalten, da Antilius ja gerade weit weg war.

»Das klingt akzeptabel«, sagte er bewusst gleichgültig. Er und Haif kamen wieder zurück.

»Aber sagt mir doch vorher, was ihr von Antilius wollt.«

Calessia wirkte sehr angespannt. Die Neuigkeiten über die Existenz von Antilius und dem Dunkelträumer hatte sie in höchste Erregung versetzt, das konnte sie nicht vor den Besuchern verbergen. Aber sie wähnte sich in Sicherheit. Sie glaubte, den beiden Tölpeln überlegen zu sein.

»Ich will mich mit eurem Antilius nur ein wenig unterhalten.«

»Über den Dunkelträumer?«, fragte Haif.

»Ja, du bist ein ganz Schlauer, nicht wahr?«, verhöhnte sie ihn. »Natürlich über den Dunkelträumer. Über was denn sonst? Er hat ihm an der Barriere von Valheel in die Augen geblickt, und vielleicht hat er auch etwas über seine bevorstehende Rückkehr erfahren.«

Pais fuhr innerlich zusammen. Calessia wusste offenbar bestens über den Dunkelträumer Bescheid. Was Haif und er vor Kurzem erst erfahren hatten, war für die Frau mit den pechschwarzen Augen nichts Neues. Er beschloss, noch vorsichtiger zu sein, denn sie könnte wesentlich mehr über die drohende Rückkehr des Dunkelträumers wissen als irgendjemand anderes.

»Ich weiß nicht, wovon Ihr sprecht«, log er.

Calessia strafte ihn mit einem eisigen Blick. »Tu doch nicht so, als wüsstest du von nichts! Der Dunkelträumer will zurückkehren, ihr beide wisst es, ich weiß es.«

»Also schön, lassen wir die Spielchen«, sagte Pais grimmig. »Woher wisst Ihr vom Dunkelträumer? Hat Euch das Flüsternde Buch von ihm erzählt?«

»Das Buch wollte es zunächst vor mir verheimlichen. Wie ihr sicherlich auch wisst, sucht das Buch nur ein passendes und williges Opfer, das es zum Transzendenten machen kann. Deshalb lügt es seine Leser an und gaukelt ihnen vor, sie würden zu einem unsterblichen, mächtigen Wesen aufsteigen. Dasselbe hat das Buch auch mir erzählt. Als es aber beschloss, mir die Macht der Transzendenz zu verweigern, da habe ich die Wahrheit schließlich doch noch von ihm erfahren. Ich habe es gelesen. Das Buch spricht mit Vielen, aber lesen können es nur die Wenigsten. Ich konnte es und entlockte ihm sein Geheimnis. Bald wird das Buch einen neuen Transzendenten gefunden haben. Die Rückkehr des Dunkelträumers rückt immer näher.«

»Woher nehmt Ihr die Gewissheit, dass ihm die Rückkehr gelingen sollte?«

»Weil das Schicksal es so will. Es wird geschehen und niemand wird daran etwas ändern können. Versteht doch: Die Rückkehr des Dunkelträumers wird ein neues Zeitalter einläuten. Thalantia wird nicht mehr das sein, was es jetzt ist. Wer nicht bereit ist, dem Dunkelträumer in diese neue Zukunft zu folgen, der wird untergehen. Und ich habe nicht vor zu sterben. Ich will mich auf dieses neue Zeitalter vorbereiten und es mit offenen Armen empfangen.«

Calessia sprach so, als ob sie genau wüsste, worüber sie da redete. Sie hatte aber nur eine ungefähre Ahnung von dem, was der Dunkelträumer mit Thalantia anstellen würde. Eben nur soviel, wie das Flüsternde Buch bereit gewesen war zu verraten.

Langsam wurde Pais einiges klar. »Darum geht es Euch also? Ihr wollt dem Tod ein Schnippchen schlagen, damit Euch der Dunkelträumer nichts anhaben kann. Deshalb erforscht Ihr den Tod«, schlussfolgerte er.

»Nur wer den Tod versteht, der kann ihn auch beherrschen. Der Dunkelträumer hat die Sterblichkeit überwunden. Er gebietet über sie. Deshalb will ich mit Antilius sprechen. Er muss etwas darüber erfahren haben«, zischte Calessia, die man nicht umsonst auch die Gefährtin des Todes nannte.

»Dann ist es also wahr, dass Ihr Experimente mit den Menschen hier durchführt. Dass Ihr ihnen etwas verabreicht, dass sie in einen Zustand des Beinahe-Todes versetzt und sie dann wieder ins Leben zurückholt, damit sie Euch berichten können, was sie an der Schwelle des Todes gesehen haben?«

Die Gefährten des Todes funkelte Pais giftig an. »Jeder hier nimmt freiwillig an meinen Versuchen teil. Es gibt viele, die mir helfen wollen, mein Ziel zu erreichen. Ich habe niemanden gezwungen.«

Haif hatte genug gehört. »Freiwillig? Das glaubt Ihr doch selbst nicht. Seht Euch doch mal um! Die Menschen laufen hier herum wie eine Horde Zombies. Ihr mögt sie ja vielleicht irgendwie wieder ins Leben zurückgeholt haben, aber danach haben sie sich zu seelenlosen Gestalten verwandelt. Niemand würde das freiwillig über sich ergehen lassen, wenn er sieht, was danach mit ihm geschieht.

Und Ihr seid dafür verantwortlich!« Haif sah Calessia angewidert an und fügte hinzu: »Ihr seid komplett wahnsinnig.«

Die Gefährtin des Todes schien nicht sonderlich beeindruckt. »Das kann nur jemand sagen, der nicht imstande ist zu verstehen, was ich zu tun versuche. Niemand kann das. Aber vielleicht wirst du es eines Tages verstehen. Spätestens, wenn der Tod *dich* heimsucht. Dann werde ich an dich denken, während ich die Unsterblichkeit genieße.«

Bei Haif stellten sich die Fellhaare auf, so sehr gruselte er sich vor dieser verrückten Frau. Sie hatte den Tod personifiziert und glaubte, ihn wie ein Forschungsobjekt untersuchen zu können.

Ob die armen Menschen, die Haif in ihrem kleinen Reich gesehen hatte, wirklich freiwillig an ihren Experimenten teilnahmen, das wusste niemand. Und es würde auch niemand erfahren.

»Genug jetzt davon«, fuhr Pais Calessia an. »Kommen wir zurück zu unserer Abmachung. Wenn Ihr Euren Teil einhaltet, dann werden wir unseren einhalten und Euch zu Antilius führen. Wie wollt Ihr also das Flüsternde Buch aufspüren?«

»Ich werde gar nichts tun. Aber ich kann euch zu jemandem führen, der das Buch finden kann, denn... wie soll ich sagen, er oder es hat seine Augen überall«, sagte Calessia und grinste diebisch.

»Was soll das jetzt schon wieder heißen?«

»Ich spreche von der allessehenden Pflanze.

Ich spreche von Argusa Gigantula.«

# IN DER FALLE VON ARGUSA GIGANTULA

»Argusa Gi... was?«, wiederholte Haif.

»Ich dachte, Argusa sei schon vor Jahrzehnten eingegangen«, sagte Pais misstrauisch.

»Das sagt man, aber in Wahrheit ist sie quicklebendig.«

»Woher kennst du denn diese Pflanze, Pais?«, fragte der Sortaner aufgebracht. Haif war als Händler schon eine Menge herumgekommen, aber einer allessehenden Pflanze war er noch nie begegnet.

Calessia nahm sich in ihrer gewohnt charmanten Art die Freiheit, für Pais zu antworten.

»Dein Freund macht offenbar im Gegensatz zu dir die Augen auf, wenn er durch die Welt geht.«

»Lasst Haif endlich in Ruhe, Calessia. Das wird langsam langweilig. Sagt mir, wie habt Ihr es geschafft, Argusa für Eure unethischen Machenschaften zu gewinnen?«

»Da wir eine Abmachung haben, überhöre ich einfach mal, dass du meine Arbeit als unethisch bezeichnet hast. Sagen wir einfach, ich habe Argusa neue Möglichkeiten eröffnet, die ihr bisher verborgen waren. Ich habe ihr beigebracht, Talente zu entwickeln, die ihr und natürlich auch mir zum Vorteil gereichen können. Und jetzt vielleicht sogar euch.«

»Äh, Entschuldigung bitte! Was zum Geier ist diese Argusa Gigantulus?«, mischte sich Haif wieder ein.

»Gigantula«, verbesserte ihn Pais.

»Von mir aus auch Gigantula.«

»Wenn ich es richtig in Erinnerung habe, dann ist Argusa eine efeuähnliche Schlingpflanze. Ihre Besonderheit liegt darin, dass sie nicht nur intelligent ist, sondern auch, dass ihre Wurzeln sich quasi über die gesamte Inselwelt erstrecken. Ist das richtig?«

Calessia deutete ein Nicken an. »Nicht schlecht, aber dennoch nur die halbe Wahrheit. Argusas Wurzeln verteilen sich tatsächlich über ganz Truchten. Darüber hinaus hat sie überall an unzähligen Orten Abkömmlinge an der Oberfläche, die mit ihrem komplexen Wurzelgeflecht verbunden sind. Diese Abkömmlinge sind ihre Augen. Sie kommunizieren über ihre Wurzeln mit ihrer Stammpflanzeneinheit. Auf diese Weise kann Argusa jeden Ort hier auf Truchten zu jeder Zeit sehen, wenn sie es will.«

»Deshalb nanntet Ihr sie die allessehende Pflanze.«

»Ganz richtig, mein kleiner behaarter Freund. Wenn jemand das Flüsternde Buch gesehen hat, dann ist es Argusa. Wir müssen nur zu ihr gehen und sie fragen.«

»Und sie wird uns einfach so bereitwillig helfen?«, brummte Pais kühl. Er ahnte, dass Calessia etwas im Schilde führte. Vorsicht war geboten.

»Argusa wird gerne helfen, wenn ich sie frage. Schließlich arbeiten wir schon lange Zeit zusammen. Also, wollen wir zu ihr gehen?«

»Und wohin sollen wir gehen, wenn diese Argusa doch überall sein soll?«

»Ihr Hauptstamm befindet sich ganz in der Nähe. Fast nebenan, würde ich sagen.«

Das war zumindest nicht gelogen. Hinter einer langgestreckten Böschung am Rande der Stadt der losen Seelen wucherten haufenweise grünblättrige Schlingen. Auf den ersten Blick sah es aus wie ein unüberwindbares Pflanzendickicht. Je weiter man in die Ferne schaute, desto höher wurde der grüne Teppich. Doch bei genauerer Betrachtung konnte man schmale Gassen erkennen, die sich durch das grüne Wirrwarr hindurchschlängelten.

Calessia ging voran, hinein in das Grün. Pais hatte ein ungutes Gefühl und blieb stehen.

Haif zupfte ihn nervös am Hemd. »Was hast du? Glaubst du, da drinnen lauert Gefahr?«

»Ich weiß es nicht.«

Calessia drehte sich um. »Was ist los, Herr Ismendahl?«

»Für mich sieht das aus wie ein riesiges Labyrinth mit meterhohen Wänden aus Schlingen. Da wieder herauszufinden, ist doch ein Ding der Unmöglichkeit.«

Calessia lachte amüsiert. »Ihr seid ja zwei Angsthasen. Ich begleite euch doch, und ich kenne mich bestens aus. Eure Sorgen sind ein wenig übertrieben, meint ihr nicht auch?«

Die Frau mit den schwarzen Augen wirkte zwar in diesem Moment aufrichtig, aber genau das war es, was Haif überhaupt nicht gefiel. Sie konnte gar nicht ehrlich sein. Wenn sie nur den Mund aufmachte, dann log sie.

»Ich traue ihr nicht, Pais. Lass uns wieder umkehren.«

»Aber sie ist die ganze Zeit bei uns. Wenn es gefährlich wäre, dann würde sie garantiert nicht mitkommen. Das ist unsere einzige

Chance, das Flüsternde Buch zu finden«, sagte Pais nach einem Moment des Zögerns.

»Ja, ich weiß, aber mein Bauch rät mir, wieder zurückzugehen.« Haif seufzte. »Wie auch immer, ich mache das, was du machst. Weitergehen oder abhauen? Ich bin für Letzteres.«

Pais, der sonst stets mit Überzeugung handelte, hatte die Möglichkeit der Umkehr für einen Augenblick in Erwägung gezogen. Er war sich unsicher, ließ sich aber dann doch von dem Erfolgsdruck, das Buch finden zu müssen, leiten.

Ein fataler Fehler, wie sich später noch herausstellen sollte.

»Wir gehen weiter. Vertraue mir, Haif. In meinem Rucksack habe ich noch etwas, das uns im schlimmsten Fall nützlich sein könnte.«

»Na, ich hoffe, du hast recht.«

So folgten Pais und Haif der Gefährtin des Todes in den immer dichter werdenden Schlingpflanzendschungel. Auf den ersten Metern war der Pfad von nur etwa kniehohen Hecken gesäumt. Doch je weiter sie vordrangen, desto höher wurden die grünen Wälle. Mehrere Meter hoch. Die Schlingen, aus denen sie bestanden, waren so eng miteinander verflochten, dass es kein Durchkommen gab.

Der schmale Weg gabelte sich mehrfach. Calessia navigierte so zielsicher durch dieses Labyrinth, als könne sie es auch mit verbundenen Augen.

Zwar gaben sich Haif und Pais Mühe, sich die Abzweigungen, die sie genommen hatten, einzuprägen, aber selbst wenn sie sich alle hätten merken können, Argusa hatte hinter ihnen längst die Wege wieder verändert. Die Riesen-Pflanze konnte jeden einzelnen Strang, jede noch so kleine Schlinge bewegen wie einen Muskel, und sie hatte nicht vor, ihre neuen Opfer entkommen zu lassen.

»Wie groß ist Argusa eigentlich?«, wollte Haif nach einer Weile wissen.

»Ich weiß es nicht«, meinte Calessia wahrheitsgemäß. »Vermutlich mehrere Quadratkilometer. Und damit meine ich nur ihren Stammwuchs hier an der Oberfläche. Ihre Streuwurzeln, die sich über die ganze Inselwelt erstrecken, habe ich nicht eingerechnet.«

»Unvorstellbar.«

Sie kamen an einigen Bäumen vorbei, die fast genauso aussahen wie Calessias Wohnsitz. Es waren Bäume derselben Art mit derselben großen Kugel in der Baumkrone, nur dass diese Bäume fast vollständig von dem efeuartigen Geflecht überwuchert waren.

»Das sind dieselben Baumhäuser wie bei Euch. Was hat das zu bedeuten?«

»Das, mein kleiner Freund, sind die ehemaligen Behausungen der Woodrofs. Wir befinden uns genau dort, wo einmal ihr Stadtzentrum war.«

»Dann hat sich diese Argusa über dieser Stadt der Woodrofs ausgebreitet und sie überwuchert? Sind die Woodrofs deshalb verschwunden?«

»Womöglich. Als ich das erste Mal hier ankam, da waren die Woodrofs schon fort. Man erzählt sich, dass dieses Volk einst in einer harmonischen Art von Symbiose mit Argusa gelebt hat, sich dann aber mit ihr überworfen hat. Argusa verschluckte die Siedlung der Woodrofs, um sie zu vertreiben. Aus welchem Grund dies geschehen ist, das weiß niemand so genau.«

»Hmm. Diese Pflanze wird mir immer unsympathischer«, sagte Haif, während er immer wieder misstrauisch nach links und rechts schaute.

Mehr als eine halbe Mondstunde waren sie mittlerweile unterwegs. Pais verlor langsam die Geduld. »Wo gehen wir eigentlich hin? Argusa ist doch überall um uns herum.«

»Wir sind gleich da. Dort hinten, seht ihr dieses riesige Schlingknäuel? Das ist eines ihrer Nervenzentren. Da können wir am besten mit Argusa kommunizieren.

Sie mag ja überall sein, aber die vielen heckenartigen Schlingen sind nur so etwas wie ihre Extremitäten. Mit ihnen kann Argusa aber nicht denken oder hören. Das geht nur mit ihren Nervenzentren. Das ist sozusagen ihr Gehirn und gleichzeitig ihre Stimme.«

Calessia machte vor dem mächtigen Schlingknoten Halt. Er überragte sie um mindestens drei Körperlängen. Ein leichtes Vibrieren ging von ihm aus.

Haifs Fellhaare richteten sich etwas auf, nicht, weil er so aufgeregt war, sondern aufgrund einer statischen Aufladung, die ebenfalls vom Nervenknoten Argusas stammte. Er schaute hinauf zu dem so fremdartig wirkenden Gebilde und ahnte, welche Kräfte sich in jenem Riesen-Gewächs verbargen.

*»Besucher hat Argusa immer gerne. Und gleich drei davon!«*, ertönte plötzlich eine verzerrte Stimme, die von einem Rauschen be-

gleitet wurde. Es war Argusa selbst, die sprach. Von sich selbst redete sie ausschließlich in der dritten Person.

Haif versuchte herauszufinden, woher die Stimme kam, denn sie schien von überall zu kommen. »Wie geht das?«

»Argusa kann ihre Blätter irgendwie so in Schwingung versetzen, dass sie wie eine Stimme klingen. Faszinierend, nicht wahr?«, sprach Calessia sichtlich stolz.

»Können wir dann endlich zum Wesentlichen kommen?«, insistierte Pais äußerlich unbeeindruckt. Aber innerlich war er höchst angespannt.

»Sicher doch. Argusa, meine Liebe, ich brauche deine Hilfe. Ich möchte wissen, wo das Flüsternde Buch gerade ist. Es wird dir mit Sicherheit ein Leichtes sein, es zu finden.«

»*Argusa sucht gerne nach verborgenen Dingen. Argusa hat schon vieles, das für immer verloren schien, wiedergefunden. Sie schaut gerade von Süden bis zum Norden, vom Westen bis zum Osten und wird das Buch gleich finden.*

*Sie ist ganz aufgeregt, denn das Flüsternde Buch hat schon eine lange Reise hinter sich und war schon an fast jedem Ort auf Truchten. Sie ist gespannt, wo es sich gerade versteckt.*«

Und während Argusa so vor sich hin redete, spähten ihre pflanzlichen Augen, die überall auf Truchten verstreut waren, nach dem Flüsternden Buch. In jedem Landstrich, auf jedem Berg, an jedem Fluss. Ob Küste, Gebirge, Siedlung, Wald oder Wüste: Argusa hatte ihre Augen wirklich überall. Calessia wusste diese Fähigkeit in der Vergangenheit für sich auszunutzen. Auch in Höhlen waren Argusas Ableger präsent. Und so dauerte es nicht lange, bis sie schließlich das Buch in einer jener Höhlen fand, welche den Totengräbern als Behausung diente. Sie sah, wie Xali, die Entflammte, das Buch an sich geschmiegt hielt mit geschlossenen Augen, träumend von dem einen Herz, das tausend andere aufwog.

»*Argusa hat es gefunden! Sie hat doch gesagt, dass sie es finden würde, und sie hat Wort gehalten.*

*Eine Belohnung wäre schön. Sie mag Belohnungen. Sie ist schon ganz aufgeregt!*«

»Immer mit der Ruhe, meine Liebe. Du wirst deine Belohnung bekommen, das verspreche ich dir. Aber vorher musst du uns doch sagen, wo du das Buch gefunden hast.«

*»In einer Höhle, an deren Decke Licht durch einen Spalt einfällt. Sie befindet sich in der Nähe des Meeres, Argusa kann es sehen. Viele Bewohner stehen dort herum und blicken auf eine Frau in Weiß. Sie schwebt und träumt und hält das Flüsternde Buch fest. Wovon sie wohl träumt, die Frau in Weiß? Argusa wüsste es gerne.«*

Calessia war sehr überrascht, als sie hörte, wer jetzt das Flüsternde Buch besaß. Damit hatte sie nicht gerechnet. Aber wenn sie so darüber nachdachte, dann war es wohl folgerichtig, denn das Schicksal, wie sie glaubte, hielt einen großen Plan bereit. Und die Frau in Weiß und Calessia selbst waren ein Teil davon.

»Eine Frau in Weiß in einer Höhle?«, wiederholte Pais ungeduldig, eine klärende Antwort fordernd.

*»Es ist die Banshee, die träumt. Die Banshee, in deren Bann nun alle sind. Die Banshee, die das Flüsternde Buch hat und nicht weiß, wie man es liest.«*

Jedes Mal, wenn Argusa durch das Vibrieren abertausender Blätter sprach, fuhr Haif zusammen. Das einzige Wort, um diese Stimme zu beschreiben, war abscheulich.

»Es ist bei Xali«, sagte Calessia.

Pais und Haif schauten sich nur fragend an. Von einer Banshee namens Xali hatte noch keiner von ihnen gehört.

Calessia tätschelte mit ihrer Hand den gestrüpppartigen Nervenknoten von Argusa und klärte ihre Besucher auf. »Xali ist die Banshee, von der Argusa gesprochen hat. Sie ist... ich weiß nicht genau, was sie jetzt ist. Es ist gar nicht so lange her, da war sie ein Mensch, aber ihre Neugier hat sie in einen lebenden Geist verwandelt.«

»Es interessiert mich ehrlich gesagt gar nicht, was diese Xali ist. Mich interessiert nur, ob sie gefährlich ist, und ob wir von ihr das Buch bekommen«, sagte Pais scharf. Er spürte genauso wie Haif ein aufsteigendes Gefühl der Beklemmung. Umgeben von dieser undurchschaubaren Riesen-Pflanze fühlte er sich bedroht.

Calessia lachte auf. Und wieder klang es boshaft. »Also wenn ihr beide bei Xali aufkreuzt und nach dem Flüsternden Buch verlangt, dann hat euer letztes Stündlein geschlagen. Xali würde nie freiwillig etwas hergeben, das sie gefunden hat.

Nein, nein. Das werdet ihr schön bleiben lassen. Ich werde sie fragen. Mir wird sie das Buch aushändigen.«

»Warum sollte sie ausgerechnet Euch vertrauen?«, fragte Haif.

»Weil sie meine Schwester ist.«

Über Haifs und Pais' erstaunte Gesichter hätte sich Calessia noch gerne länger amüsiert, aber jetzt, da sie den Aufenthaltsort des Flüsternden Buches in Erfahrung gebracht hatte, war es für sie an der Zeit, aufzubrechen und es sich zu holen.

»Also gut«, sagte sie und klatsche einmal in die Hände. »Hier trennen sich unsere Wege.«

»Was meint Ihr damit?«

»Ja also, seid ihr denn wirklich so dumm zu glauben, ich wüsste nicht, was ihr mit dem Flüsternden Buch vorhabt? Als ich die kindische Angst in euren Augen sah, während ich vom Dunkelträumer redete, da war mir sofort klar, dass ihr es vernichten wollt. Und das, meine beiden unglückseligen Freunde, werde ich nicht zulassen.«

Noch während Calessia sprach, fuhr wie aus dem Nichts kommend ein gigantischer Arm aus ineinander gewundenen Schlingen herab. Er sah aus wie ein über hundert Meter langer grüner Krakenarm. An dessen äußerstem Ende entfalteten sich die Pflanzenstränge und schlangen sich sanft um Calessias Taille. Pais wollte, nachdem er die böse Überraschung realisiert hatte, nach seiner Axt in seinem Rucksack greifen, aber die Schlingen peitschten ihn und Haif beiseite.

Beide fielen zu Boden.

»Ihr zwei werdet nun Argusas Gastfreundschaft genießen, für den Rest eures Lebens, das, wie ich fürchte, nicht mehr allzu lang sein dürfte«, lachte sie tückisch.

Der grüne Krakenarm hob sie langsam hoch, um sie später behutsam außerhalb des Pflanzen-Labyrinths wieder abzusetzen.

»Und ich werde mir das Flüsternde Buch holen, um mit dem erwachten Dunkelträumer Kontakt aufzunehmen. Dank euch weiß ich jetzt, dass die Gerüchte von der Barriere der Wahrheit entsprechen. Euer Freund Antilius interessiert mich nicht mehr. Denn auch er wird nicht verhindern können, was das Schicksal für Thalantia vorgesehen hat.«

Haif rappelte sich hoch und hielt Calessia drohend die Faust entgegen.

»Du Miststück!« Das wollte er ihr schon die ganze Zeit entgegen brüllen.

»Och, jetzt schaut doch nicht so betrübt! Seht es doch mal positiv. Ihr werdet dem Geheimnis des Todes näher kommen, als ich es je war«, rief sie lachend hinab und entfernte sich im Griff von Argusas übergroßen Arm immer weiter, bis sie über die hohen Hecken nicht mehr zu sehen war.

*»Argusa freut sich sehr über ihre Belohnung. Gleich zwei Leckerbissen auf einmal! Hmm, köstlich! Lasst uns spielen, bevor sie euch verspeist, ihr zwei Hüpfer. Sie mag Spiele. Dann schmeckt ihr noch süßer! Das wird ein großer Spaß. Und Argusa hat große Freude an Spaß«,* dröhnte Argusas Stimme durch das endlose Labyrinth.

# DER WOODROF

»Ich fasse es nicht! Jetzt hat es dieses Miststück doch geschafft, uns reinzulegen! Hast du gehört, Calessia? Du bist ein verschlagenes Miststück!«, schrie Haif ihr hinterher.

»Die kann dich nicht mehr hören«, sagte Pais niedergeschlagen.

»Ist mir egal, das musste mal raus.« Haif atmete schnell und mit voller Wut im Bauch.

»Fühlst du dich jetzt besser?«

»Nein. Ich fühle mich erst besser, wenn du mir sagst, dass du weißt, wie wir hier wieder rauskommen.«

»Da muss ich dich enttäuschen.«

»Meintest du nicht, dass ich dir vertrauen könnte? Habe ich nicht gesagt, wir sollten besser umkehren?«

»Ja, du hattest recht. Es tut mir Leid. Ich war so darauf versessen, das Flüsternde Buch zu finden, dass ich die Gefahr wohl unterschätzt habe.«

»Was machen wir jetzt? Ich habe jedenfalls keine Lust, als Pflanzenfutter zu enden.«

»Lass uns zuerst von diesem Nervenknoten verschwinden. Hier kann uns Argusa belauschen. Versuchen wir den Weg zu nehmen, den wir gekommen sind«, flüsterte Pais so leise, wie es ihm möglich war, Haif ins Ohr.

»*Geht unser Spiel schon los?*«, fragte Argusa, als sich Pais und Haif in Bewegung setzten.

Die Riesen-Pflanze bekam aber keine Antwort.

»*Nun gut. Lauft ruhig ein wenig umher. Vielleicht werdet ihr ein paar spaßige Orte entdecken. Argusa mag Spaß.*«

»Kann dieses Ding nicht mal seine Klappe halten?«, raunte Haif.

Sie versuchten, einen Rückweg zu finden, aber wie sich schnell herausstellte, war es unmöglich, sich zu orientieren, denn Argusa hatte alte Wege verschlossen und neue geöffnet.

Man muss bedenken, dass wir es nicht nur mit einem sich verändernden Labyrinth zu tun haben, sondern mit einem unvorstellbar riesigen Lebewesen, das in jedem Blatt, jedem Zweig und jedem Strauch steckte und das dadurch stets die Oberhand behielt. Pais und Gilbert hätten tagelang nach einem Ausgang suchen können, es wäre vergeblich gewesen. Sie würden im Kreis laufen und würden es wahrscheinlich nicht einmal merken.

»Wir sitzen in der Falle«, jammerte der erschöpfte Sortaner. »Ich will so nicht enden. Hast du noch etwas in deinem Rucksack, das uns hier raus bringen kann?«

»Eine Axt, aber die wird uns wohl nicht viel nützen.«

»Wieso nicht? Wenn wir Argusa an einer empfindlichen Stelle treffen würden, dann wäre sie vielleicht abgelenkt, und wir könnten fliehen.«

»Ich glaube nicht, dass es so einfach ist. Wir müssen vorsichtig sein. Und sprich nicht so laut. Das Ding hört bestimmt zu.«

»Ich muss etwas unternehmen. Gib mir die Axt! Mach schon!«

»So beruhige dich doch, Haif! Verlier jetzt nicht die Nerven. Wir dürfen nicht vorschnell handeln. Darauf wartet das Ding doch bloß.«

»Du weißt doch gar nicht, was wir jetzt machen sollen. Ich werde mich zu verteidigen wissen. Los, her mit der Axt!«

Haif zerrte wie von Sinnen an dem Rucksack von Pais. Bevor dieser es verhindern konnte, hatte der kleine Sortaner blitzschnell die Seitentasche geöffnet und die Axt ergriffen. Dann rannte er wild schreiend zur nächstbesten Stelle der unüberwindbaren Schlingen-Hecke und hackte planlos ins Geäst. Zu seinem Entsetzen war es so, als ob man in eine widerspenstige Gummimasse hacken würde. Nicht einen Strang des Geflechts hatte er durchtrennt. Wütend und verzweifelt hackte er weiter, ohne Erfolg.

Für Argusa war es nicht mehr als ein Kitzeln, dennoch machte es ihr keinen Spaß, wo sie sich doch schon so sehr auf Spaß gefreut hatte.

*»Wenn dummer Sortaner nicht damit aufhört, dann wird Argusa nicht mit ihm spielen, sondern sie wird ihm sofort seine kleinen Arme und Beine einzeln ausreißen«*, erschallte es in Haifs Ohren. Er ließ die Axt fallen und stolperte entkräftet zurück. Pais griff sich schnell das Beil, damit Argusa es ihm nicht wegnehmen konnte, aber offenbar empfand sie das kleine Ding nicht als ernsthafte Bedrohung.

*»Argusa will jetzt Spaß haben.«*

Ein unheilvolles Rumoren war aus der Ferne zu hören und wurde schnell lauter. Begleitet wurde es von einem Luftzug, der Haif und Pais in den Nacken blies.

Beide drehten sich ruckartig um und sahen, wie eine riesige, grüne Walze auf sie zugerollt kam. Es war wieder einer von Argusas

Tentakeln, die sich wie eine Riesenschlange durch den engen Gang schlängelte.

Argusa hatte jetzt die Geduld verloren und wollte die beiden *Hüpfer* ein wenig auf Trab bringen. Sie wollte endlich ihren Spaß.

»Was machen wir denn jetzt?«, rief Haif verzweifelt.

»Laufen wäre eine gute Idee«, schrie Pais und rannte los.

Haif folgte ihm und legte dabei ein erstaunliches Tempo vor. Die Walze kam unerbittlich dicht an sie heran, hielt dann aber immer wenige Zentimeter Abstand. Argusa wollte ihre Beute erst einmal entkräften und Spaß dabei haben, zu sehen, wie sie um ihr Leben rannten.

Eigentlich hatte Argusa vorgehabt, die beiden voneinander zu trennen, indem der eine bei seiner Flucht eine andere Abzweigung in ihrem Labyrinth einschlug als der andere. Aber dieser spaßunwillige Mensch Pais sorgte dafür, dass Haif immer an seiner Seite blieb, wenn sie irgendwo abbogen. Es war ohnehin egal, in welche Richtung sie rannten, denn Argusa Gigantula hatte ihre Gänge so gestaltet, dass alle Wege in eine Sackgasse führten.

Bei Pais machte sich schon bald Erschöpfung breit. Er wurde immer langsamer. Haif musste ihn antreiben und ihn am Arm ziehen, damit er sich überhaupt noch bewegen konnte.

»Ich kann nicht mehr«, keuchte er schließlich.

Haif wollte ihn weiter treiben, doch er sah vor sich einen merkwürdigen Blätterteppich auf dem Boden, den er bisher noch nicht gesehen hatte. Jedes einzelne Blatt war so groß, dass man bequem mit beiden Füßen darauf stehen konnte.

Er machte abrupt Halt und wäre beinahe von Pais umgeworfen worden. Die Walze hinter ihnen hielt auch an, so als wolle sie abwarten, was die beiden jetzt als Nächstes tun würden.

*»Geht nur immer weiter, ihr beiden Hüpfer, und ihr werdet eine Menge Spaß haben«,* rief Argusa durch das Rascheln tausender Blätter. Der Schlingpflanzen-Tentakel zog sich langsam wieder zurück und blieb außer Sichtweite. Dann schloss sich hinter ihnen eine unüberwindbare Wand aus Gestrüpp. Es gab nur noch eine Richtung, in die sie gehen konnten.

»Mir reicht es. Ich spiele nicht mehr mit!«, rief Haif wütend.

*»Wenn sie nicht mehr spielen wollen, dann wird Argusa sich an ihnen laben. Sie freut sich schon so sehr darauf, aber sie möchte vorher so gerne spielen und Spaß haben.«*

»Diese Pflanze, oder was immer das Ding auch ist, hat einen kranken Geist. Sie ist völlig verrückt«, schnaufte Pais, immer noch nach Atem ringend.

Haif überlegte, was sie jetzt machen sollten und betrachtete den Teppich aus großen runden Blättern vor ihren Füßen.

*»Geht nur weiter, ihr beiden Hüpfer. Doch achtet auf eure Schritte, denn jeder einzelne davon könnte euer letzter sein.«*

Der ausgebreitete Blätterteppich war etwa zwanzig, vielleicht auch dreißig Meter lang. Haif fragte sich, inwiefern harmlos auf dem Boden liegende Blätter eine Bedrohung darstellen konnten, aber an Argusa war schon lange nichts mehr harmlos. Alle Teile von ihr konnte sie, wenn sie es wollte, zu einer tödlichen Waffe werden lassen.

»Wir spielen deine dummen Spiele nicht mit, hast du verstanden, Argusa? Wir fürchten den Tod nicht. Dein *Spaß* hat hier ein Ende!«, rief Pais.

Es mochte ja sein, dass er den Tod wirklich nicht fürchtete. Haif aber hatte definitiv kein Verlangen danach zu sterben. Noch bevor er sich bei Pais über dessen vorschnelle Worte beschweren konnte, entdeckte der kleine Sortaner etwas am anderen Ende des Blätterteppichs. Und das, was er sah, hätte er nicht für möglich gehalten.

Er zupfte Pais am Ärmel, ohne seinen Blick abzuwenden.

»Pais! Sieh doch!«

»Was ist das?«

Es war ein Wesen, das auf seinen großen Händen ging, da es keine Beine hatte. Seine Arme benutzte es als Beine. Es hatte langes, zotteliges Fell, das so verschmutzt war, dass man die ursprüngliche Farbe der Fellhaare nur erraten konnte.

»Das ist ein Woodrof!«, stieß Haif begeistert hervor. »Vielleicht kann er uns helfen.«

Der Woodrof hatte Pais und ihn bemerkt und beobachtete die beiden völlig regungslos von der gegenüberliegenden Seite des Pflanzen-Teppichs.

»He! Du da drüben! Wir brauchen deine Hilfe!«

Sie warteten ab, aber der Woodrof rührte sich nicht.

»Vielleicht versteht er unsere Sprache nicht«, mutmaßte Pais.

»Möglich. Aber vielleicht ist das auch eine Falle. He! Hallo!«

Keine Reaktion.

»Das hat keinen Sinn. Wir müssen zu ihm.«

»Willst du etwa über die Blätter steigen?«

»Haben wir denn eine andere Wahl? Ich glaube, ich erkenne ein System bei den Blättern. Siehst du die dunkleren? Die scheinen älter zu sein als die helleren Blätter.«

Haif schüttelte irritiert den Kopf »Und was soll uns das sagen?«

»Das sagt uns, dass die dunkleren, älteren Blätter schon vorher hier gewesen sind. Die neuen Blätter hat Argusa erst kürzlich ausgelegt. Sie sind diejenigen, auf die wir nicht treten dürfen. Die älteren scheinen nicht zu ihr zu gehören. Auf ihnen zu laufen dürfte sicher sein.«

»Eine ziemlich vage Theorie, meinst du nicht?«

Pais sah zu dem Woodrof, der immer noch wie angewurzelt dastand und die beiden Fremden im Auge behielt.

»Wir haben keine Zeit mehr, darüber zu diskutieren. Sonst verschwindet er wieder. Ich werde es versuchen. Hier, nimm meine Axt, falls ich mich irren sollte.«

»Ich halte das für keine gute Idee«, lamentierte Haif.

Als Pais Anstalten machte, dem Woodrof entgegenzukommen, löste sich dieser aus seiner Erstarrung und machte eine Geste, die soviel sagen sollte wie: *Stopp! Nicht weitergehen!*

Der Woodrof, der für seine Spezies typisch, keine Beine besaß, saß auf seinem Hosenboden und gestikulierte mit den beiden großen Händen wiederholend mit derselben unmissverständlichen Botschaft: *Nicht weitergehen!*

»Er will nicht, dass wir zu ihm kommen. Siehst du das nicht, Pais?«

Der Woodrof sah plötzlich verängstigt um sich und verschwand hinter einer Biegung, ebenso schnell, wie er aufgetaucht war.

»Verflucht! Jetzt haut er ab. Er darf uns nicht entkommen!«, rief Pais und sprang auf das erste von ihm aus am nächsten gelegene dunkle Blatt, das er für trittsicher hielt. Nichts regte sich unter ihm, und so hüpfte er auf das nächste Blatt und dann auf das übernächste.

Haif schaute ihm unentschlossen hinterher und war schon versucht, ihm zu folgen, als Pais plötzlich verschreckt aufschrie.

»Es hat mein Bein! Es hat mein Bein!«

Das letzte Blatt, auf das er getreten war, war in Wirklichkeit einer von Argusas Trichtern, die als Blätter getarnt waren. Mit diesen Trichtern, nun ja, *aß* Argusa.

Den Unterschied zwischen den Blättern, den Pais erkannt haben wollte, existierte nicht.

*»Haha! Der Mensch hätte seine Schritte sorgfältiger wählen sollen, dann hätte der Spaß noch länger gedauert. Aber nun ist das Spiel für ihn vorbei. Und Argusa bekommt eine leckere Mahlzeit.«*

»Ich komme! Halte durch, Pais!«

»Nein! Bleib, wo du bist! Sonst wirst du auch noch hineingezogen!« Pais' anderes Bein war nun ebenfalls in den Trichter geraten. Mit saugenden und schmatzenden Geräuschen wurde er in den Schlund gesaugt.

»Was soll ich denn tun?«, schrie Haif, der, ohne auf die Blätter zu treten, Pais nicht erreichen konnte. Dieser war schon bis zur Brust im Trichter versunken.

»Bleib einfach am Leben. Ich kann dir leider nicht mehr helfen, mein Freund. Es tut mir Leid.«

Pais verschwand mit unheimlicher Schnelligkeit vollständig im Trichter, begleitet von einer unappetitlichen schmatzenden Geräuschkulisse.

Der gesamte Blätterteppich begann sich zu wölben. Dann zogen sich die Blätter raschelnd Stück für Stück zurück und verschwanden mit dem gefüllten Trichter in den Heckenwänden. Es blieb nichts als Stille und gähnende Leere im Labyrinth-Gang.

»O nein. O nein, o nein!«, schrie Haif voller Entsetzen.

»Pais! Antworte mir!«

Er rief seinen Namen. Wieder und wieder, aber sein menschlicher Freund antwortete nicht mehr.

»Das ist... entsetzlich!« Haif war kurz davor, vor lauter Panik den Verstand zu verlieren.

*»Hmm! Das wird eine schöne Mahlzeit. Auch wenn Argusa sich ein wenig mehr Spaß gewünscht hätte.«*

»Du krankes Mistvieh! Was hast du mit ihm gemacht? Lass ihn sofort frei!«

Haif trat in seiner Hilflosigkeit mehrmals gegen die Hecke.

*»Wenn kleiner Sortaner sich nicht besser zu benehmen weiß, dann wird Argusa ihn sogleich verspeisen und auf ihren Spaß verzichten.«*

»Mir recht«, sagte Haif und hob die Axt, die er von Pais bekommen hatte, voller Zorn in die Höhe. Er suchte sich den dicksten Strang, den er in der Hecke ausmachen konnte, und schlug zu. Die Axt schlug eine tiefe Kerbe in den Strang, und als er sie wieder herauszog, spritzte ihm eine klare Flüssigkeit ins Gesicht, die so sehr in seinen Augen brannte, dass er vor Schmerzen aufschrie.

Mit den Händen vorm Gesicht taumelte er zurück. Er hörte Geraschel um sich herum, was nur bedeuten konnte, dass Argusa sich jetzt auch ihn schnappen wollte.

»Ich hoffe, du erstickst an mir!«

War es das jetzt? Sollte sein Leben auf diese Weise ein Ende finden?

Auf einmal stieß etwas von hinten gegen ihn. Er nahm die Hände von den Augen, konnte aber durch die ätzende Flüssigkeit nur grobe Umrisse erkennen.

Ein braun-graues großes Ding war vor ihm. Es packte ihn mit einer mächtigen Pranke und setzte ihn sich auf den Rücken.

»Festhalten!«, befahl das Ding. Es war der Woodrof.

Haif krallte seine Finger in das langhaarige Fell seines Retters. Der Woodrof schnappte sich Haifs Axt, trabte auf seinen breiten Händen los und trug ihn fort, tiefer in einen Teil von Argusas Labyrinth, das sie nicht zu verändern vermochte.

# DER BLINDE FLECK

Der Woodrof, der Haif im letzten Moment das Leben gerettet hatte, wusste ganz genau, was er tat.

Unter anderen Umständen hätte Argusa es niemals zugelassen, dass die Woodrofs, die ihre Gefangenen waren, eigenmächtig handelten. Aber das waren keine normalen Umstände. Argusa hatte gerade eine große Beute gemacht, die sie vom ganzen Geschehen um sie herum ablenkte. Sie hatte zwar ihre Augen überall, das ist wahr, aber sie konnte sich nicht auf alles gleichzeitig konzentrieren. Deshalb interessierte es sie auch nicht sonderlich, als der Woodrof Haif entführte. Sie würde den Sortaner schon wieder rechtzeitig aufspüren - wenn sie gefressen hatte. Und das würde ihr bestimmt einen großen Spaß bereiten.

Haif brannte es so sehr in den Augen, dass er sie gar nicht mehr aufmachen konnte. Verkrampft hielt er sich am Fell seines Retters fest und hoffte nur, dass er nicht von ihm herunterfallen würde.

Eine gefühlte Ewigkeit trabte der große Woodrof durch Argusas Labyrinth. Dann irgendwann machte er Halt. Haif spürte, wie er von einer großen Hand gepackt und auf eine Art Podest gesetzt wurde. Er hörte Gemurmel. Zuerst nur von zwei Stimmen, aber rasch wurden es mehr. Er konnte die Augen immer noch nicht öffnen, es tat einfach zu weh.

»Hier, nimm das«, sagte eine Stimme und drückte ihm eine Schale in die Hand. Eine milchige Flüssigkeit war darin.

»Was ist das?«

»Damit kannst du dir die Augen ausspülen. Der Schmerz wird dann schnell verschwinden.«

Haif dachte nicht lange darüber nach und kippte sich überstürzt die Milch ins Gesicht.

»Langsam, sonst wirkt es nicht.«

Tatsächlich ließ das höllische Brennen nach. Haif blinzelte unsicher. Seine Augen waren durch die Reizung stark gerötet. Er konnte zwar immer noch nicht scharf sehen, aber immerhin wesentlich besser als zum Zeitpunkt seiner Rettung.

Er war umringt von mehr als einem Dutzend Woodrofs. Es waren große, runde Gestalten mit großen weißgeränderten Augen. Ihr verfilztes, zotteliges Fell war braun und grau. Gegen sie wirkte Haif wie ein Zwerg.

Neugierig musterten sie ihn.

Haif sah sich um und erkannte einige der Baumhäuser mit den großen Kugeln in der Baumkrone. Es waren dieselben wie in der Stadt der losen Seelen. Hatte ihn der Woodrof wieder dorthin zurückgebracht?«

»Wo bin ich?«

»Du bist in unserem ehemaligen Dorfzentrum«, antwortete sein Retter.

»Das verstehe ich nicht. Sind wir außerhalb von Argusas Labyrinth?«

»Leider nein.«

»Aber diese Baumhäuser, die ich schon mal gesehen habe, waren nicht von Argusas Gestrüpp umzingelt.« Erst jetzt erkannte Haif im Hintergrund der Behausungen die Heckenwände von Argusa.

»Was du meinst, war der westliche Rand unseres Dorfes. Es ist wohl der einzige Teil, den sie noch nicht überwuchert hat.

Wir sind jetzt hier immer noch in Argusas Irrgarten gefangen. Dieser Ort ist lediglich eine freie Stelle innerhalb ihres Labyrinths.«

»Heißt das, diese verrückte Pflanze hat das gesamte Dorf einfach verschluckt?«

»Ja, das stimmt«, sagte ein anderer Woodrof. Sein Fell war fast durchgehend grau, besonders im Gesicht. Er war der älteste der verbliebenen Woodrofs. Er sprach mit gedämpfter Stimme, aus der man die Weisheit des Alters heraushören konnte. Er stellte sich Haif als Trask vor.

»Und es ist unsere Schuld, dass es dazu gekommen ist«, sagte er.

Haif konnte wieder klar sehen. Seine Augen waren etwas geschwollen, doch der Schmerz war vollkommen verschwunden.

»Dann war Argusa also nicht immer so wie jetzt?«

»Nein«, sagte der alte Woodrof wehmütig. »Vor wenigen Jahren noch, da war Argusa wahrscheinlich kaum größer als du selbst. Damals, als alle noch lebten. Als alles noch in Ordnung war.«

Haif erfasste ein eiskalter Schauer. Hatte Argusa etwa fast das gesamte Dorf aufgefressen? Bei dem furchtbaren Gedanken fiel ihm Pais wieder ein. Der arme Pais, der von Argusa verschlungen worden war.

»Es ist alles unsere Schuld, mein Freund«, fuhr Trask fort. »Als Argusa noch klein war, da hatte sie noch keinen Namen. Niemand nahm von ihr Notiz. Sie war nur eine gewöhnliche Pflanze. Eine unter Millionen anderen.

Eines Tages, da machte ein Botaniker eine merkwürdige Entdeckung. Ganz in der Nähe unseres Dorfes, das damals an einen Buchenwald grenzte, fand er etwas. Es war ein grün schimmernder Kristall.

»Ein Kristall?« Unwillkürlich musste Haif an den Uwor denken, den man den Dunkelträumer nannte. Dieser sollte doch wie alle Uwore ebenso aus Kristall bestehen. Und auch die Farbe des kristallinen Wesens sollte grün gewesen sein. Haif wollte seinen Verdacht zunächst nicht äußern und erst einmal der Erzählung des alten Trask weiter folgen.

»Ja, ein Kristall. Er war in jeder Hinsicht ungewöhnlich. Angeblich soll er geleuchtet und Wärme abgestrahlt haben. An seinem Fundort wuchsen Pilze, die unnatürlich groß gewesen sein und völlig andersartig ausgesehen haben sollen.

Der Botaniker nahm den Kristall mit zu sich nach Hause. Er untersuchte ihn und experimentierte mit ihm herum.

Als er nichts Verwertbares herausfinden konnte, kam er auf die Idee, den Kristall zu zerbrechen. Er tat es und fand im Inneren eine schwarze Flüssigkeit, die klebrig war. Ähnlich wie Blut.«

»Vielleicht war es Blut. Habt ihr euch alle denn nicht gefragt, wo dieser Kristall hergekommen sein könnte?«

»Wir wissen nur, dass es etwas sein muss, das aus der dunklen Zeit stammt. Die Zeit, in der schreckliche Dinge auf Thalantia vor sich gegangen sein sollen. Die Zeit, die wir nur noch aus Legenden und Mythen kennen.«

Wie fast alle anderen Bewohner Thalantias auch, ahnte der Woodrof nichts von den wahren Geschehnissen rund um Ilbéthas Erscheinen und der Verbannung des Dunkelträumers vor zehn Jahrhunderten, weil sich niemand mehr an diese Zeit erinnern sollte. Haif wusste zwar nicht, was Antilius vor Kurzem in Erfahrung gebracht hatte. Er war sich aber absolut sicher, dass dieser Kristall, von dem Trask sprach, einst ein Teil eines Uwors gewesen war.

»Ich denke auch, dass er aus der dunklen Zeit, wie ihr sie nennt, stammt. Ich glaube, dass es einem Uwor gehörte. Einem extrem mächtigen und gefährlichen Wesen, dessen Spezies einst über unsere Welt herfiel. Das schwarze Blut im Inneren des Kristalls war höchstwahrscheinlich wirklich das Blut eines Uwors.

Aber das ist jetzt wohl egal, woher es kommt. Erzähl bitte weiter!«

»Das schwarze Blut war der Beginn unseres Untergangs, weil es verdorben war.

Der Botaniker mischte das Blut mit Wasser und verabreichte es einer Pflanze, die direkt vor seinem Haus wuchs.«

»Und diese Pflanze war Argusa«, folgerte Haif.

»Ja. Zunächst begann sie, enorm schnell zu wachsen und sich auszubreiten. Dann zeigte sie erste Anzeichen von Intelligenz. Als es einigen zu unheimlich wurde und sie vernichtet werden sollte, wehrte sie sich mit ihrem ätzenden Saft, mit dem du schon in Berührung gekommen bist. Argusa wuchs immer schneller. Sie wuchs so schnell, dass sie uns regelrecht aus unserem Dorf drängte.

Aber einige, darunter auch ich, leisteten Widerstand. Wir führten einen erbitterten Kampf gegen Argusa, die mittlerweile sogar gelernt hatte, zu sprechen und ihre Stiele als Arme zu benutzen. Argusa wurde von Tag zu Tag bösartiger, und es gab nichts, was wir dagegen tun konnten. Der Versuch, unser Dorf wieder zurückzuerobern, war aussichtslos. Als wir aufgeben und fliehen wollten, da ließ sie uns nicht gehen. Sie bildete Gänge und veränderte sie immerzu, sodass wir nicht hinausfanden. Seither sind wir ihre Gefangenen.

Das allein wäre schon schlimm genug. Aber Argusa wollte mehr.«

»Sie hat jemanden... wie soll ich es sagen? Gefressen?«, fragte Haif mit Abscheu.

Trask nickte mit zugekniffenen Augen, so als wolle er die schreckliche Erinnerung aus seinem Kopf verbannen.

»Zuerst hat sie nur Insekten und kleinere Tiere gefressen. Aber das reichte ihr bald nicht mehr. Sie fing an, sich an uns zu nähren. Das war vor fünf Jahren. Damals waren wir noch fünfundvierzig. Heute sind wir nur noch vierzehn. Es ist nur noch eine Frage der Zeit, bis sie auch den letzten von uns vertilgt hat.

Sie macht es nicht, weil sie auf uns als Nahrungsquelle angewiesen ist, sondern, weil sie verdorben ist.«

»Dann hat sie diesen kleinen Teil eures Dorfes nicht überwuchert, um euch hier gefangen zu halten?«

»Ja, unsere eigenen Häuser sind zu unserem Gefängnis geworden. Sie lässt uns genug Platz, damit wir etwas Gemüse anbauen können. Ab und an können wir auch ein Tier, das sich in ihr Labyrinth verirrt hat, jagen. Dies gewährt sie uns, damit wir so lange am Leben bleiben, wie sie es will.«

Haif hätte sich wohl kaum etwas Schlimmeres vorstellen können als jene ausweglose Situation, in der er sich jetzt befand. Er ließ den Kopf hängen und fühlte sich elend.

»Dann ist alle Hoffnung dahin. Ich will nicht jahrelang hier eingesperrt sein, mit dem Wissen, dass jeder Tag mein letzter sein könnte. Ich will so nicht sterben, wie mein Freund gestorben ist. Der arme Pais.«

»Dein menschlicher Freund ist nicht tot. Zumindest noch nicht«, sagte der Woodrof, der ihn gerettet hatte.

Haif blickte auf: »Was sagst du da?«

»Argusa hat ihn zwar verschluckt, aber es dauert noch viele Stunden, bis sie ihn durch ihre Nahrungsröhre hin zu ihrem Verdauungssystem transportiert hat.«

»Er lebt also noch? Pais lebt noch?«

Haif war wie ausgewechselt. Er griff sich das Fell seines Retters und schaute ihn zornig an. »Wieso hast du mir das nicht früher gesagt? Dann hätten wir ihm doch helfen können.«

Überrascht über Haifs Wutausbruch, wich der Woodrof zurück. »Du verstehst offenbar nicht: Auch wenn dein Freund noch lebt, ist er dem Tode geweiht. Es gibt nichts, was wir noch dagegen tun könnten. Argusa kann man nicht aufhalten. Sie wird von Tag zu Tag mächtiger.«

Haif ließ von dem Woodrof ab, der doch soviel größer war als er, und stand auf.

»Ich werde hier nicht tatenlos herumsitzen und mit meinem Schicksal hadern. Ich werde Argusa den Appetit verderben, auch wenn es das Letzte ist, was ich tun werde.«

»Dein Tatendrang ehrt dich, aber du kannst nichts ausrichten. Es wäre töricht, es ihr so leicht zu machen, dich zu fressen.«

»Ist mir egal, was ihr über mich denkt. Suhlt euch doch in eurem Selbstmitleid und schaut euch gegenseitig beim Sterben zu, wenn es das ist, was ihr wollt. Ich bin vielleicht kein Held, aber ich bin auch kein Feigling.«

»Es gibt keine Möglichkeit, Argusa zu bekämpfen«, beharrte ein anderer Woodrof.

Haif machte eine wegwerfende Handbewegung.

»Vielleicht gibt es doch eine Möglichkeit«, sprach der alte Trask leise.

»Welche?«

Trask bedeutete Haif, leiser zu sprechen. Argusa hatte zwar im Gegensatz zu den Augen ihre Ohren nicht überall, aber in diesem Fall war es angebracht, kein Risiko einzugehen.

»Wovon sprichst du?«, flüsterte Haif.

»Man kann Argusa töten, mit nur einem einzigen Hieb«, sagte Trask und blickte auf die Axt, die der Woodrof bei Haifs Rettung mitgenommen und neben ihm auf den Boden gelegt hatte.

»Das ist völlig unmöglich«, hörte Haif einen anderen Woodrof sagen, aber er beachtete ihn gar nicht. Er war auf Trask fixiert, der nicht so schicksalsergeben war wie der Rest seiner Leidensgenossen.

»Es ist nicht unmöglich, wenn wir alle zusammenarbeiten.«

»Erkläre es mir! Was kann ich tun, um aus diesem mutierten Unkraut Kompost zu machen?«

»Ich werde es dir sagen, aber sprich bitte leiser. Sie könnte zuhören, auch wenn ich glaube, dass sie gerade abgelenkt ist.«

Haif nickte verschwörerisch. Die Vorstellung, seinen Freund Pais doch noch retten zu können, hatte in ihm ungeahnte Energiereserven freigesetzt.

»Es gibt eine Stelle, nur eine einzige Stelle, an der Argusa verwundbar ist: ihr Herz. Es befindet sich in einem besonders geschützten Bereich, einer Art Hohlkammer inmitten ihres nahezu undurchdringlichen Dickichts. Argusas Haupttrieb besitzt ähnlich wie du und ich Venen und Arterien, die alle zu ihrem Herz führen. Dieser Ort ist der einzige, den Argusa nicht einsehen kann. Es ist ihr blinder Fleck.«

»Aber er würde niemals auch nur in die Nähe ihres Herzens kommen. Argusa bewacht das Äußere ihres Haupttriebs Tag und Nacht. Er würde sofort von ihr gesehen werden, bevor er in ihren zentralen Plexus eindringen könnte.«

»Nicht, wenn wir für eine Ablenkung sorgen«, sagte Trask und erntete dafür von seinen Artgenossen fassungslose Blicke.

»Ablenkung?«, fuhr es Trask empört entgegen.

»Wir werden dafür sorgen, dass Argusa nicht auf den Sortaner achtet. Wir werden sie ein wenig piksen, ihr weh tun. Wir werden wie lästige Mücken sein, die an verschiedenen Stellen in Argusas Labyrinth zustechen werden. Und Argusa wird sich die Zeit nehmen müssen, sich zu kratzen.«

»Wenn wir Argusa ärgern, dann wird sie uns töten. So wie sie es mit den anderen getan hat«, sagte Haifs Retter. Fast bereute er, dem Sortaner geholfen zu haben. Andererseits wurde ihm der Widerspruch, der in seinen eigenen Worten lag, deutlich. Argusa würde sie alle ohnehin irgendwann töten. Jetzt oder später, es lief alles nur auf den Tod hinaus.

Haif war von diesem Plan noch nicht sonderlich überzeugt. »Und ihr glaubt, dass euer Ablenkungsmanöver ausreichen wird, damit ich ungehindert in ihre... ihre Innereien vordringen kann?«

»Wenn wir uns Mühe geben, dann wird es ausreichen. Argusa lässt sich schnell aus der Ruhe bringen. Sie mag keinen Ärger und sie hasst unvorhergesehene Situationen. Ich bin schon lange genug hier gefangen, um das mit Sicherheit sagen zu können.

Und ja, einige von uns werden das wahrscheinlich nicht überleben. Wir müssen bis zum letzten Atemzug versuchen, Argusa zu beschäftigen, um dir genug Zeit zu geben, deine Mission zu erfüllen.«

»Na schön, na schön. Nehmen wir mal an, ich schaffe es, ungesehen in ihren Plexus, oder wie das Ding heißt, einzudringen und dort bis zu ihrem Herz vorzudringen. Und nehmen wir weiter an, ich schaffe es, ihrem Herz den Garaus zu machen. Was geschieht dann? Bricht dann alles zusammen? Wie komme ich da wieder raus?«

»Sollte noch jemand von uns übrig bleiben, dann werden wir natürlich alles daran setzen, dich aus ihrem Plexus zu befreien. Aber sobald du in ihrem Inneren bist, tickt die Uhr. Es gibt darin nur sehr wenig Sauerstoff. Die Luft ist ätzend. Deshalb musst du dich beeilen, sobald du im Inneren bist. Es wird nicht lange dauern, bis du ohnmächtig wirst. Und wenn du dann nicht bald befreit wirst, stirbst du.

Ich will dich nicht anlügen. Die Wahrscheinlichkeit, dass du es lebend herausschaffst, ist sehr gering«, sagte Trask mit einem betretenen Gesichtsausdruck. »Ich würde nicht von dir verlangen, dich auf diese Selbstmordmission zu begeben, wenn es eine Alternative gäbe. Aber die Venen von Argusa, durch die du wirst kriechen müssen, sind für uns Woodrofs zu eng. Wir würden nicht hindurch passen. Nur du bist klein genug dafür. Nur du kannst Argusas Schreckensherrschaft ein Ende bereiten.«

Haif schluckte einen riesigen Kloß herunter. Das war es also. Das Abenteuer, das er sich so sehr gewünscht hatte. Wie naiv er doch gewesen war! Er könnte jetzt bei sich Zuhause sitzen. Die Behaglichkeit seiner eigenen vier Wände genießen. Über sein nächstes lukratives Geschäft nachdenken.

All das, was ihm früher wichtig gewesen war, war jetzt mit aller Härte in die Bedeutungslosigkeit gestampft worden. Eine Selbstmordmission erwartete ihn stattdessen. Schon den Begriff empfand er als pervers.

Ein Abenteuer zu bestehen und das Böse zu bekämpfen, bedeutete also nicht, nach getaner Arbeit von einer jubelnden Menge empfangen zu werden und den Sieg mit erhobenen Armen zu feiern. Nein, als Dankeschön wartete der Tod auf ihn. Wenn er Argusa das Leben nehmen wollte, dann würde sie ihm das seinige nehmen.

Quid pro quo.

Der sonst so ängstliche Haif, der bei der kleinsten Gefahr davonrennt, soll das mordende Ungetüm zur Strecke bringen? Das konnte nur ein schlechter Witz oder ein Alptraum sein. Er zwickte sich.

*Nein, es ist kein Alptraum. Dann muss es der schlechte Witz sein,* dachte Haif und fand Trost darin, wenigstens seinen Humor nicht verloren zu haben.

Mit viel Kraft und ein wenig Glück könnte er Pais das Leben retten. Egal wie schlecht die Chancen für ihn standen. Allein der Versuch, es zu tun, würde ihn zu einem Helden machen. Er konnte ja gar nichts anderes tun, als sich dieser Herausforderung zu stellen.

Er wünschte nur, seine Oma noch einmal rechtzeitig besucht zu haben. Seine einzige Verwandte, die noch lebte. Ihr hatte er immer alles anvertrauen können. Sie war die Einzige, die ihn je richtig verstanden hatte. Sie wäre so unendlich stolz auf ihn, wenn sie wüsste, was er versuchen wollte zu tun.

Er wünschte, er könnte sich noch von ihr verabschieden. Und von seinen Freunden. Es war vielleicht unmännlich, aber ihm kamen die Tränen bei all den schwermütigen Gedanken, die ihm durch den Kopf schossen.

Vielleicht stimmte es ja, vielleicht war auch er nur ein kleiner Baustein im großen Plan des Schicksals. Wenn dieses Abenteuer zugleich sein letztes sein sollte, und das Schicksal es so vorherbestimmt hatte, dann war es auch gut so.

»Bevor ich eurem Plan zustimme, verlange ich, dass sich einer von euch bereithält, um meinen Freund aus Argusas Verdauungssystem zu befreien, sobald ich meine Arbeit getan habe.«

»Ich werde mich darum kümmern. Ich weiß, wo dein Freund sich ungefähr befinden müsste. Ich verspreche dir, dass ich alles versuchen werde, ihn zu befreien«, sagte Haifs Retter.

»Dann ist es beschlossen. Wir werden dir zeigen, wo deine Ausgangsposition ist, von der aus du am schnellsten zu Argusas zentralem Plexus gelangst, wenn wir mit der Ablenkung beginnen. Da fällt mir ein, wir haben dich noch gar nicht nach deinem Namen gefragt«, sagte Trask.

Haif wollte antworten, hielt dann jedoch kurz inne. »Den verrate ich euch, wenn ich in einem Stück wieder zurückkomme.«

Trask nickte mit einem Ausdruck des Verstehens.

»Beeilen wir uns. Nur bei Helligkeit kannst du in ihrem Inneren noch ausreichend sehen.

Argusas letztes Stündlein hat geschlagen.«

# DAS LETZTE ABENTEUER

Argusa Gigantula registrierte, wie sich sämtliche Woodrofs und der Sortaner auf den Weg machten, um scheinbar willkürlich ausgewählte Orte aufzusuchen. Ein Woodrof ging in die Nähe der Stelle, an der sie sich den Menschen geschnappt hatte. Drei andere blieben in dem kümmerlichen Rest des Dorfes, den Argusa freihielt, damit ihre Gefangenen eine Unterkunft hatten.

Der Sortaner ging in Begleitung des ältesten Woodrofs.

*»Was haben sie vor? Wollen sie ein neues Spiel spielen? Argusa hat gerade keine Lust auf neue Spiele. Argusa muss sich um ihre Mahlzeit kümmern, die sie auf so raffinierte Weise erbeutet hat.«*

Trask lotste Haif zu einem Gang, an dessen Ende eine Mauer aus Gestrüpp das Weiterkommen verhinderte. Haif war es ein Rätsel, wie der alte Woodrof diese Stelle überhaupt finden konnte, veränderte Argusa doch ständig ihren Irrgarten. Trask hatte offenbar ein System in den Veränderungen erkannt und es sich eingeprägt. Eine Leistung, die jetzt von unschätzbarem Wert war.

»Wenn ich dir ein Zeichen gebe, dann nimmst du deine Axt und bahnst dir einen Weg hier durch. Hinter dieser Wand ist ein weitläufiger, freier Platz. Argusa lässt dort sonst niemanden hinein. In der Mitte des Platzes wirst du einen großen Haufen aus Blättern, Ästen und Schlingen finden. Dort musst du eine Stelle suchen, die dunkel und bräunlich aussieht. Davon gibt es mehrere. Dies sind sozusagen ihre Atemlöcher. Durch eines von diesen kannst du in ihr Inneres gelangen«, flüsterte Trask so leise, dass Haif Mühe hatte, alles zu verstehen.

»Und wenn ich im Inneren bin, woher weiß ich, wohin ich gehen soll?«

»Folge einfach ihrem Herzschlag. Er wird dich zu deinem Ziel führen.

Also, bist du bereit?«

Haif nickte knapp und presste die Lippen zusammen. Ihm war klar, dass sein Vorhaben Wahnsinn war. Aber das ignorierte er jetzt.

»Dann werde ich dich jetzt verlassen und zu einer Stelle gehen, an der ich Argusa verletzen kann. Sie wird schreien und furchtbar wütend werden. Es wird kaum zu überhören sein. Das ist dann dein Zeichen, loszuschlagen.«

»Gut.«

»Wir zählen alle auf dich.«

»Ich weiß. Geh jetzt, bevor ich es mir anders überlege.«

Trask verschwand, und Haif blieb alleine zurück. Bange Minuten wartete er ab. Minuten, in denen ihm noch viel durch den Kopf ging. Er atmete schnell, und sein Fell war völlig verschwitzt. Je länger er warten musste, um so mehr fürchtete er, dass Trasks Plan schon gescheitert war, bevor er überhaupt begonnen hatte. Argusa war listig. Ahnte sie schon, was sie vorhatten?

Es war so schrecklich still. Die Zeit verging.

Hatte sie die anderen schon zur Strecke gebracht? Wartete sie nur darauf, dass Haif eine falsche Bewegung machte, um ihn als Letzten zu vertilgen?

Plötzlich riss ihn ein markerschütternder Schrei aus seinen Gedanken.

*»Was macht er denn da? Warum will er Argusa verletzen? Das wird er bereuen, der Wicht!«*

Der Boden bebte und ihre schreckliche Stimme war so laut, dass man sich fast die Ohren zuhalten musste.

Zuerst glaubte Haif, dass Argusa ihn gemeint hätte. Dem war aber nicht so. Trask hatte Argusa an einer empfindlichen Stelle gebissen. An einem ihrer großen Nervenleitungen. Dort, wo es am meisten weh tat.

Ehe Haif begriff, dass dies sein Signal zum Start war, sah er, wie die Axt in seiner Hand nach der Heckenwand schlug, so als ob sie es gar nicht abwarten konnte, Argusas Leben ein Ende zu bereiten. Sein Körper war schneller als sein Geist.

*Los jetzt!,* spornte er sich in Gedanken an und hackte nun aus eigenem Willen wie ein Verrückter auf die Hecke ein. Mehrmals musste er sich umsehen, ob Argusa nicht doch noch einen ihrer Krakenarme nach ihm ausstreckte, um ihn wie eine Zitrone zu zerquetschen. Doch Argusa hatte jetzt kein Auge für ihn übrig. Ihr ganzer geballter Zorn richtete sich gegen den alten Woodrof, der es gewagt hatte, sie zu verletzen. Sie, die doch immer so duldsam mit ihren Gefangenen gewesen war. Sie hätte es nie für möglich gehalten, dass ein Woodrof etwas derart Hinterhältiges wagen würde.

*»Sie wird dich Respekt lehren, du unwürdige Kreatur, du...«*

Erneut schrie Argusa gellend auf. Diesmal so laut, dass Haif seine Arbeit unterbrechen und sich die Ohren zuhalten musste.

Ein anderer Woodrof hatte genau dasselbe getan wie Trask und der Riesenpflanze in einen ihrer Nervenknoten gebissen, irgendwo in ihren gigantischen Auswüchsen.

Argusa war völlig außer sich. Sie verhielt sich genau so, wie Trask es sich erhofft hatte. All ihre Aufmerksamkeit richtete sie gegen die beiden Aggressoren, die ihr den Krieg erklärt hatten.

*»Sie wird euch zerquetschen! Sie wird euch zermalmen! Das werdet ihr nicht noch einmal mit Argusa machen!«*

Doch Argusa kam nicht dazu, mit ihren Krakenarmen nach Trask oder dem anderen Woodrof zu greifen, da sie an anderer Stelle schon wieder attackiert wurde.

Haif begriff erst jetzt, dass er wahrscheinlich nur soviel Zeit haben würde, in ihren zentralen Plexus zu gelangen, solange die Woodrofs nacheinander Argusa an verschieden Stellen angriffen. Und weil einer der vierzehn Woodrofs versprochen hatte, sich bedeckt zu halten, um Pais befreien zu können, konnte es höchstens noch zehn Angriffe geben. Jeder würde an einem anderen Ort stattfinden, um so Argusa zusätzlich zu verwirren.

Haif kam mit dem Hacken schnell voran, und schon bald hatte er einen Durchbruch freigelegt, durch den er schlüpfen konnte.

Ein letztes Mal schaute er zurück. Eine weiterer wütender Schrei bahnte sich durch Argusas Labyrinth, als er schließlich Anlauf nahm und durch den Durchbruch hindurch sprang.

Er landete ziemlich unsanft auf der anderen Seite. Beinahe hätte er beim Hindurchhechten seine Axt verloren. Sie hatte sich im Gestrüpp verhakt. Er nahm sie wieder an sich und richtete seinen Blick nach vorne.

Das, was er sah, entsprach so ziemlich dem, was Trask ihm vorhergesagt hatte. Nur die Dimension, die ihn regelrecht erschlug, lag außerhalb seiner Vorstellungskraft.

Er befand sich auf einem riesigen kreisförmigen Gelände, das völlig eben war. Überall ragten total verfaulte Reste von Baumstämmen aus dem Boden. Hier an diesem Ort, lange bevor Argusa sich auf so unnatürliche Weise rasant ausgebreitet hatte, war vor nicht allzu langer Zeit einer der schönsten Wälder Thalantias gewesen. Hier hatte es Leben in Hülle und Fülle gegeben, Vogelgesang von Sonnenauf- bis Sonnenuntergang. Es war ein Naturparadies in einer beispiellosen Schönheit gewesen. Argusa hatte alles in ihrer unersättlichen Gier vernichtet. Dort, wo sie sich nicht mit ihren Unmengen an Gezweig ausgebreitet hatte, hinterließ sie nur kahlen Boden, da sie jeden Nährstoff, den sie finden konnte, für ihren Energiebedarf benötigte. Hier an diesem besonderen Ort mit der weiten Fläche, an deren äußerem Rand Haif fassungslos stand, empfand er die Beklemmung trotz der Ausmaße noch schlimmer als in Argusas Labyrinth. Erst hier wurde ihm ihre wahre Größe bewusst.

In der Mitte dieser Ebene erhob sich der zentrale Plexus, von dem Trask gesprochen hatte. Der Plexus war nicht mehr und nicht weniger als ein gigantischer Klumpen aus endlos langen und wirr ineinander verschlungenen Schlingen. Dieses monumentale Gebilde schien zu pulsieren, und Haif vernahm einen unangenehmen, strengen Geruch, der ihn an Fäulnis erinnerte. Jetzt leuchtete ihm auch ein, warum der Plexus von einem breiten und unbewachsenen Ring umgeben war. So konnte Argusa mit ihren unzähligen Augen jeden ungebetenen Gast leicht aufspüren, da es keine Deckung gab, hinter der man sich verstecken konnte. Ihr Plexus war ihr Nervenzentrum, ihr Gehirn und ihr Herz - alles in einem. Diesen zu schützen, hatte für sie oberste Priorität.

Haif, völlig ungeschützt, fühlte sich wie auf dem Präsentierteller. Wie konnte es sein, dass Argusa ihn in diesem Moment nicht sah?

Da durchfuhr das Gelände wieder einer dieser furchtbaren Schreie und lieferte Haif die Antwort. Argusa war durch die Attacken der Woodrofs so durcheinander, dass sie Haif wohl übersehen hatte.

*»Ihr werdet es büßen. Ihr werdet es alle büßen, einer nach dem anderem!«*, schrie Gigantula.

Jetzt zu zögern, wäre das Dümmste, was Haif in dieser Situation hätte tun können. Und deshalb rannte er los. Wenigstens zweihundert Meter war der Plexus entfernt. Für Haif eine Riesen-Distanz. Er mobilisierte all seine Kräfte und flitzte über das freie Feld.

Unbehelligt erreichte er den gigantischen Klumpen aus Schlingen.

*»Sie wird euch einen nach dem anderen zerquetschen. Einen nach dem anderem. Sie sieht euch alle!«*

Bei Argusas letztem Satz zuckte Haif zusammen, weil er dachte, dass er jetzt doch noch aufgeflogen wäre. Nun stand er keuchend vor dem himmelhohen Plexus und verzweifelte, weil er nichts sehen konnte, das nach einem Eingang ausschaute.

Eine braune Stelle sollte es sein.

*Hier gibt es keine braunen Stellen, verflucht noch eins!*

Er schritt ein paar Meter des Plexus ab, bis ihm an einer Stelle ein feuchter Luftstrom entgegen blies. Er kam aus dem Geflecht. Es handelte sich um etwas wie einen Teil von Argusas Lunge, mit der sie atmete. Natürlich atmete Argusa keinen Sauerstoff, es war mehr ein Belüftungssystem. Und es war für Haif der Eingang, nach dem er gesucht hatte.

*»Wo ist dieser kleine freche Wicht, der sich vor ihr versteckt? Wo ist der kleine Sortaner?«*

Haif erschreckte sich so sehr, dass er zusammenzuckte und sich beinahe durch einen Laut verraten hätte. Jeden Moment würde sie ihn entdecken. Jetzt oder nie.

Es gelang ihm, ohne Einsatz seiner Axt das Buschwerk soweit beiseite zu schieben, dass er hindurch schlüpfen konnte. In regelmäßigen Intervallen blies ihm feuchtkalte und sauerstoffarme Luft entgegen. An diesem Punkt gab es kein Zurück mehr. Mit dem Kopf voran zwängte er sich in den Atemkanal der Riesen-Pflanze und war von da an für Argusa Gigantula unsichtbar geworden.

## DAS VERDORBENE HERZ

Trask hatte nicht übertrieben, als er sagte, dass die Woodrofs zu groß waren, um durch die inneren Kanäle von Argusas Plexus zu kriechen. Selbst für Haif war der äußere Durchgang schon fast zu schmal. Nur gut, dass er nicht unter Platzangst litt. Wenigstens eine Eigenschaft, die ihm nun zum Vorteil gereichte.

Die Luft im Inneren war dünn und Haifs Atemfrequenz erhöhte sich beträchtlich. Je tiefer er vordrang, desto wärmer wurde es. Er erreichte eine Art Kreuzung, in Form eines Hohlraums. Die gewebeartigen Wände waren mit irgendeinem schleimigen Zeug bedeckt, das leicht grün schimmerte. Ihm drang ein beißender Geruch von Essig in die Nase. Das Atmen fiel ihm zusehends schwerer.

»Wohin jetzt?«

Es gab vier Durchgänge, durch die er kriechen konnte, doch welcher würde ihn an sein Ziel führen?

Er versuchte, sich zu beruhigen und atmete auch nach einer kurzen Verschnaufpause langsamer. Und dann hörte er es.

*Bumm. Bumm. Bumm.* Langsam und gleichmäßig.

Es war Argusas Herzschlag. Ein kaum hörbares dumpfes Geräusch. Haif schloss daraus, dass er noch weit entfernt war, aber zumindest wusste er jetzt, welchen der Kanäle er nehmen musste, nachdem er in alle hineingehorcht hatte.

Er stieg in den entsprechenden Gang und wünschte sich, er hätte das eine oder andere Mal auf ein Extra-Stück Käse verzichtet. Denn ohne sich dabei einen Zacken aus der Krone zu brechen, konnte er sich eingestehen, dass er nicht der schlankeste Sortaner war.

Mehr als zwei Dutzend Meter kroch er durch die enge Röhre, die zu allem Überfluss noch einen glitschigen Schleimbach führte, mit dem sich sein Fell voll saugte.

»So eine Schande! Mein schönes Fell!«

Erneut erreichte er in immer schummriger werdendem Licht eine weitere Kreuzung. Sie war größer als diejenige zuvor. Der ätzende Gestank wurde schlimmer, und er musste mehrmals husten. Er stand bis zur Hüfte in diesem grünlichen Schleim, der auf seiner Haut brannte.

Das Schlagen von Argusas Herz war nun viel deutlicher zu hören als zuvor. Er identifizierte wieder den zielführenden Weg und zwängte sich in eine weitere Röhre. Aber jeder Meter, den er zurücklegte, war hart erkämpft. Und jeder weitere Meter war anstrengender als der vorhergehende.

Er war mittlerweile über und über mit dem ätzenden Schleim bedeckt und durch die aufsaugende Wirkung seines Fells zudem noch schwerer geworden.

Erschöpft und begleitet von einer Salve wilder Hustenanfälle rutschte er in eine große Kammer, die auch mit demselben Schleim soweit gefüllt war, dass er ihm bis auf Brusthöhe reichte. Überall brannte es ihm auf der Haut. Nur mit äußerster Willensanstrengung war es auszuhalten. Das Atmen wurde zur Qual.

Haif realisierte, dass er hier tatsächlich nicht lebend herauskommen würde. Es wäre wohl schon ein Wunder, wenn er ihr Herz überhaupt lebend erreichen würde.

Als er sich umsah, kam zu alledem noch hinzu, dass er keinen Anschlusskanal ausmachen konnte. Er war in eine Sackgasse gelaufen.

»O, verdammt! Das kann doch alles nicht wahr sein!«

Das *Bumm, Bumm* war jetzt lauter geworden, aber von hier an schien es nicht weiterzugehen.

Unterdessen hatte Argusa wieder alle ihre Sinne beisammen. Zuerst krallte sie sich Trask, und dann nahm sie sich die anderen Woodrofs vor. Jeden einzelnen von ihnen fesselte sie mit einem ihrer unzähligen Krakenarme. Dann führte sie jene Arme, in denen sie je einen Woodrof hielt, am Gefängnis-Dorf zusammen.

»*Sieh, alter Woodrof, was Argusa mit denen macht, die ihr Leid zufügen wollen!*«, zischte das Pflanzen-Ungetüm und begann einen der Woodrofs zu würgen.

»Du feiges Ding! Du schamloses Stück Unkraut! Es war meine Idee. Ganz allein meine. Wenn du dich rächen willst, dann an mir. Wenn du noch einen Funken Anstand in deiner verdorbenen Seele besitzt, dann verschone die anderen und räche dich an mir!«, rief Trask.

»*Das wäre keine angemessene Strafe für den alten Woodrof. Argusa will, dass du zusiehst, wie sie einem nach dem anderen sein Lebenslicht auslöscht. Und am Ende, da bist du an der Reihe. Du wirst das Schicksal der anderen teilen, und zusammen mit ihnen wird dein Fleisch Argusa nähren.*«

Im Plexus war Haif nahe daran, in Panik zu verfallen. Er war in einer Sackgasse und seine Kräfte schwanden.

Plötzlich bebte der Boden unter ihm. Ein saugendes Geräusch ertönte und schlagartig öffnete sich unter ihm eine Art Ausguss. Mitsamt den Schleimmassen wurde er eingesaugt und stürzte wie auf einer Wasserrutsche in die Tiefe. Er wirbelte herum, stieß irgendwo an und verschluckte aus Versehen etwas von dem Pflanzen-Schleim.

Irgendwo anders innerhalb des Plexus wurde er in eine weitere Kammer gespuckt. Nach Luft röchelnd rappelte er sich aus dem sumpfigen Gemisch hoch und hatte einen fürchterlichen Hustenanfall. Jeder Atemzug brannte jetzt in seinen Lungen wie Feuer.

Es war ihm trotz seiner Panik klar, dass er es nicht mehr lange machen würde.

Das Rauschen des Schleimflusses, der aus mehreren Kanälen in die Kammer, in der er sich jetzt befand, strömte, überdeckte ein anderes Geräusch, das ihm wieder Hoffnung machte.

*Bumm. Bumm.*

Er war kurz vor seinem Ziel.

Sein Blick fiel auf eine hauchdünne Wand aus glitschigem Geflecht. Dahinter schien Licht durch.

Mit bloßen Händen riss er ein Loch in den dünnen Vorhang und kletterte hindurch. Er stolperte entkräftet vorwärts. Und dann war er am Ziel und starrte auf das, was Trask als Argusas Herz beschrieben hatte.

Er befand sich nun in einer großen Halle, deren Wände aus feinfaserigem Gewebe bestanden. Alles war bedeckt mit Schleim, der hier sehr klar war und nur ganz wenig grün schimmerte. Er lief die Wände herab und tropfte von der Decke.

Es war furchtbar heiß. Die Luft war ätzend. Das Licht wurde durch winzige Poren von draußen bis hierher in ihr Innerstes geleitet.

In der Mitte des Raumes hing in über fünfzehn Metern Höhe ein Sack, so groß wie ein Wal.

Argusas Herz.

Der Sack war am unteren und am oberen Ende durch je eine massige Ader verbunden. Das Herz kontrahierte in regelmäßigen Abständen und mit jedem Herzschlag fühlte Haif, wie es durch den erzeugten Luftdruck in seinen Ohren drückte.

*Bumm. Bumm.*

Es war mehr als nur Argusas Herz. Es war alles, was sie zu dem machte, was sie heute war. Es war ihr Gehirn, ihr Herz und ihre Seele.

Wie paralysiert beobachtete Haif das pflanzliche Riesen-Organ bei seiner Arbeit. Es hatte nur eine millimeterdünne Haut, sodass er den kristallklaren Lebenssaft im Inneren in Bewegung sehen konnte.

Doch er sah noch mehr. Ab und zu waren dicke schwarze Schwaden im sonst so klaren Pflanzen-Blut zu sehen. Es brauchte nicht lange, bis Haif begriff, dass es sich dabei um das schwarze Blut des Uwors handelte. Es war dessen Verderbtheit, die von Argusa Besitz ergriffen hatte. Das Böse breitete sich immer weiter in ihr aus und würde sie eines Tages in ein entsetzliches Monster verwandeln, das tötete und wuchs, ohne Verstand.

Haif rappelte sich ein letztes Mal hoch und merkte, dass seine Knie weich wurden. Nur mit Mühe konnte er noch stehen.

Für Argusa mochte dieser Ort das Zentrum ihrer Lebenskraft sein. Für Haif aber war es die Todeszone.

Er versuchte, mit der Axt nach dem Herz zu werfen, aber es war viel zu hoch für ihn, und er war schon zu sehr geschwächt. Er konnte nicht mehr so weit werfen. Die Axt schaffte gerade mal die Hälfte der Höhe des Herzens und fiel in den Schleim zurück.

Er riss sich zusammen und warf die Axt noch einmal. Sie schlug mit dem Schaft gegen die Unterseite des Herzens, richtete aber keinerlei Schaden an.

Wenn er es verletzen wollte, dann musste er es aus unmittelbarer Nähe tun.

»Wie soll ich da denn hochkommen?«

Jetzt hatte er es so weit geschafft, nur um kurz vor dem Ziel zu erkennen, wie weit entfernt er davon war.

In seinem überhitzten Verstand überschlugen sich seine Gedanken, und ihm fiel nichts Besseres ein, als über diese bittere Ironie zu lachen. Er lachte laut und hustete furchtbar.

»Eine Leiter gibt es hier wohl nicht, oder?«

Unterdessen quälte Argusa die gefangenen Woodrofs. Den ersten hatte sie bereits erwürgt. Sie erzählte Trask, wie unendlich schmerzvoll es sein würde, wenn sie ihn bei lebendigem Leibe verdauen würde. Er solle um Gnade flehen und ihr verraten, wo sich der Sortaner versteckt hielt.

Doch Trask hielt dicht, und auch die anderen verrieten ihr nichts. Sie hofften nur, dass Haif den Weg zu ihrem verdorbenen Herzen finden und ihrem Leben ein Ende bereiten würde.

Sie schrien vor Schmerzen und sahen, wie Argusa mit ihren freien Krakenarmen alles wie im Amokrausch um sich herum verwüstete.

*»Wenn sie mit euch dreckigen Hüpfern fertig ist, dann wird Argusa so schnell wachsen, wie sie noch nie zuvor gewachsen ist. Und sie wird alles vernichten. Jeden verspeisen, der ihr in den Weg kommt, und wer sie liebt, der wird ihr dienen dürfen.*

*Sie wird eine neue Ära der Verzweiflung für diejenigen einläuten, die aus Fleisch und Blut sind!*

*Sie wird sich nehmen, was sie will, sie wird Spaß haben, wann sie will, und sie wird fressen, wenn sie es will.*

*Alles wird ihr gehören!«*

Im Inneren der zentralen Kammer von Argusas Plexus reifte in Haif die Gewissheit, dass er nur noch wenige Minuten hatte, bis er ohnmächtig werden würde. Er betrachtete trotz brennender Augen die gewebeartige Wand und glaubte, dass er vielleicht daran nach oben klettern könnte, bis er in fünfzehn Metern Höhe auf einer Ebene mit Argusas verdorbenem Herz sein würde.

Selbst wenn er es bis dorthin schaffen würde, so wäre das Herz noch zu weit entfernt, weil es in der Mitte des Raumes hing.

Von der Decke hingen Stränge herab, die wie Lianen aussahen und in etwa der Höhe des schlagenden Herzens in den seitlichen Wänden verschwanden. Wenn Haif eine davon erreichen und durchhacken würde, dann könnte er an einer der Lianen zum Herz hinüberschwingen und es vernichten.

»Ich schaffe das«, sagte Haif laut. Er raffte sich auf und hob die heruntergefallene Axt wieder auf.

»So leicht werde ich es dir nicht machen, du Mistvieh! Bevor ich krepiere, werde ich dafür sorgen, dass du vor mir krepierst. Hast du das gehört, Argusa? Du hast doch so gerne Spaß. Ich verspreche dir, das wird bestimmt ein Riesen-Spaß!«

Aber Argusa hörte ihn nicht, denn im Inneren ihres Plexus war sie blind und taub. Sie ahnte nicht, welche Gefahr da auf sie zukam.

Haif krallte seine Hände in die faserige Wand und war überrascht, dass er gut Halt fand. Auch wenn er vom Körperbau alles andere als dazu prädestiniert war zu klettern, so legte er die ersten beiden Höhenmeter flott zurück. Doch an der lebensfeindlichen Umgebung hatte sich nichts geändert. Das bisschen Sauerstoff, das seine Lungen noch aus der ätzenden Luft filtern konnten, reichte kaum aus, um weiterzukommen. Keuchend hing er an der Wand und wünschte sich zu sterben, so schlimm waren die Schmerzen in seiner Brust.

Außerhalb des Plexus hatte Argusa bereits sechs der vierzehn Woodrofs ermordet. Für die anderen, die sich unter Schmerzen in ihrem Würgegriff wanden, schwand die letzte Hoffnung.

*Komm schon, Kleiner,* dachte Trask, so als wolle er per Telepathie Haif die Kraft geben, die er für die letzten Meter brauchte.

*Komm schon. Gib nicht auf!*

Vielleicht war es ja tatsächlich Gedankenübertragung, denn Haif gab nicht auf, obwohl sein Körper nicht mehr mitspielen wollte.

»Ich gebe nicht auf!«

Mit zitternden Armen und Beinen kroch er die Wand weiter nach oben. Zentimeter um Zentimeter. Es waren die schlimmsten Qualen, die er je erleiden musste.

Beinahe wäre ihm die Axt aus der Hand gefallen, dann wäre es aus gewesen.

Alles schmerzte, von der Haut über die Augen bis hin zur Lunge. Er wusste nicht, woher er die Kraft nahm, aber es gelang ihm, bis auf eine Höhe mit dem Herz zu klettern. Er erreichte die Stelle, an der die Liane von der Decke kommend in der Wand verwachsen war.

Er krallte sich mit seiner rechten Hand an der Liane fest. Mit der anderen holte er aus und schlug auf die Verbindungsstelle der Liane zur Wand ein, um sie zu lösen. Doch das Ding war viel zäher, als er gehofft hatte.

Er glaubte nicht, noch die Kraft für einen weiteren Schlag zu haben. Er konnte sich ja kaum noch selbst festhalten. Aber er hatte die Kraft.

Er schlug noch einmal auf die Stelle und stöhnte dabei vor Anstrengung. Dann noch einmal. Und noch einmal. Seine Füße verloren den Halt an der Wand, und auf einmal baumelte er an einem Arm hängend an der verwachsenen Liane, die sich einfach nicht lösen wollte.

Mit einem letzten heiseren Schrei hob er seine Axt und holte zum Schlag aus: Die Schneide fuhr durch den Verbindungsknoten und trennte den Strang von der Wand.

Haif begann ohne eigenes Zutun mit einer Hand an der Liane hängend zum Herzen hinüberzuschwingen. Geistesgegenwärtig hob er die Axt erneut, und während er gegen das Riesen-Organ prallte, fuhr die Schneide tief in dessen dünne Haut und zerriss sie.

Argusas Herz platzte wie ein gigantischer mit Wasser gefüllter Luftballon. Ihr verdorbenes Pflanzen-Blut spritze in einer 360 Grad Fontäne gegen die Wände und füllte die Kammer.

Haif bekam davon nichts mehr mit. Durch den enormen Druck wurde er gegen die Wand geschmettert und versank in Argusas verdorbenem Blut.

## AM ENDE DES SCHRECKENS

Innerhalb des Bruchteils einer Sekunde war Argusa Gigantulas Herz zerfetzt. Sie stieß einen Schrei aus, der so laut und gewaltig war, dass er fast um den ganzen Planeten hallte. Ein jeder Einwohner Thalantias hörte ihn. Für einen Moment stand das Leben still, und jeder fragte sich, was dieses entsetzliche Geräusch verursacht haben könnte.

Argusa reckte ein letztes Mal ihre dutzenden Krakenarme in die Höhe. Ihr gewaltiger Irrgarten wurde von heftigen Zuckungen erschüttert und ließ die Erde beben. Sie hatte nicht einmal mehr Zeit, einen Fluch auszustoßen. Die Pflanze, die insgesamt mehrere hundert Quadratmeter groß war, brach unter lautem Getöse in sich zusammen. Ihre Abkömmlinge, die unterirdisch die gesamte Inselwelt durchzogen hatten, würden, getrennt vom ihrem Hauptstamm, bald ihr Schicksal teilen.

Später würde man sich von der Schreckens-Pflanze erzählen, die niedergestreckt wurde von einem kleinen unscheinbaren Sortaner, von dem zuvor noch niemand etwas gehört hatte. Sein Name würde sich über ganz Thalantia verbreiten. Und jeder würde seinen Namen mit der Heldentat von Truchten in Verbindung bringen. Man würde sich die Geschichte vom Sortaner Haif erzählen, der auszog, um die Tyrannenherrschaft des fleischfressenden Monsters Argusa Gigantula zu beenden.

Alles ging so furchtbar schnell. Argusa ließ die Woodrofs, die bereits toten und die fast erwürgten, mit einem Mal fallen. Diejenigen von ihnen, die noch laufen konnten, brachten sich vor den im Anschluss herabstürzenden Pflanzenmassen in Sicherheit.

Wie versprochen, hatte der eine Woodrof, der Haif vor Argusas Verdauungsorgan bewahrt hatte, sich ein Versteck gesucht und auf genau diesen Moment gewartet. Er wusste, dass der von Argusa zuvor verschluckte Pais Ismendahl einen langen Nahrungskanal entlang transportiert werden musste, um in ihren zentralen Verdauungstrakt zu gelangen. Dessen Chance, noch am Leben zu sein, war sehr hoch. Und so blieb der Woodrof unbehelligt in der Nähe des Nahrungskanals, in dem er den Menschen vermutete.

Als Argusa in sich zusammenfiel, schlüpfte er aus seinem Versteck im Boden und begann, unter Gefahr herabstürzender Teile der Riesen-Pflanze, mit der Suche nach Pais. Der Woodrof legte den erschlafften Kanal frei und riss ihn mit seinem bloßen Händen auf. Und tatsächlich. Er fand den betäubten Pais und zerrte ihn aus dem stinkenden und schleimigen Schlauch.

Zum Glück kam Pais von ganz allein wieder zu Bewusstsein. Ihm war schwindelig, und seine Lungen brannten beim Einatmen, aber er war ansonsten in Ordnung. Nicht mehr viele Meter hätten gefehlt, und er wäre tatsächlich in Argusas Verdauungstrakt gelandet.

»Danke«, sagte er, als er sich aufsetzen und seinem Retter in die Augen sehen konnte.

»Deinem Freund gebührt der Dank, nicht mir.«

»Haif? Was ist mit ihm? Wo ist er? Und was ist hier überhaupt geschehen?«

Geduldig erklärte der Woodrof ihm alles, was gerade passiert war, nachdem er von Argusa verschluckt worden war. Er sagte ihm auch, dass Haif auf eine Mission ohne Wiederkehr gegangen war, um Gigantula zu töten.

»Dein Freund Haif ist die mutigste Person, die ich je kennengelernt habe. Über seine Heldentat und sein Opfer wird man noch in Generationen sprechen. Es tut mir Leid, dass ich keine besseren Nachrichten habe«, sagte der Woodrof mit aufrichtiger Anteilnahme.

Pais konnte es nicht glauben. Eine ganze Weile lang rang er um Fassung und nach Worten. »Aber... Aber das kann nicht sein! Ich glaube es nicht! Ich...«

Er sackte in sich zusammen, als er verstand, was der Woodrof ihm gerade gesagt hatte. »Es ist meine Schuld. Ich habe uns hierher gebracht. Ich habe gesagt, ich hätte alles unter Kontrolle, und jetzt habe ich ihn durch meinen Leichtsinn umgebracht.«

»So darfst du nicht denken. «

»Aber es ist so. Er war viel klüger, als ich es mir eingestehen wollte. Er hatte immer das richtige Gespür für die Gefahr und war sich seiner eigenen Grenzen bewusst. Und im Gegensatz zu mir hatte er einen Mut, den ich nie aufgebracht hätte. Er hat dieses Ungetüm ins Jenseits geschickt. Was für eine Tat!

Das Mindeste, was ich jetzt noch tun kann, ist sein Andenken in Ehren zu halten.«

Der Woodrof nickte und ließ Pais ein paar Minuten Zeit, um sich von dem Schock zu erholen. Dann half er ihm auf die Beine, und sie bahnten sich einen Weg heraus aus der pflanzlichen Trümmerwüste.

Es war schon erstaunlich: Argusa war erst seit ein paar Minuten tot, und schon begann es nach Fäulnis zu stinken. Es würde nur wenige Tage dauern, bis von ihr nur noch unkenntlicher, verfaulter Morast übrig sein würde.

Nach einer Weile gelangten sie schließlich ins Freie und trafen auf die anderen Woodrofs, die überlebt hatten.

Trask war nicht unter ihnen.

Nach Feiern war niemandem zumute. Zu viele Freunde waren der verdorbenen Pflanze zum Opfer gefallen.

Alle Woodrofs klopften Pais aufmunternd auf die Schulter, und er hasste es, weil ausgerechnet er, der Haif in Gefahr gebracht hatte, kein Mitleid verdient hatte.

Alle waren so erschöpft und standen noch zu sehr unter dem Eindruck der schrecklichen Ereignisse, sodass sie einfach nur schweigend dasaßen und derer, die nicht mehr unter ihnen waren, gedachten.

Der Tag neigte sich langsam dem Ende. Die Sonne stand tief am Horizont und versprach einen wunderschönen Sonnenuntergang, den Pais und die Woodrofs schweigend bestaunten.

Auf einmal unterbrach etwas die Stille, und sie hörten unregelmäßiges Geraschel aus dem Überresten von Argusa kommen.

»Wer ist da?«, rief Pais. Einen verrückten Moment lang glaubte er, Argusa wäre wieder zum Leben erwacht und würde nun mit ihm und den Verschwörern kurzen Prozess machen.

Aber es war nicht Argusa. Es war der alte Trask, der sichtlich mitgenommen aus dem unwegsamen Unkraut gestolpert kam. Auf seinem Rücken trug er etwas.

Pais schoss auf die Beine. Es war Haif!

»Kann mir jemand bitte helfen?«, rief Trask.

Pais stürzte ihm entgegen und holte Haif von Trasks geschundenem Rücken. Er legte ihn auf den Boden.

»Er atmet nicht mehr!«, schrie er verzweifelt.

»So helft ihm doch!« Er versuchte sich an einer Herzmassage, obwohl er keine Ahnung hatte, wo genau bei einem Sortaner das Herz war. Dann beatmete er ihn mehrmals im Wechsel mit der Herzmassage. Aber es war zu spät.

In dem Sortaner regte sich kein Fünkchen Leben mehr.

»Er hat es nicht geschafft. Dabei habe ich geglaubt, ich hätte ihn lebend gerettet«, sagte Trask niedergeschlagen.

Pais war so erschüttert wie nur selten zuvor in seinem Leben. Er vergrub das Gesicht in den Händen und weinte still.

Das war auch für ihn zu viel.

»Wie habt Ihr ihn gefunden?«, fragte er nach einer Weile den alten Woodrof mit erstickter Stimme.

»Ich habe eigentlich gar nicht daran geglaubt, ihn zu finden. Argusa muss ihn bei ihren letzten Zuckungen irgendwie ausgespuckt haben.

Aber er war zu lange in ihrem Inneren. Niemand hätte das so lange überlebt. Wenn ich ihn nur ein wenig früher gefunden hätte, dann...«

»Es ist nicht Eure Schuld«, unterbrach ihn Pais. Es gab in seinem Leben sicherlich einige Dinge, auf die er im Nachhinein nicht besonders stolz war. Aber all jene Begebenheiten waren zusammen nicht annähernd so schlimm, wie Haif in den Tod geschickt zu haben. »Es ist meine Schuld. Ganz allein meine. Ich bin dafür verantwortlich. Ich habe ihn hergeführt. Das werde ich mir nie verzeihen.«

Keiner konnte Pais in diesem Moment etwas sagen, das ihn von seinen Selbstvorwürfen abbringen konnte. Sie alle mussten erst begreifen, dass jemand, der ein völlig Fremder war, bereit gewesen war, sein Leben für das ihrige zu opfern. Solche Taten kannte man lediglich aus Geschichten.

»Wir werden niemals vergessen, was er getan hat«, sagte Trask.

»Essen? Hat da jemand was von Essen gesagt?«, sagte eine dünne Stimme.

»Nein, ich sagte vergessen«, antworte Trask und schaute sich irritiert nach dem Fragesteller um.

»O, schade. Ich habe irgendwie Hunger.«

»Haif?«, rief Pais ungläubig und schaute auf den am Boden liegenden Sortaner. Haif blinzelte nur etwas mit den Augen, und seine Stimme war kaum zu hören. Aber er war es, der gesprochen hatte.

»Aber wie ist das möglich? Du warst doch...«

»Tot?«

Pais nickte und kämpfte dagegen an, nicht vor Freude in Tränen auszubrechen.

Haif schüttelte verneinend den Kopf. Er war sehr geschwächt und hustete.

»War ich wohl nicht.« Und er war tatsächlich zu keinem Zeitpunkt tot gewesen. Wie er Pais später erklären würde, waren Sortaner in der Lage, unter Bedrohung für ihr Leben in eine Art von Scheintod zu verfallen, in welchem ihr Körper alle Grundfunktionen auf ein Minimum reduzierte. Fälschlicherweise konnte es vorkommen, dass Außenstehende, die von dieser Überlebensstrategie nichts wussten, den Betroffenen für tot hielten.

»Dieser Sortaner ist zäher, als er aussieht«, lachte Trask und die anderen Woodrofs stimmten überglücklich ein.

»Meine Name ist übrigens Haif Haven.«

»Freut mich, dich kennenzulernen«, lachte Trask.

»Du bist unglaublich! Tu mir einen Gefallen, und mach das nie wieder mit mir. Ich dachte, ich hätte dich auf dem Gewissen«, freute sich Pais und schämte sich nicht dafür, dass ihm vor Glück eine Träne rausgerutscht war.

»In Ordnung. Wenn du mir versprichst, dass ich das nächste Mal entscheide, wo wir hingehen.«

»Abgemacht.«

»Ob Calessia das Buch schon in ihre schmierigen Finger bekommen hat?«, fragte Haif.

Das war schon erstaunlich. Da war Haif dem Tode gerade noch von der Schippe gesprungen, da wollte er schon wieder weitermachen.

»So schnell wird sie wohl kaum sein. Außerdem solltest du dir deswegen jetzt keine Gedanken machen. Es wird eine Weile dauern, bis du wieder auf die Beine kommst.

Es wird gleich dunkel. Ich werde mich um ein Feuer kümmern. Es könnte heute Nacht kühl werden.«

»Und wir werden uns nach etwas Essbarem umsehen. Für dich, Haif, werden wir nach Lebenskraut suchen. Das kannst du kauen. Es wird die Symptome deiner Verätzungen lindern und den Heilungsprozess deiner Lunge erheblich beschleunigen.«

So gesagt, so getan. Schnell fanden die Woodrofs das Heilkraut und verabreichten es dem Sortaner, der doch stark in Mitleidenschaft gezogen war.

Haif schlief danach rasch ein und atmete dabei immer noch hörbar. Seine vollständige Heilung würde noch eine Weile dauern. Hier mitten in der Wildnis war aber kein passender Ort dafür. Pais und die Woodrofs verständigten sich darauf, Haif gemeinsam am nächsten Morgen in die Stadt Fara-Tindu zu bringen, wo man sich besser um ihn kümmern konnte.

Dann legte sich auch Pais zum Schlafen, aber es gelang ihm nicht. Zum Einen, weil er sich sorgte, ob Haif auch wieder vollständig genesen würde. Zum Anderen, weil er sich ärgerte, dass Calessia ihn ausgetrickst und nun bald das Flüsternde Buch in Händen halten würde.

Und es gab jetzt nichts, was er dagegen tun konnte.

# DIE RUINEN VON ELEUSIS

Als sich Calessia auf den Weg zu ihrer Schwester Xali machte, verschwendete sie keinen Gedanken mehr an diese beiden Tölpel, die ihr ins Handwerk pfuschen wollten. Argusa hatte ihr bisher immer gute Dienste geleistet, sodass es keinen Grund gab, an ihren tödlichen Fähigkeiten zu zweifeln.

Xali war bei den Totengräbern ganz im Norden von Truchten. Der Weg dorthin machte einen zweitägigen Fußmarsch erforderlich, vorausgesetzt, Calessia machte nur kurze Pausen. Andere Transportmittel zu benutzen, wäre in ihrer Situation zu gefährlich, denn niemand durfte von ihrem Vorhaben erfahren.

Nein, Calessia wusste nichts von Haifs heroischer Tat. Sie ahnte nicht, dass sie es mit ihm und seinem menschlichen Gefährten noch einmal zu tun bekommen würde.

Xali. Lange hatte Calessia nicht mehr an ihre Schwester gedacht. Wie alles anfing. Wie sie zu dem wurde, was sie heute war.

Um zu verstehen, was Calessia dazu bewegt hatte, sich in den Dienst des Dunkelträumers zu stellen, muss man sich Thalantias Umgang mit der Geschichte vergegenwärtigen.

Die Siebeninselwelt Thalantia ist eine Welt, die ihrer Vergangenheit mit all ihren Errungenschaften beraubt wurde.

Bevor Ilbétha vor über tausend Jahren geschwächt und desorientiert auf Thalantia strandete, da war diese Welt ein Ort des Wohlstands und des gemeinsamen Miteinanders. Es gab erste große technische Errungenschaften wie zum Beispiel die Nutzbarmachung der schwerelosen Steine. Elektrizität war den Thalantianern von einst zwar ein Fremdbegriff, und dennoch gab es für die Mehrheit der Bevölkerung einen hohen Lebensstandard. Nicht aufgrund der Wissenschaft, sondern wegen der moralischen und gesellschaftlichen Integrität dieser Welt.

Kulturelle oder religiöse Differenzen, die gar kriegerisch ausgefochten wurden, gab es schlicht nicht. Jeder respektierte den anderen. Man hatte schnell gelernt, dass der Unterschied zum anderen nichts ist, das man fürchten oder bekämpfen musste, sondern von dem man lernen konnte. Man wusste, dass Vielfalt eine Bereicherung war und nicht ins Chaos führen würde. Nur so war es möglich, dass über Jahrhunderte hinweg die verschiedenen Völker Thalantias, seien es Menschen, Sortaner, Woodrofs, Largonen oder Arboraner und viele andere, friedlich *miteinander* und nicht *nebeneinander* lebten.

Wie genau das funktioniert hat, bleibt ein Rätsel. Genauso rätselhaft wie die Frage, ob es jemals wieder so sein kann wie damals.

Als die fremden Wesen, die Ilbéthas Aufenthaltsort erfuhren, über Thalantia herfielen, da wurde diese Welt mit rücksichtsloser Brutalität regelrecht in die Steinzeit zurück katapultiert.

Der unbändige Hunger nach Macht, die Ilbétha verkörperte, war so extrem, dass die Invasoren kein Halten kannten. Zuerst bekämpften sie in blinder Unwissenheit die heimische Bevölkerung, und schließlich dauerte es nicht lange, bis man sich gegenseitig bekriegte, so verbissen und verroht, dass am Schluss kein Stein mehr auf dem anderen stand.

Und wofür das alles? Für nichts. Ilbétha gab ihr Geheimnis nicht preis. Geschützt durch die überlebenden Thalantianer, gelang es ihr, sich zu verstecken und auszuruhen von dem Leid, dass sie selbst durch die Erschaffung von Verlorenend heraufbeschworen hatte. Doch ihr Glück und ihr Geschick waren es, dass sie Verlorenend parallel zum Raumzeitgefüge von Thalantia und nicht einer anderen Welt erschuf, denn nur Thalantias Bewohner waren integer genug, sie nicht den Invasoren auszuliefern und sie stattdessen zu beschützen. Eine beispiellose Tat, die, ohne zu übertreiben, nirgendwo anders im Universum so stattgefunden hätte.

Doch das Erbe, das Ilbétha hinterlassen hatte, wog so schwer, dass man sich nach Abzug der Invasoren gezwungen sah, den Vergessens-Plan zu entwerfen und auszuführen. Die Vergangenheit musste vergessen werden, glaubte man. Nur so war es möglich, den Nachkommen eine Chance auf eine friedliche Existenz zu ermöglichen. Doch war das Leben nach dem Vergessen nicht mehr dasselbe wie vorher.

Es gab wieder vermehrt Konflikte. Das gegenseitige Verstehen, das diese Welt einst so einzigartig gemacht hatte, trat in den Hintergrund. Man lebte wieder nebeneinander her. Die Königreiche waren zerfallen, und bis auf das Wissen, dass sie einst existiert hatten, war nichts mehr übrig.

Vielleicht war das Schlimmste am Vergessen gar nicht das Vergessen an sich, sondern vielmehr die Tatsache, dass es praktisch niemanden interessierte, was die Vergangenheit in Wahrheit zu erzählen hatte.

Wenn jemand heute eine Redewendung aus der Zeit vor dem Krieg gebrauchte, dann konnte niemand etwas über deren Ursprung sagen. Und es gab auch niemanden, der danach fragte.

Der Obliviscimus-Plan war zwar als beschützende Maßnahme eingeführt worden, er war aber viel zu ambitioniert, als dass er hundertprozentig funktioniert hätte. Diese und jene Begebenheit wurde dann doch von Generation zu Generation weitergegeben. Die meisten hielten Geschichten wie die über den Leviathan oder andere Überbleibsel aus der Zeit des Krieges nur für Legenden oder Mythen, doch einige wenige nahmen sie sehr ernst. Es bildeten sich im Laufe der Zeit verschiedene Gruppierungen, die sich der Erforschung der Vergangenheit verschrieben hatten. Bei den meisten von ihnen lag jedoch der Schwerpunkt nicht auf einer objektiven und wissenschaftlichen Vorgehensweise. Die meisten waren eher so etwas wie Kulte oder Sekten, welche nach Beweisen für die Existenz der alten Mythen suchten. Zu einer dieser Gruppen gehörten auch die Schwestern Xali und Calessia. Schon kurz nach ihrem Engagement in einer dieser Gruppierungen hatten sie sich schnell einen Namen gemacht.

Die beiden Schwestern ergänzten sich bei ihren Forschungen ganz hervorragend und waren ein eingespieltes Team. Ihr Forschungsgebiet lag in den Ruinen von Eleusis, einem überschaubaren Gebiet im Osten von Truchten, das die meisten anderen für wertlos hielten, da es nichts Verwertbares zu finden gab.

Die Ruinen von Eleusis waren einst eine Stadt gewesen. Was niemand ahnen konnte, war, dass die Stadt, die dem untergegangenen Empire Eleusis angehörte, lange Zeit vor dem Großen Krieg vor tausend Jahren ihre Blütezeit hatte. Mehr als vierzigtausend Jahre vor Ilbéthas Ankunft beherbergte die Stadt eine Hochkultur, deren Spuren heute nahezu vollständig verloren waren. Es war eine Zeit auf Thalantia, als es noch Wunder gab und Dinge möglich waren, die man sich heute nur in seiner kühnsten Fantasie vorstellen konnte.

Thalantia war eben schon immer etwas Besonderes. Es war keine Welt unter Millionen anderer Welten, sondern ein Knotenpunkt im unendlichen Kosmos, in dem die Kräfte und Mysterien des bekannten Universums ineinander flossen. Von diesen Knotenpunkten gab es nur sehr, sehr wenige. Die anderen waren einfach irgendwo im leerem Raum. Doch dieser eine hatte sein Zentrum mitten in der Welt von Thalantia. Und so ist es wenig überraschend, dass sich schon vor so langer Zeit Kulturen entwickelten, denen sich Wahrheiten offenbarten, die allen anderen Lebewesen im Universum verborgen blieben. So war es auch mit den Bewohnern von Eleusis. Sie drangen in Geheimnisse vor, deren Erforschung sie Jahrhunderte lang beschäftigte. Was mit dieser Kultur letztlich geschehen war, lässt sich an dieser Stelle nur vermuten. Aber es ist davon auszugehen, dass das Gefahrenpotential, das Thalantia aufgrund seiner besonderen Stellung im Universum innehatte, so enorm war, dass man beschloss, diese Welt zu verlassen. Womöglich haben Eleusianer sogar den drohenden Krieg um Ilbétha vorhergesehen. Und das, was tausend Jahre (also heute) später noch geschehen würde. Deshalb kehrten sie dieser Welt den Rücken.

Und das Einzige, was heute von Eleusis noch übrig geblieben war, waren ein paar verfallene Ruinen.

Aber da war noch mehr. Hier und da zwischen all den Trümmern fanden sich Hieroglyphen. Xali und Calessia glaubten fest daran, dass es sich um eine Bilder-Schrift handeln musste, die ihnen verraten würde, was es mit dem Geheimnis von Eleusis auf sich hatte.

Die Schwestern reisten einmal um den ganzen Planeten, um jemanden zu finden, der ihnen bei der Übersetzung der Symbole helfen konnte, doch es war vergebens.

In dieser Zeit sprach man von Xali und Calessia nur als von den Schwestern von Eleusis, da sie beide - für jeden offensichtlich - besessen von der Ruinen-Stadt waren.

Für Calessia war Eleusis vornehmlich ein lukratives Geschäft, da sie viele Artefakte an Sammler verkaufen konnte. Bei ihrer Schwester Xali war es anders. Sie spürte, dass Eleusis ein Mysterium verbarg, das für sie beide alles verändern könnte. Genau das geschah dann auch eines Tages.

Tatsächlich hinterließen die Eleusianer nicht aus Zufall diese Hieroglyphen. Sie wollten diese Welt nicht verlassen, ohne den verbliebenen Völkern eine Warnung zu hinterlassen. Eine Warnung vor potentiellen Bedrohungen, die es in Zukunft geben würde. Doch konnten die Eleusianer nicht wissen, wer diese Nachricht finden würde und wann. Auch konnten sie nicht vorhersehen, ob der Finder überhaupt in der Lage sein würde, die Nachricht zu verstehen, denn sie bestand nicht einfach nur aus einer Notiz. Nein, die Nachricht, die alle Erklärungen der Mysterien Thalantias und das gesammelte Wissen der Eleusianer beinhaltete, befand sich in einem Runenstein, den man hinterließ. Darin war etwas Lebendiges. Ein Wesen, dem die Zeit nichts anhaben konnte. Man nannte es nur den Runengeist. Er sollte der Überbringer der Nachricht der Emigranten sein.

Diese Entscheidung der Eleusianer sollte ein Akt der Güte sein. Vielleicht geschah es auch aus dem schlechten Gewissen heraus, die nachkommenden Generationen anderer Völker, die auf Thalantia lebten, über ihr bevorstehendes Schicksal im Ungewissen zu lassen. Was auch immer der Beweggrund gewesen sein mochte, einen entscheidenden Haken hatte die Sache:

Selbst wenn der Finder des Runensteins die Nachricht des Runengeistes verstehen würde, wäre er dieser besonderen Form der Kommunikation überhaupt gewachsen? Denn die Eleusianer gingen ja davon aus, dass die kognitiven Fähigkeiten späterer Generationen den ihren zumindest gleichwertig sein würden. Aber dem war nicht so.

Die Eleusianer waren eine äußerst hochentwickelte Spezies und hatten eine Evolutionsstufe erreicht, die auf Thalantia und vielleicht sogar im ganzen Universum beispiellos war.

Was würde also mit dem Empfänger der Botschaften des Runengeistes geschehen, wenn er dessen überwältigender mentaler Kraft ausgesetzt sein würde? Ganz abgesehen vom Inhalt der Botschaft, die allein schon einen normalen Menschen in den Wahnsinn hätte treiben können.

Niemand von den Eleusianern hätte diese Frage beantworten können. Niemand hätte ahnen können, was mit einem Menschen, der seinen Geist für die Botschaften aus dem Runenstein öffnete, geschehen würde.

Xali war die Frau, die es herausfinden und am eigenen Leib erfahren würde.

Nachdem ihre Schwester schon aufgegeben hatte, grübelte Xali Tag und Nacht über die Bedeutung der Hieroglyphen von Eleusis. Es war fast so, als ob eine höhere Macht - nennen wir es das Schicksal - seine Finger im Spiel gehabt hätte, und Xali zu einer Besessenen machte. Eine Besessene, deren einziger Lebensinhalt darin bestand, die Hieroglyphen zu entziffern.

Und dann, Jahre nach ihren ersten Entschlüsselungsversuchen hatte sie Erfolg. Sie identifizierte die Hieroglyphen als geographische Markierungen und legte eine Karte an. Der Rest lief nicht anders ab als bei einer Schatzsuche: mit einem X markierte sie die Stelle, an der sich die von ihr berechneten Vektoren kreuzten.

Sie holte ihre Schwester zu Hilfe, und beide gruben sie wie verrückt Tag und Nacht ein Loch in die Erde, mitten in den verfallenen Mauern von Eleusis.

Und plötzlich, da hielt Xali es in der Hand. Es sah aus wie ein schmutziger Stein, doch Xali wusste, dass es das nicht war.

Sie befreite den Runenstein von seinem Schmutz und starrte hinein.

»Das ist es, Schwesterherz! Das ist es, wonach wir gesucht haben. Siehst du das Leuchten im Inneren?«

Calessia konnte das dunstige, gräuliche Leuchten im Inneren des Steins sehen, und anders als ihre besessene Schwester war Calessia vorsichtig beim Betrachten dessen, was in diesem Runenstein vor sich ging.

»Was ist das Xali?«

»Es ist wunderbar. Es ist das verborgene Geheimnis von Eleusis. Wir haben es gefunden. Sieh doch, wie wunderschön sein Leuchten ist.«

Während Xali ihren Blick nicht mehr abwenden konnte, spürte Calessia eine Gefahr, die sie beide das Leben kosten könnte. Ebenso wie Xali kannte sie jedes noch so unglaubwürdige Gerücht und jede Geschichte über diesen Ort. Und alle hatten Eines gemeinsam: Sie warnten vor einem Fluch, der über einen hereinbricht, wenn man sich anmaßte, das Geheimnis von Eleusis zu lüften.

»Sei vorsichtig, Xali! Sieh nicht solange hinein! Es könnte gefährlich sein.«

»Es ist so wunderschön! Wie könnte von ihm eine Gefahr ausgehen? Sieh doch nur, Schwesterherz! Sieh genau hin, und du wirst dich nicht mehr fürchten.«

»Hör auf, Xali! Ich bitte dich! Ich will ja auch sein Rätsel entschlüsseln, aber wir sollten auf der Hut sein. Das ist ein mächtiger Gegenstand. Wir wissen nicht, wozu er fähig ist.«

Aber für Xali war die Stimme ihrer Schwester schon weit entfernt, obwohl sie nebeneinander standen. Der Runengeist begann von Xali Besitz zu ergreifen, um sein Wissen mit ihr zu teilen, so wie es ihm vor Jahrtausenden vorherbestimmt worden war.

»Da ist etwas in seinem Inneren. Es kommt auf mich zu. Es will mir etwas mitteilen.«

»Sieh nicht mehr hin, Xali! Tu, was ich sage!«

»Ich kann mich nicht abwenden. Es lässt mich nicht. Es will, dass ich zuhöre. Es will, dass ich zusehe.

Calessia, ich habe Angst. Ich kann mich nicht befreien.«

Calessia versuchte, ihrer Schwester den Runenstein aus den Händen zu reißen, aber Xali hielt ihn mit eisernem Griff fest.

»Ich kann es nicht loslassen. Ich kann nicht! Hilf mir doch!«

Calessia wollte ihrer Schwester helfen, aber sie konnte nichts mehr tun. Wie sie in diesem Moment bemerkte, hatte sich Xalis Fund schnell herumgesprochen. Sie waren umringt von neugierigen Sektenmitgliedern, die wissen wollten, was die Schwestern von Eleusis aus dem Boden geholt hatten. Die meisten von ihnen waren Anhänger desselben Kultes, in dem die beiden Frauen ihre Karriere als Forscherinnen der alten Mythen begonnen hatten. Damals hatte sie niemand wirklich ernst genommen. Mit diesem Tag, an dem Xali den Runenstein einer längst vergessenen Zivilisation in Händen hielt, hatte sich diese Einstellung schlagartig geändert.

Calessia bat die Schaulustigen um Hilfe, aber keiner wollte sich selbst in Gefahr bringen. Alle hielten gebührenden Abstand zum Geschehen und wurden Zeugen, wie sich Xali, eine der Schwestern von Eleusis, langsam aber sicher in eine Banshee verwandelte.

Zuerst bebte der Boden. Dann fuhr ein gleißendes Licht aus dem Stein und blendete Xali so sehr, dass sie schrie. Das weiße Licht wurde immer heller, und als man glaubte, noch greller ginge es nicht, da verdoppelte sich seine Intensität.

Die Gaffer flüchteten, und nur Calessia blieb an ihrer Seite und trotzte dem furchtbaren Licht. Xali schrie wie jemand, der den sicheren Tod vor Augen hatte.

»Aufhören! Ich ertrage es nicht!« Der Runengeist hatte aber gerade erst angefangen. Sein Wissen konnte er nur einmal übertragen, danach würde er sein Leben verwirkt haben.

Calessia rief in ihrer Verzweiflung ein letztes Mal ihren Namen, bevor Xali in Flammen stand. Doch es waren nicht die Flammen eines Feuers, sondern die eines Plasmasturms, der sie einhüllte.

Xali brannte in jener Feuersbrunst, während die Erde erzitterte, und die letzten Mauern von Eleusis fielen.

Keine von beiden konnte sich später erinnern, wie lange dieses Inferno andauerte, aber als es zu Ende war, da war Xali verschwunden. Calessia glaubte sie tot, verbrannt in den Flammen des Runengeistes.

Aber in ihrer Not und ihrer Verzweiflung rief sie wieder ihren Namen. Diesmal aber gehörte dieser Name nicht mehr dem Menschen Xali, sondern der Banshee, zu der sie geworden war. Zunächst ohne jegliche physische Form hörte Xali das Wehklagen und die Rufe ihrer Schwester. Ohne ihr willentliches Zutun waren es eben jene Rufe, die ihr eine neue Art von Körperlichkeit zurückgaben.

Xali würde diesen Zusammenhang erst später bemerken.

Die Sonne war bereits untergegangen, der Tag hatte sich dem Ende geneigt, und Xali wurde wiedergeboren als geisterhafte Banshee, die sie von nun an sein würde. Und das alles nur, weil Xali so unersättlich neugierig gewesen war.

Als sie in ihrem neuen halb durchscheinenden Körper vor ihrer Schwester schwebte, da erkannte sie sie nicht einmal. Xali musste alles neu lernen. Calessia half ihr dabei, mit ihrem neuen Leben, wenn man es denn so nennen konnte, klarzukommen. Aber Xali fühlte sich immerzu schwach, und es ihr ging nicht gut.

Calessia bemühte sich, ihrer Schwester irgendwie zu helfen, aber in Wirklichkeit wollte sie nur wissen, was Xali vom Runengeist erfahren hatte. Immer wieder fragte sie danach. Xali reagierte immer ausweichend, und manchmal sagte sie, dass das, was sie in dem Runenstein gesehen habe, nicht für eines Menschen Auge bestimmt gewesen sei.

»Es wäre besser, du fragst mich nicht mehr danach, Schwesterherz. Das, was ich über das Leben, das Universum und den Tod gesehen habe, würdest du nicht wissen wollen. Glaube mir, das würdest du nicht wollen«, hatte sie einmal zu Calessia gesagt.

Xali wollte herausfinden, wie sie in ihrer neuen Gestalt wieder zu Kräften kommen konnte und Calessia - enttäuscht über Xalis Schweigen - führte ihre Forschungen über das Mystische fort. Ihr besonderes Interesse galt dem Tode an sich, dessen Geheimnis Xali für sich behielt. Schließlich war es nur eine Frage der Zeit, bis Calessia und das Flüsternde Buch zusammentrafen und die Gefährtin des Todes, wie man sie bald nannte, vom Dunkelträumer und seiner bevorstehenden Rückkehr erfuhr. Sie hatte zwar immer geahnt, dass es den Dunkelträumer geben musste, aber erst das Flüsternde Buch konnte ihr Gewissheit darüber geben. So wie Xali zuvor von den Mysterien von Eleusis besessen war, so war Calessia es nun vom Dunkelträumer und seinem wahnsinnigen Vorhaben, Thalantia zu vernichten, um eine neue Welt zu kreieren.

Anders als früher gelang es Calessia, eine Schar Anhänger um sich zu sammeln, die sie unterstützten. Spätestens seit dem spektakulären Fund in den Ruinen von Eleusis glaubte man an ihre Führungsstärke. Manche waren sogar bereit, sich für ihre unethischen Versuche zur Verfügung zu stellen. So kam es dann schließlich, dass sich Calessia die tödlichen Fähigkeiten der Riesenpflanze Argusa Gigantula zunutze machen konnte, um ihre Probanden eine Nahtod-Erfahrung machen zu lassen. Doch die Berichte der *Zurückgekehrten* waren alles andere als aufschlussreich. Calessia fürchtete bald sogar, dass sie genau wie alle anderen auch, der drohenden Zerstörung Thalantias durch den Dunkelträumer hilflos ausgeliefert sein werde, wenn sie das Geheimnis des Todes nicht enträtseln würde.

Doch dann, kurz nachdem Gerüchte um unheimliche Vorfälle an der Barriere von Valheel laut wurden, klopften zwei Gestalten an ihre Tür und erzählten ihr von Antilius. Sie bestätigten ihr damit ungewollt, dass der Dunkelträumer tatsächlich erwacht war, und dass ihr in der Folge nicht mehr viel Zeit blieb.

Diese Fügung des Schicksals führte die Gefährtin des Todes also wieder zurück zu ihrer Schwester, die sich in einer Höhle am Meer verschanzt hatte, in dem irrsinnigen Glauben, das Buch würde ihr dabei helfen, wieder menschlich zu werden.

Calessia wusste es besser: Das Flüsternde Buch interessierte sich für nichts und niemandem außer dem Dunkelträumer, dessen Rückkehr es in die Wege leiten wollte.

Xali hatte sich eines Tages nach ihrer Entflammung von ihrer Schwester getrennt, weil diese nur noch vom Dunkelträumer besessen war und für Xali nichts mehr übrig hatte.

Die ersten Tage in ihrer Gestalt als Banshee waren geprägt von Leid und Wahnsinn. Als sie sich von ihrer Schwester trennte, da streifte Xali ziellos durchs Land und über die Meere der Welt. Mit jedem Tag, der verging, fühlte sie sich schlechter. Mehr noch: Sie konnte ihre Gestalt kaum noch aufrechterhalten. Sie wurde langsam aber sicher unsichtbar und hatte keine Erklärung dafür.

Eines Tages, während sie weiter geschwächt und desorientiert über das weite Meer schwebte, traf sie auf ein Schiff. Es war keines der großen Baum-Schiffe, mit denen Passagiere überführt wurden. Es war ein Handelsschiff, das allerlei Waren aus Bétha nach Truchten transportierte, ein schlichter Dreimaster mit dem Namen Endora. Zwanzig Mann Besatzung, alles Menschen.

Es war ein stürmischer Tag, daran erinnerte sie sich später noch genau. Neugierig, wie sie war, und verzweifelt schwebte sie über das Deck des Schiffes und versetzte die Mannschaft in Angst und Panik. Zwei Männer waren von dem geisterhaften Auftritt Xalis so entsetzt, dass sie über Bord sprangen. Jedes noch so unheimliche Seemannsgarn verblasste gegen die gespenstische Banshee.

»Fort mit dir, Kreatur der Hölle! Verschwinde in die unseligen Untiefen der See, aus der du gekommen bist!«, waren die Worte, mit denen Xali begrüßt wurde.

»Ich brauche Hilfe«, sagte sie mit gebrochener Stimme. Sie war kurz davor gewesen, sich gänzlich in Nichts aufzulösen.

Doch dann merkte sie, dass die Blicke der verängstigten Männer ihr irgendwie gut taten. Sie begann, sich besser zu fühlen. Xali begann zu verstehen, dass ihre Existenz auf irgendeine Weise durch die auf sie gerichteten Blicke anderer gefestigt wurde.

»Verlasse unser Schiff!«, brüllte der Kapitän ihr entgegen und hielt einen Säbel auf sie gerichtet.

»Aber es geht mir bei euch schon viel besser. Lasst mich doch bei euch bleiben«, bat Xali.

Der Kapitän hielt den Säbel an Xalis geisterhaften Hals, doch die Banshee ließ sich - immer noch verwirrt über das Geschehen - nicht beirren. Sie schwebte dichter an den Kapitän heran, wobei der Säbel durch ihren transparenten Hals hindurch glitt, ohne sie zu verletzen.

Ungläubig starrte die Besatzung der Endora die Banshee an. Sie fürchteten, dass dieses Ungeheuer in Form einer weiblichen Gestalt sie mit sich in die Tiefe reißen würde, aus der sie Xalis Herkunft vermuteten. Noch schlimmer als die Vorstellung war aber die Tatsache, dass sie ihren Blick nicht von ihr abwenden konnten. Xali übte einen Bann auf sie aus, dem sie sich nicht entziehen konnten. Nur der Kapitän wollte widerstehen und war der Einzige, der Xali anbrüllte, die Endora zu verlassen.

Aber Xali war von der positiven Energie der Blicke der Besatzung so euphorisiert, dass sie instinktiv etwas tat, was ihr im ersten Moment selber Angst machte. Es war wie ein Instinkt, der ihr eingepflanzt worden war und durch den sie gar nicht anders konnte, als danach zu handeln. Sie griff nach dem Herz des Kapitäns.

Dieser schrie vor Entsetzen. Und dann vor Schmerz. Xali hatte noch keine Erfahrung darin, jemandem das Herz auszusaugen, und deshalb war es für ihr Opfer besonders qualvoll. Für Xali wirkte es dagegen wie eine Droge. Als der Kapitän vor seinen geschockten Männern tot zusammenbrach, da wollte Xali nur noch Eines: mehr. Und so nahm sie sich den Rest der Mannschaft vor, von der sie keine Gegenwehr mehr zu erwarten hatte, da sie unter ihrem Bann standen. Xali war wie im Rausch und saugte ein Herz nach dem anderen aus. Erst als sie bemerkte, dass keine Seele mehr übrig war, verließ sie die Endora, die seitdem als Herrenlose auf dem großen Ozean ziellos umhertreibt.

Hatte sich die Banshee anfangs noch dieser grausamen Tat geschämt, so begann sie im Laufe der Zeit, einen anderen Blickwinkel auf ihr Verhalten einzunehmen. Sie war jetzt kein Mensch mehr. Sie war eine neugeborene Spezies, die nach ihren Instinkten handelte. Und einer dieser Instinkte, der ihr Überleben sicherte, war nun einmal der Griff nach einem schlagenden Herz. Dafür musste sie sich doch nicht schämen. Sie tat nur das, was in ihrer Natur lag. Sie war einzigartig, sie war nicht mehr so schwach und verletzlich wie die Sterblichen, auch wenn sie immer noch deren Blicke brauchte, um ihre Form zu halten.

Xali war nun davon überzeugt, dass sie zu Höherem bestimmt war. Nur hatte sie immer noch mit der Aufrechterhaltung ihrer transparenten Gestalt Schwierigkeiten. Ständig benötigte sie auf sich konzentrierte Augen. Dieses Manko war auch letztlich der Grund, warum es die Banshee in das Reich der Totengräber verschlagen hatte. Es waren willige Opfer, die sich von ihr leicht betäuben ließen und ihr neben dem einen oder anderen Herz, das sie sich einverleibte, ihre Blicke schenkten.

Xali wusste, dass sie ein stärkeres Herz brauchte, wollte sie zu vollständiger Eigenständigkeit zurückfinden. Lange hatte sie überlegt, wie sie es anstellen sollte, bis zu dem Tag, an dem ihr die ihr hörigen Totengräber das Flüsternde Buch aushändigten.

Als wenn dieses Buch von Xalis Dilemma gewusst hätte, versprach es ihr ein Herz, das tausend andere aufwiegen würde. Sie hatte nie wirklich an Fügungen des Schicksals geglaubt, aber dies änderte sich mit dem Versprechen des Buchs.

Sie konnte nur erahnen welche Möglichkeiten sich ihr eröffnen würden, wenn sie jenes Herz würde *fühlen* können.

Und so wartete sie geduldig in der klammen Höhle der Totengrä-ber. Sie wusste, dass ihre Schwester sie bald besuchen würde, weil es trotz ihrer offensichtlichen Unterschiede ein unsichtbares Band gab, das sie verband. So wusste sie auch, dass Calessia nach dem Flüsternden Buch fragen würde. Und zwar nicht, weil ihre Schwester es begehrte, sondern weil es das Schicksal, das alle Fä-den in der Hand hielt, so wollte.

Und so sehr man sich auch bemühte, dem Schicksal konnte man sich nicht widersetzen.

## DIE VEREINBARUNG

Calessia hatte eine lange Wanderung hinter sich, als sie den Eingang zum Reich der Totengräber erreichte. Sie war davon überzeugt, dass ihr niemand gefolgt war, sodass jetzt zwischen ihr und dem Flüsternden Buch nur noch ihre Schwester Xali stand.

Auch wenn die Gefährtin des Todes eine ziemlich abgebrühte Persönlichkeit war, so fühlte sie sich in beengten Räumen dennoch unwohl. Von den Totengräbern hatte sie bislang nur gehört. Noch nie war sie einem persönlich begegnet.

»Was hat dich bloß dazu getrieben, in dieses stinkende Loch zu gehen, Schwesterherz?«, sprach Calessia, als sie in den endlosen Gängen der unterirdischen Höhle nach der Banshee suchte.

»Wo versteckst du dich?«

Nicht lange Zeit später traf sie auf den ersten toten Totengräber. Einer von vielen, von denen sich Xali genährt hatte. Calessia kam schnell zu dem Schluss, dass sie einfach nur der Spur der Leichen folgen musste, um ihre Schwester zu finden.

Sie näherte sich der großen Höhle unter der Küste, in der sich die Banshee befand. Kurz davor wurde Calessia von denselben Totengräbern abgefangen, die schon den alten Gorgen Ancrus aufhalten wollten. Sie versperrten ihr den Weg und verlangten Auskunft über ihre Absichten.

»Lasst mich durch! Ich will zu meiner Schwester. Es wäre besser für euch, mich nicht aufzuhalten.«

Der Anführer der kleinen Gruppe, die sich Xalis Bann widersetzte, schaute Calessia finster an. »Ich weiß, wer Ihr seid. Eure verfluchte Schwester hat uns beinahe vollkommen ruiniert. Ich werde nicht zulassen, dass Ihr sie dabei unterstützt.«

Calessia musterte die gepanzerten Wesen und war über ihre entschlossenen Mienen in ihren aparten Gesichtern überrascht.

»Wenn ihr mich nicht zu ihr lasst, dann könnt ihr sicher sein, dass euer Ende gekommen ist. Xali wird keinen am Leben lassen. Keinen einzigen. Das hat sie noch nie getan. Ich habe die vielen Toten in den Gängen gesehen. Wollt ihr auch so enden, frage ich euch? Wenn nicht, dann lasst mich passieren. Ich bin nicht hier, um Xali bei dem, was sie tut, zu unterstützen.«

»Ihr wollt das Flüsternde Buch«, ergänzte der ältere Totengräber. Seine Fühler streckten sich vor.

Calessia stellte sich ahnungslos: »Wieso sollte ich an einem Buch...«

»Weil jeder nach dem Buch trachtet«, wurde sie brüsk vom Totengräber unterbrochen. »Xali, die Gorgens, Ihr und sogar wir hatten von dem Buch Hilfe erhofft. Aber ich kann Euch sagen, das Einzige, was dieses Buch zu tun imstande ist, ist zu zerstören. Dieses abscheuliche Ding werden wir Euch nicht überlassen. Es vergiftet einem den Verstand, so wie es mit Xali geschehen ist.«

»Ich denke, du hast keine Ahnung, was Xali wirklich ist, und ob sie nicht schon vorher so war wie jetzt. Rede nicht über Dinge, die du nicht verstehst.«

»So? Wie steht es denn mit Euch, Calessia, Gefährtin des Todes? Was ist Xali denn in Wahrheit? Wisst Ihr es? Oder gebt Ihr nur vor, es zu wissen?«

Calessia war immer mehr darüber erstaunt, wie hartnäckig der hummergleiche Totengräber blieb. Insgeheim hatte sie gehofft, Xali hätte sein ganzes Volk schon ausgelöscht, dann würde sie sich jetzt nicht mit ihm herumplagen müssen.

Außerdem gefielen ihr seine Worte ganz und gar nicht. Denn der Totengräber lag vollkommen richtig. Calessia hatte nicht die leiseste Ahnung, was Xali jetzt war. Man nannte sie eine Banshee, aber nur deshalb, weil es keine Beschreibung für jemanden wie sie gab.

»Vielleicht magst du wahre Worte gesprochen haben, Totengräber. Ich weiß nicht, was aus meiner Schwester geworden ist. Aber Eines, das weiß ich ganz sicher. Sie ist gefährlich. Und mit jedem weiteren Herz, von dem sie sich nährt, wird sie stärker und mächtiger werden. Ich habe nicht vor, Xali zu unterstützen, weil ich glaube, dass es sie früher oder später selbst vernichten wird. Ich liebe meine Schwester. Deshalb bin ich hier, um ihr eine Alternative anzubieten.«

»Eine Alternative?«

»Ja. Eine Alternative zu...«, Calessia schaute mit Abscheu auf die feuchtkalten Höhlenwände und machte eine ausholende Handbewegung, »...*dem* hier.«

»Und was ist mit dem Buch?«, argwöhnte der Totengräber.

»Wenn ihr armseligen Hummer wirklich über mich Bescheid wüsstet, dann wüsstet ihr auch, dass ich das Flüsternde Buch schon einmal besessen habe. Ohne ins Detail zu gehen, sollte es wohl reichen, wenn ich sage, dass es mir nichts genützt hat.«

Der alte Totengräber musterte Calessia eingehend. Sein Misstrauen ihr gegenüber war ungebrochen.

»Ich glaube Euch nicht. Wir sollen denken, dass Ihr nur Eure Schwester besuchen wollt, und dass es reiner Zufall ist, dass sie das Buch hat?«

Calessia stöhnte genervt auf. »Also gut. Ich versuche, es dir und deinen tapferen Gefährten noch deutlicher zu machen. Das Flüsternde Buch wird sich niemals freiwillig von meiner Schwester trennen. Und Xali wird niemals freiwillig gehen. Nur wenn ich meine Schwester bitte, mir das Buch auszuhändigen, wird sie vielleicht zustimmen und euch in Frieden lassen. Ich verspreche dir, dass ich eurem Volk das Buch überlassen werde, sofern Xali es mir gibt, und ich eine Information von dem Buch bekommen habe.«

»Was für eine Information?«

»Das ist meine Angelegenheit. Wenn ihr mich nicht zu ihr lasst, dann werdet ihr alle sterben. Oder aber ich gehe zu ihr und befreie euch aus ihrem Bann. Und im Gegenzug lasst ihr mich eine Frage an das Buch stellen. Danach könnt ihr damit machen, was ihr wollt. Es ist also ganz einfach, wie du siehst.«

Die Totengräber berieten sich daraufhin. Sie kamen überein, dass der Preis, den sie verlangte, angesichts ihrer prekären Lage angemessen war.

»Also gut. Aber wenn Ihr irgendwelche Tricks versucht oder das Buch stehlen wollt, dann werdet Ihr hier drin mit uns sterben, das schwöre ich Euch. Das Buch darf niemals wieder in falsche Hände geraten.«

Calessia nickte. Innerlich musste sie lachen, weil die Totengräber so bedauernswert ahnungslos hinsichtlich des Buchs waren. Sie maßten sich an, über dessen Zukunft zu entscheiden. Doch in Wirklichkeit war es das Buch selbst, das darüber entschied. Deshalb war es ihr auch völlig egal, was mit dem Buch später geschehen würde, weil niemand einen Einfluss darauf haben würde, außer dem Buch selbst. Das Einzige, was sie von dem Buch erfahren wollte, war, wie sie mit dem erwachten Dunkelträumer in Kontakt treten konnte, und ob dieser Antilius für sie nützlich sein oder eine Gefahr darstellen würde.

»Dann geht und versucht Eurer Glück«, sprach der Totengräber und zog sich mit seinem Gefolge in den an die große Höhle an-

grenzenden Nebenraum zurück, um von dort aus das Geschehen
heimlich beobachten zu können.

# XALIS NEUGIER

»Wie geht es dir, Schwesterherz?«, sprach Calessia, als sie die große Höhle betrat.

»Welch schöne Überraschung, dich wiederzusehen«, säuselte Xali, als sie ihre Schwester sah.

Calessia musste sich beherrschen, sich nicht anmerken zu lassen, dass sie von der Szenerie, die sich ihr in der Höhle darbot, erschreckt war. Dutzende der um Xali versammelten Totengräber waren zusammengebrochen. Einige davon hatte der Tod ereilt, andere waren ihm schon sehr nahe. Jene, die das Pech hatten, noch nicht vom Tod erlöst worden zu sein, wimmerten zusammengekauert auf dem Boden oder murmelten wirr und unverständlich vor sich hin. Xali war dabei, die Höhle in ein Massengrab zu verwandeln, und sie merkte es nicht einmal. Diese Vorstellung war selbst für die gefühllose Calessia ein kleiner Schock.

Auch der Gorgen Ancrus und seine drei Gefährten standen vor Xali und starrten sie mit leerem Blick an. Calessia wusste, dass das Flüsternde Buch seinen Ursprung in Gorgonia hatte und war froh, dass ihre Schwester die Gorgens paralysiert hatte, so konnten sie ihr keinen Ärger mehr machen.

Unbeschwert schwebte Xali durch die düstere Halle und sprach mit ihrer schönen Stimme. Doch als Calessia sie hörte, da war sie ihr völlig fremd. Sie schien aus einer anderen Welt zu kommen. Nein, sie hatte keine Ahnung, was Xali jetzt war. Jedes Herz, das sie aussaugte, entfernte sie immer weiter vom Menschsein. Calessia musste sich vorsehen. Ihre Schwester könnte unberechenbar sein.

»Du bist doch nicht etwa gekommen, um mir deinen Blick zu schenken?«, wollte Xali wissen. Wieder fiel ihrer Schwester die seltsame Abnormität in ihrem Tonfall auf.

»Sicher nicht«, antworte Calessia kühl.

»Dann bist du wegen dem Buch hier. Dem schönen Buch. Aber ich werde es dir nicht überlassen. Es hat mir nämlich etwas Wundervolles versprochen.«

»Ach ja? Was denn?«

Xali schwebte dicht an ihre Schwester heran und flüsterte ihr ins Ohr: »Ein Herz, das mich vollkommen machen wird. Ein Herz, das tausend andere aufwiegt. Stell dir nur vor. Ist das nicht wunderbar?«

Calessia bekam eine Gänsehaut. Weniger wegen dem, was Xali gesagt hatte, sondern vielmehr war es der eisige Atem an ihrem Ohr. Zum ersten Mal überhaupt kam ihr der Gedanke, dass Xali gar nicht mehr ihre Schwester war, sondern nur noch ein Geist, der von Verrücktheit besessen, den Sterblichen ihre Lebendigkeit neidete. Dieser Gedanke machte ihr Angst.

»Und... wem gehört dieses besondere Herz?«, fragte sie.

»Das weiß ich nicht. Und ich will es auch nicht wissen, weil die Überraschung umso schöner sein wird, wenn ich das Herz fühlen werde«, sagte Xali mit Verzückung.

Calessia musste nun ihre folgenden Worte mit Bedacht wählen, weil sie aus einem Gefühl heraus befürchtete, dass Xali einen unkontrollierten Wutausbruch kriegen könnte.

»Ich... ich freue mich für dich. Aber um noch einmal zu dem Buch zurückzukommen...«

Xali hob den fast durchsichtigen Zeigefinger und bewegte ihn verneinend hin und her.

»Ich liebe dich, mein Schwesterherz, aber das Buch ist nun mein. Du hattest deine Chance. Ich weiß, dass das Schicksal dich hierher geführt hat, und wenn die Zeit gekommen ist, dann wird es wieder zu dir zurückfinden. Doch jetzt ist das Buch noch mein. Frag mich bitte nicht noch einmal danach, sonst könnte ich wütend werden. Und ich verabscheue es, wütend zu werden. Denn wenn ich wütend bin, mache ich hässliche Dinge und kann mich nicht beherrschen.«

»Drohst du mir etwa?«

»Nicht doch, liebe Schwester. Aber ich bin nun einmal nicht mehr die Xali von früher. Ich bin nicht mehr deine kleine liebe Schwester, die mit Staunen zu dir aufgesehen hat. Ich bin...«, Xali suchte nach dem richtigen Wort, »...besser.«

»Besser als was?«

Xali antwortete nicht, sondern lächelte, legte ihren Kopf zur Seite und strich mit ihrer eisigen Geisterhand über die Wange ihrer Schwester. Eine herablassende Geste, die sagen sollte: *Besser als du.*

Tänzelnd drehte die Banshee ein paar Pirouetten in der Luft und summte ein Lied, in dem sich ständig das Wort *Herz* untermischte. Das Flüsternde Buch hielt sie stets an sich gepresst.

Jetzt war sich Calessia ganz sicher: Das war nicht mehr ihre Schwester.

Und bei etwas anderem war sie sich auch sicher: Wenn sie Xali erneut auf das Flüsternde Buch ansprechen sollte, dann würde sie es mit ihrem Leben bezahlen.

Aber zu Calessias Glück war es nicht notwendig, Xali nach dem Buch zu fragen, denn das Buch traf seine Entscheidungen alleine. Calessia war die Person, auf die es gewartet hatte.

*»Gib deiner Schwester, wonach sie verlangt«* sagte das Flüsternde Buch so, dass nur Xali es hören konnte.

Die Banshee hielt abrupt inne. Sie glaubte, sie hätte sich verhört.

»Wieso?«, fragte sie.

»Wieso was?« wiederholte Calessia, die glaubte, angesprochen worden zu sein.

*»Du wirst dein Herz nur bekommen, wenn du mich ihr überlässt. Unsere Wege trennen sich hier. Ich habe noch eine große Aufgabe zu vollenden. Lass mich ziehen, und du wirst dein Herz bekommen. Und deine Menschlichkeit. Es ist so vorherbestimmt. Unsere Wege müssen sich hier trennen.«*

Xali machte einen Schmollmund. Sie hatte sich schon so auf das Herz gefreut, und jetzt stellte sich heraus, dass die Sache einen Haken hatte. Dem Buch konnte man eben doch nicht trauen. Sie hatte wohl keine andere Wahl, sonst würde sie ihr Herz nie bekommen.

»Ich habe es mir überlegt, Schwesterherz. Ich gebe dir das Buch.«

»Woher der plötzliche Sinneswandel?«

»Wir alle sind Teil von etwas Größerem. Niemand versteht das besser als du. Das Flüsternde Buch ist nicht mein Schicksal, sondern deines.«

Calessia war überrascht und verwirrt zugleich. »Na, wenn du meinst.« Sie wollte nach dem Buch greifen und spürte bei dessen Anblick, wie die Gier in ihr anschwoll.

Xali hielt das Buch aber weiter fest und drehte sich ablehnend zu Seite.

»Du darfst das Buch haben, aber mitnehmen darfst du es erst, wenn ich das bekomme, wonach ich mich sehne.«

»Du meinst das Herz? Also ich weiß nicht, wann du dein Herz bekommen wirst.«

»Dann werden wir gemeinsam solange warten, bis es hier ist.«

Calessia fluchte innerlich. Ihr wurde in dieser klammen und dunklen Höhle immer unbehaglicher. Sie hätte ihrer Schwester am liebsten das Buch sofort aus den Händen gerissen und wäre damit geflohen. Aber so einfach war das nicht.

»Und wie lange sollen wir darauf warten?«

»Ich weiß es nicht, liebe Schwester. Ich weiß nicht, wann das vollkommene Herz zu mir findet. Vielleicht heute, vielleicht morgen oder in einem Jahr. Wer weiß?«

»Na, das kann ja heiter werden«, murmelte Calessia grimmig.

»Nun schau doch nicht so betrübt drein! Wir werden uns die Zeit schon irgendwie vertreiben.« Sie reichte ihrer Schwester vertrauensvoll das Buch. »Hier, nimm es. Solange wir warten, darfst du darin lesen, wenn du möchtest. Aber versuch nicht, dich damit heimlich aus dem Staub zu machen.«

Calessia nahm das Buch. Sie blätterte darin und fand, wie nicht anders zu erwarten war, nur leere Seiten vor. Sie würde Zeit brauchen, um mit dem Buch in Kontakt zu treten, und sie musste dabei allein sein. In dieser kalten Höhle war das unmöglich.

»Sag mir doch, Calessia, was willst du eigentlich von dem Buch? Soweit ich weiß, hattest du es doch schon eingehend studiert. Was erhoffst du dir davon?«

»Nichts für ungut, aber das geht dich nichts an.«

»O, wie schade, dass du es mir nicht verraten willst. Du weißt doch, wie neugierig ich bin.« Xali schwebte wieder gefährlich dicht an ihre Schwester heran. Mit ihrer schauderhaften Hand machte sie Bewegungen, als würde sie ein Orchester dirigieren. Jedes Mal, wenn die Hand ihrer Schwester in die Nähe der Stelle kam, an der ihr Herz schlug, spürte sie innerlich ein kaltes Brennen. Xali würde ihr doch nicht wirklich Schaden zufügen wollen?

»Ich bin so unverschämt neugierig«, hauchte Xali und starrte auf das Herz ihrer Schwester.

»Also gut ich... ich verrate es dir. Aber du darfst es niemandem weitersagen.«

»O, keine Sorge! Das werde ich nicht. Ich schweige wie ein Grab. Und jetzt erzähl deiner Schwester, was du vorhast.«

Calessia atmete erleichtert auf, als sie sah, dass sie Xali erfolgreich abgelenkt hatte. Für einen Moment hatte sie wirklich geglaubt, die Banshee würde ihre eisige Hand nach ihr ausstrecken und ihr das Herz aussaugen.

»Ich will mit dem Dunkelträumer in Kontakt treten.«

Die Banshee machte große Augen.

»Ja, es ist wahr, Xali. Der Dunkelträumer ist erwacht, und seine Rückkehr ist nur noch eine Frage der Zeit. Ich möchte mich ihm anschließen und will ihn deshalb kontaktieren.«

»Der Dunkelträumer? Ich weiß nicht, ob ich mich über seine Rückkehr freuen würde. Als wir, du und ich, die alten Mythen und Legenden erforschten, und als das Flüsternde Buch dich über seine Existenz informiert hat, da ahnten wir doch, wie gefährlich der Dunkelträumer sein würde. Und nun, da willst du dich ihm anschließen?«

»Seine Rückkehr ist unvermeidbar. Wer ihm nicht folgt, der wird sterben. Aber wer für ihn ist, wird an dem neuen Zeitalter teilhaben dürfen, das er einläuten wird. Daran glaube ich ganz bestimmt.«

Xali sah ihre Schwester mit ihren eisigen Augen scharf an. »Ich werde nicht sterben. Weil ich entflammt wurde, als die Mauern fielen. Ich bin besser als der Dunkelträumer. Soll er doch kommen! Mich wird er nicht vernichten. Er wird knien vor mir, wenn ich vollkommen sein werde.«

»Verzeih mir, Xali. So hatte ich es nicht gemeint. Ich meinte damit eher den ganzen Pöbel da draußen, der nicht den blassesten Schimmer von Thalantias wahrem Potential, geschweige denn seiner Vergangenheit hat.«

»Keine Sorge, Schwester. Ich hege ob deiner Worte keinen Groll gegen dich. Aber wenn der Dunkelträumer auf unserer Welt eintrifft, bin ich wahrscheinlich schon längst fort und werde an Orten sein, die sich niemand vorstellen kann. Sobald ich das Herz gefühlt habe, auf das ich hier warte.

Es stimmt. Niemand kennt die Geheimnisse dieser Welt und die Kräfte, die immer noch im Verborgenen ruhen. Doch ich habe sie gesehen. Als ich entflammt wurde, da habe ich die Schwelle überschritten.«

Das erste Mal hatte Calessia richtig Angst vor Xali, wenn sie hörte, wie sie über Dinge sprach, die den Sterblichen verwehrt waren.

»Doch sag mir, wie du den Dunkelträumer kontaktieren willst. Er ist weit, weit entfernt von Thalantia. Wie willst du es also anstellen?«

Calessia blickte auf das aufgeschlagene Buch in ihren Händen und antworte:

»Das Flüsternde Buch wird wissen, wie. Es weiß alles, weil es...«

Plötzlich sah Calessia einen Buchstaben auf einer der sonst leeren Seiten. Ungläubig blinzelte sie, doch ihre Fantasie hatte ihr keinen Streich gespielt. Weitere Buchstaben erschienen an verschiedenen Stellen der von ihr zufällig aufgeschlagenen Seite.

»Was ist mit dir?«, wollte Xali wissen.

»Buchstaben! Sieh doch, Xali!«

Es brauchte eine Weile, bis sich aus den Buchstaben ganze Worte bildeten. In dieser Zeit fragte sich Calessia, warum das Buch nicht zu ihr sprach, statt zu schreiben. Vielleicht wollte es, dass Xali es auch mitbekam. Oder es fürchtete, dass jemand Unerwünschtes zuhören könnte.

Wie auch immer: Das Flüsternde Buch hatte beschlossen, jetzt aktiv ins Geschehen einzugreifen. Darum hielt es sich nicht mit ausschweifenden Erklärungen auf. Es beschränkte sich auf das Notwendigste und hoffte, Calessia besäße genug Verstand, um es zu verstehen und entsprechend seinen Vorgaben zu handeln. Die Gefährtin des Todes starrte wie gebannt auf die Buchseite. Als sie dann auch noch den Namen Antilius entzifferte, setzte ihr Herz einen Schlag aus.

Nur drei Sätze formten sich auf dem vergilbten Papier:

Der erste lautete:

*Der Kataklyst besitzt den sprechenden Stein.*

Der zweite:

*Ancrus bekommt das Buch und darf gehen.*

Und beim letzten musste ihn Calessia zweimal lesen, um ihren Augen zu trauen.

*Antilius muss sterben.*

So unmittelbar, wie die Buchstaben aufgetaucht waren, so schnell verschwanden sie auch wieder.

Xalis Blick verriet, dass die Worte des Flüsternden Buchs für sie keinen Sinn ergaben. Calessia dagegen, begann eins und eins zusammenzuzählen und erschauerte. Nicht allein, weil das Buch sie, die Gefährtin des Todes, offenbar in den großen Plan längst einbezogen hatte, sondern auch wegen dem, was sie würde tun müssen, wenn sie den Weisungen folgen würde.

»Calessia, ich verstehe das nicht. Was will das Buch uns damit sagen?« Sie schwebte zu Ancrus, der die Banshee mit gläsernem Blick anstarrte, seit er von ihr paralysiert worden war. Fragend zeigte sie auf ihn. »Warum sollte ich dieses armselige Geschöpf gehen lassen? Und ihm dazu noch das Buch überlassen? Jemand versucht, uns an der Nase herumzuführen. Das kann nicht die Absicht des Buchs sein.«

Calessia war völlig in Gedanken versunken.

»Schwesterherz! Was sagst du dazu?«

»Ich glaube dem Buch. Es ergibt alles einen Sinn. Ist das Ancrus, der älteste Gorgen?«, fragte Calessia und zeigte auf ihn.

»Ja, und er hat mir seinen Blick geschenkt. Warum sollte ich auf ihn verzichten?«

»Das Flüsternde Buch war einst entstanden an dem Ort, an dem sich das heutige Reich der Gorgens befindet. Das Buch will zurück zu seiner Geburtsstätte. Ich habe es dir doch gesagt, Xali. Der Kreis schließt sich. Die Rückkehr des Dunkelträumers steht bevor. Ich weiß nicht, wie und warum, aber das Flüsternde Buch ist kurz davor, sein Werk zu vollenden.«

Die Banshee dachte einen Moment lang nach und wirkte dabei alles andere als erfreut.

»Ich sehe nicht ein, warum ich dem Buch helfen sollte, indem ich den Gorgen gehen lasse. Im Gegensatz zu dir bin ich nicht auf die Rückkehr des Dunkelträumers erpicht.«

»Aber verstehst du denn nicht, Xali? Wir beide sind längst in die große Kette von Ereignissen involviert. Wir beide dürfen an der neuen Welt, die der Dunkelträumer bauen wird, teilhaben. Und deswegen hat er oder vielleicht auch das Buch dir ein Geschenk gemacht.«

»Ein Geschenk?«

»Antilius.« Calessia sprach seinen Namen lang und deutlich.

Xali machte ein verzücktes Gesicht. »Ist er etwa derjenige, dessen Herz mir versprochen wurde?«

Ihre Schwester nickte nur verschwörerisch. Ursprünglich, da hatte sie mit dem Gedanken gespielt, Antilius für sich selbst zu beanspruchen, weil sie von ihm wissen wollte, was er alles gesehen hatte, als er dem Dunkelträumer in die Augen geblickt hatte. Doch das Flüsternde Buch hatte schon andere Pläne mit ihm. Antilius war eine Gefahr für den Dunkelträumer, so wie es das Buch ihr schon vor Jahren prophezeit hatte. Und Gefahren musste man eliminieren. Und wer wäre für diese Aufgabe besser geeignet als ihre furchtbare Schwester Xali, die nur ihre Hand ausstrecken musste, um ihn zu töten?

»O, wie aufregend!«, schwärmte Xali. »Aber wo ist Antilius? Wann werde ich ihm begegnen? Ich bin ja schon so begierig darauf, sein Herz zu fühlen!«

»Ich bin mir nicht sicher, aber ich glaube, er wird hierher kommen. Und zwar schon sehr bald.«

»Hierher? Zu mir? Warum sollte er das tun?«

»Ganz einfach: Weil er nach dem Flüsternden Buch sucht. Weil er es vernichten will. Weil er ein Feind des Dunkelträumers ist.«

In Anbetracht der Tatsache, dass ihr der Dunkelträumer Antilius als Geschenk überlassen wollte, war die Banshee bereit, ihre Meinung über den Uwor zu ändern. »Wenn das so ist, liebe Schwester, dann werde ich Ancrus aus meinem Bann befreien und ihm das Buch geben, sobald Antilius hier vor mir steht. Vielleicht ist dieser Dunkelträumer gar nicht so übel, wie ich es mir vorgestellt habe.«

Calessia atmete erleichtert auf. »Du wirst es nicht bereuen, Xali. Du wirst es nicht bereuen.«

»Aber was ist mit dem ersten Satz aus dem Buch? Wer ist der Kataklyst, und was ist ein sprechender Stein?«

Calessia zögerte, weil sie ihrer Schwester nicht alles verraten wollte. Aber aufgrund ihrer unbändigen Neugier würde die es ohnehin rausbekommen. Also konnte sie ihr auch die Wahrheit sagen.

»Durch den sprechenden Stein werde ich mit dem Dunkelträumer sprechen können, hoffe ich.«

»Ist der sprechende Stein ein Relikt aus der Zeit des Großen Krieges?«

»Ja. Es gab damals unterschiedliche Arten von Steinen. Neben dem sprechenden, gab es auch sehende, schwebende und angeblich sogar denkende Steine. Frag mich aber nicht, was man sich unter letzteren vorzustellen hat, ich weiß es nämlich nicht«, sagte Calessia mit einem ungewohnt besorgten Gesichtsausdruck, der Xali nicht entging.

»Du bekommst, was du willst und dennoch lastet dir etwas auf dem Herzen. Sag mir, was ist es?«

»Das Buch schrieb, dass der Kataklyst den sprechenden Stein hat. Er ist es, der mir Sorgen bereitet.

Du weißt, dass ich normalerweise kein Risiko scheue, um meine Ziele zu erreichen.«

»Wohl war«, stimmte Xali zu und dachte an Calessias Experimente mit dem Tod.

»Aber der Gedanke an den Kataklyst macht mir Sorgen.«

»Nun sag mir doch schon, wer ist das?«

»Über ihn ist nicht viel bekannt. Es heißt, er ruhe im großen Sumpf auf der Inselwelt Fahros, nordöstlich von hier. Er ist eine Art Golem, erschaffen aus Erde und dunkler Magie ferner Tage. Niemand hat es gewagt, ihn zu erwecken. Und das aus gutem Grund. Er ist ein stummes und kaltblütiges Wesen.

Selbst wenn es mir gelingen sollte, ihn aus dem Moor zu holen, würde er mir den sprechenden Stein kaum freiwillig überlassen. Aber da es keine andere Möglichkeit gibt, werde ich es versuchen müssen. Das Flüsternde Buch würde mich nicht auf ihn aufmerksam gemacht haben, wenn es zu gefährlich wäre, meinst du nicht auch, Schwester?«

»Das Buch lässt uns nicht an seinen Gedanken teilhaben. Wir müssen ihm wohl oder übel vertrauen.«

Xali reckte den Kopf und sah über Calessias Schulter.

»Was ist?«

»Da kommt jemand.«

Calessia sah sich um. Als sie erkannte, wer sich da zu ihnen gesellte, wurde sie in ihrer Einschätzung, dass das Flüsternde Buch alle Fäden in der Hand hielt, bestätigt.

»Das ist fast schon unheimlich«, sagte sie zu ihrer Schwester.

»Nein. Es ist wunderbar...«, flüsterte Xali.

# DER ABSCHIED

Einen Tag bevor Xali und Calessia in der Höhle der Totengräber aufeinandertrafen und die Worte des Flüsternden Buchs enträtselten, wachte Pais Ismendahl bei Morgengrauen auf. Er, der verletzte Haif und die Woodrofs hatten die Nacht zusammen an der ehemaligen Wachstumsgrenze des Hauptgewächses von Argusa Gigantula verbracht. Dank der Hilfe der ortskundigen Woodrofs konnten sie Haif medizinische Kräuter verabreichen, um ihm das Atmen zu erleichtern. Durch die saure und sauerstoffarme Luft in Argusas Innerem hatte Haif leichte Verätzungen seiner Lunge davongetragen. Sortaner besaßen zwar außergewöhnliche Selbstheilungskräfte, aber die waren auch bitter nötig, denn Haif ging es an diesem grauen Morgen immer noch nicht gut. Er atmete schwer und hatte gerade einmal genug Kraft, sich aufzusetzen, um einen Schluck des improvisierten Heilkräutertees zu sich zu nehmen.

»Ich bin so schwach«, sagte Haif und legte sich wieder zu Boden. Pais deckte ihn mit seinem Mantel zu. Er gab sich immer noch die Schuld an dem, was geschehen war.

»Wenn es nur etwas geben würde, das ich tun könnte, um alles rückgängig zu machen, ich würde es tun. Egal, was es wäre. Ich hoffe, du wirst mir irgendwann meine Dummheit vergeben können.«

»Schon geschehen«, flüsterte Haif schlapp. »Wie du gesagt hast, Pais: Abenteuer erlebt man nicht, wenn man sich zu Hause den Wanst vollstopft. Ich bereue nicht, was geschehen ist. Den Moment, als ich vor dem pochenden Herzen gestanden habe und mitten in Argusas Verderbtheit sehen konnte, den werde ich nie vergessen. Es war so unheimlich und faszinierend zugleich. Ich bin der Einzige, der das gesehen hat, und es wird niemanden geben, der etwas Vergleichbares zu Gesicht bekommen wird. Dieses Erlebnis würde ich für nichts auf der Welt eintauschen wollen.«

»Du bist eben doch ein echter Abenteurer, Haif. Ich bewundere dich für deinen Mut.«

»Ach, jetzt schleim doch nicht so herum«, sagte Haif und lachte, unterbrochen von einer Salve von Hustenanfällen.

»Was ist das Erste, das du tun möchtest, wenn du wieder auf den Beinen bist?«

»Meine Oma besuchen. Das hätte ich schon längst tun sollen.«

Haif lag und schaute in den Himmel, an dem der morgendliche Hochnebel sich noch nicht vollständig aufgelöst hatte. Er bemerkte dort einen braunen Fleck, der dort offenbar nicht hingehörte.

»Siehst du das da oben? Was ist das?«

Pais richtete seinen Blick nach oben und sah, wie der braune Fleck schnell größer wurde. Er kam auf sie zu.

»Ist das etwa...?«

Pais stand auf und vergewisserte sich. »Er ist es! Das ist Antilius auf dem Flugsaurier.« Er winkte mit beiden Armen. Die Woodrofs versammelten sich um ihn und Haif und schauten neugierig gen Himmel. Einen Flugsaurier hatte noch keiner von ihnen gesehen.

»Hierher!«, schrie Pais.

»Wie hat er uns bloß gefunden?«, fragte Haif.

»Ich weiß es nicht. Aber ich bin froh, dass er da ist.«

Alte Schwinge drehte knapp über ihren Köpfen eine Extra-Runde und setzte dann zu einem majestätischen Landeanflug an, so wie es sich für eine stolze alte Dame gehörte.

Als das Tier zum Stehen gekommen war, sprang Antilius hastig herunter und eilte zu seinen Freunden.

»Was ist passiert?«

»Haif braucht dringend Hilfe. Wir müssen zurück in die Stadt der Ahnen. Dort wird man ihm am ehesten helfen können.«

»Dann nichts wie los! Wir fliegen auf alter Schwinge. Los, Pais, hilf mir, ihn zu ihr zu tragen. Wir werden ihn auf ihrem Rücken zwischen uns nehmen.«

Alte Schwinge wollte sich in diesem Moment, in dem Hilfe angezeigt war, nicht stur stellen und transportierte dieses Mal ausnahmsweise drei Personen auf einmal.

»Alles bereit?«, rief Antilius, als sie alle auf Alte Schwinge Platz genommen hatten.

»Kann losgehen!«, antworte Pais. »Wie hast du uns gefunden?«

»Das erzähle ich dir unterwegs.

Los, altes Mädchen! Setz dich in Bewegung, und zeig mal, was du drauf hast!«, rief Antilius dem Saurier zu.

Alte Schwinge nahm einen großen Anlauf und hob jäh mit langen Flügelschlägen ab. Sie beschrieb über den Köpfen der Woodrofs einen großen Bogen in der Luft, bis sie die korrekte Richtung eingeschlagen hatte.

»Lebt wohl!«, rief Pais noch den verwunderten Woodrofs hinterher.

»Auf Wiedersehen!«, rief Trask zurück. »Und viel Glück.«

# DIE LETZTE CHANCE

Nachdem Alte Schwinge innerhalb kürzester Zeit auf dem begrünten Landeplatz in Arcanum gelandet war, brachten Pais und Antilius den verletzten Sortaner zum besten Heiler der Stadt. Haif musste verschiedene furchtbar schmeckende Tinkturen zu sich nehmen und inhalieren. Außerdem wurde ihm Bettruhe verordnet. Bis zum späten Nachmittag schlief er durch und war danach, als er aufwachte, wie ausgewechselt. Immer noch angeschlagen, aber hellwach und voller Tatendrang, bestand er darauf, gegen die Weisung des Heilers, bei der folgenden Besprechung mit der Präfektin dabei zu sein. Um Haif zu schonen, wurde diese Besprechung in den Raum verlegt, in welchem er im Bett liegend genesen sollte.

Alle waren wieder vereint. Antilius mit Gilberts Spiegel in seiner Brusttasche, Pais Ismendahl und eine schmale Gestalt, die auf den ersten Blick wie eine lebendige Holzpuppe ausschaute. Als diese ins Zimmer eintrat, warf der verdutzte Haif Antilius einen fragenden Blick zu.

»Darf ich vorstellen? Das ist Tirl. Er ist der Arboraner, mit dem ich mich auf Arbrit getroffen habe. Die Präfektin hat nicht übertrieben, als sie sagte, dass es niemanden gibt, der mehr über Thalantia weiß als er. Er hat mich auf die richtige Spur geführt. Ohne ihn wäre ich noch genauso ahnungslos wie zuvor.«

»Sehr erfreut«, sagte Haif anerkennend.

Tirl räusperte sich verärgert und sah Antilius auffordernd an.

»Habe ich etwas ausgelassen?«, fragte dieser verwundert.

Tirl räusperte sich erneut und blickte streng neben sich ins Leere.

»Ach ja, richtig. Das habe ich total vergessen. Wie unhöflich von mir.« Jetzt war es Antilius, der sich peinlich berührt räusperte. »Tirl ist ja nicht alleine hier. Also... ähm... das neben Tirl ist seine liebe Frau Mila. Sie war während meines Aufenthalts auf Arbrit ebenfalls dabei«, sagte Antilius und war gespannt auf die Reaktionen, sowie gleichzeitig ein wenig besorgt.

Pais und Haif schauten verwundert zu dem Nichts neben Tirl. Allein die Präfektin wusste von Tirls imaginärer Gefährtin und ließ es sich nicht nehmen, die Reaktionen der anderen zu beobachten.

Haif war der Erste, der das verwunderte Schweigen durchbrach. »Also, vielleicht haben meine Augen ja mehr Schaden davongetragen, als ich befürchtet habe. Aber beim besten Willen, ich kann niemanden...«

»Das ist eine lange Geschichte. Ich werde es euch später erläutern«, würgte Antilius den Sortaner ab, um Tirl nicht erneut in Verlegenheit zu bringen, wie es Antilius vor kurzem unabsichtlich getan hatte.

»Aber...«

»Belassen wir es einfach dabei, dass wir sie nicht sehen können. Sie aber uns. Und wenn sie etwas zu sagen hat, dann wird Tirl so freundlich sein, es uns wissen zu lassen. Ist es nicht so?«

Tirl nickte pikiert. Er empfand es als ein Stück weit unhöflich, dass sich die anderen so wenig Mühe gaben, Mila zu sehen. Aber er wollte keine große Sache daraus machen. Mila sah das genauso und machte eine entsprechende Bemerkung, natürlich unhörbar für die anderen.

»Da hört ihr es«, stimmte er ihr zu. »Sie besitzt genug Größe, um über eure Unzulänglichkeit hinwegzusehen.«

»Ja, also, da das jetzt geklärt ist, erzähle ich euch am besten, was ich in den versunkenen Ruinen von Eventum erlebt habe.«

Antilius brachte seine Freunde auf den neuesten Stand. Er erzählte ihnen von dem Volk der Vergessenen und erklärte ihnen, was sich nach Ilbéthas Ankunft auf Thalantia vor tausend Jahren zugetragen hatte.

Bei der Schilderung seiner Begegnung mit dem Leviathan erntete er nur ungläubige Blicke, denn niemand hatte sich vorstellen können, dass ein solches Wesen tatsächlich existierte.

Antilius ließ nichts aus, bis auf eine Ausnahme: Er erzählte nichts davon, dass Ilbétha noch am Leben war und irgendwo auf dem Planeten in einem Versteck ruhte. Zwar hatte der Vergessene gesagt, es gäbe, außer für den Dunkelträumer, keinen Weg, der zu ihr führte. Doch war Ilbéthas Macht derart verführerisch, dass selbst ein gefestigter Charakter der Versuchung erliegen konnte, ihre Macht für sich zu missbrauchen. Insbesondere in Anwesenheit der Präfektin wollte er sich zu Ilbétha nicht äußern, da er ihr nicht vollkommen vertrauen konnte, auch wenn es dafür bis heute keinen Grund gab. Tirl hingegen wusste Bescheid, weil Antilius ihm bereits genügend vertraute, und er ohnehin davon ausging, dass Ilbétha ein unsterbliches Wesen war.

Das Orakel in Verlorenend hatte Antilius beschworen, niemandem von Ilbéthas Zustand zu erzählen. Es war daher besser, die anderen blieben in dem Glauben, Ilbétha wäre in den Wirren des Krieges vor zehn Jahrzehnten umgekommen.

Er erzählte auch von einer Nachricht, die ihn wie kaum eine andere am meisten erschütterte. Nämlich dem Umstand, dass sich Verlorenend im Zerfall befand. Alle, die in Verlorenend lebten, würden aufhören zu existieren. Einschließlich Tahera, an die Antilius seit seiner Rückkehr von Arbrit oft denken musste.

Am Ende seines Berichts fasste er seine Erlebnisse abschließend zusammen: »Der Vergessene war in einer Sache unmissverständlich: Er sagte, das Flüsternde Buch müsse umgehend vernichtet werden, bevor es jemanden gefunden hat, den es endgültig zum Transzendenten machen kann. Nur wenn wir das Buch zerstören, haben wir eine reelle Chance, die Rückkehr des Dunkelträumers zu verhindern.«

Haif fiel wieder ein, dass der Dunkelträumer nicht nur einen Transzendenten für seine Rückkehr, sondern auch die Energie der schwebenden Steine, die als Avionium bezeichnet wurden, brauchte.

»Aber ich dachte, dass er ohne das Avionium nicht zurück kommen kann. Die letzten Vorkommen von diesem Zeug sind doch an der Barriere von Valheel aufgebraucht worden. Machen wir uns daher hier nicht die Köpfe über etwas heiß, das gar nicht eintreten kann?«

»Ich glaube nicht, dass es so einfach ist, Haif«, antworte Antilius. »Das Buch würde wohl kaum nach einem neuen Transzendenten Ausschau halten, wenn die Rückkehr des Dunkelträumers ohnehin unmöglich wäre. Es muss bereits einen Plan haben. Und irgendetwas sagt mir, dass wir nicht mehr viel Zeit haben. Wir müssen das Buch finden, und zwar schnell.«

»Nun, da haben wir Neuigkeiten für dich«, sagte Pais zurückhaltend.

»Wir wissen, wer das verfluchte Buch jetzt hat«, ergänzte Haif und nickte dabei düster.

»Wirklich? Das ist ja großartig! Aber an euren langen Gesichtern erkenne ich, dass es da wohl einen Haken gibt.«

»Nicht nur einen«, meinte Haif.

»Die allessehende Pflanze sagte, das Buch befände sich in einer Höhle am Meer, in die von oben durch ein Loch die Sonne hineinscheint. Die Schwester von Calessia, Xali, befindet sich an diesem Ort und hat das Buch, aber sie kann es wohl nicht lesen.

Diese Xali soll eine Banshee sein. Ich kann mir darunter nicht wirklich etwas vorstellen«, bemerkte Pais.

»Wo könnte dieser Ort mit der Höhle sein?«, fragte Gilbert aus seinem Spiegel. Wie schon nach seiner ersten Begegnung mit Antilius wünschte er sich einmal mehr, nicht dazu verdammt zu sein, das Geschehen als bloßer Zuschauer erleben zu müssen.

»Ich denke, ich weiß, wo das ist«, sagte Tirl. »Und Mila ist sich auch sicher. Xali ist im Reich der Totengräber.

Vor Jahren habe ich die gesamte Küste von Truchten erforscht und kartographiert. Das Loch, durch das man in die Höhle sehen kann, kenne ich. Ich wäre bei meiner Erkundung beinahe hineingestürzt. Ich hörte Stimmen, die aus dem Inneren der Höhle kamen und wurde Zeuge eines heftigen Disputs zwischen den Totengräbern. Ich konnte nicht verstehen, worum es ging, habe mir aber unbemerkt einen guten Eindruck vom Höhlenaufbau machen können.«

»Ich wusste, dass sich deine akribischen Forschungen und Erkundungen irgendwann bezahlt machen würden«, sagte die Präfektin erfreut. »So haben wir zumindest einen kleinen Vorteil. Aber was ist mit der Banshee? Weißt du auch darüber etwas?«

Tirl warf seiner imaginären Mila einen Blick zu, der so viel sagen sollte wie: Selbstverständlich weiß ich über sie Bescheid.

»Xali wird zwar als eine Banshee beschrieben, sie ist jedoch kein Geist im klassischen Sinn. Niemand weiß, was sie wirklich ist. Sicher ist nur, dass Xali tötet. Immer und immer wieder. Warum sie tötet? Sie scheint irgendwie die Lebensenergie aus ihren Opfern herauszusaugen. Außerdem habe ich vermehrt von Berichten gehört, denen zufolge Xali Anhänger um sich schart und sie in einen Trancezustand versetzt. Ich glaube, dass Xali darauf angewiesen ist.«

»Das verstehe ich nicht«, sagte Pais und sprach damit für alle Anwesenden.

»Ich bin davon überzeugt, dass Xali nur durch die Projektion der Gedanken anderer auf sich selbst existieren kann.«

»Was? Kannst du das bitte mal übersetzen, sodass ich es auch verstehe?«, sagte Haif und kratzte sich am Kopf.

»Hmm. Das ist nicht so einfach.

Ach, was sagst du?«, fragte Tirl seine Mila und wartete ihre Worte ab.

Haif und Pais wechselten skeptische Blicke, und dann sah Pais Antilius ungeduldig an. Der machte nur eine abwiegelnde Geste. Er war überzeugt, dass Mila, real oder nicht, zusammen mit Tirl noch eine wertvolle Verbündete sein würde.

Pais räusperte sich. »Würdest du uns vielleicht daran teilhaben lassen, was Mila gerade sagt? Aus *irgendeinem* mir unerfindlichen Grund können wir sie nicht hören.«

»Schon gut. Eine Entschuldigung ist nicht nötig. Mila sagt, dass Xali nicht mehr wirklich am Leben ist. Sie existiert nur noch auf der Schwelle zwischen Leben und Tod. Ihre körperliche Form kann sie nur erhalten, indem sie andere dazu zwingt, an sie zu denken und sie dabei anzusehen. Dieses Denken an ihre Existenz ermöglicht ihr überhaupt eben jene Existenz. Sie *lebt,* weil diejenigen, die sie in ihren Bann gezogen hat, an ihre Existenz glauben.«

»Lange Rede, kurzer Sinn: Xali saugt einem das Leben aus, wenn man versucht, ihr das Buch wegzunehmen. Wie sympathisch!«, fasste Gilbert sarkastisch zusammen.

»Verflucht! Und ich dachte, das Schlimmste hätten wir hinter uns«, klagte Haif und sank zurück in sein Bett.

»Ja, aber es kommt noch schlimmer: Calessia ist auf dem Weg zu ihrer Schwester. Als sie uns in Argusas Fänge getrieben hatte, meinte sie, sie wolle das Buch fragen, wie sie mit dem Dunkelträumer Kontakt aufnehmen kann. Wir haben es also nicht nur mit einer verrückten Banshee zu tun, sondern auch mit der Gefährtin des Todes.«

»Das können wir nicht ändern. Wir müssen sofort in die Höhle der Totengräber, um das Buch zu holen. Wenn wir mit dem Flugsaurier fliegen, sind wir noch heute Nachmittag dort«, sagte Antilius, ohne zu zögern.

»Entschuldigung, Antilius, aber hast du gerade nicht zugehört? Die beiden Schwestern werden uns das Buch wohl kaum freiwillig geben.«

»Nein, das werden sie nicht. Aber wir müssen dorthin, weil wir nicht wissen, ob das Buch wieder seinen Besitzer wechselt. Wenn Calessia das Buch an sich nimmt und damit verschwindet, haben wir unsere letzte Chance vertan.«

»Ich gebe euch ein paar meiner besten Leute mit. Zusammen könnt ihr die Höhle stürmen und das Buch mit Gewalt an euch nehmen«, schlug die Präfektin vor.

Antilius schüttelte energisch den Kopf. »Ich weiß das Angebot zu schätzen, Präfektin, aber das wird nicht funktionieren.«

»Wieso nicht«, wollte Haif ungeduldig wissen.

»Weil Xali jeden, der in die Höhle eindringt, mit ihrem lähmenden Bann belegen würde.«

»Das wissen wir nicht. Wenn wir mit einer Armee hineinstürmen, wird sie sich kaum um jeden kümmern können.«

»Antilius hat recht«, stimmte Tirl zu. »Xali kann hunderte Mann mit einem Schlag paralysieren, wenn sie es will. Eine Erstürmung der Höhlen der Totengräber kommt nicht in Frage.«

»Dann sollen wir also nichts tun?«

»Doch, Haif. Ich werde alleine gehen«, sagte Antilius.

Pais stieg die Zornesröte empor. »Bist du jetzt von allen guten Geistern verlassen? Muss ich das Folgende überhaupt erwähnen? Dieses *Ding* in der Höhle macht Hackfleisch aus dir. Du kannst unmöglich da alleine reinmarschieren. Und von der irren Calessia, die sich da vielleicht auch noch herumtreibt, will ich gar nicht erst sprechen.«

»Ich werde einfach behaupten, ich wüsste, wie man das Buch liest. Vielleicht lässt sich Xali darauf ein und gibt mir das Buch, wenn ich verspreche, seinen Inhalt mit ihr zu teilen.«

»Das kommt nicht in Frage, Antilius«, beharrte Pais außer sich.

»Es geht nicht anders. Ich werde ihr sagen, dass ich dem Dunkelträumer in die Augen gesehen habe und deshalb das Geheimnis des Flüsternden Buchs kennen würde.«

»Das ist doch verrückt!«, stieß Pais hervor und fasste sich an die Stirn.

Alle überlegten, was man alternativ tun könne, doch niemandem fiel etwas ein. Die Gefahr, dass das Flüsternde Buch mit Calessias Eintreffen spurlos verschwand, war einfach zu groß.

»Also gut, aber ich werde dich begleiten«, lenkte Pais schließlich ein.

»Nein, das wäre zu gefährlich.«

»Verdammt, Antilius! So wahr ich hier stehe, ich habe Haif bereits in Gefahr gebracht. Jetzt werde ich garantiert nicht dabei zusehen, wie du in dein Verderben rennst. Ich komme mit, ob es dir passt oder nicht.«

»Also los, gehen wir!«, rief Haif und sprang aus seinem Bett.

»Wo willst du denn hin? Du musst dich ausruhen! Was glaubst du, warum wir dich hierher gebracht haben? Also wirklich! Erst

Antilius, und jetzt drehst auch noch du völlig durch. Los, zurück in dein Bett!«

Haif verschränkte trotzig die Arme vor der Brust. »Ich werde hier nicht untätig im Bett liegen, während sich meine Freunde in Gefahr begeben. Mir geht es schon viel besser. Und außerdem habe ich mit Calessia noch eine Rechnung offen. Ihren Gesichtsausdruck möchte ich sehen, wenn sie erfährt, dass ihre Lieblingspflanze jetzt nichts weiter als stinkender Kompost ist.«

»Dann komme ich auch mit«, sagte Tirl nach kurzer Überlegung.

»Der Nächste, der verrückt geworden ist! Bin ich denn der Einzige, der noch klar denken kann?«, klagte Pais händeringend.

»Wenn wir zusammenarbeiten, sind unsere Chancen größer, Xali zu überlisten.«

»So? Und wie stellst du dir das vor, Tirl? Oder hat deine unsichtbare Mila einen genialen Plan?«

»Also, ich muss schon sehr bitten! Mila hat es nicht gerne, wenn man in ihrer Anwesenheit in der dritten Person über sie spricht!«

Antilius sah Pais so finster an, dass dieser sich etwas beruhigte und ein »Entschuldigung«, hervor presste.

»Wie wäre es, wenn Pais und Antilius in die Höhle hineingehen, während Haif und ich uns am Loch über der Höhle heimlich in Stellung bringen. Wenn bei euch irgendetwas schiefläuft, dann könnten wir von oben für eine Ablenkung sorgen oder zumindest ein wenig Verwirrung stiften. Dann hättet ihr wenigstens Gelegenheit zur Flucht.«

Pais kratzte sich am Kinn. »Gar kein schlechter Vorschlag. Und mir kommt da auch schon eine Idee, wie unser Ablenkungsmanöver aussehen könnte. Dazu müssten wir noch einmal einen Abstecher zum Wurmhügel in der Nähe von Fara-Tindu machen.«

»Was ist dort?«, fragte die Präfektin.

»Da steht das verlassene Haus von meinem alten Freund Brelius Vandanten. Dort ist etwas, das wir gut gebrauchen können. Brelius war derjenige, der Antilius hierher nach Truchten gebeten hat. Irgendjemand, der wusste, dass Antilius der Einzige war, der eine Katastrophe an der Barriere von Valheel abwenden konnte, hat es ihm in seinen Träumen verraten.«

»Wieso ist sein Haus verlassen? Was ist aus ihm geworden?«, wollte Tirl wissen, der bislang nur unzureichend in die Details von Antilius' erstem Abenteuer auf Truchten informiert war.

»Ich habe ihn das letzte Mal in einer der zahllosen Ebenen von Verlorenend gesehen. Er versteckte sich vor den Spähern. Vermutlich ist er noch immer dort irgendwo.«

»Ihr solltet jetzt aufbrechen. Vielleicht schafft ihr es, dort zu sein, noch bevor Calessia dort eintrifft. Sie musste zu Fuß gehen. Ihr aber habt den fliegenden Saurier«, drängte Gilbert.

»Ja, aber Alte Schwinge wird es wohl nicht gelingen, uns alle fünf auf einmal mitzunehmen. Gilberts Spiegel dürfte ja kein Problem sein. Aber vier Personen?«, meinte Antilius und sah die Präfektin fragend an.

»Wir sind zu sechst«, insistierte Tirl und deutete auf seine imaginäre Mila. »Sie kommt auch mit.«

»Das dürfte kein Problem sein. Die Umstände erfordern es, dass wir euch unseren zweiten Flugsaurier geben werden, dessen Existenz wir bis heute geheim gehalten haben. Er heißt Später Vogel. Er ist sogar noch etwas älter als Alte Schwinge und ist schon viele Jahre nicht mehr geflogen. Alleine würde er vermutlich völlig die Orientierung verlieren, aber Alte Schwinge wird vorausfliegen, dann sollte es keine Schwierigkeiten geben.«

»Ausgezeichnet«, freute sich Haif und zählte nochmal auf: »Zwei Menschen, davon einer mit Gedächtnislücke, ein Arboraner, ein Spiegelgefangener, eine unsichtbare Arboranerin, zwei Flugsaurier im Greisenalter und ein todesmutiger Sortaner mit verfilztem Fell. Wenn das keine abenteuerliche Truppe ist, dann weiß ich es auch nicht.«

Alle lachten, nur Tirl verstand den Witz mit der unsichtbaren Arboranerin nicht, schließlich konnten nur die anderen sie nicht sehen, und das war ja nicht seine oder Milas Schuld.

Haif Haven hatte es für diesen einen Moment geschafft, die Angespanntheit aller Beteiligten vergessen zu lassen und der Ernsthaftigkeit der Situation mit Ironie zu begegnen.

Sie kosteten diesen Moment aus, denn sie ahnten, dass es in den nächsten Stunden nichts mehr zu lachen geben würde.

## DER VERRAT DER TOTENGRÄBER

Nach einem kurzen Abstecher zum Wurmhügel flogen Alte Schwinge und Später Vogel zur Höhle der Totengräber an der nördlichen Küste von Truchten.

Später Vogel, auf dem Pais und Haif saßen, setzte zu einem steilen Landeanflug an. Als seine Beine den Boden berührten, geriet der Saurier ins Straucheln und hätte sich beinahe überschlagen. Bei seinen ungelenken Versuchen, das Gleichgewicht zu halten, konnte er nicht verhindern, dass seine Passagiere abgeworfen wurden.

Als der Saurier dann irgendwann doch noch zum Stehen kam, musste er eine Salve von Schimpftiraden von Pais Ismendahl über sich ergehen lassen. Wenn er hätte sprechen können, dann hätte er entgegnet, dass sie alle froh sein konnten, nicht schon vor ihrem Ziel abgestürzt zu sein. Denn Später Vogel war das Fliegen nicht mehr gewohnt und ihn verließen schnell die Kräfte.

Manchmal war es wohl besser, nicht sprechen zu können, denn diese Information hätte die Laune von Pais nicht gerade angehoben.

Es war ein warmer, sonniger Spätnachmittag. Die schroffe Küste mit ihren breiten von Moos bedeckten Hängen bot einen seltenen und urtümlichen Anblick. Die Vorstellung, an so einem schönen Tag in eine kalte, glitschige Höhle zu gehen, in der einen eine todbringende Banshee erwartete, war nicht gerade verlockend.

Die Höhle der Totengräber befand sich direkt unter ihren Füßen. Antilius sah sich ein wenig um. Sie waren direkt an der Steilküste von Truchten, welche sich von der Barriere von Valheel im nordwestlichen Teil dieser Inselwelt bis hin zu Gorgonia im nordöstlichen Teil erstreckte.

Antilius und seine Gefährten befanden sich genau in der Mitte zwischen den beiden schicksalhaften Orten.

»Also gut. Teilen wir uns auf. Aus der Luft glauben Tirl und ich, den Eingang zur Höhle gefunden zu haben. Dort werden Pais und ich hingehen. Haif, Tirl und Mila, ihr werdet zu dem Loch gehen und dort im Fall der Fälle auf mein Zeichen für eine Überraschung sorgen«, sagte Antilius.

»Alles klar. Viel Glück euch beiden«, sagte Haif. Dann trennten sie sich. Antilius und Pais eilten zum Höhleneingang und kamen in dem unwegsamen Gelände schnell außer Sichtweite.

Dank Tirls Hilfe fanden er und Haif schnell das besagte Loch. Auf Zehenspitzen näherten sie sich der Öffnung, legten sich auf den Bauch und schauten vorsichtig über den Rand.

»So ein Mist!«, raunte Haif dem Arboraner zu. »Dieses Miststück Calessia ist schon da und spricht mit der Banshee. Du meine Güte, sieht die unheimlich aus! Ich möchte wirklich nicht mit Pais und Antilius tauschen.«

»Ich auch nicht«, stimmte Tirl ihm zu.

»Ist unsere Überraschung bereit?«

Tirl warf einen Blick in den kleinen Käfig aus Holz, den sie mitgebracht hatten. »Alles bereit. Jetzt müssen wir nur noch warten.«

Währenddessen waren Pais und Antilius, der nach wie vor Gilberts Spiegel in seiner Brusttasche aufbewahrte, bereits in das unterirdische Reich der Totengräber eingedrungen. Pais trug eine Fackel und ging voraus.

Wie schon der Gorgen Ancrus und Calessia zuvor, kamen sie an Leichnamen vorbei. Das war das erste Mal in ihrem Leben, dass sie die hummerartigen Wesen sahen. Tot war deren Anblick besonders bizarr.

»Wenn die Toten hier ein Vorgeschmack auf das sein sollen, was uns in der großen Höhle erwartet, dann gute Nacht«, brummte Pais.

»Xali hat sich an ihnen genährt, so wie es Tirl beschrieben hat. Spuren eines Kampfes sehe ich aber nicht. Die Totengräber müssen sie freiwillig in ihr Reich gelassen haben.«

»Kaum zu fassen! Sie haben sich den Tod in Person ins Haus geholt. Wie verzweifelt muss man sein, um sich mit einer Banshee einzulassen?«

Nur zweimal bogen die beiden Männer falsch ab und liefen in eine Sackgasse. Den richtigen Weg zu finden, war für sie ebenso wenig schwer wie zuvor für Calessia. Und genau wie die Gefährtin des Todes liefen sie den Totengräbern, die schon Ancrus von seinem wahnsinnigen Vorhaben abbringen wollten, direkt in die Arme.

Mit den Worten: »Wie kann es sein, dass ein derart verdorbenes Buch so viele Verehrer hat, dass sie alle bereit sind, freiwillig in den Tod zu laufen?«, wurden sie vom alten Totengräber begrüßt.

»Versperrt uns nicht den Weg! Wir verehren das Buch nicht. Wir wollen es vernichten.«

»Dann müsst ihr zuerst an der Banshee vorbei. Ihr werdet tot sein, bevor ihr eure eigene Dummheit erkannt habt. Die Banshee lässt niemanden gehen. Außerdem ist schon jemand dort, um ihr das Buch abzunehmen, damit es in unseren Gewahrsam kommt.«

»Wer soll das sein?«

»Eine Frau mit seltsam schwarzen Augen.«

»Calessia ist also schon hier. So ein Mist! Aber wenigstens ist das Buch noch nicht weg«, knurrte Pais.

Der alte Totengräber und seine Anhänger waren vermutlich die letzten ihrer Art, die noch nicht Xalis Bann verfallen waren. Sie hatten genug davon, dass ständig Fremde in ihr Reich eindrangen und sich einmischen wollten. Früher, da hätten sie die Eindringlinge einfach verspeist, wenn sie den besonderen Hunger hatten. Aber jetzt, da waren sie so schwach, dass Fremde über ihre Köpfe hinweg entscheiden wollten. Dementsprechend fiel ihre Reaktion aus: »Ich fordere Euch in Eurem eigenen Interesse auf zu gehen. Wir werden die Angelegenheit selber regeln. Wir haben eine Abmachung mit der Frau, die Ihr Calessia nennt.«

Pais lachte zynisch. »Ja, ich hatte auch eine Abmachung mit Calessia. Und diese endete damit, dass sie mich und meinen Freund einer fleischfressenden Pflanze zum Fraß vorgeworfen hat. Einer Pflanze, die größer war, als Euer gesamtes Höhlensystem.«

»Ich glaube, Ihr begreift nicht, womit Ihr es zu tun habt. Wenn das Buch nicht vernichtet wird, dann wird nicht nur Euer Volk untergehen, sondern ganz Thalantia wird sterben. Eure Abmachung mit dieser Frau ist völlig irrelevant, selbst wenn sie diese ernst nehmen würde. Das Buch manipuliert seine Leser. Selbst, wenn Ihr es bekommen würdet, was ich nicht glaube, dann würde in letzter Konsequenz das Buch E*uch* so manipulieren, dass es ausschließlich selbst davon profitiert. Das Flüsternde Buch geht für seine Ziele über Leichen und wird mit Eurem Volk keine Ausnahme machen. Es muss vernichtet werden, bevor noch Schlimmeres passiert«, versuchte Antilius den gepanzerten Höhlenbewohnern die Gefahr deutlich zu machen.

Die Totengräber berieten sich ein weiteres Mal. Der Deal mit Calessia war ihnen ohnehin nicht geheuer gewesen. Das hieß aber noch lange nicht, dass sie den Menschen vertrauten. Menschen würden alles sagen, nur um das verlockende Buch in ihre dünnen Finger zu kriegen. Dennoch waren sie gewillt einzulenken.

»Nehmen wir mal an, ich lasse Euch in die große Höhle und es gelingt Euch, das Flüsternde Buch zu vernichten. Was ist mit Xali?«

»Was soll mit ihr sein?«

»Sie soll verschwinden! Oder sterben, mir gleich. Sie ist da drin und hat alle anderen unseres Volkes mit einem Bann belegt. Jeder muss sie anstarren, damit sie existieren kann, und wen dabei die Kräfte verlassen, der stirbt. Sie ist kurz davor, unser Volk auszurotten.«

»Ich verstehe eure Situation, aber ich glaube nicht, dass man die Banshee einfach so töten kann«, vermutete Antilius wahrheitsgetreu.

Pais kratze sich wieder am Kinn und Antilius sah, dass er bereits eine Idee hatte.

»Töten können wir sie nicht, und das wollen wir auch nicht, da wir keinen Groll gegen sie hegen, unabhängig von dem, was sie ist und von dem, was sie bisher getan hat. Aber vielleicht gelingt es uns, sie mit Eurer Hilfe aus Eurem Reich zu jagen.«

»Wie soll das gehen?«

»Sagen wir einfach, wir versalzen ihr ein wenig die Suppe. Wir haben für Xali eine kleine Überraschung vorbereitet, falls sie versuchen sollte, mit uns dasselbe zu tun, wie sie es mit euren Leuten gemacht hat. Wir haben an der Oberfläche Verbündete, die das Geschehen in der Höhle beobachten und für Ablenkung sorgen werden. Sollte es dazu kommen, könnten wir Eure Hilfe gebrauchen.

Wenn es uns also gelingt, genug Verwirrung zu stiften, dann könnten wir Xali das Buch entreißen, und Ihr könntet sie aus Eurem Reich jagen.«

»Die Banshee wird uns genauso hypnotisieren wie die anderen. Wer garantiert uns, dass Euer Plan gelingt?«, fragte der alte Totengräber.

»Niemand kann Euch das garantieren. Ihr begreift einfach nicht, was auf dem Spiel steht. Ihr begreift nicht, wie einflussreich das Flüsternde Buch ist. Anders kann ich mir nicht erklären, warum Ihr so ablehnend seid. Wenn Ihr nichts tut, wisst Ihr doch, wie das hier enden wird. Wir werden versuchen, Xali für einen kurzen Moment so zu stören, dass sie die Kontrolle über ihre lähmenden Kräfte verliert. Nennt mir einen besseren Vorschlag! Oder wollt Ihr Euch feige zurückziehen und Euren Leuten beim Sterben zusehen«, sagte Antilius scharf. Normalerweise war es nicht seine Art, so zu reden, aber er hatte das Gefühl, dass diese Totengräber einen kleinen Schubs brauchten, um endlich das Richtige zu tun.

Es erfolgte eine weitere Beratung der Totengräber. Eine kurze und hitzige Debatte. Antilius beobachtete, wie sich ihre Fühler an den Köpfen erregt auf und ab bewegten.

»Also gut. Ich hoffe für Euch, dass Ihr uns hinsichtlich Eurer Absichten nicht angelogen habt.«

»Wenn wir in der Höhle sind, dann werdet Ihr sehen, dass wir die Wahrheit gesagt haben.«

Der alte Totengräber nickte. »Was sollen wir tun?«

»Haltet Euch einfach im Hintergrund bereit. Ich gebe Euch ein Zeichen, wenn es soweit ist. Was als Nächstes zu tun ist, werden wir dann entscheiden, je nachdem wie sich die Lage entwickelt.«

»In Ordnung, Mensch.«

Die Totengräber machten den Weg frei und ließen Antilius und Pais passieren.

Endlich betraten sie die große Höhle. Hunderte Totengräber standen schwankend da und starrten auf die erhöhte Plattform in der Mitte, wo Xali herum schwebte. Sie unterhielt sich gerade mit Calessia. Hoffnungsvoll schaute Antilius an die Decke, von wo aus Tageslicht in die unterirdische Halle fiel. Er konnte sie nicht sehen, aber dort oben warteten Haif, Tirl und Mila auf ihren Einsatz.

Die Banshee war die Erste, welche die beiden Eindringlinge bemerkte. Sie hob den Kopf und sah über Calessias Schulter.

»Was ist?«, fragte Calessia.

»Da kommt jemand.«

Calessia sah erstaunt zu Pais und Antilius. »Das ist fast schon unheimlich.«

»Nein«, sagte Xali, »es ist wunderbar.«

»Ja, da staunst du, Calessia, oder? Mich hättest du wohl jetzt am wenigsten erwartet«, triumphierte Pais. Genauso wie Haif, der von oben durch das Loch in der Decke zusah, hatte sich auch Pais auf ihren verblüfften Gesichtsausdruck gefreut, wenn sie sah, dass er noch am Leben war.

Xali sagte nichts, sondern starrte nur Antilius an.

»Nein, das hätte ich wirklich nicht erwartet. Und doch weiß ich, dass in diesen Tagen nichts ohne Grund geschieht. Ich hoffe nur, du hast meiner treuen Argusa kein Leid zugefügt.«

236

Pais schaute kurz zu Antilius, um sich zu vergewissern, dass er nichts dagegen hatte, wenn sie die Wahrheit erfahren würde. Es konnte wohl nicht schaden, die Gefährtin des Todes durch die schlechte Nachricht ein wenig aus dem Konzept zu bringen.

»Da muss ich dich leider enttäuschen. Deine nimmersatte Argusa Gigantula dient jetzt höchstens noch als natürlicher Dünger für diejenigen Pflanzen, die über ihren verrotteten Überresten neu gedeihen werden und sich das zurückholen werden, was dieses verdorbene Monster ihnen weggenommen hat.«

»Du lügst doch!«

»Geh doch hin und sieh nach!«

»Es ist wahr, liebe Schwester. Unlängst hörte ich einen entsetzlichen Schrei, der nur von dem größten Lebewesen dieser Inselwelt stammen konnte. Hast du ihn nicht gehört?«

Calessia hatte den Schrei gehört. Jeder hatte ihn gehört, nur konnte sie sich nicht vorstellen, was dahinter gesteckt hatte. Argusa hätte Pais niemals freiwillig gehen lassen. Es musste wahr sein.

»Dafür wirst du bezahlen, Pais. Vielleicht nicht heute, und vielleicht auch nicht morgen. Aber ich schwöre dir, du wirst dafür bezahlen.«

»Eure ständigen Drohungen haben für mich keine Bedeutung, Calessia, Gefährtin des Todes. Ihr seid für mich viel zu bedeutungslos. Ihr seid es gar nicht wert, dass ich Euch ernst nehme.«

Hasserfüllt starrte sie Pais mit ihren glitzernden schwarzen Augen an. Eines Tages, da würde sie sich persönlich darum kümmern, ihn zur Strecke zu bringen. Nur nicht heute. Denn heute gab es Wichtigeres als Rache.

Xali kam herangeschwebt und musterte Antilius. Immer noch hielt sie das Flüsternde Buch in ihren Händen. Sie war so nah an ihm dran, dass er nur hätte zugreifen müssen. Aber er wagte es nicht. Der eisige Hauch, den Xali verströmte, ließ das Blut in seinen Adern gefrieren.

Sie drehte eine Runde um ihn herum und fragte:

»Wie ist dein Name?«

»Ich heiße Antilius. Und ich denke, du weißt, warum ich hier bin«, sagte er und blickte auf das Buch.

»Welch ein schöner und zugleich merkwürdiger Name. So einen Namen habe ich noch nie gehört.

Ich weiß, warum du hier bist, aber ich denke, du weißt es selbst noch nicht.

Lass mich dich ansehen. Lass mich dich genau ansehen.«

Calessia grinste diebisch, weil sie hoffte, ihre verrückte Schwester würde mit Antilius kurzen Prozess machen. Pais entging das nicht. Er war alarmiert.

Xalis Augen begannen zu leuchten. Es waren Wirbel aus gleißend hellem Licht gemischt mit pechschwarzen Schatten, die Antilius darin sah.

Die Banshee wollte sich vergewissern, dass er der Richtige war. Dass er derjenige war, dessen Herz tausend andere aufwog. Und genau dort schaute sie hin. Mit ihrem Blick, der dem Diesseits entrückt war, schaute sie durch seine Brust und erkannte, dass kein normales Herz darin schlug, sondern ein einzigartiges Exemplar.

»Es ist wahr. Es ist alles wahr! Das Flüsternde Buch hatte ja so recht! Es wiegt alles auf, das ich bisher gesehen habe. Ich hatte ja keine Ahnung.«

Pais und Antilius schauten sich verdutzt an, da sie noch nicht begriffen hatten, worauf Xali es abgesehen hatte.

Sie konnte ihre Erregung nur schwer unter Kontrolle bringen. Sie war so fixiert auf Antilius, dass Dutzende der Totengräber aus ihrer Lähmung befreit wurden und verwirrt und orientierungslos um sich sahen.

Auch Ancrus und seine beiden Gefährten, die überlebt hatten, kamen wieder zu Bewusstsein. Sie waren in unmittelbarer Nähe der erhöhten Plattform, von der aus Xali herrschte.

Calessia wusste zwar nicht, was mit ihrer Schwester geschehen würde, wenn sie das Herz von Antilius aussaugte. Worin sie sich aber sicher war, war die Absicht, vorher diesen unheiligen Ort schnellstmöglich zu verlassen. »Du hast, was du wolltest, Xali. Jetzt gib Ancrus das Buch! Ich werde mit ihm die Höhle verlassen. Dann werde ich dich nicht mehr stören.«

Ancrus schüttelte den Kopf, immer noch benommen. Hatte die Frau gerade gesagt, er dürfe das Buch des Vaters bekommen? Er musste träumen.

»Nein! Gib es ihm nicht!«, rief Antilius dazwischen. »Hör mich an, Xali. Das Buch, das du bei dir trägst, darf nicht wieder in falsche Hände geraten. Ich weiß nicht, was er dir versprochen hat, aber höre nicht auf das Buch, weil es nichts anderes tut als zu lügen und andere für sich auszunutzen.«

»Du irrst dich, mein Liebster. Das Buch hat nicht gelogen. Es hat mir dich versprochen, und es hat die Wahrheit über dich gesagt. Du bist genau das, worauf ich gewartet habe. Du wirst mein Herz vollkommen machen. Es ist alles wahr.«

Xali schwebte zu Ancrus und hielt ihm das Buch hin. Ungläubig starrte der Gorgen darauf.

»Ich bin der Einzige, der dem Dunkelträumer in die Augen gesehen hat. Wenn du mir nicht das Buch gibst, wirst du niemals seine wahren Geheimnisse erfahren.«

Noch während Antilius diese Worte sprach, wurde Pais und ihm klar, dass dieser Bluff nicht funktionieren würde. Xali hatte ganz andere Pläne. Sie übergab das Buch an Ancrus.

»Schweig mir doch von dem Flüsternden Buch! Was interessiert es mich? Ich verspreche dir, wenn wir unsere Herzen vereint haben, dann wirst du keinen Gedanken mehr daran verschwenden. Dein Herz wird in meinem aufblühen. Es wird nicht dein Ende sein. Wir werden eins werden.«

»Nein, danke. Ich hänge an meinem Herz.«

Xali wollte etwas erwidern, doch Ancrus hielt sie davon ab.

»Wieso gebt Ihr mir plötzlich das Buch? Ist das eine List?«, fragte er sie.

»Das Buch hat sich entschlossen, dich als Besitzer zu akzeptieren. Es ist keine List, und es gibt keinen Haken. Freue dich darüber, und bring es in deine Heimat, wo es hingehört«, antwortete Calessia für Xali. Sie wollte die Sache jetzt schnellstmöglich zu Ende bringen und verschwinden.

Ancrus konnte sein Glück kaum fassen. Er hielt das Buch hoch und jubelte. Er vergaß seine Skepsis und seine Vorsicht. Das Buch des Vaters in Händen zu halten, war eine überwältigende Erfahrung.

»Es ist unser! Ich habe es doch gesagt! Das Buch will zu uns zurück. Habe ich es nicht gesagt?«, wandte er sich an seine drei Mitstreiter.

»Lasst uns gehen, Herr! Schnell, bevor die Banshee es sich anders überlegt«, drängte Uder.

Antilius sah, wie sich sein Plan in Luft auflöste. Mit Ancrus, einem Gorgen, der das Buch für sich beanspruchte, hatte er nicht gerechnet. Während Calessia und die Gorgens sich anschickten, die Höhle zu verlassen, begann Xali, Pais und Antilius mit schwindelerregender Geschwindigkeit zu umkreisen.

»Ihr werdet nirgendwo hingehen. Schon gar nicht du, mein Liebster, dessen Herz nun mir gehört.«

Plötzlich sah Antilius, dass sich Pais nicht mehr regte, sondern wie alle anderen die Banshee mit leerem Blick anstarrte. Sie hatte ihn in Windeseile in ihren Bann gezogen, damit sie sich ungestört Antilius zuwenden konnte.

Xali streckte ihre Hand nach Antilius' Brust aus. Er wollte zurückweichen, aber es fiel ihm schwer, seine Beine zu bewegen. Xali hatte auch bei ihm ihren hypnotischen Einfluss ausgeübt, aber wie es schien, war er resistenter als die anderen, sonst wäre er schon längst erstarrt.

»Zeit für Plan B, Meister!«, rief Gilbert aus dem Spiegel, den Antilius ja immer noch bei sich trug. Gilbert hatte sich die ganze Zeit zurückgehalten, um niemanden auf sich aufmerksam zu machen. Doch jetzt war es notwendig, denn Antilius gab Haif und Tirl oben kein Signal. Wahrscheinlich, weil auch seine Gedanken durch die Banshee verlangsamt waren.

Xali hielt in ihrer Bewegung inne, als sie die fremde Stimme hörte. »Wer hat das gesagt?«

Antilius kam wieder zu sich und reagierte sofort, als er bei vollem Bewusstsein Xalis Eiseskälte an seiner Brust spürte. Er hob die Arme und winkte kurz. Das war das Signal für seine Verbündeten.

»Da! Antilius steckt in der Klemme. Los, lass die kleinen Biester frei!«, sagte Haif zu Tirl an der Oberfläche. Sie hatten die ganze Zeit auf der Lauer gelegen und die Vorgänge in der Höhle beobachtet. Weil aber die Sonne schon sehr tief stand, war es schwierig, in der dunklen Höhle etwas zu erkennen. Erst als Antilius eindeutig gewunken hatte, war klar, dass Gefahr im Verzug war.

Tirl streifte die Decke von dem kleinen Käfig, den Pais vom Wurmhügel mitgebracht hatte. Etwa vier dutzend Riesen-Glühwürmchen schwirrten darin, dicht gedrängt, wild umher, so als ahnten sie schon, dass sie eine wichtige Aufgabe zu erfüllen hatten.

Als sich Haif die nur etwa hühnereigroßen Käfer ansah, zweifelte er daran, ob Xali sie überhaupt bemerken würde, geschweige denn, sich an ihnen stören würde.

»Na, hoffentlich hat Pais nicht übertrieben, als er sagte, dass die Dinger für Verwirrung sorgen würden«, sagte er.

»Das werden wir herausfinden, wenn ich die verdammte Käfigtür aufbekommen habe.«

»Warte, lass mich mal!« Haif versuchte sich vergeblich am bombenfesten Riegel des winzigen Türchens. »Ich krieg ihn nicht auf, meine Finger sind zu dick.«

»Und meine sind zu dünn. Moment! Mila sagt, ich solle mir einen Stock nehmen.«

»Hier gibt es aber weit und breit keinen Stock!« Wir müssen uns beeilen. Ich ziehe am Riegel von der einen und du schiebst von der anderen Seite. Auf drei!«

Tirl nickte.

»Eins, zwei...«

Unmittelbar nachdem Antilius seinen Freunden draußen ein Signal gegeben hatte, drehte sich Xali um und sah nach oben zum Höhlendurchbruch. Ihre überlegenen Augen sahen Haif und Tirl, wie sie an einer Kiste zerrten.

Die Banshee begann hämisch zu grinsen: »Es gibt nichts und niemanden, der mich aufhalten kann. Egal, was deine Freunde vorbereitet haben, sie kommen zu spät«, sagte sie, streckte ihre geisterhafte Hand aus und tauchte sie tief in Antilius' Brustkorb. Ihm war, als würde ihm sein Herz bei lebendigem Leibe vereisen. Seine Kräfte und Sinne begannen ihm zu schwinden. Er sackte auf die Knie.

»Dein Herz zu meinem Herz!«, schrie Xali. In ihren Augen konnte Antilius den reinen Wahnsinn aufflackern sehen.

Calessia, Ancrus und sein Gefolge, die sich eigentlich gerade aus dem Staub machen wollten, wurden am einzigen seitlichen Ausgang der untersten Ebene von den Widerstands-Totengräbern aufgehalten und saßen in der Falle.

»...drei!«, schrie Haif.

Mit einem Ruck löste sich der Riegel des Käfigs. Die Tür sprang auf und eine Armada von Riesen-Glühwürmchen stob aus ihrem Gefängnis und stürzte sich zielsicher in die Höhle der Totengräber.

Die Käfigtür hatte sich so unvermittelt geöffnet, dass Tirl das Gleichgewicht verlor und beinahe durch das Loch in die Höhle gestürzt wäre, wenn ihn Haif nicht in letzter Sekunde festgehalten hätte. Blitzschnell verteilten sich die fliegenden Käfer gleichmäßig in der riesigen Halle und hielten danach Position. Und dann, wie auf ein geheimes Kommando, begannen die Glühwürmchen so hell zu leuchten, wie es nur speziell dressierte Tiere wie diese zu tun vermochten. Schlagartig wurde es taghell in dem sonst so finsteren Gemäuer. Schon ein normaler Mensch wäre durch die plötzliche Helligkeit geblendet worden. Xali, die seit ihrer Umwandlung das Licht mied, brüllte vor Schmerz, als das grelle Licht in ihre empfindlichen Augen schien. Sie ließ von Antilius Herz ab, trudelte zurück und schlug die Hände vors Gesicht.

Das Licht der Riesen-Glühwürmchen hatte sie eiskalt erwischt. Sie war so überfallartig getroffen worden, dass sie die Kontrolle über ihre paralysierten Opfer verlor. Nicht nur über einige, sondern über alle. Alle Totengräber in diesem Raum erwachten langsam aus ihrem dunklen Schlaf.

Pais kam auch wieder zu Bewusstsein, schüttelte den Kopf, als ob er Xalis Bann abwerfen wollte und realisierte schnell, dass die Glühwürmchen ihnen das Leben gerettet hatten. Er sondierte die Lage und sah, wie in dem Durcheinander Ancrus versuchte, sich an den Totengräbern vorbeizuschmuggeln, um mit dem Flüsternden Buch zu fliehen.

»Lasst ihn nicht entkommen!«, rief er geistesgegenwärtig den Widerstands-Totengräbern zu.

Xali stob mit bedeckten Augen durch die Höhle und rief verzweifelt nach Antilius.

Der selbst war noch ganz benebelt von Xalis Attacke und schwankte nur teilnahmslos auf seinen Knien. Pais half ihm auf die Beine und wollte ihn aus der Höhle schleifen, solange Xali noch außer Gefecht gesetzt war.

Ancrus indes hatte seine Flucht noch nicht aufgegeben. Er schaute nach oben zum Loch in der Höhlendecke. Alleine würde er es mit seinen halb verkrüppelten Flügeln nicht soweit steil nach oben schaffen. Aber er hatte ja noch seine drei Begleiter.

»Los, helft mir nach oben! Wir fliehen durch die Decke!«

Pais hörte das. Er war nur wenige Meter von ihm entfernt. Er ließ Antilius los und hechtete den Gorgens hinterher. Uder und die beiden anderen Gorgens packten Ancrus und hoben mit ihm unter kräftigen Flügelschlägen ab. Um ein Haar verpasste Pais die Füße von Ancrus, als dieser schon in der Luft war. Und auch den Totengräbern gelang es nicht, die Flüchtlinge aufzuhalten.

»Verdammt! Wieso habt Ihr ihn entkommen lassen?«

»Er war zu schnell. Es tut mir Leid!«, entschuldigte sich der alte Totengräber.

»Davon können wir uns jetzt auch nichts kaufen.«

Pais sah den Gorgens hinterher. »Haif! Tirl! Haltet sie auf! Hört ihr? Lasst sie nicht entkommen! Sie haben das Buch!«, schrie er zur Decke.

Ehe die beiden oben am Loch begriffen, was geschehen war, schossen die vier Gorgens aus der Höhle hervor. Haif versuchte, einen von ihnen zu packen, aber sein Griff ging ins Leere. Die Flüchtlinge stiegen weiter in die Höhe und flogen Richtung Osten, nach Gorgonia.

Haif konnte Pais bis hier oben fluchen hören. Er legte sich auf den Bauch und brüllte zu ihm hinunter: »Macht, dass ihr aus der Höhle kommt! Schnell! Wir treffen euch am anderen Eingang und machen die Flugsaurier fertig. Dann können wir sie verfolgen.«

»Ja, verstanden«, rief Pais zurück. Er schnappte sich Antilius, der immer noch nicht selber stehen konnte und zerrte ihn Richtung Ausgang.

Calessia hatte die Gelegenheit genutzt und konnte durch den seitlichen Ausgang entkommen, als die Totengräber Ancrus zu fassen kriegen wollten. Sie hatte die Information, die sie benötigte, und würde sich nun umgehend auf den Weg zur Inselwelt Fahros im Nordwesten machen. Sobald sie das Ritual studiert haben würde, um den Kataklyst zu erwecken, stand ihrem Kontakt zum Dunkelträumer nichts mehr im Wege.

»Antilius, mein Liebster, wo bist du? Ich brauche dein Herz! Ich brauche es so sehr!«, schrie Xali. Sie nahm die Hände vom Gesicht und blinzelte. Das Licht war sehr schmerzhaft für sie, doch konnte sie genug erkennen, um zu sehen, dass die beiden Menschen zu fliehen versuchten.

»Du entkommst mir nicht! Dein Herz gehört mir! Mir!«, kreischte sie. Da war sie wieder, die schreckliche Wut, die sie in ein unberechenbares Monster verwandelte.

In der Höhle herrschte das totale Chaos. Die hunderten Totengräber, die aus Xalis Bann erwacht waren, streunten meist orientierungslos umher. Xali hatte Mühe, in dem Gewirr Antilius im Auge zu behalten. Sie schwebte in Bodennähe und bahnte sich rücksichtslos einen Weg durch die Menge.

Pais hatte noch ein Ass im Ärmel. Er schnippte zweimal mit den Fingern. Das Geräusch, das er dabei erzeugte, ging in dem Tumult unter. Doch die Glühwürmchen, die immer noch standhaft blieben und die Halle erleuchteten, konnten das Schnippen genau hören, und taten das, worauf sie trainiert waren. Sie setzten sich zwischen Xali und Pais mit Antilius auf seiner Schulter und sprühten einen grün leuchtenden Nebel aus ihren dicken Hinterleibern.

Xali wich zurück und musste sich wieder die Augen zuhalten.

»Wenn ihr Xali loswerden wollt, dann ist es jetzt die perfekte Gelegenheit«, sagte Pais zum alten Totengräber, der nicht glauben konnte, was er sah. Der befahl seinen Gefolgsleuten, jeden, der halbwegs dazu in der Lage war, sich gegen Xali zu wenden. Dann kommandierte er einen Totengräber ab, der Pais und Antilius durch die finsteren Gänge nach draußen lotsen sollte.

»Danke«, sagte Antilius schwach.

»Nein, ich habe mich zu bedanken. Ihr habt Euer Leben riskiert. Ich hoffe, Ihr fangt den Gorgen rechtzeitig ein, bevor er etwas Gefährliches mit dem Buch anstellt«, sagte der Totengräber.

Pais nickte und verschwand durch den Ausgang.

»Antilius! Wo bist du? Lauf nicht davon!«, rief die Banshee, jetzt mit deutlich hörbarer Verzweiflung.

»Daraus wird nichts, du verfluchte Kreatur!

Wacht auf, wacht auf, meine Brüder und Schwestern!«, rief der alte Totengräber. »Jagt diese Bestie aus unserem Reich! Sie wollte uns vernichten, aber nun ist die Zeit der Vergeltung gekommen! Lasst sie für den Mord an den unseren bezahlen!«

Xali irrte durch den glühenden Nebel und wusste nicht mehr, wo oben und unten war. Es war nicht nur das Licht, dass sie geschwächt hatte. Vielmehr war es der gescheiterte Versuch, das Herz von Antilius zu fühlen. Der Widerstand, den zu leisten er imstande gewesen war, hatte ihr einen Großteil ihrer Kräfte geraubt. So konnte sie nun auch niemanden mehr unter ihren Bann bringen. Sie war hilflos.

Durch den sich allmählich lichtenden Nebel der Glühwürmchen sah sie, wie dutzende Fackeln entzündet wurden.

Mit Steinen hätte man sie nicht verletzen können, da solch kleineren Dinge ihr aufgrund ihrer Teil-Transparenz nichts anhaben konnten. Doch Feuer mochte sie ganz und gar nicht. Denn Feuer als chemischer Prozess entzog ihr ihre dringend benötigte Energie. Aus irgendeinem Grunde wussten jene Totengräber, welche die Fackeln entzündeten, darüber Bescheid. Vermutlich hatte Xali es ihnen während ihrer Hypnose unbeabsichtigt telepathisch offenbart.

Die Fackelträger stürmten auf die Banshee zu. Unfähig, sich zu Wehr zu setzen, wurde sie vom Feuer einer Fackel berührt. Für einen Moment schwanden ihr die Sinne. Gegen Feuer gab es für sie jetzt nichts, das sie ausrichten konnte, sie war bereits zu geschwächt.

Immer mehr Feuerquellen entzündeten sich. Für Xali gab es nur noch einen Ausweg. Sie floh nach oben und flüchtete durch das Loch.

Das Einzige, das sie noch beim Verlassen der Höhle vernahm, war grenzenloser Jubel und Freudenschreie der Totengräber, die sich von ihr befreit hatten.

Nie wieder würde sie dorthin zurückkehren können.

Die Sonne stand schon tief im Westen. Für Xali war ihr Licht zwar angenehmer als das grelle Leuchten der Glühwürmchen, aber immer noch zu hell für ihre gereizten Augen. Sie kauerte sich hinter einen Felsvorsprung, um wieder zu Kräften zu kommen.

Sie fragte sich, was sie wohl falsch gemacht hatte, als sie Antilius das Herz aussaugen wollte. Vermutlich lag es daran, dass nicht genug Blicke auf sie gerichtet waren, obwohl es einige hundert gewesen sein mussten. Je mehr Augen sich auf ihre Existenz konzentrierten, desto stärker war sie. Um sich das Herz von Antilius einzuverleiben, brauchte sie mehr Blicke.

Viel mehr.

## KAMPF AM ABGRUND

Pais und Antilius wurden zügig von dem abbeorderten Totengräber ins Freie geleitet. Auf dem Weg durch die langen und kühlen Tunnel kam Antilius wieder vollständig zu sich. Den schrecklichen Gedanken an Xalis Tat verdrängte er. Doch er bezweifelte, dass sie ihn in Ruhe lassen würde, jetzt da sie Blut geleckt hatte. Auch diese unangenehme Vorstellung musste er beiseite schieben.

Draußen warteten schon Tirl, Mila und Haif. Sie hatten Alte Schwinge und Später Vogel abflugbereit gemacht.

»Kommt schon! Wenn wir uns sputen, holen wir die Gorgens noch ein!«, drängte Tirl.

Antilius schwang sich auf Alte Schwinge. Tirl setzte sich hinter ihn. Pais und Haif nahmen wieder auf Später Vogel Platz.

»Los, altes Mädchen! Nach Osten zur Stadt der Gorgens!«

Alte Schwinge nahm Anlauf und hob schnell ab. Später Vogel folgte ihr mit Mühe.

Die Flugsaurier flogen entlang der Steilküste Truchtens nach Osten. Die Sonne in ihren Rücken war jetzt ein gigantischer Feuerball am Horizont und tauchte den Himmel in ein orange-goldenes Licht.

Es war ein Wettlauf gegen die Zeit, denn bei Dunkelheit wäre es unmöglich, die Gorgens mit ihrer pechschwarzen, ledrigen Haut zu finden.

Alte Schwinge holte alles aus sich heraus. Sie hatte gesehen, wie die Gorgens aus der Höhle geflohen waren und wusste, dass sie es waren, die sie verfolgen sollte.

Später Vogel hielt eine ganze Zeit tapfer mit, konnte dann aber nicht verhindern, immer weiter zurückzufallen.

Nach einer gefühlten Ewigkeit, die in Wirklichkeit nur ein paar Minuten dauerte, erspähte Antilius die vier Gorgens. Drei von ihnen schleppten den alten großen Artgenossen in etwa hundert Meter Höhe über der Klippe durch die Luft. Und er trug das Buch, von dem er sich Erlösung für sein Volk erhoffte.

»Näher ran, Alte Schwinge! Flieg uns ganz nah an sie heran!«

»Was hast du vor?«, rief Tirl vom Rücksitz. Eigentlich war es Mila, die gefragt hatte. Tirl gab die Frage nur weiter.

»Vielleicht kann ich ihm das Buch aus den Händen reißen, wenn wir uns ihnen von hinten nähern.«

»Ist das nicht zu gefährlich, Antilius? Hier geht es tief nach unten, wenn du den Halt verlierst«, sagte Gilbert. Natürlich fürchtete er, dass sein Freund und Meister in die Tiefe stürzen könnte, aber mindestens ebenso sehr, selbst mitsamt seinem Spiegel ins Meer zu stürzen und für immer auf dem Grund verschollen zu bleiben.

»Danke, dass du mich daran erinnerst! Ich weiß selber, wie tief es unter uns ist.«

Tirl schaute zurück. Später Vogel war schon so weit zurückgefallen, dass er ihn nur noch als winzigen dunklen Punkt gegen das Licht der Abendsonne sehen konnte.

Von dem überforderten Saurier war jetzt keine Hilfe zu erwarten.

Alte Schwinge stieg steil nach oben und ließ sich dann die letzten Meter zu den Gorgens im Segelflug hinab. Sie wollte vermeiden, dass ihre Flügelschläge sie verraten würden.

Tatsächlich bekamen die Gorgens nicht mit, wie der Flugsaurier hinter ihnen immer größer wurde, als er sich ihnen beinahe lautlos näherte. Die drei Gorgens, die Ancrus tragen mussten, waren schon ziemlich außer Puste und hatten Mühe, Höhe und Geschwindigkeit beizubehalten. Ancrus trieb sie unentwegt an, während er sich verbissen an das Buch klammerte.

Antilius beugte sich weit nach vornüber. Nur noch wenige Meter trennten ihn vom Buch. Er zeigte, ohne ein Wort zu sagen, darauf und tippte dem Flugsaurier auf den Kopf. Alte Schwinge verstand, was sie jetzt zu tun hatte.

Sie holte einmal tief Luft, machte ein kräftigen Satz nach vorne und schnappte mit ihrem langen Schnabel nach dem Buch. Sie verpasste es um Haaresbreite. Unverzüglich unternahm sie einen zweiten Versuch, ehe Ancrus reagieren konnte. Sie erwischte es am oberen Teil des Buchrückens, konnte es ihm jedoch nicht entreißen. Ancrus brüllte vor Wut. Mit ungeahnter Kraft riss er das Buch zu sich zurück, sodass es Alte Schwinge aus der Schnabelspitze rutschte.

»Fliegt schneller! Fliegt, so schnell ihr könnt!«, befahl er. Aber seine Gorgens konnten nicht schneller. Sie flogen jetzt schon am Limit. Dem Flugsaurier konnten sie nicht entkommen.

»Du bekommst es nicht, Mensch!«

»Das werden wir ja sehen«, erwiderte Antilius. Er fasste sich ein Herz und kletterte über Nacken und Kopf von Alte Schwinge nach vorne. Der Strömungswind zerrte an ihm, und er musste aufpassen, nicht das Gleichgewicht zu verlieren. Tirl hätte am liebsten die Augen geschlossen.

»Uder, tu doch etwas! Er will uns das Buch stehlen. Halte ihn auf!«

Der Gorgen tat wie befohlen. Er löste sich aus der Gruppe und flog auf Antilius zu, der auf allen Vieren auf dem Schädel von Alte Schwinge balancierte.

Uder dachte, er könnte die Angelegenheit schnell erledigen, indem er einfach Antilius vom Flugsaurier herunterriss. Beinahe hätte das auch funktioniert, doch Antilius war stärker als der schmale Gorgen und bekam im Gegenzug dessen rechten Flügel zu fassen. Uder taumelte und ließ sich fallen, fing sich aber schnell wieder und packte Antilius von hinten. Mit den Füßen klammerte sich der Gorgen am Flugsaurier fest, um Antilius mit Schwung herunterzuzerren. Alles ging so schnell, dass Antilius nicht rechtzeitig reagieren konnte und gen Abgrund gezogen wurde. Er versuchte, irgendwo besseren Halt zu finden, konnte sich aber nicht aus Uders Griff befreien. Kurz bevor er endgültig abrutschte, hörte er hinter sich ein dumpfes Geräusch. Tirl hatte dem Gorgen von hinten einen kräftigen Schlag ins Genick verpasst und hätte dabei selber fast den Halt verloren. Uder ließ Antilius los und verdrehte die Augen. Er verlor das Bewusstsein. Antilius schob ihn von sich. Der Gorgen sackte in sich zusammen, kippte von Altes Schwinges Rücken seitlich weg und fiel in die Tiefe.

Die anderen beiden Gorgens, die Ancrus tragen mussten, verließen allmählich die Kräfte. In der Ferne konnten man schon die spitzen Hügel von Gorgonia erkennen. Es war nicht mehr weit. In der Stadt wären sie sicher.

Ancrus flatterte zwar auch mit seinen verkrüppelten Flügeln mit, aber es half seinen Trägern nur wenig. Er drehte sich um und erschrak, als er Uder nicht mehr sehen konnte. Stattdessen war ihm der Schnabel von Alte Schwinge schon wieder dicht auf den Fersen.

»Du bekommst das Buch nur über meine Leiche!«, schrie Ancrus völlig hysterisch. Ja, er war bereit zu sterben, solange er verhindern konnte, dass ein niederer Mensch das Buch erneut stahl.

Er holte mit dem Buch in der rechten Hand aus und schlug damit Alte Schwinge auf den Schnabel, was jedoch keinen sonderlichen Eindruck hinterließ.

»Gebt auf und landet hier, dann werde ich es euch erklären!«, rief Antilius gegen den Wind. Irgendwie hoffte er, noch an den Verstand des alten Gorgen und an den der beiden anderen appellieren zu können.

»Niemals!«

Alte Schwinge versuchte, nach ihm zu schnappen, doch Ancrus konnte ihrem großen Schnabel ausweichen. Auch einem weiteren Schnapp-Versuch konnte er parieren, wenn auch nur knapp. Er wusste, dass er das nicht ewig durchhalten würde. Also beschloss er mit dem Mut der Verzweiflung, selbst auf den Saurier aufzuspringen, um mit Antilius abzurechnen.

»Lasst mich zu ihm runter!«

Die Gorgens wurden etwas langsamer, flogen hoch und hielten über Antilius' Kopf Position. Ancrus sprang direkt auf ihn. Antilius konnte sich wegducken, ohne vom Saurier zu stürzen. Er nutzte den kurzen Augenblick, den Ancrus brauchte, um sich selber festzuhalten und riss ihm das Buch aus der Hand.

»Nein! Es gehört mir!« Wie von Sinnen stürzte sich Ancrus auf Antilius und würgte ihn. Tirl versuchte, den Gorgen zurückzuzerren, aber gegen diesen ungewöhnlich großen und starken Ancrus war er machtlos. Alte Schwinge konnte nichts tun. Alles spielte sich auf ihrem Kopf und ihrem langen Hals ab. Eine falsche Bewegung würde Antilius in den Tod stürzen. Das Einzige, was sie tun konnte, war schneller als die beiden anderen Gorgens zu fliegen, damit diese nicht auch noch ins Geschehen eingriffen.

Mit einem kräftigen Ruck konnte sich Antilius aus dem Würgegriff befreien.

»Gib mir das Buch, du widerlicher Mensch!«

»Da hast du es!« Antilius schlug dem Gorgen das Flüsternde Buch von der Seite ins Gesicht.

Rasend vor Wut und Schmerz brüllte Ancrus auf.

»Es ist mein!« Er hechte auf das Buch zu und zerrte daran, aber Antilius ließ nicht los.

Ancrus hatte gesagt, dass er es nur über seine Leiche hergeben würde. Und auch Antilius wusste in diesem Augenblick, dass er der letzten Chance beraubt werden würde, den Machenschaften des Flüsternden Buches ein für allemal ein Ende zu bereiten, wenn er mit dem Buch in Händen an den Klippen zerschellen würde.

Ancrus hatte sich mit seinem ganzen Gewicht auf Antilius gestürzt. Der fiel auf den Rücken und rutschte von Alte Schwinges

Kopf herunter, während er sich fortwährend an das Buch klammerte, das Ancrus fest im Griff hielt. Würde er das Buch jetzt loslassen, wäre es für ihn vorbei. Ancrus fiel auf die Seite, knickte sich bei seinem Sturz sein rechten Flügel um und fand mit der einen Hand noch Halt an Alte Schwinges Schädelhöcker. Mit der anderen Hand hielt er das Buch, an das sich Antilius mit aller Kraft weiter klammerte, während er an Alte Schwinges rechter Kopfseite hing.

»Lass los!«, rief Ancrus. Lange konnte er Antilius' Gewicht nicht mehr halten.

»Nein!«

Tirl robbte nach vorne, konnte aber Antilius nicht zu fassen kriegen.

Ancrus glitt nun auch seitlich hinunter, die Hand immer noch an den Höcker gekrallt. Er stöhnte und biss die Zähne zusammen. Er hoffte, Antilius würden zuerst die Kräfte verlassen, aber der ließ das Buch nicht los und baumelte vor Alte Schwinges rechtem Auge im Flugwind wild hin und her.

Ancrus konnte sich nicht länger festhalten. Seine Hand rutschte vom Höcker ab und beide fielen in die Tiefe.

Noch während sie trudelnd der Felsenküste entgegen rasten, zerrten beide unbeirrt am Buch.

Gilbert musste hilflos mitansehen, wie die Landschaft, die er durch seinen Spiegel sah, sich immer stärker in einer irrwitzigen Geschwindigkeit drehte. Er glaubte, dass es jetzt aus war mit Antilius, und dass sein Spiegel im Ozean versinken würde.

Alte Schwinge legte die Flügel an und raste im Sturzflug den Kontrahenten hinterher. Tirl legte sich in Panik platt auf ihren Rücken und krallte sich fest. Mila sprach ihm Mut zu. Sie sagte, der Flugsaurier würde schon wissen, was er tue, aber das überzeugte den armen Tirl in diesem Moment kaum. Das Felsgestein der Küste, entlang derer sie geflogen waren, kam rasend schnell auf sie zu. Mit einer unglaublichen Präzision gelang es Alte Schwinge, ganz nah an Antilius heranzukommen und auf gleiche Geschwindigkeit zu gehen. Sie öffnete den Schnabel und umfasste seine Taille ganz vorsichtig und mit äußerstem Geschick. Ohne ihn zu verletzen, hielt sie ihn fest im Griff und spannte ihre Flügel wieder so, dass sie Auftrieb bekam. Antilius wurde dabei ruckartig hochgerissen, sodass er nicht verhindern konnte, dass ihm das Buch aus den Händen glitt. Ancrus stürzte nun allein mit dem

Buch weiter in die Tiefe. Er flatterte wild mit seinen kümmerlichen Flügeln, konnte seine Fallgeschwindigkeit jedoch nur wenig verlangsamen.

Alte Schwinge sauste in einem großen Bogen knapp über den Boden hinweg, bis sie endlich wieder an Höhe gewann. Mit letzter Kraft hatte sie es geschafft, einen Crash zu verhindern.

»Das war mehr als knapp«, rief Tirl.

Die beiden anderen Gorgens stürzten ihrem Befehlshaber hinterher und schafften es, Ancrus einzuholen. Einem gelang es, ihn zu packen. Doch alleine konnte er ihn nicht wieder nach oben ziehen. Er konnte nur die Geschwindigkeit weiter drosseln, sodass sie schließlich hart auf dem felsigen Boden aufschlugen, nur etwa zehn Meter entfernt vom Klippenrand. Der zweite Gorgen eilte herbei. Er wollte seinem Kollegen helfen, Ancrus wieder in die Luft zu befördern. Völlig abgehetzt nahmen sie zu dritt wieder Anlauf, aber sie schafften es nicht abzuheben.

Sie waren so kurz vor dem Ziel. Die Lichter ihrer Heimat konnte man schon sehen. Gorgonia war mehrere Quadratkilometer groß und im Norden durch die Steilküste und im Süden durch eine kleine Bergkette begrenzt, die einen geschlossenen Halbring bildete.

Die drei Gorgens nahmen einen neuen Anlauf. Zu Fuß hätten sie keine Chance zu entkommen.

»Strengt euch an! Der Mensch kommt zurück!«

Alte Schwinge war spiralförmig höher geflogen und setzte nun zu einem weiteren Sinkflug von der Meerseite her an. Antilius hing immer noch in ihrem Schnabel und wusste, was der urzeitliche Vogel vorhatte. Wenn sie es genauso geschickt anstellte wie bei seiner Rettung, dann konnte er Ancrus das Buch im Vorbeiflug entreißen. Es war zwar ziemlich unwahrscheinlich, dass es klappte, aber es war besser als nichts. Die beiden Gorgens waren so entkräftet, dass sie es nicht schafften, mit dem schweren Ancrus abzuheben. Sie rannten zu dritt entlang der Klippe nach Osten und sahen, wie der Flugsaurier von der Seite her angeflogen kam.

»Bleibt stehen!«, rief Ancrus zu seinen Gorgens. »Ihr müsst diesen Vogel ablenken. Stürzt euch auf ihn! Beißt ihm die Augen aus, wenn es sein muss! Die letzten Meter schaffe ich allein.«

Einen Moment zögerten die Gorgens, denn sie wollten es nicht mit diesem riesigen Tier alleine aufnehmen. Der Schnabel des Ungetüms konnte sie mühelos aufspießen.

»Tut, was ich sage! Tut es für euer Volk, verdammt!«

Schließlich gehorchten die beiden und hoben ab, um den Flugsaurier abzufangen. Sie flogen direkt auf Kollisionskurs ihm entgegen.

Ancrus flüchtete weiter zu Fuß.

»Das gibt Ärger. Siehst du sie, altes Mädchen? Die kommen genau auf uns zu«, rief Antilius, im Schnabel hängend.

Zum Abbremsen war es zu spät, also versuchte Alte Schwinge, den Sinkflug abzubrechen und durchzustarten, um einen Zusammenprall mit den Gorgens zu verhindern. Diese waren zwar nicht schneller als sie, aber sie waren wesentlich wendiger.

Als sie im Steigflug an ihnen vorbeirauschen wollte, brachten sich die beiden von unten kommend in ihren Windschatten und krallten sich je an einem Flügel fest. Die Flügelhaut der Saurierdame war an der Hinterseite besonders empfindlich, was die Gorgens für sich auszunutzen wussten. Sie bissen unbarmherzig hinein. Alte Schwinge schrie auf und versuchte, die Angreifer abzuschütteln, aber die hatten sich regelrecht festgebissen. Alte Schwinge machte eine seitliche Rolle, bei der Tirl beinahe abgeworfen und Antilius aus ihrem Schnabel katapultiert worden wäre. Sie konnte die Angreifer aber durch dieses Manöver nicht loswerden. Das schmerzgepeinigte Tier sah keinen anderen Ausweg und wollte - gerade erst wieder in zweihundert Metern Höhe angekommen - eine rasche Notlandung machen.

Doch auf einmal, wie aus dem Nichts, tauchte Später Vogel an ihrem Heck auf. Er konnte seinen Rückstand zu ihr in der Zwischenzeit, in der sie mit den Gorgens kämpfte, aufholen.

»Ja, zeig's ihnen!«, schrie Pais auf dessen Rücken triumphierend.

Zuerst nahm sich Später Vogel den Gorgen auf dem rechten Flügel seiner Artgenossin vor. Ein zielsicherer Biss und der Gorgen wand sich im unbarmherzigen Griff seines Schnabels. Der Saurier schleuderte sein Opfer mit einer kräftigen Kopfbewegung zur Seite. Der Biss hatte dem Gorgen den linken Flügel gebrochen, sodass dieser schreiend zu Boden stürzte.

Jetzt fehlte noch der Gorgen auf Alte Schwinges linkem Flügel. Doch der war vorbereitet. Er zückte ein kleines Messer, kurz bevor Später Vogel ihn erreicht hatte.

Er holte aus und warf das Messer gekonnt dem alten Saurier entgegen. Ein gellender Schrei verriet den Passagieren Pais und Haif, dass das Tier getroffen war. Pais beugte sich vor und stellte mit

Entsetzen fest, dass das Messer im linkem Auge von Später Vogel steckte.

Der Saurier geriet in Panik und wusste nicht mehr, wo oben und unten war. Er rammte ohne Orientierung Alte Schwinge und verhakte sich in ihrem linken Flügel, wobei der Gorgen fortgestoßen wurde. Alte Schwinge konnte nicht ihr beider Gewicht tragen und segelte steil nach unten. Es gelang ihr, ihren Flügel aus der Behinderung zu befreien, und sie versuchte verzweifelt, das Schlimmste zu verhindern. Die Landung war so hart, dass Tirl beim Aufprall hinunter geschleudert wurde. Nur Antilius blieb im Griff ihres Schnabels und fiel erst aus diesem heraus, als sie zum Stehen gekommen war.

Schlechter erging es Später Vogel. Er krachte im spitzen Winkel auf den harten Fels und brach sich dabei beide Beine.

Antilius eilte zu ihm, als er sich vergewissert hatte, dass Tirl sich nicht verletzt hatte.

»Pais, ist alles in Ordnung?« Er konnte weder ihn noch Haif sehen und fürchtete, dass Später Vogel sie unabsichtlich unter sich zermalmt haben könnte.

»Ja, uns geht es gut soweit, glaube ich«, hörte er dann Haifs Stimme. Sie saßen beide hinter dem Tier, das keuchend auf dem Boden lag mit ausgestreckten Flügeln und tiefen Schnitt- und Schürfwunden am ganzen Körper.

Doch das war nicht das Schlimmste. Beim Aufprall hatte er so ziemlich überall Knochenbrüche und innere Blutungen davongetragen und tat seine letzten Atemzüge. Das war der letzte Flug von Später Vogel gewesen.

Alte Schwinge kam sofort auch angehumpelt, um ihrem einzigen Freund beizustehen. Später Vogel war der einzige noch lebende Artgenosse, von dem sie wusste. Ihn zu verlieren, wäre für sie das Schlimmste, das sie sich vorstellen konnte.

»Im letzten Moment hat er sich mit dem Bauch nach unten gedreht. Wenn er das nicht getan hätte, wären wir tot«, sagte Pais. Er streichelte das arme Tier ein letztes Mal. Und es war plötzlich merkwürdig still.

Dann starb Später Vogel.

Allen wurde bewusst, wie knapp sie mit dem Leben davongekommen waren.

Alte Schwinge machte vor Trauer Laute, die keiner von ihnen je wieder vergessen würde. Die nächsten Tage würde sie von nun an

Totenwache halten. Nichts und niemand würde sie davon abbringen können.

Pais war es, der nach einem Moment des Innehaltens das Schweigen brach und seine Mitstreiter wieder auf ihr Ziel fokussierte. Er zeigte nach Osten zur Bergkette, welche die Grenze zur Stadt der Gorgens markierte. Dort gab es eine schmale Klamm, durch die sich ein Fluss schlängelte, den die Gorgens den Reinen nannten. Entlang dieses Flusses gab es einen Wanderweg, auf dem man trotz einsetzender Dunkelheit beim genauen Hinsehen eine einzige Gestalt erkennen konnte, die eiligst und humpelnd davonrannte. Es war Ancrus.

»Da läuft er.«

Antilius nickte Pais zu. »Wir haben keine andere Wahl. Wir müssen ihm folgen. Ich zwinge niemanden, noch weiter zu gehen.«

»Wir kommen mit«, sagte Haif.

Tirl nickte auch, nachdem er sich die Erlaubnis von Mila eingeholt hatte.

»Beeilt euch!«, sprach Gilbert aus dem Spiegel. »Wenn ich könnte, würde ich euch helfen, aber ich kann euch nur antreiben, wenn das hilft.«

»Das muss es. Das wird ein langer Sprint«, sagte Antilius.

Dann rannten sie gemeinsam los. Sie folgten Ancrus ins Herz von Gorgonia.

# GORGUS, DER WEISE

Schon von Weitem hatten Antilius und seine Gefährten die merkwürdig geformten Türme von Gorgonia sehen können.

Die Stadt war auf einem Gebiet gebaut, das vor vielen Jahrtausenden vulkanisch höchst aktiv war. Ursprünglich war dies eine Kalk-Sandstein Gegend. Doch nach vielfachen Ausbrüchen dutzender kleiner Vulkane hatte sich eine dunkle Lavaschicht über dem Gebiet ausgebreitet, die fast durchgehend das Landschaftsbild prägte. Es war schwer zu erahnen, wie schön dieses Stück Land davor ausgesehen hatte. Aufgrund dieser Veränderung bezeichnete man diesen Ort auch als die Schwarzen Ebenen.

Die nicht sehr hohe Bergkette im Süden war einst Teil einer großen Kette von Vulkanen. Der höchste Punkt lag nicht einmal achthundert Meter über dem Meeresspiegel. In den Überlieferungen der Gorgens hieß es, dass von einem der Bergspitzen im Süden Gorgonias der Vater auf seine Kinder herabblicken würde, um sie zu beschützen. Doch daran glaubte heute niemand mehr ernsthaft. Für viele war der Vater nicht einmal mehr ein Mythos, sondern höchstens noch ein verträumtes Märchen. Dennoch erzählte man sich oft vom Vater.

Die einhellige Meinung unter den Gorgens heutzutage war, dass es Gorgus, den Weisen, tatsächlich gegeben hatte. Aber anders als Ancrus es zu wissen glaubte, ging man nicht davon aus, dass Gorgus ein übernatürliches Wesen gewesen war und schon gar nicht der Schöpfer der Gorgens gewesen sein konnte. Bei nüchterner Betrachtung hielt man Gorgus für einen außergewöhnlich talentierten Gelehrten, der dem Volk der Gorgens viele gute Dienste geleistet hatte, die mit der Zeit glorifiziert wurden und irgendwann in einen verklärten Mythos mündeten. Wer aber dennoch an den Mythos des schöpferischen Vaters glaubte, der nahm es dem Vater mit jedem Tag, der ohne ihn verging, übel, dass er seine Kinder einfach so verlassen hatte.

Ancrus war aber davon überzeugt, dass Gorgus über Kräfte verfügte, von denen die Gorgens von heute nur träumen konnten. Zu schön waren die angeblich wahren Geschichten aus jener Zeit, als Gorgus und seine Kinder ein harmonisches Leben führten. In der Sprache der Gorgens waren viele Begriffe aus dem Mythos rund um Gorgus, den Weisen, entlehnt, und auch in Redewendungen kam er häufig vor.

Aber seit der Vater seine Gorgens verlassen hatte (man sagte, er hatte sich zur Ruhe begeben müssen, was nach einhelliger Auffassung als sein Ableben interpretiert wurde), ging es mit ihrer Gesellschaft bergab. Den Tiefpunkt erreichten sie, als sich tausende von ihnen Koros Cusuar angeschlossen hatten. Sie ließen sich aufgrund falscher Versprechen in einen Konflikt hineinziehen, den viele von ihnen mit dem Leben bezahlen mussten.

Spätestens nach diesem Trauma an der Barriere von Valheel konnte man sagen, dass die Gorgens ein Volk waren, das den Glauben an sich verloren hatte. Ihre Gesellschaft war in Auflösung begriffen. In zehn, zwanzig Jahren würde Gorgonia eine Geisterstadt sein, davon waren die meisten überzeugt.

Ancrus hatte immer für den Zusammenhalt gekämpft. Aus jeder Niederlage, die sein Volk einstecken musste, seien es Unwetterkatastrophen, Überfälle durch Niedere (wie alle Nicht-Gorgens bei ihnen genannt wurden), oder seien es von außen eingeschleppte Epidemien, versuchte er immer, etwas Positives für die Zukunft zu sehen. Er predigte ständig, dass man aus Fehlern lernen könne, um diese nicht wieder zu begehen. Aber er irrte sich.

Seine einzige Hoffnung war das Buch des Vaters. Ja, es hatte seinen Ursprung hier an diesem Ort, darin irrte er sich nicht. Und ja, Gorgus, der Weise, hatte einst das Buch erschaffen. Genaugenommen war das Buch Gorgus selbst. Er hatte vor knapp tausend Jahren an der Seite des Dunkelträumers gekämpft, als dieser noch ein Mensch gewesen war. Er kämpfte aufseiten der Thalantianer. Er kämpfte für den Schutz Ilbéthas. Und als es getan war, als Ilbétha versteckt worden war, und die fremden Aggressoren den Rückzug antraten, da geschah das Unfassbare. Es war der Verrat, der an ihm, dem Dunkelträumer, und vielen anderen begangen worden war. Der Verrat, den es noch aufzuklären galt.

Gorgus blieb nichts anderes als die Flucht. Doch war sein Leben fortwährend bestimmt vom Verstecken. Manchmal wünschte er sich, ihm wäre das gleiche Schicksal wie dem Dunkelträumer zuteil geworden. Dieser wurde an den Rand des Universums verbannt, weil er unsterblich und mit konventionellen Mitteln nicht wegzusperren war. Doch Gorgus war sterblich. Viele Jahre lebte er im Verborgenen, bis er kurz vor seinem Tod einen Plan schmiedete, nicht nur sein eigenes Leben zu verlängern, sondern auch den beispiellosen Verrat zu rächen.

Bald würde die Zeit gekommen sein, an dem dieses dunkle Kapitel in der Geschichte der Siebeninselwelt aufgedeckt werden würde. Und jeder würde erfahren, dass das Thalantia von heute auf einer Lüge basierte. Bald würden allen die Augen geöffnet, und sie würden in dem Moment, in dem sie die Wahrheit erkannten, alle für ihre törichte Unwissenheit bezahlen.

Nachdem Gorgus jahrelang auf der Flucht vor den Verrätern gewesen war, verließen ihn allmählich die Kräfte. Er war alt und krank. Sein Leben würde bald auf natürliche Weise beendet sein, wenn ihn seine Jäger nicht vorher finden würden. Und wenn er sterben würde, dann bliebe der Verrat für immer ungesühnt.

So kam er auf die Idee, ein Buch zu kreieren, das seinen Verstand in sich aufnahm. Durch seine spezielle Ausbildung im Kampf gegen die Invasoren hatte er Fähigkeiten und Techniken erlernt, die normalen Sterblichen vorenthalten waren. Er, der Dunkelträumer und all die anderen, die Thalantia vor dem Untergang bewahrt hatten, waren Auserwählte gewesen, denen Geheimnisse offenbar wurden, die kein Normalsterblicher verstanden hätte.

Dem Tode nahe, allein in seinem dunklen Versteck, schuf Gorgus also das Buch, das seinen Geist unsterblich machen sollte. Und nicht nur das: Tirl hatte Antilius berichtet, dass Gorgus eines Tages aus der Erde gestiegen sei, als Ilbétha auftauchte. Er bestünde aus einer Art Lava. Das war so nicht richtig. Gorgus war nie aus dem Erdinneren gekommen, aber nach seiner Ausbildung wusste er, das flüssige Gestein für sich nutzbar zu machen. Er konnte es in sich aufnehmen, so dass man glauben konnte, er bestünde daraus. In Wahrheit hatte er hier in Gorgonia das Geheimnis der Lava enträtselt und so nicht nur die Gorgens und das Flüsternde Buch erschaffen, sondern auch seinen Geist in das Buch katapultiert. Seine sterbliche Hülle, die übriggeblieben war, ließ er mithilfe der Lava erstarren. Und so war sein Körper faktisch tot, aber sein Geist war diesem lebend entkommen.

Aber sich in das Flüsternde Buch zu verwandeln, hätte nicht ausgereicht, um den Kampf um Gerechtigkeit aufzunehmen. Gorgus wusste, dass der verbannte Dunkelträumer, der sich von einem Mensch in einen kristallinen Uwor verwandelt hatte, der Einzige der ehemals Auserwählten war, der diesen Kampf führen könnte. Er wäre der Einzige, der sich die Macht Ilbéthas, Welten zu erschaffen und zu zerstören, von ihr aneignen könnte, wenn er wieder zurück nach Thalantia käme.

Folglich war es an Gorgus, nun die Rückkehr des Dunkelträumers vorzubereiten, zu der er zwei Dinge benötigte: Zum einen brauchte es einen spirituellen Führer, den man fälschlicherweise als Transzendenten bezeichnete. Er würde, verwurzelt in Thalantias Raumzeit-Gefüge, den Dunkelträumer von seinem Verbannungsort jenseits der Sterne zurück in seine Heimat lotsen.

Zum anderen war für die Rückkehr viel Energie nötig, die nur ein einziges Element auf Thalantia liefern konnte. Das Avionium.

Jemanden zu finden, der noch genug geeignetes Erbmaterial besaß, um die Aufgabe des Transzendenten zu erfüllen, war die schwierigste und unerwartet langwierigste Angelegenheit, vor der Gorgus in Form des Flüsternden Buchs stand. Letztlich hat es knapp tausend Jahre gebraucht, bis das Buch jemanden fand, von dem es glaubte, er wäre endlich der Richtige. Er hieß Koros Cusuar. Nur leider war er nicht hundertprozentig kompatibel.

Der Versuch scheiterte, doch immerhin erwachte der Dunkelträumer aus seinem langen Schlaf. Außerdem konnten die Verbündeten des Flüsternden Buchs, die Späher, die benötigte Macht der Transzendenz unter ihre Kontrolle bringen, die ihnen bei einem früheren Versuch entglitten war.

Koros Cusuar stellte sich auch nicht zuletzt deshalb als ungeeignet heraus, weil er sich ablenken ließ und sich dabei zu sehr in seine eigenen Machtfantasien verlor, die das Flüsternde Buch als erlogene Motivation entfacht hatte.

Hauptschuldiger am Versagen von Koros war nach Auffassung des Buchs Antilius, der völlig überraschend ins Geschehen eingegriffen hatte, und das, obwohl er praktisch keine Ahnung hatte, womit er es zu tun hatte. Antilius handelte mehr instinktiv, auch als er das vernichtende Schwarze Loch, durch das der Dunkelträumer notfalls hätte alleine ohne führenden Transzendenten zurückkommen können, versiegelt hatte.

Es war letztlich ein Segen für das Buch, dass Antilius nichts mehr wusste und durch eben jenen Gedächtnisschwund auch nicht einmal mehr seinen eigenen wahren Namen kannte.

Doch war er kurz davor, alles in Erfahrung zu bringen, was ihn letztlich dazu befähigen würde, die mühevolle Arbeit des Flüsternden Buchs zunichte zu machen. Deshalb gab es zu seinem Tod keine Alternative. Xali sollte das erledigen, doch war sie wohl nicht richtig vorbereitet auf sein außergewöhnliches Herz.

Jetzt war es ohnehin nicht mehr wichtig, denn das Buch war schon fast am Ziel und wäre nicht mehr aufzuhalten, auch nicht von ihm.

Das Buch war nun kurz davor, sein letztes Opfer zu erbringen. Alles, was danach geschehen würde, lag nicht mehr in seiner Hand.

Ursprünglich, da war der Plan von Gorgus ganz anders. Er hatte nie vorgehabt, in Form des Flüsternden Buchs jahrhundertelang durch die Welt zu reisen, um nach einem geeigneten Transzendenten zu fahnden.

Nein, dafür hatte er die Gorgens erschaffen. Gorgus hoffte, dass sich die Gorgens eines Tages - mit seinem Erbgut ausgestattet - so weit entwickelten, dass einer von ihnen den Transzendenten würde bereitstellen können. Aber Gorgus hatte keine Erfahrung mit der Erschaffung von Leben, geschweige denn einer neuen Art von Lebewesen, welche die Gorgens zweifelsohne waren.

Schnell merkte Gorgus in Form des Buchs, dass die Gorgens nicht das waren und nie das sein würden, was er sich erhofft hatte. Und deshalb verließ er als Buch seine Kinder und begab sich notgedrungen auf die Suche außerhalb der Berge Gorgonias.

Objektiv gesehen hatte Gorgus seine Kinder damit im Stich gelassen. Aber Gorgus selbst sah das nicht so. Genauso wie er viele andere Dinge aus einer anderen Perspektive sah. Das Flüsternde Buch, also Gorgus, hatte kein Mitgefühl mit seinen Kindern. Auch erkannte er die katastrophalen Folgen, die sein Vorhaben auslösen würde, nicht. Gorgus, der seinen Verstand in das Buch projiziert hatte, war nicht mehr vollkommen der, der er früher gewesen war. Denn jene Übertragung seines Geistes in das Buch stand erheblich unter dem Einfluss seines Gemütszustandes. Und der war ausschließlich von rücksichtsloser Rache beseelt. Rache für den Verrat. Einzig und allein auf dieses Ziel fokussiert, hatten andere Überlegungen oder Sichtweisen keinen Platz.

Und deshalb verdrängte das Flüsternde Buch auch die Konsequenzen, die sein letztes Opfer mit sich bringen würden.

Um dieses letzte Opfer zu erbringen, musste sich Gorgus' Geist im Flüsternden Buch wieder mit seinem im Lavagestein erstarrten Körper vereinen. Erst dann wäre Gorgus in der Lage, sein Werk zu vollenden. Und nichts würde ihn dann mehr abhalten.

Denn für die Rückkehr des Dunkelträumers war Gorgus bereit, alles zu opfern. Sogar seine eigenen Kinder.

## DAS SCHICKSAL VON GORGONIA

Ancrus hatte sich bei seiner Flucht nicht ein einziges Mal umgedreht. Er war wie im Rausch und wollte nur zurück zu seinen Leuten. Bei ihnen wäre er in Sicherheit.

Nachdem er die Klamm durchquert hatte, lief er auch schon zwei jüngeren Gorgens in die Arme.

Alle wussten, dass Ancrus aufgebrochen war, um endgültige Beweise für die Existenz des Vaters zu erbringen. Deshalb waren die zwei Gorgens neugierig und wollten ihn fragen, was er erreicht hatte. Doch alle Fragen erübrigten sich, als sie das merkwürdige Buch in seinen Händen sahen.

»Ist das etwa...« Der junge Gorgen traute sich nicht, den Satz zu beenden.

»Ja, das ist es, mein junger Freund. Ich habe es geschafft. Tut mir einen Gefallen: Trommelt unsere Leute zusammen. Sie sollen sich alle zum großen Platz des Vaters im Südviertel begeben. Ich werde dort die großartige Neuigkeit verkünden.«

»Wer soll alles kommen?«, fragte der junge Gorgen staunend.

»Alle«, antwortete Ancrus.

Unterdessen war es Antilius, Pais, Haif und Tirl (einschließlich Gilbert im Spiegel und Mila vor Tirls geistigem Auge) gelungen, die Distanz zu Ancrus deutlich zu verringern. Weniger als eine viertel Mondstunde nach ihm erreichten sie die Klamm, durch die der Fluss gemächlich vor sich hin plätscherte. Der Pfad neben dem Fluss war an dieser Stelle besonders schmal und unwegsam, sodass sie dort nur langsam vorankamen. Aber darüber waren sie insgeheim erleichtert, denn alle waren schon ziemlich außer Atem. Insbesondere Haif begrüßte eine Verringerung des Tempos, da er immer noch angeschlagen von den Folgen seines Aufenthalts in Argusas Innerem war. Nur mit äußerster Willensanstrengung hatte er den Sprint bis hierher geschafft. Die Medizin der Ahnenländer hatte aber bei ihm wahre Wunder bewirkt.

Schließlich hatten sie die Engstelle in der Bergkette passiert. Jetzt waren sie im Reich der Gorgens. Die Stadt Gorgonia befand sich, wie sich herausstellte, auf einer unebenen, schroffen Senke, die relativ tief, fast auf Meereshöhe lag. Jedenfalls hatte man vom Eingangspunkt, an dem sich Antilius und seine Freunde jetzt befanden, einen hervorragenden Blick auf die ganze Stadt. Von Weitem hatten die Türme von Gorgonia schon merkwürdig ausgesehen. Von Nahem war ihre Absonderlichkeit noch größer. Die Gorgens lebten in riesigen zerklüfteten Türmen, die wie überdimensionierte Termitenhügel aussahen. Am Boden waren sie breit und wurden nach oben hin spitz. Jeder einzelne Turm sah anders aus. War der eine kerzengerade, gab es wieder einen anderen, der so schief stand, als würde er bald umstürzen. Jeder der Türme war ein Unikat. Sie reichten bis zu achtzig Meter in die Höhe und hatten dieselbe dunkle Farbe wie der Rest der durch die erstarrte Lava geprägten Landschaft. Abertausende kleiner Lichter schienen aus mehreren hundert dieser bewohnten Türme.

Von Weitem sahen die Bauwerke aus wie aufgehäufte schmale Erdklumpen und passten sich damit in das urtümliche Landschaftsbild perfekt ein. Jene Behausungen wirkten zwar auf den ersten Blick unglaublich primitiv. Wenn man sie sich aber genauer betrachtete, dann wurde einem die wahre Baukunst bewusst, die sich dahinter verbarg.

Jeder dieser Türme stand schon seit vielen Generationen und hatte Wind und Wetter getrotzt, hatte Überfälle von Niederen überstanden und sogar einige Erdbeben. Es war sicherlich keine schöne Architektur, wohl aber eine zweckmäßige. Und irgendwie passte sie zu diesem merkwürdigen Ort.

Breite Gassen schlängelten sich durch das mit Türmen übersäte Gelände.

Antilius hielt nach Ancrus Ausschau. Die Sonne war mittlerweile untergegangen. Im verbliebenen Dämmerlicht war es schwer, vor dieser schwarzen Kulisse noch Einzelheiten in der Ferne zu erkennen.

»Es hat keinen Sinn. Es ist schon viel zu dunkel. So werden wir ihn nicht finden«, sagte Pais niedergeschlagen.

»Wenn du dich da mal nicht irrst. Seht ihr da hinten rechts die große freie Fläche?«, sagte Tirl und zeigte zum Südviertel Gorgonias direkt am Fuß der Berge. Es war der südlichste Punkt der Stadt. Dort fand anscheinend eine Versammlung statt.

Tausende Gorgens strömten aus der ganzen Stadt dorthin. Sie flogen entweder direkt aus ihren Türmen oder liefen durch die Gassen zum Versammlungsort.

»Sieht so aus, als wüssten wir jetzt, wo wir hin müssen«, meinte Haif.

»Sie kommen alle, um das Buch zu sehen. Die Gorgens glauben, dass es ihnen gehört, weil es vom Vater stammt und nun zu ihnen zurückgekehrt ist«, sagte Tirl.

»Wenn wir jetzt dort aufkreuzen, werden sie uns kaum mit offenen Armen empfangen«, meinte Haif.

»Wir müssen trotzdem dorthin. Vielleicht hören sie uns ja an und sind klug und vorsichtig genug, das Buch nicht zu verwenden. Nachdem, was den Gorgens in letzter Zeit widerfahren ist, hoffe ich, dass sie sich nicht so leicht davon verführen lassen. Vielleicht sind sie vernünftiger als der alte Gorgen«, hoffte Antilius.

Dann folgten sie dem Strom der Gorgens. Als sie den ersten von ihnen auf ihrem Weg begegneten, wurden sie überraschenderweise völlig ignoriert. Keiner sah nach links oder rechts. Alle wollten sehen, was Ancrus mitgebracht hatte.

Als Antilius und die anderen den Rand des großen Versammlungsplatzes erreichten, war dieser schon völlig überfüllt. Sie beschlossen, dort erst einmal in sicherem Abstand abzuwarten und sich anzuhören, was Ancrus zu sagen hatte. Fast viertausend von seinen Artgenossen hatten sich in diesem Moment zusammengefunden.

Es herrschte ein lautes Gemurmel. Man konnte sein eigenes Wort kaum verstehen. Ancrus stand auf einem kreisrunden aus dem Gestein geschlagenen Podest.

Mit Genugtuung schaute er auf die Menge herab. Alle waren gekommen. Alle, die noch hier waren.

Als der Zustrom der Neugierigen abebbte, bat Ancrus mehrfach vergeblich um Ruhe.

Es dauerte eine ganze Weile, bis es leise genug war, sodass er dann doch sprechen konnte.

»Der Vater hat uns ein Geschenk gemacht. Das Buch des Vaters ist zu uns zurückgekehrt. Die Zeit der Leiden für unser Volk ist ein für allemal vorbei!«

Eigentlich hatte er grenzenlosen Jubel und tosenden Applaus nach seinen ersten Worten erwartet, aber der bleib aus. Antilius wertete das als gutes Zeichen. Wie es schien, reagierte Ancrus' Volk wesentlich besonnener auf das Buch als er selbst.

»Was sollen wir damit?«, rief eine Stimme aus der Masse provozierend.

»Was wir damit sollen?«, wiederholte Ancrus erzürnt. »Es ist das Buch des Vaters! Seine Weisheit wird unserem Volk zu neuer

Stärke verhelfen. Habt ihr das vergessen? Es ist das Buch, das die Niederen das Flüsternde Buch nennen. Aber in Wahrheit ist es das Buch, das die gesammelten Weisheiten des Vaters enthält.«

»Was hat der Vater für uns denn getan? Er hat uns verlassen, als wir ihn am dringendsten gebraucht haben! Das Buch, das Ihr da haltet, hätte sich niemals in die Hände von Niederen begeben, wenn es vom Vater stammen würde!«, rief ein anderer.

Antilius sah zu Pais, der ihm bestätigend zunickte, weil er dasselbe dachte wie er. Die Gorgens hatten mehrheitlich den Glauben an die Existenz des Vaters verloren. Ancrus hatte das offenbar völlig verkannt.

»Er hat uns nicht verlassen. Der Vater musste sich zur Ruhe begeben und hat uns das Buch vermacht, das seine Weisheiten enthält.«

»Warum war das Buch dann solange fort? Warum, Ancrus?«, schrie jemand.

»Ja, genau. Dieses Buch hat jedem, der es getragen hat, nur Unglück gebracht! Ihr wolltet einen Beweis für die Existenz des Vaters bringen. Stattdessen bringt Ihr das Buch, das nur Tod und Leid verursacht hat! Das Buch hat es doch zu verantworten, dass so viele von uns an der Barriere von Valheel ihr Leben verloren!«, brüllte ein anderer wütend.

»Wir wollen es nicht. Es ist böse!«

Das Wort 'böse' wurde von vielen anderen wiederholt.

Ancrus war völlig perplex. Damit hatte er nicht im Entferntesten gerechnet.

»Seid ihr denn alle von Sinnen? Wie könnt ihr an den guten Absichten des Vaters zweifeln? Er hat das Buch hinterlassen, um uns in die Zukunft zu führen. Wenn ihr euch nicht von den alten Lehren unserer Vorfahren entfernt hättet, dann wüsstet ihr, dass ich die Wahrheit spreche!«, schrie er.

»Wir wollen niemanden, der uns sagt, was wir tun sollen!«, hörte er aus der Menge.

»Gorgus hat uns im Stich gelassen. Er hat uns verraten!«

Ancrus kamen vor Wut und Verzweiflung die Tränen. »Wie könnt ihr es wagen, den Namen des Vaters in den Schmutz zu ziehen? Der Vater hat uns geliebt. Er hätte niemals gewollt, dass uns Leid widerfährt.«

»Und doch hat das Buch zugelassen, dass so viele von euch an der Barriere von Valheel umkamen, als es von Koros Cusuars Verstand Besitz ergriffen hat«, rief eine Stimme.

Fast alle drehten sich zu demjenigen, der diese Worte gesprochen hatte, um. Es war Antilius. Zusammen mit seinen Gefährten stand er am Rand der Menge und ließ sich begaffen.

»Du schon wieder!«, sprach Ancrus hasserfüllt, als er ihn erblickte. »Du Mensch hast hier nichts verloren. Du bist hier nicht mehr unter deinesgleichen. Deine Worte haben hier keine Bedeutung!«

»Aber er hat die Wahrheit gesagt!«, erwiderte jemand aus der Menge.

»Vielleicht ist es wahr,« rief Antilius über die Köpfe der Gorgens hinweg zu Ancrus. »Vielleicht war das Buch einmal in bester Absicht geschaffen worden. Aber heute hat es andere Pläne. Euer Buch, das Buch des Vaters, interessiert sich nicht mehr für euch. Es will den Dunkelträumer zurückholen. Und der Dunkelträumer will diese Welt vernichten. Das ist das Einzige, woran euer Buch noch interessiert ist. Kein Opfer ist ihm dafür zu gering, um sein Ziel zu erreichen!«

»Schweig, du niederer Mensch! Du hast nicht das Recht, hier so abscheuliche Lügen zu verbreiten.

Wer noch bei Verstand ist, der erhebe sich und schaffe den Menschen und seine Verschwörer von hier fort!«

Wildes Gemurmel machte die Runde. Aber keiner der anwesenden Gorgens war bereit, etwas gegen Antilius zu unternehmen.

»Seid ihr denn alle so blind?«, schrie Ancrus außer sich. »Er will das Buch für seine eigenen finsteren Zwecke missbrauchen. So wie es all die anderen Niederen getan haben. Wieder und wieder.«

Die Gorgens waren unschlüssig. Unter normalen Umständen würden sie nie einem Außenstehenden vertrauen. Zu oft hatten sie unter Fremden leiden müssen. Sie alle waren gekommen, in der Hoffnung, dass Ancrus Antworten bringen würde. Antworten auf die Frage, wie der Fortbestand ihrer Art zu sichern sei. Wie die Gorgens eigenständig leben konnten, ohne auf andere angewiesen zu sein. Wie sie ihre chronische Nahrungsmittelknappheit überwinden und sich vor feindlichen Übergriffen schützen konnten. Wie sie die Armut bekämpfen und diejenigen zurückholen konnten, die in ihrer Not ein Leben als Wegelagerer führten. Wie sie ihren Kindern eine Zukunft bauen konnten, für die es sich lohnen würde zu kämpfen.

Aber Ancrus hatte auf keine dieser Fragen eine Antwort. Nicht auf eine einzige.

Antilius beschloss, der Entscheidungsfindung der Gorgens ein wenig auf die Sprünge zu helfen.

»Ich will das Buch gar nicht haben«, rief er so laut, dass jeder es hören konnte. Er begann sich langsam und unaufgeregt einen Weg durch die Menge Richtung Ancrus zu bahnen, während er sprach. Niemand hinderte ihn daran. Pais, Tirl und Haif folgten ihm.

»Ich will, dass das Buch zerstört wird«, fuhr Antilius fort.

»Ja, natürlich willst du das, Mensch. Ihr Menschen wollt alles zerstören. Ihr habt ja auch nichts anderes gelernt als zu zerstören. Ja, vielleicht wärst du sogar so töricht, das Buch zu vernichten, nachdem du es gegen uns eingesetzt hast, um uns alle zu töten«, hetzte Ancrus in seiner Not.

»Ich hege keinen Groll gegen Euer Volk. Im Gegenteil, ich möchte Euch davor bewahren, einen furchtbaren Fehler zu begehen, Ancrus.

Sagt mir doch, was hat Euch das Buch für Weisheiten offenbart? Wie will es Eurem Volk helfen? Öffnet das Buch und sagt Euren Leuten, was darin geschrieben steht!«, forderte Antilius den alten Gorgen auf, während er sich ihm immer weiter näherte und von den unschlüssigen Gorgens durchgelassen wurde.

»Ich bin dir keine Rechenschaft schuldig, Mensch!«

»Nein, aber Eurem Volk!«

Ancrus sah, dass er niemanden für sich gewinnen konnte. Er musste sie überzeugen, sonst wäre er geliefert.

Schwitzend und mit pochendem Herzen öffnete er das Buch. Die erste Seite war leer. Er blätterte weiter und weiter, aber überall waren nur leere Seiten.

»Das kann nicht sein«, murmelte er.

»Es steht nichts darin. Ist es nicht so?«

Ancrus starrte auf die leeren Seiten und antwortete nicht.

»Es steht nichts darin, weil sich das Buch nicht für euch interessiert. Es ist nur auf der Suche nach dem nächsten Transzendenten, um dem Dunkelträumer die Rückkehr zu ermöglichen. Für euch Gorgens hat es nichts mehr übrig. Und deshalb ist das Buch auch für euch nichts mehr wert. Ich beschwöre euch alle, das Buch zu vernichten. Dann seid ihr euren eigenen Fluch los.

Ihr braucht niemanden, der euch sagt, was ihr tun müsst. Vielmehr solltet ihr euch von der Vorstellung befreien, dass die Lösung eurer Probleme vom Himmel fällt oder in einem ranzigen Buch geschrieben steht. Ihr selbst seid es doch, die die Zukunft gestaltet. Habt den Mut, euer Schicksal in eure eigenen Hände zu legen. Solange ihr fremdbestimmt seid, werdet ihr nie eure Ziele, Wünsche und Visionen erreichen. Macht den ersten Schritt und vernichtet dieses Buch, das nichts anderes versteht, als Verderben zu bringen!«

Antilius hatte sich einen Weg durch die Menge gebahnt und erreichte mit seinen Freunden die Plattform, auf der Ancrus seine Felle davon schwimmen sah.

Die knapp viertausend Gorgens, von denen sie jetzt umringt waren, blieben ganz still und hörten Antilius aufmerksam zu.

»Das Buch wird zu uns sprechen, wenn es an der Zeit dafür ist. In Gegenwart eines Niederen wird es nicht seine wahren Geheimnisse offenbaren.«

»Das glaubt Ihr doch selbst nicht. Wenn das Buch ernsthaft ein Interesse an dem Wohl Eures Volkes gehabt hätte, dann wäre es doch längst zu Euch zurückgekehrt und hätte seine Weisheit mit Euch geteilt.«

Ancrus konnte dieser Argumentation nur wenig entgegensetzen. Die Gesichter seiner Gorgens verfinsterten sich zusehends. Sie waren geneigt, Antilius zuzustimmen.

»Meine Freunde, ihr könnt doch unmöglich den gemeinen Lügen des Menschen Glauben schenken. Er will euch manipulieren, um das Buch zu bekommen.

Er ist der Feind, den ihr vernichten solltet, nicht das Buch des Vaters!«

Einer der Gorgens in vorderster Reihe kam auf Ancrus zu und wollte die kurze Treppe zum Podest emporsteigen. »Wir wollen dein Buch nicht. Der Vater ist tot und das schon seit langer Zeit. Dieses Buch hat nichts mit ihm zu tun. Wenn der Vater darin stecken würde, dann hätte er niemals zugelassen, dass so viele von uns elendiglich krepierten. Niemand hätte Hunger leiden müssen, niemand hätte sich freiwillig versklaven lassen oder sich in einem Krieg als Kanonenfutter verheizen lassen!«, rief dieser Gorgen.

Ancrus wich zurück: »Bleib mir vom Leib!

Ihr Narren! Wenn ihr das Buch des Vaters zerstört, dann seid ihr nichts anderes als Mörder! Wollt ihr das? Wollt ihr wirklich euren eigenen Vater ermorden?«

»Das ist nicht unser Vater!«, schrie jemand.

Antilius hätte es für kaum möglich gehalten, aber die Stimmung hatte sich gegen Ancrus gewendet. Ob es nun an seiner Ansprache lag, oder ob die Gorgens noch unter dem Einfluss der traumatischen Katastrophe an der Barriere von Valheel vor einigen Wochen standen, war ihm in diesem Moment herzlich egal. Er wollte das Buch brennen sehen. Genauso wie die anderen. Sie wollten ein Stück des Bösen vernichten, und sei es auch nur, um Genugtuung für den Tod hunderter ihrer Leute zu verspüren.

Auch Pais, Gilbert, Haif und Tirl spürten, wie die Woge der Rache an den Untaten des Buches bei den Gorgens emporstieg. Sie waren bis zum Zerreißen gespannt. Wenn das Buch endlich unschädlich gemacht worden wäre, dann wäre Thalantia für immer von der Bedrohung durch den Dunkelträumer befreit.

Weitere Gorgens schritten mit entschlossener Miene Ancrus entgegen. Antilius hielt die Luft an. Gleich würde es vorbei sein.

»Nein!«, kreischte Ancrus mit Entsetzen. »Ihr seid ja alle wahnsinnig!«

Er begann, hemmungslos zu schluchzen und fiel auf die Knie. Er war bereit gewesen, sein Leben zu opfern, um seinem Volk das Buch zurückzubringen. Und so dankten sie es ihm.

Gleich würde man ihm das Buch entreißen und es dann in der Luft zerfetzen.

Ancrus schaute gen Himmel und schickte ein Stoßgebet los: »O, Vater! Schick uns ein Zeichen, das diesen Wahnsinnigen Einhalt gebietet! Bei allen Winden, Monden und jenen, die für dich gestorben sind!«

Pais wollte gerade eine Bemerkung darüber machen, dass ihm Ancrus leid tue, als plötzlich ein weiß strahlender Punkt über dem Bergkamm im Westen emporstieg und Gorgonia in ein gespenstisch kaltes Licht hüllte.

Die Gorgens, die Ancrus zu Leibe rücken wollten, hielten inne. Und auch alle anderen sahen hinüber zum Lichtpunkt, der sich ihnen mit hoher Geschwindigkeit näherte.

Alles andere schien plötzlich still zu stehen.

»Was ist das?«, fragte Haif, aber er kannte schon die Antwort. Sein Fellhaar sträubte sich. Er hasste es, wenn das passierte. Die Luft wurde elektrisiert.

Majestätisch und mit absoluter Geräuschlosigkeit schwebte die grelle Lichtquelle hoch über die Gorgens hinweg. Noch niemand hatte jemals etwas Vergleichbares gesehen. Und nicht wenige wa-

ren der Meinung, es sei der Vater selbst, der wie bei einer Götter-
dämmerung vom Himmel herabgestiegen war.

Aber es war nicht der Vater.

Stetig langsamer werdend sank das Licht herab und machte vor
Ancrus auf der Plattform halt. Dann begann es, eine menschliche
Form anzunehmen.

Es war Xali, die ihr Werk an diesem Ort vollenden wollte.

Mit Augen, die wie Diamanten aus Eis glitzerten, schwebte sie
hier und jetzt bei Einbruch der Nacht auf das Podest und richtete
ihren gierigen, alles erfrierenden Blick auf Antilius.

»Da bist du ja, mein Liebster«, sagte sie.

# DAS STERBENDE HERZ

Ancrus ließ vor lauter Schreck das Buch des Vaters fallen.

Xali sah Antilius mit triumphierendem Blick an, der soviel sagte wie: *Gleich sind wir eins.*

»Jetzt haben wir ein Problem«, sagte Pais überflüssigerweise.

Er schaute sich nach einem Fluchtweg um, aber sie waren ja so dumm gewesen, sich zu Ancrus nach vorne zu arbeiten, sodass sie jetzt von einer Mauer tausender Gorgens umringt waren. Alle waren so eingenommen von Xalis Erscheinung, dass niemand sie durchgelassen hätte.

Und selbst wenn sie sich durchboxen würden, wäre Xali schneller.

»Ich fürchte, wir sitzen in der Falle«, sagte er.

Tirl wandte sich an Mila, die ihm offenbar noch etwas sehr Wichtiges sagen wollte.

Xali näherte sich Ancrus auf dem Podest. Er spürte ihre Kälte und glaubte, auch von ihr verraten worden zu sein. Warum sonst sollte sie ihm gefolgt sein?

»Wolltest du nicht deinem Volk helfen?«, fragte sie ihn.

»Doch, aber...«

»Aber was?«

»Ich weiß nicht, wie«, gab er zu.

»Dann lies aus dem Buch.« Sie deutete auf das Buch, das aufgeschlagen vor seinen Füßen lag.

»Aber es steht nichts darin. Es sind nur leere Seiten.«

»Bist du dir sicher? Sieh noch einmal nach!«

Antilius schwante Übles: »Was hat sie vor?«

»Hier läuft irgendetwas gewaltig schief«, erwiderte Gilbert, der aus Antilius' Brusttasche heraus alles mitansah.

Ancrus hob das Buch auf und sah die Banshee völlig verunsichert und fragend an. Die nickte nur auffordernd.

Er sah auf die zufällig aufgeschlagene Seite.

*Bring mich zur Ruhestätte des Vaters!,* stand dort plötzlich geschrieben.

Ancrus machte vor Überraschung den Mund auf und zu. Er war sprachlos.

Das Buch, das die Menschen das Flüsternde Buch und die Gorgens das Buch des Vaters nannten, war immer davon überzeugt, dass eine höhere Macht am Werke war, die einen Plan hatte. Und in diesem Augenblick fühlte es sich darin bestätigt. Wie konnte es anders sein, dass Xali, die Entflammte, genau im richtigen Moment auftauchte? Das Schicksal hatte es entschieden. Deshalb hatte sich das Buch auch keine Sorgen gemacht, als die Gorgens, die Kinder des Vaters Gorgus, es zerstören wollten.

Nein, die omnipräsente Macht des Schicksals wollte, dass das Buch sein letztes Opfer erbringt. Es war ganz logisch.

Und als wäre das noch nicht genug Schicksal, da wurde dem Buch auch eine weitere Sache ganz klar und deutlich: Als das Buch auf Antilius, Gilbert, Pais, Haif und Tirl schaute, da wusste es, dass einer von ihnen der nächste Transzendente sein würde.

Einer von ihnen würde den Dunkelträumer nach Hause lotsen, so wie es das Schicksal vorgesehen hat. Nur wäre es nicht mehr am Buch, denjenigen auf seine Aufgabe vorzubereiten und ihn zu verführen, denn bis dahin würde es sein Opfer schon längst erbracht haben. Die Späher würden sich darum kümmern müssen, wenn die Zeit gekommen war.

»Aber wo ist diese Ruhestätte?«, fragte Ancrus das Buch, als er seine Sprache wiedergefunden hatte.

Die Antwort erschien prompt auf derselben Seite.

*Sieh nach oben! Der Berg mit der höchsten Kuppe im Süden.*
*Suche nach dem Stein, der aussieht wie ein Gesicht.*
*Von dort aus wache ich, euer geliebter Vater, über euch.*
*Bring mich dorthin, und ich werde wiederauferstehen.*
*Beeil dich! Es eilt.*

Ancrus musste sich die Augen reiben. Er las die wenigen Zeilen wieder und wieder, Satz für Satz, Wort für Wort.

Er sah zum Berg, der in der geschlossenen Bergkette am höchsten aufragte.

Dann ließ er einen Freudenschrei los.

»Ich habe es euch doch gesagt! Der Vater hat die ganze Zeit über uns gewacht! Dort oben, von wo er alles überblicken konnte. Dort hat er sich ausgeruht und auf diesen einen Tag gewartet. Den Tag, an dem er wieder mit seinen Kindern vereint sein würde.«

Viele seiner Gorgens sahen zu jenem Berg, doch nur wenige glaubten, dass der Vater, gefangen im schwarzen Stein, tausend Jahre überdauert hatte.

»Geh zu deinem Vater, Ancrus! Gehorche ihm und bring ihm sein Buch. Ich werde dafür sorgen, dass Antilius eurem Vater nichts zu Leide tun kann. Ich werde mich um ihn kümmern. Er soll von nun an deine Sorge nicht mehr sein«, sagte Xali.

Ancrus glaubte, einen Schneesturm in ihren Augen zu sehen. Was auch immer in diesem furchteinflößenden Geschöpf vor sich ging, es war von einer eiskalten Entschiedenheit bestimmt.

Diese unerwartete Wendung war zu schön, um wahr zu sein. Ihm wurde bisher noch nie etwas geschenkt. Keine Leistung ohne Gegenleistung.

»Was verlangst du dafür?«, fragte er die Banshee.

»Nicht viel«, sagte Xali so leise, dass die anderen Gorgens, die sie umringten, es nicht hören konnten. Alle standen sie aufgeregt herum und fragten sich, was dieses sonderliche Geschöpf von ihnen wollte. Sie hatten keine Ahnung von der tödlichen Gefahr, die von ihr ausging.

»Ich brauche nur ihre Blicke«, sagte Xali.

»Nein, auf keinen Fall. Dann würden sie sterben, wenn sie deinem Bann verfallen.«

»Keine Sorge. Ich werde mir ihre Blicke nur leihen, nicht stehlen. Ich brauche ihre Blicke nur solange, wie ich Zeit brauche, um das Herz meines Liebsten zu fühlen. Und dafür brauche ich viele Blicke. Danach werde ich den Bann aufheben und euch in Frieden lassen.«

Unter den Gorgens machte sich Misstrauen breit. Nervöses Raunen ging durch die Menge, weil sie wie Antilius und seine Freunde akustisch nicht verstehen konnten, was Ancrus und Xali beredeten.

Obwohl Ancrus am liebsten sofort zugestimmt hätte, zwang er sich, darüber nachzudenken. Würde die Banshee ihr Versprechen halten? Konnte man ihr trauen? War es das wert, das Leben seiner Leute in ihre eisigen Hände zu legen?

Während sich Ancrus den Luxus einer Abwägung des Fürs und Widers leistete (auch wenn diese wohl nur stattfand, um das eigene Gewissen zu beruhigen, denn seine Entscheidung stand ohnehin schon fest), zupfte Tirl den vor Angst erbleichten Antilius am Ärmel.

»Antilius, hör mir jetzt genau zu!«, flüsterte er und achtete darauf, dass er ihn auch ansah.

»Was ist?«

»Leise! Sie darf uns nicht hören.« Tirl vergewisserte sich, dass Xalis Aufmerksamkeit immer noch Ancrus gewidmet war.

»Sie wird uns alle in ihren lähmenden Bann ziehen, bevor sie dein Herz aussaugen will.«

Antilius wurde noch bleicher, als er ohnehin schon war.

»Dir bleibt nur eine Möglichkeit, sie zu bekämpfen. Du musst ihr ihre Existenz absprechen.«

»Was?«

»Frag mich nicht warum, aber Mila hat es mir eben gesagt. Sie sagt, dass du nur überleben kannst, wenn niemand mehr an ihre Existenz glaubt. Xali will, dass alle sie ansehen und an sie denken, damit sie stark genug ist, dich zu töten. Mila sagt, dass sie es ohne die Blicke der anderen nicht schaffen würde, weil du jemand ganz Besonderes bist.

Nur wenn keiner mehr an Xalis Existenz glaubt, kannst du sie besiegen.«

Antilius kam kurzzeitig der Gedanke, dass Mila doch mehr war als nur Tirls Einbildung. Aber jetzt hatte er keine Zeit, darüber nachzudenken.

»Und wie soll ich das anstellen? Das ist doch unmöglich!«, flüsterte er zurück.

»Für jemanden für mich vielleicht. Mila aber sagt, nicht für jemanden wie dich, Antilius.«

Es war keine weitere Zeit mehr, Milas Vorschlag zu erörtern, denn Ancrus hatte seine Entscheidung getroffen.

»Also gut, Fremde. Du darfst dir ihre Blicke ausleihen, aber nur solange es absolut notwendig ist. Wenn du dein Versprechen brichst, dann wird der Vater dich dafür bestrafen.«

Xali nickte und lächelte wohlwollend, was aber eher herablassend gemeint war. Wenn Xali Antilius' Herz bekommen hatte, dann würde der Vater oder der Dunkelträumer ihr nichts mehr anhaben können. Insofern hatte Ancrus' Drohung für sie keine Bedeutung. Dennoch hatte sie die Absicht, ihr Versprechen einzuhalten. Sie ließ das Flüsternde Buch mit Ancrus ziehen, weil es ihr ein Geschenk gemacht hatte, das ihre Existenz auf eine neue für sie bisher nicht vorstellbare Ebene heben würde.

»Jetzt geh, und rette dein Volk!«, drängte sie den alten Gorgen.

Nachdem das geklärt war, begann Xali, auf der Plattform zu kreisen und ihre Worte an das Volk der Gorgens zu richten.

»Herbei mit euch allen. Herbei! Ihr dürft an einem Ereignis teilhaben, das es nur einmal geben wird. Seht mich an und schenkt mir für einen Moment euren Blick und eure Aufmerksamkeit. Seht mich an und glaubt an mich!«

Es war unvorstellbar: Xali verstand es, binnen Sekunden die verunsicherten Gorgens massenhaft zu paralysieren, und das allein, indem sie sie zwang, sie anzusehen. Einige aus den hintersten Reihen ahnten, dass die Banshee etwas im Schilde führte. So gelang es wenigen zu fliehen. Aber die meisten, die noch rechtzeitig entkommen wollten, konnten sich nicht aus der dichten Menge befreien, geschweige denn ihre Flügel ausbreiten, um schnell davonzufliegen.

Annähernd viertausend Gorgens mit einem Schlag in ihren Bann zu ziehen, war die größte Leistung, die Xali je vollbracht hatte. Sie spürte, wie jedes weitere Augenpaar, das auf sie gerichtet war, ihr half, stärker zu werden. Stärker und mächtiger als je zuvor. Alle Gedanken waren nun auf sie gerichtet.

Ganz zum Schluss widmete sie ihre Aufmerksamkeit Pais, Tirl und Haif, die erbittert Widerstand leisteten, indem sie sich die Augen zuhielten und versuchten, an etwas anderes zu denken und ihre verführerische Stimme zu ignorieren.

Aber keiner von ihnen konnte ihr länger als eine Minute standhalten. Zuerst Haif, dann Pais. Bevor Tirl endgültig mit seinen Gedanken in die Welt von Xali entglitt, versuchte er noch einmal, Antilius an seine Worte zu erinnern.

»Sie existiert nicht...«, stammelte er, bis er ihr endgültig verfallen war.

Jeder außer Antilius und Gilbert, der durch seinen Spiegel immun gegen Xalis Bann war, starrte nun die Banshee an und war in ihrem Gedankenkosmos gefangen.

Ancrus machte sich auf den Weg zum Berg. Xali hatte ihre neuen unfreiwilligen Anhänger angewiesen, eine Gasse zu bilden, durch die er entkommen konnte. Sein Ziel war nicht fern. Der Berghang war nicht steil und leicht zugänglich.

Die Dunkelheit hatte sich über Gorgonia gelegt.

Einzig Xalis leuchtende Gespenster-Gestalt strahlte hell und weit über die Plattform hinaus. Die zerklüfteten Türme der Stadt wirkten in der finsteren Nacht im Hintergrund wie Grabstelen, die auf einem Friedhof von Giganten an die Toten erinnerten. Xalis Licht reichte bis hinauf zum Berg, in dem der Vater ruhen sollte. Die Felsenformationen reflektierten auf sonderbare Weise ihr Licht und warfen unheimliche Schatten. Ancrus glaubte, in knapp dreihundert Metern Höhe ein Gesicht zu erkennen. Vielleicht war es der Vater. Er hatte in Xalis kaltem Schein sein Antlitz enthüllt und wartete auf seinen ergebensten Nachfahren. Ancrus lief, so schnell es seine müden Knochen und sein schmerzendes Bein zuließen.

Xali schwebte von der Plattform hinunter zu Antilius, der neben seinen paralysierten Freunden nicht weniger bewegungsunfähig wirkte, obwohl er nicht unter ihrem Bann stand.

»Egal, was sie tut, konzentriere dich auf das, was Tirl gesagt hat«, sagte Gilbert zu seinem Meister.

»Ich habe keine Ahnung, wie ich das anstellen soll.« Verzweifelt schaute er hinüber zu Tirl, aber der war mit seinen Gedanken nur noch bei Xali. Sein Blick verriet, dass sein eigenständiges Denken komplett abgeschaltet worden war. So wie bei den anderen auch.

»Ich wünschte, ich könnte dir etwas Hilfreiches sagen. Ich weiß, du schafft es. ich weiß, dass...«

»Sei doch endlich still, kleiner Mann im Spiegel und störe uns nicht länger«, sagte Xali mit ihrer wundervollen Stimme. Sie strich mit der flachen Hand über das Glas vom Spiegel in Antilius' Brusttasche und hinterließ eine Eissicht, durch die Gilbert nichts mehr sehen, und zu seinem Entsetzen auch nichts mehr hören konnte. Er war nun von der Außenwelt abgeschnitten und fürchtete um das Leben seines Freundes.

»Jetzt sind wir ungestört.«

»Du wirst mein Herz nicht bekommen«, sagte Antilius mit finsterer Miene.

»Wenn du dich wieder dagegen wehrst, mein Liebster, dann wird es dir nur Schmerzen bereiten. Ich möchte nicht, dass du leidest. Aber du bist mir nun einmal versprochen, und ich werde mir nehmen, was mir zusteht, auch wenn du darunter leiden wirst.

Doch brauchst du dich nicht zu fürchten. Es wird nicht dein Tod sein. Dein Herz wird in dem meinen aufblühen. Wir verschmelzen zu einer neuen Entität mit einem eigenen Bewusstsein.«

»Darauf kann ich verzichten.« Antilius überlegte fieberhaft, was er jetzt noch gegen die Banshee ausrichten konnte.

»Antilius, hör mich an!«, begann sie. Ihre eisigen Augen und ihre schwarzen Lippen waren die ultimative Assoziation an den Tod.

»Was ich dir jetzt offenbaren werde, habe ich nicht einmal meiner geliebten Schwester gewagt zu erzählen.

An dem Tag, an dem ich entflammt wurde, als ich in den sprechenden Stein einer längst verschwundenen Zivilisation gesehen habe, da wurden mir Dinge gezeigt, die einen Normalsterblichen in den Wahnsinn getrieben hätten.«

»Was für Dinge meinst du?«, fragte Antilius und ärgerte sich, dass er sich auf sie einließ, indem er nachfragte. Aber zu erfahren, was Xali gesehen hatte, war einfach zu verführerisch. So sehr er sich auch bemühte, er konnte ihren verlockenden Geheimnissen nicht widerstehen.

»Das Volk von Eleusis hat diese Welt vor langer Zeit verlassen, in dem Glauben, dass Thalantia untergehen werde. Und genau das wird geschehen, mein Liebster. Es hat doch schon längst begonnen. Der Dunkelträumer kehrt zurück und entfesselt eine alte Macht. Die gleiche Macht, die Verlorenend erschaffen hat. Ja, du weißt, wovon ich spreche, denn du warst schon einmal dort. Ich kann es in deinen Augen sehen.

Der Untergang Thalantias ist nur eine Frage der Zeit. Aber ich weiß, wie wir der Vernichtung entgehen können. Wir beide werden eins werden. Unsere Herzen werden - in Liebe vereint - diese traurige Welt verlassen und Orte besuchen, die niemand außer mir kennt.«

»Du redest doch wirr! Was für Orte soll es außer Verlorenend geben? Oder ist es Verlorenend selbst, das du meinst?«

»Verlorenend ist genauso vom Zerfall bedroht wie diese Welt auch.

Nein, ich rede von den Welten jenseits des Schleiers. Stell dir nur vor, mein Liebster: Unzählige andere Welten existieren parallel zu der unseren, nur getrennt durch einen hauchdünnen und unsichtbaren Schleier. Als ich entflammt wurde, da wurde mir die Gabe zuteil, jene Welten sehen zu können. Manche sehen genau wie unsere aus, in anderen herrschen die Schatten über die Lebenden. Und in wieder anderen sind die Grenzen zwischen Materie und Energie fließend, so unglaublich schön, dass Worte nicht ausreichen, um es zu beschreiben. Auch in Verlorenend vermag ich hineinzusehen. Genau wie die anderen Welten ist auch Verlorenend nur durch diesen verborgenen Schleier verhüllt. Der Unterschied zu den anderen Welten ist, dass Ilbétha Verlorenend künstlich erschaffen hat, und nun ohne ihre schöpferische Kraft zerfallen wird. Dieser Ort hat keine Zukunft mehr. Genauso wenig wie Thalantia.

Und deshalb müssen wir uns vereinen, Antilius. Du und ich. Ich weiß, wo jene Welten aufzuspüren sind, und die Kraft deines Herzens wird uns dorthin bringen können, denn alleine kann ich es nicht.

Mach dir das Herz nicht mehr schwer mit Sorgen um diese Welt oder um deine Freunde. Sie sind alle verloren.

Nichts geschieht ohne Grund. In diesem Multiversum gibt es keinen Platz mehr für Thalantia. Ilbétha war einst so töricht gewesen, mit Verlorenend eine neue Welt ohne Grenzen erschaffen zu wollen und ist dafür vom Multiversum bestraft worden. Sie wird nie wieder Welten erschaffen. Ihr Verlorenend wird zu Staub zerfallen und Thalantia, das sie an Verlorenend knüpfen wollte, gleich mit. Der Dunkelträumer ist im Grunde genommen ein Ergebnis ihrer eigenen Schöpfung und genau diese wird es sein, die alles vernichten wird, das sie geschaffen hat.

Thalantia und Verlorenend werden aus der Geschichte eliminiert. Es ist besser für dich, du findest dich damit ab. Diese Welt ist es nicht wert, gerettet zu werden. Ich spüre, dass du tief in dir drinnen genauso denkst.«

»Nicht eine Faser meines Körpers empfindet so!«, schrie Antilius empört. »Du wirst meinen Geist nicht mit deinem verachtenswerten Gedankengut vergiften! Du kannst vielleicht mein Herz aussaugen, aber meine Seele bekommst du nicht.

Ich verstehe dich nicht. Mit deiner Gabe solltest du mir helfen, Thalantia zu retten. Stattdessen wendest du dich in grenzenloser Feigheit ab und denkst nur an dich.«

Xali schwebte, ohne sich zu bewegen, ohne eine Regung, als sie Antilius interessiert zuhörte.

»Aus deiner Perspektive, mögen meine Beweggründe vielleicht unmoralisch sein. Aber wenn du sehen könntest, was ich gesehen habe, dann würdest du mir zustimmen.

Um dein Gewissen zu beruhigen, sage ich es dir noch einmal: Nichts und niemand, nicht du und nicht ich, keiner wird den Untergang Thalantias und seiner Bewohner aufhalten können. Diese Welt ist dazu bestimmt, aus dem Kosmos zu verschwinden. Wir beide können nur das Beste daraus machen, indem wir unsere Herzen vereinen und überleben werden. Und mit uns wird auch ein kleiner Teil von Thalantia überleben.«

»Du magst ja Thalantia oder Verlorenend aufgegeben haben. Ich aber habe das nicht. Ich bin mir sicher, wenn ich mich wieder an das erinnern kann, was ich vergessen habe, dann hätte ich die Bedrohung durch den Dunkelträumer längst beenden können.«

»Ich weiß von deinem Gedächtnisschwund. Ich konnte in dich hineinsehen, als ich dein Herz berührt habe, in der Höhle der Totengräber. Und ich kann dir sagen, dass es manchmal besser ist zu vergessen, als sich an den Schmerz und das Leid zu erinnern.

Lass mich dein Herz fühlen, mein Liebster, und ich kann dir helfen, dich wieder an alles zu erinnern, wenn wir eins sein werden. Es wird keine Frage verbleiben, die unbeantwortet bleibt. Wir werden jenseits des Schleiers leben und alles verstehen.«

»Vielleicht hast du ja wirklich hinter den Schleier geblickt. Aber du weißt doch gar nicht, ob man ihn auch überwinden kann.«

»Ich weiß es, weil du auch die Augen hast«, sagte Xali und war überrascht, dass Antilius nicht wusste, wovon sie sprach.

Schon der sterbende Sandling vor der Festung der Largonen hatte ihm eine Besonderheit in seinen Augen bescheinigt. Nur hatte Antilius bis heute nicht die leiseste Ahnung, was es damit auf sich haben sollte. Er wusste nur, dass das fahle Mondlicht des Mondes Quathan seine Augen silbern leuchten ließ, nachdem er dem Dunkelträumer in die Augen gesehen hatte.

»Was ist mit meinen Augen?« fragte er ungeduldig.

Xali legte mitfühlend den Kopf zur Seite. Ihr glänzendes langes Geisterhaar streckte sich dabei wie in Schwerelosigkeit.

»O, mein armer Liebster! Nicht einmal das weißt du. Du verfügst über die gleiche Gabe wie ich. Deine Augen sind dafür gemacht, hinter den Schleier zu blicken, genau wie meine. Aber im Gegensatz zu mir verfügst du auch über die Macht, den Schleier zu überwinden. Weil du dich aber nicht mehr erinnern kannst, wer du einst warst, weißt du von keiner der beiden Fähigkeiten Gebrauch zu machen.

Deshalb müssen wir eins werden. Mit meinem Wissen werden wir deine verborgenen Kräfte aktivieren.«

Diese Information war für Antilius wohl die wichtigste Erkenntnis, seit sein Abenteuer auf Truchten begonnen hatte.

Wenn Xali die Wahrheit gesagt hatte, dann hatte sie gerade einen entscheidenden Fehler begangen. Denn damit hatte sie ihre wahren Absichten preisgegeben. Ohne Antilius würde sie diese Welt nicht verlassen können und müsste weiter wie eine Ausgestoßene leben, immer auf die Lebensenergie anderer angewiesen und auf ewig einsam sein. Ohne dass sie andere dazu zwang, sich auf sie zu konzentrieren, konnte sie nicht lange überleben.

Langsam dämmerte Antilius, wie er sie bekämpfen konnte.

»Du bist eine feige Lügnerin, Xali«, provozierte er sie entschlossen.

»Ich begehre dein Herz viel zu sehr, als dass ich dir deine verletzenden Worte übel nehmen könnte«, reagierte sie, wobei sie ein wenig verunsichert wirkte. Dazu gab es auch guten Grund. Denn auch wenn sie davon überzeugt war, dass Antilius für sie bestimmt war, wusste sie doch nicht recht, ob sie sein Herz bis zu seinem letzten Atemzug vollständig würde fühlen können.

»Wieso nennst du mich eine Lügnerin? Alles, was ich dir erzählt habe, war die Wahrheit.«

»Weil du mich brauchst, um diese Welt zu verlassen und ich dabei sterben werde. Um dein erbärmliches Leben zu verlängern, müssen immerzu andere sterben, so wie ich jetzt für dich sterben soll. Ist es nicht so?«

»Aber du wirst in mir weiterleben. So wie all die anderen, deren Herz ich gefühlt habe, in mir weiterleben.«

»Wenn du mein Herz aussaugst, werde ich sterben. Und das weißt du. Genauso wie die anderen, die für dich sterben mussten.

Du redest dir das Gegenteil ein, um deine Morde zu rechtfertigen, anstatt dich mit der Realität auseinanderzusetzen. Gestehe es dir selbst ein, Xali: Du hinterlässt nur Staub und Tod. Du bist zu nichts anderem fähig.«

Xalis kaltes Leuchten pulsierte. Sie begann wieder, wütend zu werden. Und sie hasste es, wütend zu werden.

»Genug jetzt der verleumderischen Worte! Niemand versteht mich. Auch du nicht. Aber gerade von dir hätte ich Verständnis erwartet. Ich werde mir nehmen, was in dir verborgen ist, und dann werde ich vollkommen sein.«

Xali schoss vor und stieß erbarmungslos ihre transparente Hand in Antilius' Brust. Ihm war, als hätte jemand sein Herz in Eiswasser geworfen. Es war noch viel schlimmer als beim ersten Mal, als Xali ihn aussaugen wollte.

Er sackte auf die Knie.

»Wehr dich nicht dagegen! Sonst wird es lange dauern und unendlich schmerzhaft sein.«

Xali versuchte, jeden einzelnen Gedanken der tausenden Gorgens um sie herum in Energie umzuwandeln, um den unerwarteten Widerstand in Antilius' Herzen zu brechen.

Er wusste nicht, wie er diesen Widerstand erzeugte. Es musste eine seiner Fähigkeiten sein, von denen er bislang wegen seines

Gedächtnisverlustes nichts wusste. Aus jedem anderen Menschen wäre spätestens jetzt das Leben gewichen. Doch Antilius entwickelte Kräfte, die Xalis kalte Saugwirkung von Lebensenergie blockierten.

Die Banshee leuchtete heller als zuvor. Sie musste die von ihr Paralysierten in einen noch tieferen Schlaf versetzen, um noch mehr Energie zu erzeugen.

Aber auch das nützte nichts. Es war, als wenn Antilius eine Mauer um sein Herz errichtet hätte, die sie nicht durchdringen konnte.

Xali presste vor Anstrengung die schwarzen Lippen zu einem dünnen Strich zusammen. Ihre Geisteraugen traten hervor und färbten sich dunkel. Sie musste es schaffen, und sie wollte nicht aufgeben, auch wenn es sie dabei selbst zerreißen würde.

»Ich bemitleide dich, Xali«, presste Antilius hervor. Den Gegendruck, den er gegen sie innerlich ausüben musste, war für ihn nicht weniger anstrengend, als es das Fühlen für Xali war.

»Schweig, Antilius!«

»Ich bemitleide dich. Du hast niemanden. Du bist ganz allein, und deshalb willst du von dieser Welt fliehen, um in einer anderen jemanden zu finden, der so ist wie du.

Aber es gibt niemanden, weil du mal ein Mensch warst, der sich verwandelt hat. Niemand hat dein Schicksal geteilt. Deshalb bist du die Einzige.«

»Sei still! Sei endlich still!«, schrie die Banshee. Sie versuchte, ihre Kraft zu erhöhen, aber Antilius hielt weiter stand.

Ihrer beider Energien prallten so dicht aufeinander, dass sie die Gedanken des jeweils anderen vor ihren geistigen Augen sehen konnten. Es gab nichts mehr, das dem jeweils anderen verborgen geblieben wäre. Antilius konnte sehen, wie Xali zur Banshee geworden war. Er fühlte, was sie damals gefühlt hatte. Er verstand jetzt das Geheimnis ihrer Existenz, so wie Xali dasjenige von ihm verstand, dessen er sich aber selbst nicht aktiv bewusst war.

Und das war der Moment, in dem Antilius das Wissen erlangte, um diesen Kampf auf Leben und Tod für sich zu entschieden.

Xali leuchtete vor Kraftanstrengung so hell wie nie zuvor und machte die Nacht zum Tag.

»Jetzt erkenne ich es«, begann er. »Du bist tot, Xali.«

»Jetzt bist du der Lügner!«, entgegnete Xali erbost. »Ich habe mich noch nie so lebendig gefühlt!«

»Nein, du bist es, die eine Lüge lebt. An dem Tag, als du entflammt wurdest, als du gebrannt hast, da bist du schon gestorben.

Nur die Erinnerung deiner geliebten Schwester hat dich wieder aus dem Zwischenreich zurückgeholt. Und seither irrst du umher wie ein Geist, der keinen Frieden findet.«

Xalis Kraft wurde schwächer. »Ich bin kein Geist, sonst könnte ich dich nicht berühren.«

»Ja, der sprechende Stein hat etwas mit dir gemacht, sodass du teilweise stofflich sein kannst. Aber nur solange es jemanden gibt, der an deine Existenz glaubt. Oder jemand, den du dazu zwingst, an dich zu glauben.

Deshalb wirst du diese Welt niemals verlassen können, Xali. Du kannst die anderen Welten sehen, weil du an der Schwelle des Todes stehst, aber du kannst diese Welten nicht betreten. Du kannst den Schleier nicht überwinden, weil du dich in ihm befindest, unfähig, eine Existenz in einer realen Welt anzunehmen. Mein Herz wird daran nichts ändern.

Du lebst einen Fluch, Xali. Ich werde das jetzt beenden.«

Antilius packte Xalis Arm, deren Hand in seiner Brust steckte und zog ihn wieder heraus. Xali musste fassungslos zusehen, da sie ihm nichts entgegensetzen konnte. Antilius tat das eigentlich Unmögliche. Er konnte Xali, die geisterhafte Banshee, festhalten. Sie schaffte es nicht, ihr Handgelenk aus seinem Griff zu befreien. Er atmete erleichtert auf und musste sich kurz sammeln. Xali wollte die Gelegenheit ausnutzen und noch einmal mit der anderen Hand nach seinem Herz greifen, aber er war schneller und packte auch das andere Handgelenk.

Niemand hatte Xali bisher berühren und gar festhalten können. Antilius gelang es nur, weil sich sein Körper durch die Beinahe-Verschmelzung auf dasselbe Energieniveau begeben hatte.

»Ich glaube jetzt nicht mehr, dass du existierst, Xali. Du bist tot. Es tut mir Leid.«

Als er diese Worte gesprochen hatte, merkte Xali, wie ihre Kräfte sie plötzlich verließen. Einige der Gorgens um sie herum lösten sich aus ihrem Bann und fielen vor Erschöpfung um. Sie waren nicht tot, sondern durch den von Xali induzierten tiefen Schlaf benebelt.

»Sag das nicht! Ich will nicht sterben!«, rief sie panisch.

»Aber du bist schon gestorben. Deine Zeit hier ist abgelaufen. Ich spreche mit einer Toten,« sagte Antilius ruhig.

»Nein! Das darfst du nicht, mein Liebster!«, kreischte die Banshee. Sie versuchte, sich ein letztes Mal aus seinem Griff zu befreien, aber sie hatte kaum noch Kraft. Ihr kaltes Leuchten wurde weniger. Hunderte Gorgens wurden jetzt aus ihrer geistigen Kontrolle befreit und fielen um, völlig desorientiert und geschwächt.

»Leb wohl, Xali. Es ist jetzt für dich an der Zeit zu gehen. Ich hoffe, du findest deinen Frieden.«

Xalis Leuchten erstarb. Sie fiel nach unten und wurde von Antilius aufgefangen. Sie verwandelte sich. Ihre transparente Haut, bei der es nur schwarzweiße Schattierungen gegeben hatte, wurde wieder vollkommen stofflich und bekam wieder ihre alte Farbe zurück. Sie wurde wieder zu der Xali, die sie war, bevor sie vom sprechenden Stein in den Ruinen von Eleusis entflammt wurde.

Alle Gorgens und auch Pais, Haif und Tirl waren vom Bann befreit und versuchten, wieder zu sich zu kommen.

Xali lag in Antilius' Armen. Hatte sie als Banshee eine gewisse Art von Schönheit besessen, so wurde diese durch ihre wahre menschliche Gestalt übertroffen. Sie war eine wunderschöne, sterbende junge Frau.

Ein kleines Restfunkeln in ihren Augen war verblieben, wurde aber immer blasser.

Ihre Lider wurden schwer. Aber sie zwang sich, noch etwas zu sagen, bevor sie endgültig verschied. Bevor sie zum zweiten Mal starb.

»Ich habe in dich hineinsehen können, Antilius, so wie du in mich. Ich habe alles über dich sehen können. Und du hattest recht«, wisperte sie kaum hörbar.

»Womit?«

»Dass Thalantia es wert ist, gerettet zu werden. Du willst zur Siobsistin, um deine Vergangenheit zu erforschen?«

»Ja.«

»Dann wird dir mein Blick dabei helfen. Du wirst die Siobsistin nur finden, wenn du hinter den Schleier blickst. Diese Fähigkeit hast du nun von mir. Sie wird dir noch öfter von Nutzen sein. Es ist mein Geschenk an dich.

Nutze den Blick auch, um Ancrus in der Dunkelheit aufzuspüren und das Flüsternde Buch zu vernichten. Wenn du es nicht tust, wird etwas Furchtbares geschehen. Und ich meine nicht den Dunkelträumer.«

Antilius spürte, dass sie die Wahrheit sagte. Er wollte schon aufstehen und Ancrus hinterherlaufen, doch Xali wollte mit dem letzten Rest unnatürlichen Lebens, das noch in ihr war, noch etwas sagen.

»Ich habe auch gesehen, wie du in Verlorenend gewesen bist. Was für ein wundervoller Ort! Es heißt doch, dass man auch nach seinem Tod dorthin finden kann. Dass man nicht an die Regeln des Lebens gebunden sein muss, um dorthin zu gelangen.«

»Das wurde mir gesagt.«

»Glaubst du nicht auch, dass es möglich wäre, dass wir uns beide eines Tages dort wiedersehen werden? Wiedersehen an dem Ort, der einem alle Missetaten vergibt? Dem Ort, an dem es keine falschen Entscheidungen und keinen Hass, sondern nur Frieden und Liebe gibt? Glaubst du das nicht auch, Antilius?«, flüsterte sie mit ersterbender Lautstärke.

Antilius wusste nicht, ob es einen Ort gab, an dem es für alles, was man getan oder unterlassen hatte, Vergebung gab. Auch wusste er nicht, ob und wie Xali Verlorenend erreichen konnte. Aber da sie im Sterben lag, tat er ihr den Gefallen.

»Ja, das glaube ich«, sagte er.

Xali lächelte und schloss zufrieden die Augen.

Sie starb. Diesmal endgültig, und sie starb als Mensch, der sie tief in ihrem Herzen immer geblieben war.

Auch nach ihrem Tod hat sie nie einen Weg nach Verlorenend gefunden und fand stattdessen die ewige Ruhe.

## DER VATER

Antilius legte Xali vorsichtig zu Boden. Es war stockfinster. Der Himmel war bedeckt und die Türme von Gorgonia mit den vielen kleinen Lichtern darin boten nur wenig Orientierung.

Xali hatte gesagt, er würde jetzt hinter den Schleier blicken können. Je tiefer man dahinter blickte, desto fernere Welten konnte man sehen. Antilius vermochte Letzteres noch nicht zu tun, da er die neu gewonnene Fähigkeit noch nie eingesetzt hatte und erst trainieren musste, so wie man einen Muskel trainiert.

Aber vielleicht konnte er Ancrus aufspüren. Er sah nach Süden zu den Bergen. Irgendwo dort, vermutlich noch im unteren Drittel, mussten der Gorgen und das Buch sein. Er stellte sich vor, er könnte ihn sehen und dann auf einmal, so als ob er einfach nur genauer hinsehen musste, sah er ihn tatsächlich.

Es war, als wenn die Dunkelheit von einem silbrig schwachen Licht erfüllt wurde. So wie es damals in Verlorenend ausgesehen hatte.

Antilius hatte es geschafft, unmittelbar hinter den Schleier zu blicken. Einem Ort, wo lediglich die Dunkelheit neutralisiert wurde, man aber noch nicht weiter in ferne Dimensionen blicken konnte.

Aber das genügte völlig. Ancrus hob sich so kontrastreich vom erstarrten Lavagestein ab, wie er es bei Tag nicht hätte tun können.

Antilius stellte seine Augen wieder auf normales Sehen um. Das geschah eher automatisch, denn die neue Sichtweise war ungewohnt, und es war schwierig, sie lange aufrecht zu erhalten.

Wenn er Ancrus einholen wollte, dann konnte er zur Sicherheit nicht auf Licht verzichten.

Antilius eilte zu Tirl. »Hast du noch einen Feuerstab?«

Tirl war noch völlig benommen. Jedem, den Xali gebannt hatte, erging es genauso.

»Was? Wo bin ich?«

Antilius hatte jetzt keine Zeit für lange Erklärungen. Er sah, dass Tirl seinen kleinen Rucksack bei sich hatte. Er öffnete ihn und fand zu seiner Erleichterung einen Feuerstab. Genau so einen, der ihm schon in der versunkenen Stadt gute Dienste geleistet hatte.

Er entzündete ihn am steinigen Boden. Der Stab brannte dieses Mal in einem roten Licht.

Dann ging Antilius zu Pais und rüttelte ihn wach.

»Pais!«

»Was ist los? Was ist passiert?« Pais fühlte sich wie an einem verkaterten Morgen.

»Keine Zeit. Du musst mir jetzt genau zuhören.«

»Ja, gut.«

»Du musst die ganze Stadt evakuieren! Hast du das verstanden?«

»Was soll ich? Was geht hier vor? Wo ist Xali?«

»Xali ist tot. Und es wird noch viel mehr Tote geben, wenn ich es nicht verhindern kann. Also musst du die Gorgens überzeugen, ihre Stadt zu verlassen und zwar schleunigst!«

»Aber wieso?«

»Ich werde Ancrus auf den Berg folgen. Ich hoffe, dass ich ihn aufhalten kann, aber wenn ich es nicht schaffe, dann könnte ganz Gorgonia dem Erdboden gleichgemacht werden.«

»Woher weißt du das?«

»Ich weiß es nicht. Es ist so ein Gefühl. Der Vater, der im Buch steckt, darf nicht wieder seine alte Form annehmen.«

»Gut. Ich sehe, was ich tun kann. Geh, Antilius! Mach schon. Ich werde dich nicht enttäuschen.«

Antilius nickte. Er löste den in seiner Brusttasche fest verschnürten Spiegel von Gilbert und gab ihn Pais. Das Spiegelglas begann langsam wieder aufzutauen. Gilbert konnte in der Außenwelt bislang nur grobe Konturen erkennen und unverständliche Stimmen hören, deren Schall durch das Eis blockiert wurde. Hätte er etwas verstehen können, dann hätte er jetzt bestimmt lautstark protestiert.

»Pass gut auf ihn auf für den Fall, dass ich nicht zurückkehre«, sagte Antilius und bahnte sich dann einen Weg durch die benommenen Gorgens zum Berg des Vaters.

Pais rüttelte Haif und Tirl endgültig wach und erklärte ihnen, welches Unheil ihnen allen drohte. Anschließend sprang er auf die Plattform und brüllte zu den Einwohnern Gorgonias.

Es war schwierig, ihre Aufmerksamkeit auf sich zu lenken. Er bedeutete mit einer Handbewegung, dass Tirl und Haif ihm helfen sollten. Sie machten sich sogleich daran, die vorderste Reihe der Gorgens abzuschreiten und jeden wach zu rütteln. Die erste Reihe weckte dann die zweite, die zweite die dritte und so weiter.

»Hört mir zu!« probierte es Pais erneut. Diesmal erfolgreich.

»Ich kann es euch nicht erklären, da ich es selber nicht verstehe. Aber ihr müsst mir vertrauen. Eure Stadt ist in Gefahr.

Ancrus könnte eine Macht entfesseln, die uns alle mit einem Schlag töten könnte. Das Buch hat seinen Verstand vernebelt. Wir müssen, so schnell wir können, Gorgonia verlassen. Vielleicht haben wir Glück, und es geschieht nichts, aber darauf können wir uns nicht verlassen. Wenn euch euer Leben und das eurer Frauen und Kinder am Herzen liegt, dann folgt meinem Aufruf und verlasst die Stadt!

Ihr könnt mich später gerne dafür verantwortlich machen, falls ich mich geirrt habe.«

Pais sah in misstrauische Gesichter. Er war ein Mensch, ein Niederer, und denen konnte man laut Gorgen-Philosophie nicht vertrauen. Es könnte ein Trick sein, der ihr Volk aus ihrer Heimat verbannen sollte. Schon oft mussten sie fürchten, vertrieben zu werden.

Aber noch mehr als das fürchteten sie die unheimliche Macht des Buchs, auf das sich Ancrus eingelassen hatte.

Niemand glaubte mehr an die erlösenden Kräfte des Vaters. Das Buch war in ihren Augen nur ein Schwindel, auf den ihr Anführer in seinem blinden Glauben hereingefallen war.

»Also was sagt ihr?«, fragte Pais in die Menge und hoffte, dass die Gorgens wenigstens einmal in ihrem Leben die richtige Entscheidung treffen würden.


Unterdessen war Antilius mit dem brennenden Leuchtstab schnell vorangekommen. Zum Glück lag der Ort der größten Versammlung in der Geschichte der Gorgens direkt am Fuße des Berges im Süden.

Es ging schnell bergauf, die Steigung war auf den ersten Höhenmetern unproblematisch. Dennoch musste Antilius aufpassen, wo er seine Füße hinsetzte, denn bei dem mit Lavageröll übersäten Hang konnte man bei einem falschen Tritt schnell stürzen und den Berg hinunter purzeln.

Ancrus kletterte vor ihm. Er hatte das Gesicht, das er im Gestein gesehen haben wollte, schon bald erreicht. Sein rechtes Bein schmerzte höllisch, doch das war ihm jetzt egal, so kurz vor dem Ziel.

Er schaute kurz zurück und sah etwa vierzig Meter unter ihm und dreihundert Meter entfernt den lodernden Feuerstab, der sich rasch näherte.

Zwangsläufig verzichtete er auf eine kleine Verschnaufpause und setzte sich wieder in Bewegung. Seine Flügel waren ihm nun gar keine Hilfe mehr. Dafür hatte er sich schon jetzt viel zu sehr verausgabt. Schon der Versuch, die Flügel zu benutzen, endete in gemeinen Krämpfen.

Den einzigen Vorteil, den er hatte, war, dass seine großen Augen besser an die Dunkelheit angepasst waren als die der Menschen. Sein Ziel würde er daher nicht verfehlen.

Er hastete immer weiter, trotz Erschöpfung und trotz Schmerzen.

Als er erneut einen Blick zurückwarf, musste er feststellen, dass Antilius ihm immer dichter auf den Fersen war.

Die letzten Höhenmeter gerieten zur Qual, aber Ancrus schaffte es mit eisernem Willen. In etwas mehr als dreihundert Metern Höhe gab es auf dem Nordhang dieses höchsten aller Berge Gorgonias eine schmale, waagerechte Terrasse, auf der man bequem stehen konnte.

Aus der Felswand ragte eine Formation hervor, die man nur mit viel Fantasie als Gesicht interpretieren konnte. Diese Stelle war so wie überall mit schwarzem Geröll überlagert.

Ancrus begann, fieberhaft das lose Material vom Gesicht zu entfernen. Darunter kam völlig glatter Stein zum Vorschein. Er war genauso schwarz wie der Rest des Berges, doch die geschwungene Oberfläche schien nicht natürlichen Ursprungs zu sein und wirkte verglichen mit der Umgebung wie ein Fremdkörper.

Ancrus ging ein paar Schritte zurück, soweit es die schmale Fläche am Berg zuließ, und betrachtete die Formation.

Jetzt sah es tatsächlich wie ein Gesicht aus, wobei dieses um einiges größer war als Ancrus selbst.

Ehrfurchtsvoll seufzte er. »Das muss es sein! Der Vater!«

Ancrus starrte das Gesicht aus Stein an. Es ähnelte den ovalen Formen der Gorgengesichter sehr, aber es war schwer zu sagen, ob es sich tatsächlich um einen Gorgen handelte. Es hätte genauso gut ein menschliches Gesicht sein können.

Für Ancrus gab es jetzt keine Zweifel mehr, dass er am Ziel seiner Träume war.

»Was soll ich jetzt tun, Vater? Was geschieht als Nächstes?«

»Ich sage dir, was als Nächstes geschehen wird. Du wirst dein Volk ins Verderben führen, wenn du jetzt nicht aufhörst«, sagte eine Stimme.

Ancrus fuhr erschreckt herum und erblickte Antilius, der die letzten Meter auf ihn zukam.

»Keine Schritt weiter, Mensch!«

Antilius blieb nur kurz stehen, um seinen Licht spendenden Feuerstab auf den Boden zu legen. Das rote und funkenreiche Feuer tauchte den Platz in ein beklemmendes und schattenreiches Licht. Dann hob er die Arme, um zu zeigen, dass er unbewaffnet war und setzte ganz langsam einen Fuß vor den anderen.

Ancrus presste das Buch des Vaters ganz fest an sich. Er rätselte, wie Antilius es geschafft hatte, der Banshee zu entkommen.

»Warum kannst du mich nicht in Frieden lassen? Warum willst du alles zerstören, wofür ich mein Leben lang gekämpft habe?«

»So versuch doch zu verstehen, Ancrus! Es geht weder um dich, noch um mich. Hier sind Kräfte am Werk, über die niemand mehr Kontrolle hat, wenn sie entfesselt werden. Dein Volk hat das verstanden.

Sieh hin! Sie fliehen aus Angst vor dem, was du heraufbeschwören willst.«

»Lüg...« ...ner wollte Ancrus sagen, als er auf Gorgonia herabschaute, das man von hier aus bis hin zur Küste überblicken konnte.

Erstarrt musste er mitansehen, dass Antilius nicht gelogen hatte. Pais hatte Erfolg gehabt und die Gorgens überredet, die Stadt zu verlassen. Eine breite Gorgen-Schlange hatte sich Richtung Ausgang im Westen gebildet. Dort wo Antilius und Ancrus vorhin hineingekommen waren. Haif, Tirl und Pais würden irgendwo unter ihnen sein, hoffte Antilius.

Darüber flog eine dunkle Wolke aus Gorgens davon. Sehen konnte man das bei der Dunkelheit nur, weil die vielen Gorgens zur Orientierung kleine Kerzenlämpchen bei sich trugen, die aus dieser Entfernung wie eine Armada von tausenden winzigen Glühwürmchen aussah.

Beim Anblick dieses Massenexodus stieg in Ancrus reine Wut empor.

»Sie fliehen nur, weil du ihnen mit deinen Lügen Angst gemacht hast«, sagte er.

»Das war gar nicht nötig. Du und dein Buch, ihr seid es, die ihnen Angst machen.«

Ancrus sah zum Gesicht aus Stein und dann auf das Buch. Er würde es nicht hergeben. Niemals.

»Dann bleibt uns nichts anderes übrig, als um das Buch zu kämpfen. Bis auf den Tod. Bist du bereit, für deine Überzeugungen zu sterben, Mensch?«

»Das bin ich. Es ist nicht das erste Mal, dass ich dem Tod ins Auge gesehen habe.«

Mit dieser Antwort hätte Ancrus nicht gerechnet. Menschen waren seiner Erfahrung nach äußerst feige. Dieser Mensch strahlte aber eine Entschlossenheit aus, die ihn verunsicherte.

»Aber so muss es nicht enden. Wenn du nicht auf mich hören willst, dann höre doch auf dein Volk! Es hat seinen Willen doch eindeutig geäußert. Es will das Buch nicht. Es hat ein feines Gespür für Bedrohungen entwickelt. Und es hat nicht vergessen, was das Buch mit deinen Leuten an der Barriere von Valheel angerichtet hat.«

Antilius hatte es geschafft, ganz nah an Ancrus heranzukommen.

Nachdenklich blickte der Gorgen auf Gorgonia herab, aus dem mittlerweile fast alle geflohen waren. Der Gedanke, sein Volk nicht mehr hinter sich zu wissen, war schmerzvoll. Aber dennoch war er davon überzeugt, das Richtige zu tun. All das konnte Antilius in seinem Blick ablesen. Und er spürte, dass sich Ancrus trotz leiser Zweifel nicht von seinem Vorhaben abringen lassen würde.

Binnen eines Sekundenbruchteils musste Antilius eine Entscheidung treffen. Er nutzte diesen Moment, um blitzschnell nach dem Buch zu greifen, während Ancrus auf seine Stadt herabsah. Er hatte geahnt, dass Ancrus das Buch nicht hergeben würde.

Wäre er einen Tick schneller gewesen, hätte er mit seiner spontanen Aktion Erfolg gehabt. Aber Ancrus hielt das Buch fest mit eiserner Hand und ließ nicht los. Wie schon in der Luft, nach ihrem Absturz von Alte Schwinges Rücken, zerrten sie wieder an dem Buch.

»Das ist also dein wahres Gesicht, Mensch! Erst versuchst du, mich einzulullen, um mich dann im nächsten Augenblick zu hintergehen«, schrie Ancrus und riss am Buch wie ein Verrückter.

Er versuchte daraufhin, Antilius eine Kopfnuss zu verpassen, die aber ins Leere ging, weil der blitzschnell ausweichen konnte.

Plötzlich merkte Antilius, wie der eine Teil des Buches in seinen Fingern heiß wurde. Er ignorierte es zunächst, aber es wurde immer heißer.

Ancrus schien das Gleiche zu bemerken.

Schnell wurde das Buch so heiß, dass Antilius loslassen musste.

Ancrus schrie vor Freude, weil er glaubte, das Buch hätte ihm geholfen. Nur wurde das Buch immer heißer. Der Ledereinband begann, verbrannt zu riechen und dann sogar zu qualmen.

Obwohl Ancrus gerade dabei war, sich die Finger zu verbrennen, ließ er es nicht los.

»Was soll das?«, fragte er und sah dabei zuerst das Buch und dann Antilius an.

Antilius hatte gehofft, dass es nicht soweit kommen würde. Das Buch war am Ziel angelangt und brauchte jetzt niemanden mehr, um die Ausführung seines Plans zu einem Ende zu führen.

Das Buch begann zu glühen. Ein lautes Zischen war zu hören, als die Haut an Ancrus' Händen verbrannte. Fassungslos vor Schmerz und Wut jaulte der auf und ließ das Buch dann doch fallen.

Es wurde immer heißer und verwandelte sich in einen glühenden Kasten. Die Kanten wurden rund und die Oberfläche begann, sich in Wellen zu bewegen.

Gorgus, der Weise, hatte vor tausend Jahren das Geheimnis der Lava entschlüsselt. Sein Wissen hatte er genutzt, um das Flüsternde Buch mithilfe des flüssigen Gesteins und dunkler Energie zu erschaffen. Und jetzt kehrte das Buch wieder in seine Ursprungsform zurück.

Es formte sich zu einem weiß-glühenden Tropfen, der seine Hitze auf den Boden übertrug, bis auch dieser zu dampfen und zu glühen begann. All das geschah unter den Augen des versteinerten Gesichts im Berg.

»Jetzt hast du deinen Willen! Jetzt ist alles verloren!«, schrie Antilius den perplexen Ancrus an und wich zurück.

Das verflüssigte Buch verschmolz mit dem Untergrund. Eine gerichtete Lavaspur bildete sich, die wie eine Schlange zum Gesicht aus Stein kroch. Als sie es erreichte, begann auch dieses sich zu erhitzen, bis es genauso hell glühte wie das Buch zuvor.

Dies war der Moment, auf den sich Gorgus für den schlimmsten Fall der Fälle vorbereitet hatte. Er würde an der neuen Welt, die der Dunkelträumer dank ihm schaffen würde, nicht mehr teilhaben können, denn jetzt war es für ihn an der Zeit, sein Opfer zu erbringen. Gorgus, der vor langer Zeit einen Teil seiner Seele in das Flüsternde Buch übertragen hatte, vereinigte sich mit diesem wieder.

Das Gesicht im Berg behielt seine Form und wurde dabei zu verflüssigtem Gestein, so infernalisch heiß, dass Antilius und Ancrus sich weiter zurückziehen mussten.

Keiner von beiden traute seinen Augen, als sie mitansahen, wie sich das glühende Gesicht aus Lava langsam aus dem Berg herausdrückte, bis der Kopf freigelegt war. Doch damit war nicht Schluss, zuerst der Hals, Schultern, dann Arme und schließlich der Oberkörper, an dessen Rücken zwei riesige Flügel herausragten, kamen zum Vorschein.

Gorgus war wiederauferstanden. Er war eine übergroße brennende Form aus Lava, auf deren Oberfläche sich dunkle Krusten bildeten.

Das, was sich hier aus dem Felsen erhoben hatte, war nicht der Gorgus, der er früher einmal gewesen war. Nur durch die Macht der dunklen Energie, welche sich in dem geschmolzenen Gestein verbarg, konnte er sich zu einem einzigartigen Geschöpf formen und sein Werk vollenden.

Die hünenhafte Gestalt aus Lava schaute auf Antilius und Ancrus herab, sagte jedoch nichts.

»Vater?«, fragte Ancrus verängstigt. Was er sah, war nicht das, was er sich vorgestellt hatte. Zum ersten Mal kamen ihm ernsthafte Zweifel, ob er nicht einen schrecklichen Fehler begangen hatte.

Die unerträgliche Hitze, die von Gorgus ausging, machte es fast unmöglich, ihn anzusehen.

Antilius war überzeugt, dass Gorgus ihn jetzt auf der Stelle töten würde. Aber das geschah nicht. Gorgus hatte seine Meinung über ihn geändert. Die ganze Zeit, während er im Buch gefangen war, glaubte er, dass Antilius alles zerstören könnte, wofür Gorgus gearbeitet hatte. Deshalb wollte das Buch ihn töten lassen. Doch jeder Versuch ging schief. Zuerst war es Koros Cusuar, der von Antilius' Fähigkeiten so fasziniert war, dass er es nicht übers Herz brachte, ihm das Leben zu nehmen. Und danach war es Xali, die gegen seine innere Kraft nichts ausrichten konnte. Wenn es wirklich einen Plan des Schicksals gab, dann wäre es möglich, dass Antilius - ohne es zu wollen - ein Teil dieses Plans war. Warum sonst wäre sein Leben so oft verschont worden? Für Gorgus gab es darauf nur eine Antwort: weil es das Schicksal so wollte.

Wenn Antilius sterben sollte, dann würden die Geschicke des Schicksals dies in die Wege leiten. Gorgus wollte diese Entscheidung jetzt nicht mehr auf eigene Verantwortung treffen. Nicht jetzt, da er ihm leibhaftig gegenüber stand.

Also ließ er Antilius in Ruhe.

Antilius, den er vor langer Zeit einmal gekannt hatte.

Antilius, der alles vergessen hatte, was einst war.

Vielleicht war es erforderlich, so glaubte Gorgus, dass Antilius die Zeit gegeben wurde, die er brauchte, um sich wieder zu erinnern. Vielleicht würde er sich dann dem Dunkelträumer sogar anschließen.

Ganz sicher würde er das tun.

Gorgus sah Antilius mit funkensprühenden Augen an und sagte: »Lebe wohl, alter Freund. Bald wird alles vorbei sein.«

Antilius war ob seiner Worte wie vom Blitz getroffen, weil er sie schon einmal gehört hatte. Es war wieder eine Erinnerung an einen Abschied aus seiner Vergangenheit, an die er sich nicht mehr erinnern konnte.

Das war zwar nicht das erste Mal, dass ihm diese Art von Flashback passiert war, aber dieses Mal war das Gefühl so intensiv, dass er Angst bekam.

Warum hatte er ihn Freund genannt? Sollte es etwa möglich sein, dass...?«

Er konnte diesen furchtbaren Verdacht nicht zu Ende denken, da Gorgus seine Arme hob und sie links und rechts von sich in den Berg rammte. Durch die Wucht des Aufpralls gerieten er und Ancrus ins Stolpern und wären beinahe abgestürzt.

Gorgus begann, noch heißer und heller zu werden. Die Lavaströme an seiner Oberfläche blubberten, zischten und begannen schneller ineinander zu fließen.

Von seinen Armen ausgehend bildeten sich im Berggestein glühende Risse, die sich sternförmig im Zickzack ausbreiteten.

Die Risse wurden immer länger, tiefer und breiter.

Als sich eine Spalte mit krachenden Geräuschen vom zerborstenen Fels zwischen Antilius' Füßen den Weg bahnte, sprang er schnell zur Seite und forderte Ancrus auf, mit ihm zu fliehen.

Ancrus hörte aber gar nicht hin, sondern schaute zu, wie sich die glühenden Risse ausbreiteten.

»Hier wird gleich alles in die Luft fliegen. Wir müssen hier weg«, drängte Antilius den Gorgen.

»Vater, was tust du?«

Gorgus antwortete nicht und trieb seine ihm innewohnende dunkle Energie in den Berg.

Antilius versuchte es noch einmal: »Sieh es doch ein, Ancrus. Das ist nicht der Vater, den du zurückholen wolltest. Er hat sich verändert.

Deinen Vater, so wie du ihn in Erinnerung hast, gibt es nicht mehr.«

Ancrus sagte nichts und blieb einfach stumm stehen.

Antilius packte ihn daraufhin am Arm und zerrte ihn aus der Gefahrenzone. Ancrus leistete keinen Widerstand und stolperte hinter ihm her.

Die lavagetränkten Risse hatten auf einer Fläche mit einem Durchmesser von mehr als dreihundert Metern ein loderndes Geflecht auf dem Nordhang des Berges gebildet.

Gorgus trieb immer weiter die dunkle Energie hinein. Er wendete alle Kraft auf, die er für diesen Moment aufbewahrte hatte.

Antilius hatte es geschafft, sich und Ancrus in ausreichenden Abstand zu bringen. Sie waren den Berg seitwärts wieder ein Stück hinabgestiegen, befanden sich aber immer noch über hundert Meter über der Stadt.

Der Berg wurde von mehreren dicht aufeinanderfolgenden Beben erschüttert. Irgendetwas Seltsames ging in seinem Inneren vor. Antilius fragte sich, wie tief sich der Berg in geschmolzenes Gestein verwandelt hatte.

Eine Umwandlung war im Inneren im Gange. Nicht nur die obere Schicht der ehemals erstarrten Lava wurde wieder geschmolzen, sondern auch das darunter liegende Grundgestein. Die dunkle Energie verwandelte die Schmelze in ein Element, das es auf Thalantia nicht mehr gab: Avionium. Jenes Gestein, das der Dunkelträumer für seine Rückkehr benötigen würde. Da jenes im Adler-Gebirge der Ahnenländer beim letzten gescheiterten Versuch seiner Rückkehr entladen war, musste Gorgus selbst neues erschaffen. Und das konnte er nur, indem er die dunkle Energie, die in seinem zu Stein erstarrten Körper die Jahrhunderte überdauert hatte, entfesselte und sich dabei selbst opferte.

Ein unheilvolles Rumoren stieg aus dem Berginneren auf. Zuerst noch leise, bis es dann zu einem Grollen anschwoll, das den Boden unter Antilius' und Ancrus' Füßen vibrieren ließ.

Dann begann sich die von den Rissen zerfurchte Fläche am Nordhang allmählich zu wölben. Im Zentrum dieser Wölbung verharrte Gorgus und entlud stoisch weiter seine Energie.

Die Wölbung aus geschmolzenem Stein hob sich so weit, bis eine riesige Kuppel entstand, die jeden Moment zu bersten drohte.

Antilius zwang Ancrus, noch weiter weg zu gehen.

Diesmal musste er den Gorgen nicht am Arm zerren. Ancrus flüchtete aus freien Stücken.

Ein ohrenbetäubender Knall, begleitet von einem ruckartigen Beben, das so schwer war, dass einige Türme von Gorgonia ins Wanken gerieten und einstürzten, riss die Flüchtenden von ihren Füßen.

Der Lavadom platzte auf ganzer Fläche, und gigantische Brocken aus gelartigen, glühenden Klumpen aus Avionium wurden ausgespien.

Wie in Zeitlupe flogen die wabernden Brocken schräg hoch in Richtung Stadt. Da es sich bei dem ausgeworfenen Material nicht um normale Materie handelte, sondern um das beinahe schwerelose Avionium, trieben die glühenden Klumpen durch die Luft, ohne dabei von der Schwerkraft eingefangen und zurück zu Boden geholt zu werden. Sekunden nach dem Ausbruch wurden die ersten Türme Gorgonias von den lodernden Brocken getroffen und stürzten ein. Der Wucht des Aufpralls konnten die Bauwerke nichts entgegensetzen. Kein Turm blieb verschont. Und das, was nicht von der schwebenden Avionium-Lawine getroffen wurde, wurde von deren herabtropfender Lava in Brand gesteckt. Binnen weniger Momente war Gorgonia in Schutt und Asche gelegt. Die meisten der schwebenden Klumpen kamen irgendwo über der zerstörten Stadt zum Stehen und schwebten entweder bewegungslos weiter in der Luft oder sanken ganz langsam zu Boden und erkalteten. Andere Stücke flogen weit aufs Meer hinaus und erhellten mit ihrer Glut weite Teile der nördlichen Küste.

Ancrus sank auf die Knie und blickte mit Tränen in den Augen auf das brennende Gorgonia herab.

Wie viel Schande kann jemand ertragen? Wie mit der Gewissheit weiterleben, die Heimat seines eigenen Volkes vernichtet zu haben? Ancrus war es, der als Einziger an die heilende Wirkung des Buchs geglaubt hatte. Und jetzt war ausgerechnet er es, der alles zerstört hatte. Der die Gorgens wegen seines selbstsüchtigen Verhaltens zu einem heimatlosen Volk gemacht hatte.

Alles, was sein Volk je geschaffen hatte, alles, was etwas über ihre Geschichte erzählen konnte, war den Flammen und der Zerstörung zum Opfer gefallen.

Antilius legte dem Gorgen die Hand auf die Schulter und wollte etwas sagen, aber ihm fiel nichts Passendes ein.

Im Berg klaffte nun ein riesiges Loch. Gorgus war mit der Explosion vaporisiert worden und hatte damit seinen Teil des Schicksals erfüllt. Seine Geschichte und damit auch die des Flüsternden Buchs war hiermit beendet.

Ancrus sagte nichts. Er rührte sich nicht, und er hatte keine Tränen mehr. Die brennende Stadt zu seinen Füßen spiegelte sich in seinen großen Augen wider und brannte sich dort bis ans Ende seiner Tage ein.

Antilius verließ ihn irgendwann und kletterte hinunter zur Klamm im Westen, um sich dort mit seinen Freunden zu treffen, die alle wohlauf waren.

Ancrus blieb.

Er kehrte nie wieder aus den Bergen Gorgonias zurück.

Niemand hatte ihn je wieder gesehen.

## EPILOG

Antilius fühlte sich wie in Trance, als er den beschwerlichen Weg zurück zur Klamm nahm. Überall flogen noch kleinere bis große Stücke des heißen Avioniums unkontrolliert herum, denen er ausweichen musste.

Er hatte mit Ancrus Mitleid empfunden, aber sein eigenes Versagen lastete viel schwerer auf seiner Seele. Die letzte Möglichkeit, die Rückkehr des Dunkelträumers zu verhindern, war gescheitert. Über den brennenden Trümmern von Gorgonia schwebte jetzt soviel Avionium, dass man ihn damit vermutlich ein dutzend Mal aus seinem Verbannungsort befreien konnte.

Zudem sagte eine innere Stimme Antilius, dass das Flüsternde Buch vor seiner Vernichtung einen passenden Transzendenten erwählt hatte, sonst hätte es sich nicht selbst aus der Geschichte eliminiert. Und damit sollte er recht behalten.

Calessia hatte es bereits gesagt: Die Rückkehr des Dunkelträumers war von nun an nur noch eine Frage der Zeit.

Für Antilius gab es nur noch einen kleinen Hoffnungsschimmer. Er musste zur Siobsistin reisen, um endlich zu erfahren, was er vergessen hatte, und wer er eigentlich war. Zwischen ihm und dem verbannten Uwor, der zuvor auch ein Mensch gewesen war, gab es eine Verbindung. Mit jedem Tag, der verging, wurde sich Antilius dieser Tatsache immer deutlicher bewusst.

Irgendwo in seiner Vergangenheit lag die Antwort, vor der er sich heute mehr denn je fürchtete. Es waren die letzten Worte von Gorgus gewesen, die ihn zu dieser Einschätzung gelangen ließen. Er kannte ihn. Auch zu ihm spürte er plötzlich eine Art von Vertrautheit.

Ja, Antilius und Gorgus haben sich gekannt.

Dafür gab es nur eine Erklärung. Diese Erklärung war es, die ihm Angst machte und die eigentlich völlig unmöglich war.

Deshalb wollte er, bevor er zur mysteriösen Siobsistin aufbrach, zurück zur Stadt der Ahnen, und dort in der Pinakothek noch einmal das große Bild betrachten, das von der Zeit des großen Krieges vor tausend Jahren berichtete.

Nachdem er es zum ersten Mal gesehen hatte, beschlich ihn immerzu ein ungutes Gefühl, etwas Wichtiges übersehen zu haben. Etwas sehr Wichtiges. Deshalb wollte er noch einmal dorthin.

Jenseits der Berge Gorgonias traf er wieder mit seinen Gefährten zusammen. Sie hatten es geschafft, fast alle Gorgens rechtzeitig zu evakuieren. Ihr Volk hatte überlebt, auch wenn ihre eigentliche Bewährungsprobe noch vor ihnen lag, da sie jetzt heimatlos waren.

Einer der Gorgens kam auf Antilius zu und bedankte sich bei ihm im Namen seines Volkes.

»Ihr habt unser Volk vor der Zerstörung gerettet und Euch jetzt neue Freunde gemacht. Wir stehen in Eurer Schuld«, sagte er.

»Ihr steht in niemandes Schuld. In meiner schon gar nicht. Ihr werdet jetzt alle Kraft brauchen, um euch wieder eine neue Heimat aufzubauen, ohne dass jemand über euch bestimmt. Ich wünsche euch allen von ganzem Herzen, dass euch das gelingt«, antwortete Antilius und reichte dem Gorgen die Hand, die dieser dankbar nahm.

Pais und die anderen wollten natürlich unbedingt wissen, was am Berg geschehen war. Doch Antilius vertröstete sie und wollte noch in dieser Nacht losmarschieren, Richtung Ahnenländer.

»Ich werde euch alles unterwegs erzählen. Ich kann nur soviel sagen, dass unsere Probleme nicht weniger geworden sind. Ich glaube nicht mehr, dass die Rückkehr des Dunkelträumers zu verhindern ist. Deshalb müssen wir jetzt neue Pläne schmieden.

Doch vorher will ich mir das Bild in der Pinakothek ansehen.«

»Was erhoffst du dort zu finden?«, fragte Pais.

»Ich hoffe, dort gar nichts zu finden, sondern nur den Beweis, dass ich mich geirrt habe.«

Keiner der anderen verstand, was Antilius gemeint hatte, aber sie vertrauten ihm und waren bereit, ihm zu folgen.

Erst am Abend des zweiten Tages nach der Zerstörung Gorgonias erreichten sie das Zentrum der Stadt der Ahnen. Sie waren schon erwartet worden. Die Präfektin hatte sie schon erwartet und reagierte geschockt, als sie hörte, was geschehen war.

Sie erfüllte Antilius seinen Wunsch, die Pinakothek erneut zu betreten. Diesmal wollten aber alle mitkommen.

Avest wollte nur Antilius allein hereinlassen und blockierte den anderen den Eingang, weil er die heilige Ruhe nicht stören wollte. Da hatte er aber seine Rechnung mit Haif nicht gemacht. Er schob sich vor die anderen und strafte Avest mit einem finsteren Blick, während er sagte:

»Ich bin nicht von den Toten wiederauferstanden, um mich jetzt von einem Winkeladvokaten aufhalten zu lassen! Also entweder machst du den Weg frei, oder ich vergesse mich!«

Avest wurde ganz blass und sagte nichts. Auch die anderen waren überrascht, weil sie Haif so bislang noch nicht gekannt hatten.

Schließlich machte der Wächter der Pinakothek eingeschüchtert Platz und bat Haif, ihn bitte nicht mehr so finster anzusehen.

Sie stiegen die Treppe hinunter und versammelten sich vor dem großen Gemälde.

Haif und Gilbert, dessen Spiegel wieder in Antilius' Brusttasche zurückgekehrt war, staunten nicht schlecht, als sie es zum ersten Mal sahen.

»Wonach suchst du, Antilius?«, fragte Tirl.

Der antwortete nicht und suchte fieberhaft nach dem, was er glaubte, übersehen zu haben.

Nach ein paar Minuten des Schweigens konzentrierte sich sein Blick schließlich auf die Stelle des Bildes, welche die Verbannung des Dunkelträumers zeigte. Dieser Bildabschnitt war, verglichen mit den anderen Teilen, groß und sehr detailliert.

Er schaute sich die Personen an, die einen Ring um den Uwor gebildet hatten, um eine Energie-Barriere aufzubauen. Männer und Frauen waren darunter. Jedes Gesicht war deutlich vom anderen zu unterscheiden.

Und dann entdeckte er es. Pais sah, an welcher Stelle Antilius' Augen hängengeblieben waren und ging näher heran.

»Wie alt schätzt Ihr das Gemälde nochmal?«, fragte er Avest.

»Zwischen neunhundert und tausend Jahren«, antwortete der.

Dann sah es Pais auch, und sein Gesicht nahm dieselbe Blässe an wie bei Antilius.

»Du meine Güte! Das ist ja unglaublich!«

»Was habt ihr denn auf einmal?«, fragte Haif und drängte sich zusammen mit Tirl neben Pais, um es auch zu sehen.

»Dort!«, sagte Antilius mit trockenem Mund und mit erstickter Stimme. »Der Mann dort im Kreis, der den Dunkelträumer direkt ansieht.«

Jetzt sahen es die anderen auch. Es gab keinen Zweifel.

»Das bin ich«, sagte Antilius.


Ende von Band II

Die Fortsetzung erfolgt in:

*Verlorenend Band III: Das Mysterium der Titanen*
*(ISBN: 9783750400313)*

*Kurzbeschreibung:*

*Nachdem sich das Flüsternde Buch selbst vernichtet hat, steht der Rückkehr des verbannten Dunkelträumers scheinbar nichts mehr im Wege.*

*Um herauszufinden, warum Antilius auf einem jahrhundertealten Gemälde zu sehen ist, muss er sich auf eine gefährliche Reise in seine eigene Vergangenheit begeben. Eine Reise, welche die schreckliche Wahrheit über ihn und den Dunkelträumer zutage fördern wird.*

*Doch seine Gegenspieler werden nicht weniger. Der Kayen, ein Totenbeschwörer und Herrscher über die Geister des größten Friedhofs des Universums und der Kataklyst, ein Golem, der dem Moor von Elend-Uhn entstiegen ist, sind erwacht und setzen alles daran, ihn zu stoppen.*

*Sie alle eint ein gemeinsames Schicksal, das seinen Ursprung in Verlorenend hat, dem Ort, der ewiges Leben verspricht.*

*Verlorenend Band IV: Das, was du zurücklässt*
*(ISBN: 9783750416789)*

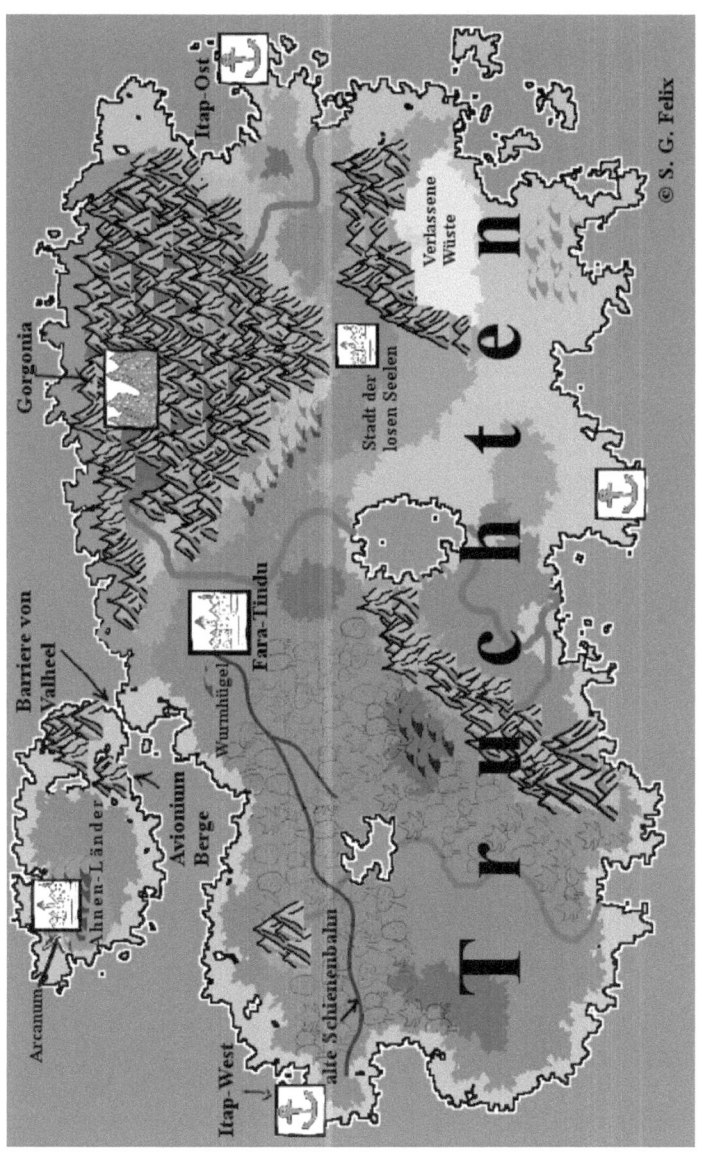

## Anhang 2: Thalantia Weltkarte

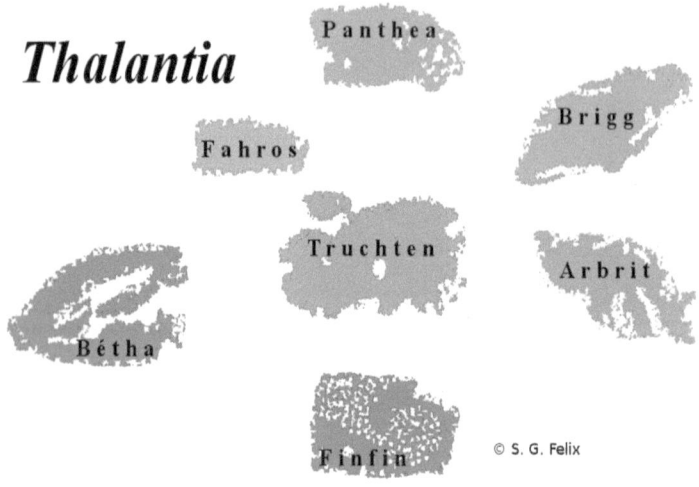

## Anhang 3: Arbrit

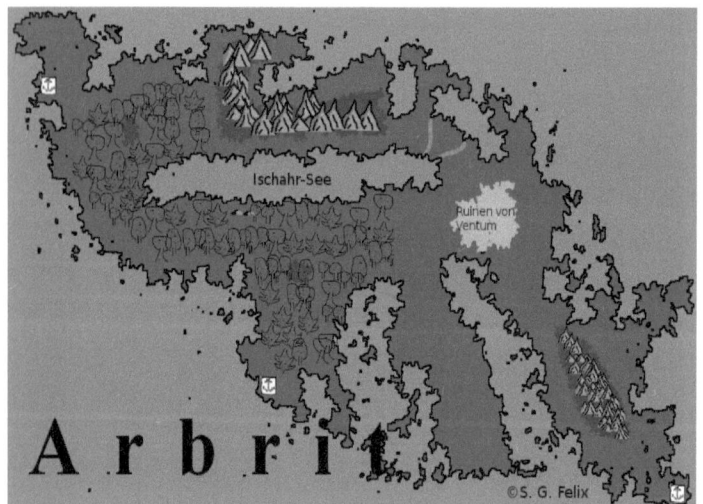